西安市政协文史资料委员会
西安曲江新区管理委员会 编

西安曲江文化产业资助项目

西安秦腔剧本精编

五一剧团卷

66

西安出版社

图书在版编目（CIP）数据

西安秦腔剧本精编. 五一剧团卷：全8册/西安市政协
文史资料委员会，西安曲江新区管理委员会编. —西安：
西安出版社，2011.10

ISBN 978－7－80712－839－7

Ⅰ.①西… Ⅱ.①西… ②西… Ⅲ.①秦腔—剧本—
作品集—中国 Ⅳ.①I236.41

中国版本图书馆 CIP 数据核字（2011）第 217422 号

西安秦腔剧本精编⑥　　五一剧团卷

编 委 会	西安市政协文史资料委员会 西安曲江新区管理委员会
出　　版	西安出版社 （西安市长安北路 56 号）
电　　话	（029）85253740　邮政编码　710061
网　　址	http://www.xacbs.com
发　　行	西安曲江出版传媒股份有限公司 （西安市雁塔南路 300－9 号曲江文化大厦 C 座）
电　　话	（029）85458069　邮政编码　710061
网　　址	http://www.xaqjpm.com
印　　刷	西安新华印务有限公司
开　　本	710mm×1092mm　　1/16
印　　张	326
字　　数	4210 千
版　　次	2011 年 12 月第 1 版 2011 年 12 月第 1 次印刷
书　　号	ISBN 978－7－80712－839－7
全套定价	1740.00 元（共 12 册）

读者购书、书店添货或发现印刷装订问题，请与本公司营销部联系。
电话：（029）85458066　85458068（传真）

序

西安市政协主席　程群力

　　戏剧是人类精神文化形态之一,在世界戏剧史上,中国戏剧具有辉煌的地位。周、秦、汉、唐以来,历经千百年的发展积淀,中国戏剧形成了属于华夏文明自有的、独特的艺术体系。这个体系如同一个庞大的家族,遍布全国各地。在这个大家族中,秦腔以其丰厚的文化滋养、突出的历史贡献、沉雄质朴的艺术魅力而备受尊崇。

　　关于秦腔的起源和形成问题,历来争论甚多,有秦汉说、唐代说、明代说,甚至还有更早的西周说、春秋战国说等。但相对多数的看法,趋向于秦腔形成于明代中后期,即明代说。明代说认为,社会发展的基本规律表明,一切文化意识形态的发展变化,都由当时的生产力发展状况和水平来决定。明代中期正是我国资本主义萌芽期,商品经济的产生、发展,为当时文化的发展、变革、传播、繁荣提供了较丰实的经济基础。明代说也提供了必要的实物例证和文献记载。现在能见到的最早的陕西凤翔流传下来的明代正德九年的两幅《回荆州》戏曲木板画;现存文字记载中最早能见到"秦腔"字样的明代万历年间《钵中莲》传奇抄本中标出的[西秦腔二犯]曲调名,就是明代说有力的支撑。明代说的另一个支撑是比较能经得起专家、学者和秦腔爱好者以"体系"的视角作"系统论"式的考查和诘问。作为地方戏，秦腔和其他兄弟剧种一样，既有中国戏曲的共性，又有其独具的个性。共性的一面，都是以表演艺术为中心，融文学、音乐、表演、美术等各种艺术形式于一体的高度综合艺术，具有成熟的、完备的写意性、虚拟性、程式性和以"唱、做、念、打，手、眼、身、法、步""四功五法"为基本技艺手段，以生、旦、净、丑的行当角色作舞台人物，以歌舞扮演故事等这些经典的中国戏曲美学特征。个性的一面，秦腔与许多地方剧种相比，在"出身"上有着更多的原创性特征，体现在其声腔、音乐、文学、表演等基本要素与我国源远流长的原创性大文化之间，存在着直接的一脉相承的亲缘关系。这是因为，我国古代许多原创性文化，特别是诞生于周秦汉唐时期的《诗经》、秦汉乐舞、汉乐府、俳优和百戏、唐梨园法曲、歌舞戏、唐参军戏等等，都直接发生在以古长安（今西安）、咸阳为中心的关中地区，从而使这一地区成为当时全国文化最发达、成就最高的地区。根之茂者其实遂，膏之沃者其光晔。由于有这些原创性文化的滋养，更由于板腔体音乐在民间音乐和说唱文学的基础上日益成熟而引发的变革，最终造就了秦腔这个大的地方剧种，在西至陇东与银南、东至豫西与晋南、南至川北与鄂北、北至陕北与蒙南这片广袤的古秦地生根、发芽、成长，并影响到之后其他众多地方戏和京剧的产生与发展。

秦腔一经形成，就显现出卓尔不凡的气质和强大的生命力。一是秦腔长期从民间音乐和说唱艺术中吸取营养,活跃于人民群众之中,有广泛的群众基础;二是秦腔首创了板腔体音乐结构,奠定了中国梆子戏的发展基础。从而在声腔艺术的创造方面,在剧本创作、表演艺术等多方面,凸显出不可取代的许多特点,有力地推动了戏曲艺术特别是梆子腔艺术的大发展,具有划时代的意义。

由于秦腔是诞生最早、历史最悠久的梆子腔戏曲,更由于它当时作为新的艺术形式,内容上贴近生活、通俗易懂,表现形式上好听好看、生动感人、极易流传,所到之处,除了在陕西境内形成中路、东路、西路、南路、北路五路秦腔外,还渐次流传到晋、豫、川、鲁、冀、鄂、苏、皖、浙、滇、黔、桂、粤、赣、湘、闽、蒙、新、藏等全国许多地方,并与当地民间曲调融合,对当地新生剧种的催生、成长、成熟、完善做出了重大贡献。因之它也赢得了"梆子腔鼻祖"的地位和称誉。

近百年来,秦腔表演艺术,其行当角色之全、演出剧目之多、表现手段之丰富、唱腔艺术之精湛、四功五法之规范、演出综合性与整体性之完善,都备受文艺界和城乡观众的推崇。在陕西乃至西北广大地区,秦腔与老百姓的精神生活息息相关。人们津津乐道秦腔的魅力,对心目中的秦腔演员如数家珍,特别是一提起西安城里有易俗社、三意社、尚友社以及五一剧团,更带有几分神往。相当多的人,不仅会谈到演员,还会谈起许多脍炙人口的剧目《三滴血》《柜中缘》《看女》《三回头》《软玉屏》《翰墨缘》《夺锦楼》《庚娘传》《新华梦》《侊俪会师》《双锦衣》《盗虎符》《貂蝉》《还我河山》《西安事变》等等,更会谈论在这些琳琅满目的剧目后面,站着的一群让人们肃然起敬的剧作家:康海、王九思、李十三、李桐轩、孙仁玉、范紫东、高培支、李仪祉、吕南仲、李约祉、王伯明、封至模、马健翎、李逸僧、李干丞、淡栖山、王淡如、冯杰三、樊仰山、姜炳泰、谢迈千、袁多寿、袁允中、鱼闻诗、杨克忍等等,还有由于种种原因没有留下名姓的剧作家,以及后来四个社团中加入编剧队伍的一批新知识分子,他们用心血熬成了一个个可供世代传唱的剧本。正是有了他们幕后的辛勤劳作,才有了台前精彩的表演。西安市的四大秦腔社团易俗社、三意社、尚友社、五一剧团,前三个都跨越了两个时代、两种社会制度,其中长者年已百岁。百年以来,四个社团总计演出的剧目逾千部之多。这些剧目,有些来自明清以来的秦腔老传统、老经典;有些来自各社团根据本单位的演员和资源条件,根据时势和观众的审美需求而开展的新创作、改编或移植、整理。这些众多的秦腔剧本满足着一代又一代观众的精神需求,也在很大程度上支撑着古城西安的文化舞台。西安秦腔事业的发展,为西安、为秦腔积累了一大笔可贵的精神财富。保护、传承、弘扬这笔财富,增强古城西安的文化软实力,扩大其国内国际影响力,实在是我们应尽的历史责任、文化责任和社会责任。

从 2008 年下半年起,西安市政协与西安曲江新区管委会合作,着手策划、组织、实施《西安秦腔剧本精编》工作。这是一项大型的剧本编辑工程,收录了西安市易俗社、三意社、尚友社、五一剧团四大著名秦腔社团上自清末、下至二十一世纪初百年来曾经上演于舞台的保存剧本,共计 679 本,2600 余万字;另有 22 个内部资料本,约 65 万字。参与编辑本书的专家、学者、工作人员,面对四个社团档案室中尘封了百年的千余本三千万字的剧本稿样,其中不少含混不清、章节凌乱、缺张少页、错误多出及其他众多问题,本着抢救、保护、弘扬国家非物质文化遗产的责任感,按照"精审精编"的工作要求,专心致志地投入工作。通过收集筛选、初审初校、集中审校、勘疏补正、规划编辑、三审三校等几个工作程序,对上述文本问题和学术问题,逐一研讨、逐一明晰、逐一完善。历经三年,终于编辑了这套纵跨百年、横揽西安四大秦腔社团舞台演出本的《西安秦腔剧本精编》,了却了广大剧作家、表演艺术家和人民群众的一大心愿,对西安的秦腔文化是一个重要的回眸与总结,对未来秦腔的振兴与发展做了一件坚实的基础性工作,对此我们感到欣慰。

编辑这套剧本集,工程浩繁,工作难度大,加之时间紧,错漏不足在所难免,诚望各方面人士,特别是专家、学者、业内人士提出批评指导意见,以便修订完善。

目录

西安秦腔剧本精编

演出单位

西安市五一剧团

西安三意社

西安尚友社

血泪仇

马健翎　编剧

剧情简介

在抗日战争时期,由于日本强盗的烧杀掠夺和蒋介石政权的残酷压榨,中国人民陷入史无前例的悲惨境地。农民王仁厚一家被逼得家破人亡,走投无路。最后,他领着小女儿和孙子逃到边区,得到人民政府的帮助,过上幸福生活。但王仁厚的儿子王东才,在被抓了壮丁以后,受到匪军的威胁利诱,潜至边区,进行破坏和暗杀的罪恶活动。结果他要杀害的却是他的父亲和儿子。剧本通过这一家人颠沛流离和悲惨的生活遭遇,有力地控诉了旧社会在中国农民身上所造成的沉重灾难,表现了人民心头的血泪仇恨,同时也说明农民只有在中国共产党的领导下,才能得到幸福生活和光明前途。

场　目

秦腔
血泪仇
XUELEICHOU

人 物 表

王仁厚　老农民,五十多岁,为人耿直果断

王老婆　仁厚妻,五十多岁,操劳过度,软弱无能

王东才　仁厚子,年二十七八岁,农民,为人老实

桂　花　仁厚小女,十二三岁,活泼伶俐

狗　娃　东才子,年七岁

东才妻　年二十四五岁,为人艰苦忠厚

田保长　年三十多岁,是一个贪财爱利的小人

刘　荣　联保主任的心腹,保丁

郭主任　联保主任,四十岁左右,大烟鬼,奸猾恶毒

孙副官　国民党军队的副官,三十岁左右,凶残、腐化、奸险

兵　甲　国民党军队的班长,姓侯,兵痞,很坏

兵　乙　国民党军队的士兵,即壮丁二

保　甲　保丁,很凶残

保　乙　保丁,性颇良善,有良心

韩排长　孙副官的心腹,坏蛋

壮丁一　三十岁左右的农民

壮丁二　二十多岁,农民

兵　丙　国民党军队的士兵,坏蛋

兵　丁　国民党军队的士兵,稍有良心

老　冯　国民党统治区的一个老农民,为人忠厚

县　长　陕甘宁边区县长,三十五六岁

白科长　边区县府科长,三十多岁

小勤务　边区县长的勤务,年十三四岁

团　长　八路军团长,左臂因受伤直而不能曲,年三十多岁

勤务员　团长的勤务员,年十三四岁

乡　长　　边区乡长,三十七八岁,忠厚朴实

指导员　　边区乡指导员,很坚定,年三十多岁,农民出身

工作员　　边区县政府工作人员

女工作员　同上

吴老二　　农民,二十七八岁,自卫队的班长

吴得贵　　孙副官的勤务兵

胡　老　　老农民,性强,几年前逃来边区的难民

张老婆　　边区的老婆婆,很进步,五十六七岁

刘二嫂　　边区农村进步妇女,纺织组长

张虎儿　　农民小伙子,二十多岁,勇敢,张老婆的儿子

黄先生　　四十多岁,八字胡,穿长袍,医生,隐蔽在边区的汉奸
　　　　　特务

善　牛　　年十二三岁,少先队员

党先生　　国民党统治区的老先生,正直,斯文

任医生　　八路军团部医生,三十岁左右

祁连长　　国民党军队的连长

兵　戊　　国民党军队的士兵

刘　三　　边区农民自卫队员,二十多岁

高连长　　八路军的连长

兵　子　　八路军的士兵

兵　丑　　同上

兵　寅　　同上

兵　卯　　同上

何　大　　边区农民

第一场 议 丁

〔时间:一九四三年。

〔地点:从河南经关中到陕甘宁边区。

〔田保长上。

田保长 哎!

（唱）　这几日把人忙坏了,

　　　　每天起来到处跑,

　　　　只要把钱弄到手,

　　　　哪管他百姓哭号嗬,哭号嗬。（进门）

郭主任,郭主任。

〔刘荣由下场门上。

刘　荣 噢! 田保长来啦,快坐下。

田保长 联保主任呢?

刘　荣 出去啦!

田保长 出去啦,现在还不到晌午,平时这时候他还没有起床
呢! 今天有啥要紧事么?

刘　荣 啥事都没有,人家昨天晚上就没有回来。

田保长 哪里去了,今天得回来不得回来? 我忙得很,等不得。

刘　荣 我给你叫,走不远,跑不出这圈子的。（轻浮的笑容）

田保长 噢! 我明白咧。（轻浮的笑容）

刘　荣 你明白啥咧? 你不得明白。

田保长 我不得明白,他跟曹三家媳妇,睡觉去啦,你说是不是?

刘　荣 看,我知道你不明白,咿媳妇多得太呢!

田保长 媳妇多,再没啥好的。

刘　荣 没啥好的? 我问你,杜拴的媳妇还不美吗?

田保长 （惊讶地）主任把那弄到手咧?

刘　荣　哎!

田保长　美!美!真好!(猛然想起)我给你说,你们要小心,咧杜老头子凶得太呢!只有一个儿子,还抓了壮丁,再把他的媳妇教谁霸占了,咧敢跟你拼老命呢!

刘　荣　把你愁的,他再凶,还能比这(指身上带的枪)凶?告诉你,联保主任说他抗交公款,把老驴日的送到县政府咧!

田保长　哎,这还好,主任真是有福气,有办法。(表示庆祝联保主任的成功)

刘　荣　你要见联保主任是交款子吧?

田保长　是的。

刘　荣　款子收得怎么样?

田保长　哎,收得不好,刚够数。

刘　荣　你不要骗我,联保处给你保上摊了三万元,你下去摊了三万五,老百姓还敢少出一个钱吗?(高声地)你不要骗我,我又不要你的!

田保长　好我的你哩!声低一点,你有困难,我哪一回不帮助么?不怕,下一回你到我保上来,我总不教你空回。

刘　荣　我跟你说笑哩。

田保长　快请主任去。

刘　荣　好,你等一会。(下)

〔郭主任疲乏地走上。

郭主任　哎!
　　　　(唱)　昨夜晚我在那杜家睡觉,
　　　　　　　　那媳妇真哭得两眼红桃。
　　　　　　　　虽然间成美事心中不快,
　　　　　　　　懒洋洋只觉得难以展腰。(揉眼打呵欠,进门)

田保长　郭主任。(轻浮)

郭主任　(品麻的,落座又打呵欠)你来得早。

田保长　我来一会咧!

郭主任　款子收齐啦吧?

田保长　收齐啦!

郭主任　好收不好收?

田保长　哎,难得太呢,旱灾水灾,老百姓都没办法,非打不给钱!

郭主任　能打出钱来,就算不错;不打不行,胆子放大。

田保长　(拿出一个小包子交郭主任)这一回的三万元,如数收到。

郭主任　(接过钱笑着说)你也能搞几个吧?

田保长　(笑着说)我不敢多搞,弄得够跑路钱就是了。

郭主任　(笑)哼……没有关系,你就多搞一点怕啥呢!?

刘　荣　(内喊)报告。

　　　　〔刘荣急上。

刘　荣　来了一个副官带两个士兵。

郭主任　快给我拿湿手巾。

　　　　〔刘荣取湿手巾一块,郭主任忙乱地擦了一下脸。

　　　　〔孙副官傲然地带勤务员吴得贵上。郭主任笑嘻嘻地迎出,田保长随其后。

孙副官　你就是联保主任?

郭主任　(恭敬地)是的。

孙副官　你姓郭?

郭主任　是的,请到里边坐。(同进,刘荣摆凳子)

郭主任　副官请坐。

　　　　〔孙副官落座后,审视周围。

郭主任　(恭敬地给副官纸烟,擦火点着)副官到这里是……

孙副官　我是师部政训处的政训员,我到这里的任务是要调查惩办坏分子。听说你们这一带的老百姓,因为旱灾水灾死人不少,好多人不满意咱们的政府和咱们的军队,非把这些坏东西铲除干净不可。

郭主任　是的,是的,老百姓非压迫不可。

孙副官　以后你要多留意,调查这里有没有共产党,他们总是主张改善民生坚决抗日。你应当明白,这对于我们是不利的。

郭主任 是的,是的,我们应当小防。

孙副官 (瞪起眼来)什么,小防?

郭主任 (陪笑脸)我们应当镇压屠杀他们。

孙副官 我告诉你,消灭不了共产党,做什么都不方便。

郭主任 是的,是的。

孙副官 还有,你们县上的壮丁是派给我们部队里的,师管区教我来催,县上让我直接到你们联保处要。(拿出几封公文交郭主任看了一下)

郭主任 噢,这一次是八十名壮丁。

孙副官 怎么,你觉得多吗?

郭主任 不多,不多,国难当头,国家要用人么。

孙副官 本来按平日,你们每一联保每月抽壮丁四十名,不过,我们这一师,要大大地补充,所以这一次你们要多出壮丁,一定要办到。

郭主任 那是自然的。不过,这几年来,这地方旱灾水灾,老百姓苦得很,副官还得另眼看待。

孙副官 国难当头,老百姓苦一点算什么。

郭主任 咱们都是一个领袖,事情商量着办,天理国法人情,都叫有着。

孙副官 这是国家大事,不能随便,我们当军人的说一不二,不讲情面,少一个都不行!

田保长 副官,我们实在难为得很呢。

孙副官 不要多讲,公事公办。

郭主任 好,我马上召集各保长计划计划,副官请到上房休息休息。

孙副官 (起立要走)事情要很快地办,我可不同别人,马马虎虎是不行的。你们要是随便抓几个人,买流氓,违法欺天,小心!

郭主任 不能,不能。我也是战干团受过训的,哪能不晓得国家法律。

〔郭主任把孙副官送下，又上场。田保长不安地徘徊着。

田保长 郭主任，八十名壮丁，一个也不能少，不抓不买，杀人都办不到。

郭主任 你不要担心，上边要得少，我们有小办法。上边要得多，我们有大办法。

田保长 我看这个孙副官好像不爱钱。

郭主任 世上没有不爱钱的人。

田保长 你看，这人神气不对，凶的咻样子！

郭主任 凶，凶是要的钱多！

田保长 （愉快起来了）你说这一回花钱还能行？

郭主任 你简直没见过啥。我告诉你，不管是县政府，不管是军队，吃钱吃得嘴都油油的，看见咻洋钱票子，比我都馋。

田保长 只要他们也肯要钱，咱就有办法。

郭主任 你听我说，这一次八十名壮丁，按理你们保上应抽十名，你回去派上十四名，能出钱的壮丁按一万元，实在不行的七千八千都可以，你看着办去。一个钱都拿不出来的穷小子，把驴日的绑起来，送到联保处。

田保长 现在是抓人容易，弄钱难。

郭主任 你应当知道我们为的是啥？

田保长 当然我知道多搞几个钱好。可是老百姓这几年来，一年不如一年，老百姓的钱难搞得很！

郭主任 我问你，你说老百姓怕死不怕？

田保长 当然怕死么。

郭主任 怕死，就有办法。你逼着教他死，看他花钱不花钱。

田保长 自然，要是硬打硬上，钱是能搞到的。我就怕弄得寻死上吊，风声一大，上边知道了，咱们受不了。

郭主任 呸！把你干了几年公事，胆小的咻尿相！你知道上边是个干啥的？县长、专员、主席、团长、旅长、师长，哪一个不发财？哪一个不是在老百姓身上弄钱？你

懂得个啥！

田保长　那你说不要害怕？（得意地）

郭主任　不要害怕。孙副官还是师部政训处的政训员，老百姓里边要是谁敢反抗，就按共产党办。

田保长　你说不害怕，我就不害怕。不害怕了，就有办法。

郭主任　由你的办①（下）

田保长　好。

　　　　（唱）　辞别主任忙回转，

　　　　　　　　这一回又能发大财。（下）

第二场　派　丁

〔王仁厚上。

王仁厚　哎。

　　　　（唱）　遭兵荒遇水灾天又大旱，

　　　　　　　　河南人一个个叫苦连天。

　　　　　　　　这样粮那样款摊个不断，

　　　　　　　　眼看着老百姓就要死完。

〔狗娃慌张跑出。

狗　娃　爷！快走。田保长进庄了。

王仁厚　（大惊）田保长又来了？

狗　娃　来啦！还带着保丁，绳子棍子，我怕，咱们快走。

王仁厚　（抚狗娃头）孩子，不要怕，不要紧！

〔田保长带保丁甲、保丁乙气汹汹地上。

保丁甲　（急拍门）开门！

〔狗娃吓得缩到王仁厚怀中。

王仁厚　（惊疑）谁？

――――――――――

①由你的办：这是方言，即"由你的意思去办"。

保丁甲	保长来啦,快开门!
王仁厚	(稍示惊慌犹豫,安慰狗娃)孩子,你到后边去。
	〔狗娃下,王仁厚环视周围。
保丁甲	(猛拍门)快!
王仁厚	(惊缩一下)这就来。(开门)噢,田保长,快请屋里坐。
	〔田保长等凶狠狠地进去,田保长坐下。
王仁厚	田保长,忙得很吧?
田保长	为大家办事,(冷笑)就是这样。
王仁厚	保长真是太辛苦了。
	〔此时狗娃扶王老婆由下场门暗上,偷听。
田保长	王仁厚。
王仁厚	保长。
田保长	这一次又叫大家难为,你要给我帮忙。
王仁厚	保长有什么使用,我决不推辞。
田保长	这一次上边派的壮丁多,公事紧,没法子,你的儿这一次可非去不可!
王仁厚	保长,你忘了吧,上一次我卖了十亩地,花了八千元,买过壮丁了。(从腰里掏出一个纸单)这是收据。
	〔王仁厚给看收据,田保长接过来没有看就装在衣袋里了。
田保长	前几天县政府派委员重新登记户口,以前买壮丁"替"名字的都不算啦,又要重来。
王仁厚	保长,这不对,你要想办法!
田保长	上边的命令,谁也没有办法。你敢违抗委员长吗?
王仁厚	这简直不讲道理,要老百姓的命!
田保长	(大声斥责)混蛋!什么不讲道理,国难当头,老百姓的命算啥,把你的儿子交出来!
王老婆	(站立不定,跌倒地上,大哭大喊)天哟,又要人的命了!东才,快跑!……
	〔王仁厚、田保长等呆瞪一会儿,保丁紧张握枪捏棍。

〔王东才急忙跑出来,扶其母。

王东才　妈!什么事?

田保长　(命保丁甲、保丁乙)抓住!(踢王老婆)不准叫!

〔桂花、狗娃悄悄出来将王老婆拉回。

〔保丁甲、保丁乙拉定王东才,王东才浑身打战,目瞪口呆。

王仁厚　保长老爷!要是把东才拉走,我这一家人就完了。

田保长　国难当头,委员长的命令,我管不了,你自己想办法。

王仁厚　保长老爷,你看我把地要卖完了,地方都让水推了,我有什么法子可想?

田保长　什么,你一点办法都没有?

王仁厚　实在没有。

田保长　(示意保丁把王东才捆了)捆了!

〔保丁甲、乙捆王东才。

王仁厚　(急得乱动)保长!

田保长　拉着走。

〔保丁甲、乙拉王东才要走,王仁厚拉住田保长。

王仁厚　保长,你要救我,你要想办法!

田保长　你没办法,我哪里来的办法!(大声)拉着走!

保丁甲
保丁乙　(大声应)是。

保丁甲　(用力击王东才背)走!

王仁厚　(向保丁甲、乙作揖,哭诉)你们先不要拉走,(转身向田保长)田保长,(跪下)说是你恩宽恩宽,容小人一时,我还是想办法就是了。(起立)

(唱)　拉我儿把我的心肝痛烂,

　　　田保长他好比催命判官。

　　　保丁们一个个凶气满面,

　　　我的儿只吓得胆战心寒。

　　　前一次买壮丁卖地一片,

　　　丢下了十五亩靠它吃穿。

　　　这一次逼得我还要出卖,

顾不得全家人日后安然。

（转身向田保长）

转面来对保长话讲当面，
我还是卖田地情愿花钱。
田保长怜念我多行方便，
念起我全家人常受饥寒。

田保长 （变笑容，唱）

王仁厚莫要哭一旁立站，
你听我言和语细说心间。
并不是我保长做事太坏，
政府里有命令我也为难。
这一次我与你多寻方便，
买壮丁我替你出力周全。
如今的东西贵啥都不贱，
买一名壮丁费一万二千。

王仁厚 （唱）听一言吓得我浑身打颤，
从哪里能搞出一万二千？
我这里把保长一声呼唤，
这一回还要你格外恩宽。

田保长 走！

（唱）王仁厚你莫要那样打算，
听我把话对你言，
拿出钱来事好办，
拿不出钱来送当官。

王东才 老爹爹！

（唱）我这里忙把爹爹唤，
（喝场）我的老爹爹哪……老爹爹……呵……
（接唱）听儿把话说心间。
十五亩地不敢卖，
卖了全家无吃穿。
儿情愿当兵上前线，

015

　　　　　　为一人害全家儿心不安。

王仁厚　哎,儿哪!

　　　　（唱）　我儿莫要胡盘算,

　　　　　　　　为父心中自了然。

　　　　　　　　当兵打仗还犹可,

　　　　　　　　壮丁几个活命还?

　　　　　　　　咱家中老小无能耐,

　　　　　　　　全靠我儿你动弹。

　　　　　　　　为父心中有主见,

　　　　　　　　我儿低头莫多言。（截）

　　　　田保长,反正尽我的家产变卖,我一定花钱买就是了。

田保长　这就好。我得先把东才拉到保上。

王仁厚　保长,你把他留下,他不会跑,我一定把钱送来。

田保长　这是手续,钱送来一定放回,你放心。

王仁厚　保长,你知道我们是本分人。

田保长　（不耐烦）看你,这不是你一家,无论谁都是这样办,
　　　　你懂不懂?（瞪视王仁厚）

　　　〔王仁厚低头不敢言。

田保长　拉着走!

　　　〔保丁甲、乙拉王东才,王东才难为地看王仁厚一眼,
　　　　低头而下。王仁厚焦灼地目送田保长等下去后,恨
　　　　得骂。

王仁厚　田保长,我把你害人的贼!

　　　　（唱）　官家做事太无理,

　　　　　　　　把百姓全不在心里。

　　　　　　　　有一日百姓全做鬼,

　　　　　　　　看你们做官再靠谁!

　　　　　　　　越思越想越流泪,

　　　　　　　　无奈何卖地走一回。（下）

第三场 交 款

〔田保长手里提一大包钱上。

田保长 （唱）　出门来只觉得身轻脚快，

　　　　　　拉壮丁耍心眼从中赚钱。

　　　　　　见主任我对他细讲一遍，

　　　　　　管叫他哈哈乐喜笑颜开。（截，进门）

　　　　郭主任，副官。

〔郭主任带着刘荣，孙副官带着吴得贵上。

郭主任 怎么样？

田保长 还好，就是高二拴跳井死咧，再没有出什么事。

郭主任 我问你钱怎么样？

田保长 很好，一共搞到六万五千元，只有常家李家两家和赵
家一家，一点办法都没有，在保里押着，就连王仁厚
我把老驴日的还坑得出了七千元哩！

郭主任 （高兴地看孙副官）你看怎么样？

孙副官 好的，好的，有办法！

郭主任 七个保，已经有五个保办得不坏，那几个保我想也不
成问题。（问田保长）照你说那三家搞不出钱来？

田保长 不行，穷得太不像样子，赵家把一个娃都饿死啦！

郭主任 那就绑起来，交给副官。你把钱暂时交给文书，回来
再细算！

田保长 是！

〔田保长立起走出门来，郭主任跟出来。

郭主任 田保长！

田保长 （转回）主任。

郭主任 你们保上赌博"头子"为什么还不交来？

田保长　　那容易,马上就可送到。

郭主任　　没有钱送二两大烟土也成。

田保长　　对。

　　　　　〔郭主任向保长使眼色,意思要知道收到多少壮丁费的确数。田保长捏手码七与八,得意的表情。

　　　　　〔郭主任高兴地点头进门。

　　　　　〔田保长下。

郭主任　　事情就是这样,心硬,胆大,就有办法。

孙副官　　按现在的情形,大概只能搞二十人左右,回去不好交代。

郭主任　　报一些开小差的,吃一些空名字就行了。

孙副官　　你倒什么都懂得。

郭主任　　告诉你,就是师部军部咐鬼,哪一件我不晓得?

孙副官　　无论咋说,二十名有点太少。

郭主任　　我知道,你带的是兵,有的是枪,路上有的是人,还愁抓不下三十二十?

孙副官　　你真是个内行。咱们惯啦,我要跟你商量一件事。

郭主任　　什么事?

孙副官　　(示意吴得贵与刘荣)你们下去。(吴得贵与刘荣下)我告诉你,这一次我们师部的意思,钱也要弄,人也要弄,我自己也当然不能空回。

郭主任　　那是自然么。

孙副官　　因此抓人补数是难免的,倘若路上抓了你保上的老百姓,要是没有什么关系,你可不要向我要。

郭主任　　那不成问题,你肯帮助我,我还能不给你带面子?

孙副官　　那就好,咱们出去打牌走。

郭主任　　好!

　　　　　〔二人下。

第四场 上 坟

〔桂花扶王老婆，东才妻拖狗娃上。

王老婆 （唱） 清早间老头子保上，

东才妻 （唱） 为什么这时候还不回乡？

王老婆 （唱） 莫不是钱少没希望，

东才妻 （唱） 等爹爹回来问端详。

〔王仁厚与王东才上，王东才垂头，脸色不好看。

王仁厚 （唱） 在保上哭哭啼啼哀求保长，

好容易将我儿带回家乡。（截）

王老婆 （一见他俩回来，惊喜非常）噢，你们回来咧?!

狗 娃
桂 花 （同跳上去抓王东才）爸爸! 哥哥! （同望王东才的脸）

〔王东才难受地用手抚狗娃、桂花的头。

王老婆 （走上前审视，王东才哭）我娃去了两天把脸都黄了，他们打你没有？

王东才 没有，妈！（用手擦泪）

王仁厚 哎，人是回来了，日月光景怎么过？你们大家都坐了，听我说。

〔大家都落座。

王仁厚 咱家里辈辈受苦，只靠三十亩地过日子，现在是都完了，完全是穷光蛋了。在这河南地面东边是日本鬼子捣乱，地方上欺负穷人，军麦征粮各种款子，谁能支应得起？人越穷了，越发吃亏，怎能活下去？我已经打定主意，向西边逃难去，你们愿意不愿意？

王老婆 逃荒出去又怎么办？……

王东才 我看到哪里都一样，出去还不是没有办法。

王仁厚	哎！这都是没办法的办法。你们看咱河南人死了多少？人吃人，犬吃犬，简直不能活下去了。我就不信咱中国到处都没有穷人的路，也许西边好一点。
王老婆	咱们现在穷得要命，连路途盘费都没有。
王仁厚	我一辈子没有道谎，这一次我求保长的时候，没说咱卖地卖了八千元，（掏腰）总算剩下一千，（交王老婆）你先藏在身上，这就算咱的路途盘费。
王老婆	这能吃几天？这不够。
王仁厚	哎！穷人要打穷主意，我们说走明天就要走，多一天，说不定上边还要摊下什么款子来，东才！
王东才	爹爹！
王仁厚	我们就要远离家乡，不知道什么时候才能回来！咱父子这就到街上买上几份香纸，去到坟茔把王门祖先祭得一祭，哎，（哭）把祖先祭得一祭，算尽了后辈儿孙的孝心了。

（唱）　全家人就要离家院，

　　　　但不知回来回不来。

　　　　叫东才随父坟茔去，

　　　　到坟前痛哭一场祭奠祖先。

〔王仁厚、王东才下，王老婆等坐哭。

〔保丁甲上。

保丁甲	（唱）　经征处要保长催收陈欠，

　　　　不觉得来在了王家的门前。（截、进门）

王仁厚。

〔王老婆等吓得呆视不敢言，孩子们缩到大人怀里。

保丁甲	（生气）王仁厚在家不在家？
王老婆	他出去了，你有什么事？
保丁甲	你们还有五斗征粮陈欠，经征主任催得紧，快送去！
王老婆	哎，老总，你们保里知道，我家里穷得什么都没有了。
保丁甲	不行，国难当头着呢！国家的征粮谁敢不出？委员长的命令，违抗征粮就是汉奸。

王老婆　（走上前拉保丁甲，连说带跪）老总，你给保长说，我
　　　　们实在没办法！
　　　　〔保丁甲凶气满面地下。桂花和东才妻扶起王老婆，
　　　　王老婆拿出票子。
王老婆　天哪！天哪！这一千元还不得够啊！
　　　　（唱）　又是壮丁又是粮，
　　　　　　　　穷人活得无下场。
　　　　　　　　等他们回来讲一讲，
　　　　　　　　全家人舍命逃他乡。（截）
　　　　〔众齐下。

第五场　　抓　丁

　　　　〔幕内皮鞭声，斥责叫骂声，疼痛叫喊声。韩排长带
　　　　兵甲、乙，押三壮丁绳连着上。
兵　甲　（用枪托打第三壮丁）走！（第三壮丁倒，其他亦倒）
兵　乙　（用皮鞭乱打）装鬼，走！
韩排长　（正在乱打乱叫之际，发现前边有人）你们暂时躲在
　　　　那里，前边好像又来人啦！
　　　　〔兵甲、乙推壮丁三人于下场门桌旁，韩排长也隐在
　　　　一边等着。王仁厚与王东才上，王东才手提小筐。
王仁厚　（唱）　祭祖先哭得我肝肠裂断，
王东才　（接唱）父子们一路上两泪不干。
王仁厚　（接唱）但愿他年回家转，
王东才　（接唱）全家老少祭祖先。（截）
韩排长　（挡定王仁厚、王东才）你们从哪里来？
王仁厚　我们刚才上坟去，祭奠祖先回来的。
韩排长　（指王东才）他是你的什么人？
王仁厚　他是我的儿子。

韩排长	老头子,你不要胡说,我认得他,他是我们队上的逃兵。
王仁厚	啊哟,老总,他是我的儿子,你认错了,他不是兵!
韩排长	(拿出枪)不准叫!

〔王仁厚、王东才呆立不敢动。

韩排长	来一个人。
兵 乙	(走上前)韩排长,有什么事?
韩排长	(指王东才)这也是一个逃兵,跟他们捆在一起。
兵 乙	是。(抓王东才)
王仁厚	老总,这……
韩排长	(逼近)不准叫!

〔王仁厚呆立,王东才打颤,由兵乙摆布,把他和其他的壮丁捆在一起。

兵 乙	报告排长!捆好啦!
韩排长	拉着走!
兵 乙	是。
兵 甲 **兵 乙**	(推打带喊)走!
王仁厚	(不顾一切地奔上去)东才,东才。
韩排长	(一脚将王仁厚踢倒)驴日的再来就要你的命!

〔韩排长与兵押壮丁下。

王仁厚	(唱) 昏沉沉只觉得三魂不在,
	朦胧胧强挣扎头儿难抬。
	我这里拼老命将身立站,
	(挣扎起而复倒数次)
	不见我儿在哪边。
	哭了声东才难相见,
	(喝场)那,那是东才呀!
	父的儿……呵……
	(接唱)大料我儿命难全。
	迈大步我把主任见,
	(绕一个圈子)

　　　　　来到了联保处大喊屈冤。（截）

　　　　冤枉,冤枉!

　　　　〔刘荣急上。

刘　荣　什么事?

王仁厚　快请联保主任,我有话讲!

　　　　〔刘荣进去引郭主任上。

郭主任　什么事?

王仁厚　（跪下）啊哟,联保主任,我只有一个儿子,前一个月,我买了壮丁,这一月又买了壮丁,还……还让他们抓去了。

郭主任　谁抓走啦?

王仁厚　队……队伍上。

郭主任　哪一部分?

王仁厚　我不晓得,他们穿黄绿军衣。

郭主任　那有什么办法,政府管不了军队上的事。

王仁厚　啊哟,联保主任,你不能不管,我买壮丁给你们花了一万多块钱呢。

郭主任　混账! 你给谁花钱? 花钱还不是为了你们自己。大声喊叫什么? 滚蛋!

　　　　〔郭主任气愤愤地下,王仁厚呆呆地望着。

王仁厚　啊哟,我的天哪!

　　　　（唱）　王仁厚有难向谁告?

　　　　（喝场）我的天哪……老天爷……啊……

　　　　（接唱）急得人无泪放声号!

　　　　　　　强挣扎忙往家中跑,

　　　　　　　回家去老的哭小的叫怎样开交?!（下）

第六场　逃　难

〔桂花扶王老婆,东才妻拖狗娃上。

王老婆　（唱）　日落月上天色晚,

东才妻　（唱）　为什么他们不回还?

王老婆　（唱）　将身儿打坐小门外,

东才妻　（唱）　单等爹爹早回来。

王仁厚　（内唱）王仁厚心中似火烧,

〔王仁厚上,跌倒,爬起。

王仁厚　（接唱）走一步来跌一跤。

　　　　　　　　浑身打颤往前跑,

〔全家一见惊慌,挽他进门,老少齐叫。

王仁厚　（接唱）叫一声姥姥,（看王老婆及儿媳）不……不好了!

王老婆
东才妻　（惊异）什么事?

王仁厚　（唱）　我与东才正前行,

　　　　　　　　中途路遇见了土匪兵。

王老婆
东才妻　（大吃惊）怎么样?

王仁厚　（唱）　横行霸道不讲理,

　　　　　　　　把咱的东才……（看全家）

　　　　　　　　他……他抓了逃兵。

〔全家放声大哭,他随着后音哭,俩小孩也随后音哭。

王老婆
东才妻　啊哟,不好!

　　　　（同唱）听一言把人的肝肠裂断,

《西安秦腔剧本精编》QINQIANGJUBENJINGBIAN

（喝场）那……那是我那 东才儿……娘的儿呵……
狗娃大   狗娃大

（接唱）这一回性命难保全！

王老婆 （接唱）忙把老老一声唤，
听我把话对你言。（截）

你就该去联保处告状！

王仁厚 我见了联保主任龟子孙，他不管就是了，还把我骂了一场。

东才妻 就该到县政府去告。

王仁厚 儿呀，咱们这里，穷人只有受屈，哪有伸冤的地方？你们晓得前庄里殷老二的儿子，去年也是路上让军队抓去，他到县政府里去告状，到如今人死财散，有什么下场？！

〔东才妻长叹一声，拭泪。

王老婆 谁也不要怨，单犯姓魏的不是好东西！你舍出一条老命，跟他拼命去！

王仁厚 哪一个姓魏的？

王老婆 派款、征粮、抓壮丁，他们哪一回都说是姓魏的搞的，难道你就没有听见么？

王仁厚 他叫魏什么？

王老婆 你糊涂了，他叫"魏员长"。

王仁厚 哎，你不懂！委员长，就是蒋委员长蒋介石，他好比从前的皇上，（发恨）大大的昏君！

王老婆 那你说我们怎么得了？

王仁厚 咋？……事到如今，我们只有（看狗娃、桂花）将这两个小孩子抓养成人，就算好了。（严肃庄重地说）狗娃娘！媳妇……

东才妻 爹爹。

王仁厚 今天我要把话说明，你看东才让人抓走，回来回不来，活了活不了，大半凶多吉少，王门就是（指狗娃）这一小根苗，我们只有去外边逃难，也许能活下去，你……你愿意不愿意？

东才妻	爹爹不要多心，你们到哪里，我就到哪里。(哭)我要把狗娃抓养成人！
王仁厚	(感动的哭音)你当真愿意？
东才妻	愿意！
王仁厚	你不怕受苦受罪？
东才妻	(哭)爹爹，你不要担心，我不怕受罪！
王仁厚	嗳，说是狗娃，狗娃，小孙孙，你还不与你娘跪了。

〔狗娃向东才妻跪下，桂花也跪下，全家人沉痛，东才妻抱狗娃哭，王老婆半昏落座。

王仁厚	(唱)	全家人直哭得肝肠断，
		受苦人直落得这样可怜。
		并不是穷人无能耐，
		怨只怨官家横行霸道欺压百姓杀人贼。
		发海誓离开这河南地面，
		全不信普天下没有老天。
		叫媳妇你莫哭将身立站，
		到明天全家人逃往外边。(截)

你们不要哭了，今晚收拾行李，明天我们就要上路。

王老婆	明天保上要收征粮陈欠。
王仁厚	什么，他们今天催过了？
王老婆 东才妻	催过了！
王仁厚	如此，千万不敢等到明天，赶快收拾！连夜逃走！(叫紧带板)

〔东才妻提包袱一个，王仁厚担一担，一边是破被，一边是烂东西。

王仁厚	(唱)	立逼得今夜晚就要逃走，
		离家乡忍不住热泪交流。(用手拖狗娃)
		叫媳妇扶你娘随在身后，
		这一去全家人冒闯冒游。

〔众齐下。

第七场　活　埋

〔孙副官带吴得贵上。

孙副官　韩排长。

〔韩排长上。

韩排长　有!

孙副官　这几天没有跑什么壮丁吧?

韩排长　上边那一排房子,前天跑了几个,我们下边这几个房子没有跑一个。

孙副官　上边有命令,队伍要开走。

韩排长　往哪里开?

孙副官　西边几个师都要出动。

韩排长　我明白啦,包围边区,是不是?

孙副官　不准随便说。

韩排长　那咱是不是和日本讲和啊?

孙副官　(生气)你不要管这些。监视壮丁,新兵行军,是很麻烦的事,你们要留神!

韩排长　是!

孙副官　(指壮丁房)这里有病号没有?

韩排长　有。

孙副官　重不重?

韩排长　重得很!

孙副官　是不是走不动啦?

韩排长　不行,连站都站不稳!

孙副官　那就干脆,就在今天晚上抬出去活埋了。(向吴得贵)所有的重病号都要这样办,你到下边传达去!

韩排长　是!(下)

孙副官　看严一点。

韩排长　是！

　　　　（齐下）

第八场　指　路

〔王仁厚只有一条破被子搭在肩头。

王仁厚　（内唱）一家人无依靠逃门在外，

〔王仁厚上，搜门，引全家上，东才妻、桂花扶王老婆，王仁厚将狗娃拖过来，到中场全家对视哭，一边走一边唱。

王仁厚　（唱）　讨的吃要的喝好不为难。

　　　　　　　　离家后到如今无处立站，

　　　　　　　　走到处贫寒人有谁可怜？

　　　　　　　　白昼间讨饭吃无人怜念，

　　　　　　　　到晚来憩古庙冷冻难挨。

　　　　　　　　可怜我全家大小泪满面，

　　　　　　　　一个个直饿得骨瘦如柴。

　　　　　　　　最可恨保丁联丁军队警察太短见，

　　　　　　　　把穷人当做了猪狗奴才。

　　　　　　　　我只说离河南世事改变，

　　　　　　　　谁料想到陕西越发可怜。

　　　　　　　　这才是走投无路把谁怨，

　　　　　　　　一家人哭啼啼哪里安排？

　　　　　　　　大路小路有千万，

　　　　　　　　逃难人该走哪一边？

王老婆　（唱）　开言我把老老怨，

　　　　　　　　咱不该逃难到外边。

　　　　　　　　全家人离家乡胡跑乱窜，

难道说跑来跑去死外边?!

王仁厚　（唱）　姥姥不要把我怪，
　　　　　　　　有饭吃谁肯到外边，
　　　　　　　　你我全家不逃难，
　　　　　　　　在家下还是个泪涟涟。

东才妻　（唱）　老娘莫把我爹怨，
　　　　　　　　万般出于无奈间。
　　　　　　　　恨只恨如今世事坏，
　　　　　　　　穷人到处哭皇天。

王老婆　（唱）　一阵阵只觉得身乏体软，
　　　　　　　　浑身无力难向前。
　　　　　　　　老老莫走且立站，
　　　　　　　　咱全家老少歇一歇。（截）

　　　　我们走了半天，我浑身疼痛两腿困酸，歇一歇再走。

王仁厚　（左右探望了一下）好，我们歇一歇再走。

狗　娃　爷爷我饿了。

王仁厚　（抚狗娃头）我娃饿了，不要紧，前边有村庄，到了那
　　　　里，我给你要点东西吃。

狗　娃　不，我等不得，我要吃……（哭）

王仁厚　狗娃不要哭，我给你找东西吃。

狗　娃　我就要吃，我就要吃！（跳，擦泪，哭）

东才妻　（拉过狗娃）狗娃，不要哭，到了前边就有吃的。

狗　娃　我等不得，我就要吃，把我饿死了！（跳，哭）

东才妻　（打狗娃屁股）你总是不听话，再哭，再哭！（拉着狗
　　　　娃左膀，转圈子，狗娃越哭越凶，她越打越急）

王仁厚　（拉过狗娃）说是媳妇，媳妇，你莫打他，小孩子当真
　　　　地饿坏了。

　　　　〔狗娃一跳，睡在地下打滚，放声大哭。王仁厚将狗
　　　　娃抱在怀里。

王仁厚　（唱）　叫媳妇莫把狗娃打，
　　　　　　　　小孩子年幼不懂啥。

秦腔血泪仇
XUELEICHOU

　　　　　　几天没有吃饱饭，

　　　　　　他怎能不哭不怨咱？

　　　〔老农民老冯上。

老　冯　（唱）　正行走来抬头看，

　　　　　　　　红日又要落西山。（截）

王仁厚　老大哥到哪里去？

老　冯　走亲戚看我女儿去。

王仁厚　老大哥，你身上带不带吃的？你看，我有个小孙孙，

　　　　两天没有吃饭了。

老　冯　（看王仁厚全家）你们是逃难的？

王仁厚　是的，我们从河南跑到这里。

老　冯　哎，如今的可怜人太多了。（从腰里掏出一个大黑面

　　　　馍给王仁厚）

王仁厚　多谢老大哥！狗娃，不要哭了，这给你吃。

　　　　〔狗娃接馍大吞大嚼。

老　冯　（审视王仁厚全家）你们此地有亲戚朋友没有？

王仁厚　没有。

老　冯　没有，你这一家人怎么得了？

王仁厚　老大哥，你看你们庄上，是不是用人？（指王老婆、东

　　　　才妻）她们可以缝针作线，两个小孩子可以侍候人，

　　　　我虽然上了年纪，还能受苦种地。只要有人用，不图

　　　　工钱，有一碗稀饭吃，饿不死就是了。

老　冯　哎，你不晓得，如今人人都为难，我们这里粮重款子

　　　　多，常常拔壮丁，十家有九家穷，水推龙王庙，吾身顾

　　　　不了吾身，谁还顾得用人呢？

王仁厚　哎，你说我们该咋办呀？

老　冯　（看周围无人）听说边区里好，那里粮也轻，款也少，

　　　　老百姓日子过得好，你们河南逃难的，到那里去的不

　　　　少，都有办法。

王仁厚　边区在哪里？

老　冯　往北走，两天就到了。

王仁厚　那里是谁家管?

老　冯　那里是共产党八路军的世事。

王仁厚　共产党?我们保长常说,共产党杀人不眨眼。咱们
　　　　敢去吗?

老　冯　哎,你还不明白,保长嘴里没有好话,你只管去,不
　　　　要紧。

王仁厚　(低头想)噢!保长不做好事,哪里来的好话!

老　冯　对着呢,快到边区里去吧!

　　　(唱)　我们都是老百姓,
　　　　　　　因之对你说实言。
　　　　　　　我要走,你们在,
　　　(临走再指路)
　　　　　　　到边区往北走两天。(下)

王仁厚　(接唱)老大哥与我讲一遍,
　　　　　　　诚心诚意露真言。
　　　　　　　从此一直往北走,
　　　　　　　到边区也许有青天。

　　　〔兵丙、丁上,兵丙夹一只鸡,王老婆、东才妻、桂花、
　　　狗娃怕得缩作一团。

兵　丙　(唱)　前村后村搜庄院,

兵　丁　(唱)　见啥拿啥不出钱。(截)

兵　丙　(向兵丁)妈日的,老百姓穷得连啥东西都搜不出来。

兵　丁　老百姓也就是可怜。

兵　丙　(向王仁厚等)你们是做啥的?

王仁厚　我们是逃难的。

兵　丁　一定又是河南人。

兵　丙　不准你们到北边去。

王仁厚　老总,南边没有办法。

兵　丙　(端起枪)你敢不听话,嗯!

兵　丁　莫管咘些,你就教他们去。

兵　丙　不行!

兵　丁　你就太的……

兵　丙　哎,你是啥意思?

兵　丁　这……这可有啥意思呢!

兵　丙　你小心!

兵　丁　小心啥呢,我犯了法了是不是?

兵　丙　我看你人就不对路!

兵　丁　你凭啥说我不对路?嗯,你凭啥说我不对路?

〔韩排长上。

韩排长　什么事?

兵　丙　有几个难民,想往边区跑呢。

韩排长　哼!

〔韩排长走近,王仁厚等怕得躲闪。韩排长发现东才
妻,伸手摸她的脸,她一把推开,转过身去。韩排长
从冷笑转为残酷。

韩排长　你们又是想到边区里送死去,是不是?

王仁厚　不是的!我们在这里讨饭。

韩排长　哼,不是的?你们不到边区去,跑到北边做啥呢?往
南边去!

王仁厚　南边没有办法,我们才到这里来的!

兵　丙　放屁!(踢王老婆等)起来,到南边去!

王仁厚　老总,到南边我们就要饿死!

兵　丙　(把枪端起)不准你说话,到南边去!

〔王仁厚无奈,退了回去。韩排长招手叫来兵丙和他
耳语。

兵　丙　对对对!

韩排长　盯好。

兵　丙　是。

〔韩排长下。

兵　丁　哎!良心要紧。

兵　丙　要良心,像你一辈子发不了财!

兵　丁　我就不想发财!

兵　丙　　少说几句,小心你的命!

兵　丁　　哎!

　　　　　〔二人下。

第九场　龙王庙

王仁厚　　(内唱)可恼军队太无理。

　　　　　〔全家人上。

王仁厚　　(接唱)立逼我全家又转回。

　　　　　　　　只见红日向西坠,

　　　　　　　　一家人今夜晚住在哪里?(截)

东才妻　　爹爹,天黑了,我们今夜晚该在哪里住?

王仁厚　　你们站在这里,(哭)待我到高坡望一望吧。(走了
　　　　　几步,脚尖点地探望)那里大路旁边有一座旧庙,咱
　　　　　们就到那里休息一夜了。

王老婆　　哎,我还不如早死了好!

王仁厚　　不要那样说,随着我来。(转圈)

　　　　　(唱)　姥姥莫要多言语,

　　　　　　　　小孩子听了太伤悲。

　　　　　　　　我们此地暂躲避,

　　　　　　　　等机会全家人逃往边区。(截)

　　　　　原来是龙王庙,我们就在庙里躲避一夜再说。

　　　　　〔全家人进庙,压门,坐的坐,躺的躺,不时长叹。兵
　　　　　丙、戊,作黑夜摸行状,后随韩排长。

兵　丙　　(低声说)韩排长,就在这里。

韩排长　　好,你们把她拉到前边树林子里来。(下)

兵　丙　　是。(示意兵戊)不要害怕,不要心软。(打门)开门!

　　　　　〔王仁厚全家人大惊,老少缩作一团。

兵　丙　　快!

王仁厚　你……你们是什么人？

兵　丙　清查户口的。

王仁厚　我们是逃难的百姓。

兵　丙　不管逃难不逃难，快开门！

王仁厚　（紧压门）饶了我们吧，这里有女人娃娃，他们害怕。

兵　丙　（生气，用力踢门）他妈的！

〔王仁厚正在压门，被兵丙一脚将门踢开，王仁厚跌倒在地，小孩惊叫，王老婆和东才妻急忙把他们搂抱，不使作声。

兵　丙　（踢王仁厚一脚）为啥不开门？

王仁厚　我正要开门，你把门踢开咧。

兵　丙　哼，这里有几个人？

王仁厚　大小五个人。

兵　丙　（走到王老婆等跟前）这婆娘是你的什么人？

王仁厚　她是我的儿媳。

兵　丙　前庄上有一个女人跑咧，我们把她拉去，教人家看是不是。

〔兵丙拉东才妻，她死坠住不走，王老婆拉住她。王仁厚跑去求告。

王仁厚　老总！

兵　丙　（向兵戊）把他挡过去！

兵　戊　（将王仁厚拉过）不准动！

兵　丙　（踢王老婆一脚）放手！（抽出枪指东才妻）走！

兵　戊　不准你们出来，出来就要开枪。（下）

王老婆　（哭叫）哎，天哟！这是什么世事，我们不得活，我们不得活……

〔王仁厚一家小的、老的大放悲声，忽听后台有打人、骚动、喊叫声。韩排长喊："你们不要拉，她咬着我不放。"兵丙说："韩排长，你拿刀子。"东才妻："哎哟！"

王仁厚　（听到声时已站起）你们等着，我出去看。

王老婆　（拉王仁厚）小心！

王仁厚　我还怕什么？（连说带走，一头碰在门墙上，一边揉，一边昏沉颠倒地出门摸着走。东才妻露臂，满脸血，臂上有血点，也是昏沉颠倒地摸着走出来。王仁厚、东才妻相碰，二人惊叫，狗娃、桂花闻声大叫，作紧抱状）

王仁厚　你……你是谁？

东才妻　你……你是老爹爹？

〔王仁厚上前将东才妻架定拖回。东才妻回庙昏过去，全家喊她。

东才妻　（唱）　我只说老少难见面，

　　　　　　　谁知又能转回来。

　　　　　　　强打精神睁开眼，（抓住狗娃）

　　　　（喝场）我的……狗娃，（看桂花）

　　　　小妹妹，罢了，爹娘呵！

　　　　（带板）浑身疼痛实难挨。

　　　　　　　爹娘多把狗娃看，

　　　　　　　儿媳性命难保全。

　　　　　　　讲话中间好气喘，

　　　　（跌倒，老少叫，气喘挣扎，睁眼看老少）

东才妻　老娘，爹爹，妹妹，（强抱狗娃一下）我的狗娃。

　　　　（接唱）丢不下年迈二老小儿男。

　　　　（跌倒死去，全家叫，东才妻不应，大放悲声，狗娃伏在妈尸上哭，王仁厚呆坐一旁抖颤。王老婆急疯）

王老婆　（唱）　我一见媳妇把命断，

　　　　（喝场）东才的媳妇……我，我的好媳妇哪……呵……

　　　　（哭叫时，狗娃、桂花和之）

王老婆　（接唱）怎忍心丢下了老少儿男！

　　　　　　　年幼的狗娃谁照管，

　　　　　　　我二老年纪迈能活几天？

　　　　　　　不由得我把东才唤，

（喝场）那、那是东才儿呀，娘的儿呀……呵……

（狗娃、桂花和之）

王老婆 （接唱）不知我儿在哪边。

一家人直落得人死财散，

老的老小的小疼烂心肝，

死的死活的活太得伤惨，

我不如碰头一死也心甘。

〔王老婆碰死。

〔王仁厚见老婆碰头时，急忙上前阻挡，没有来得及，将老婆尸扶住叫唤。狗娃、桂花都起立叫唤。老婆倒地后，王仁厚疯了似的，摸一摸老婆尸，摸一摸东才妻尸，看一看狗娃、桂花——此时狗娃伏东才妻尸，桂花伏王老婆尸哭叫——忽然放声大哭。

王仁厚 啊哟我的天哪！

（唱） 媳妇姥姥都把命丧，

（喝场）那、那是媳妇，那、那是姥姥，呵……

（哭时，狗娃、桂花和之）

王仁厚 （接唱）好似钢剑刺胸膛。

死的死亡的亡，

丢下一老少一双。

天黑地黑明星朗，

两个孩子都哭娘。

难民无势难告状，

哭声天，叫声地，

我、我……我无有主张。（思忖）

唉！（另起尖板）

王仁厚收住泪两行，

事到了万难要硬心肠。

死的死了她……她……她们无希望，

活的活着还要活。（手拖狗娃、桂花起）

你们莫哭听我讲，

　　　　　哭死了你们她……她还是不能再活。
　　　　　咱老小此地把她们葬，
　　　　　埋葬了她们再商量。（截）
　　　　　狗娃！
狗　娃　爷爷。
王仁厚　桂花。
桂　花　爹爹。
王仁厚　你们不要哭了，哭上个什么？我们把她们掩埋了吧。
　　　　〔在悲哀的音乐声中，俩小孩不时啜泣拭泪，将王老
　　　　　婆、东才妻抬的放在早就铺好的大单上，然后三人拿
　　　　　起单子遮盖。王老婆、东才妻下场，单子下边放两个
　　　　　小凳，单子放下去如坟丘状。
王仁厚　（向狗娃、桂花）来！跪下叩头。
　　　　〔桂花、狗娃叩头毕，王仁厚手拖上他们。
王仁厚　咱们走！
狗　娃　爷爷，就是咱们走？
王仁厚　就是咱们走！
狗　娃　妈妈，（向后看坟放声又哭）妈妈不跟咱来么？我要
　　　　　妈妈哩！（连跳带哭）
王仁厚　（紧抱狗娃，滚白）我可没说狗娃、狗娃，我的小孙
　　　　　孙！你那妈妈死了，死了不能活了！她再也不能跟
　　　　　着我们来了。唉！
　　　　〔在锣声中，狗娃跳在坟上挖土，意欲要娘出来，王
　　　　　仁厚将他拉住抱在怀里。
王仁厚　（再叫滚白）狗娃，狗娃，不明白的狗娃，糊涂的小孙
　　　　　孙，你再莫要傻想，莫要挖土，就是把你娘挖了出来，
　　　　　她也是不会讲话了。
　　　　　（唱）　手拖孙、女好悲伤，
　　　　　　　　　两个孩子都没娘。（看桂花）
　　　　　　　　　一个还要娘教养，（看狗娃）
　　　　　　　　　一个年幼不离娘。

娘死不能在世上，
怎能不两眼泪汪汪。
庙堂上空坐龙王像，
枉叫人磕头又烧香。
背地里咬牙骂老蒋，
狼心狗肺坏心肠，
你是中国委员长，
为什么你的文武官员联保军队是豺狼？
河南陕西都一样，
走到处百姓苦遭殃。
看起来你就不是好皇上，
无道的昏君把民伤！
我不往南走往北上，（拉狗娃、桂花）
但愿得到边区（看狗娃）能有下场。

（同下）

第十场　进边区

〔边区县长与白科长及工作人员两名捎锨上。

县　　长　（唱）　生产热潮真高涨，
白科长　　（唱）　党政军民齐开荒。
县　　长　（唱）　又丰衣又足食人民兴旺，
白科长　　（唱）　边区的老百姓喜气洋洋。（截）

〔四人取手巾擦汗。

白科长　县长，我看你今天下午该休息休息，这几天太累啦。
县　　长　不要紧，我是受苦出身的，你看咱三科长从小念书念
　　　　　大的，现在挖地开荒蛮有劲，真是模范。
工作员　看，那山上的女同志也开荒哪！
白科长　嘿！今年很多妇女开荒都出名咧。

县　长　我实服咱们毛主席的计划,咱们边区这么穷的地方,
　　　　这几年大家生产,竟然搞得公家百姓都过好光景。
　　　　顽固分子封锁咱们,心想咱们吃不到穿不上,教那些
　　　　东西到咱这里看一看!

白科长　哎,国民党反动派只晓得挖苦老百姓,升官发财,一
　　　　点都不给老百姓想办法,老百姓实在受不了!

县　长　你等着看,把老百姓逼得太不像样了,迟早老百姓会
　　　　不受的。

　　　　〔小勤务上,向县长、白科长敬礼。

小勤务　县长,你们快回去吃饭,都等着你们呢。

县　长　今天靠你们小鬼做饭,我看一定搞不好。

小勤务　咦,回去看一看,我们的萝卜菜,比他们平时还切得
　　　　细,我们还要争取模范呢!

县　长　看!那里好像又来难民啦,咱们等一等。

　　　　〔王仁厚带着两个小孩上。

王仁厚　(唱)　昨晚偷过封锁线,
　　　　　　　　是不是来到了边区里边?(截)

　　　　〔县长等迎上去,王仁厚等畏缩退后。

县　长　老人家,你不要害怕,你从哪里来的?

王仁厚　老总,这……这是什么地方?

县　长　哎,我们是八路军。老人家,你从哪里来的? 要到哪
　　　　里去?

王仁厚　哎,我是逃难的人呵!(拉两个小孩走上前)
　　　　(唱)　我姓王家住在河南地面,
　　　　　　　天荒旱无收成少吃缺穿。
　　　　　　　那里的联保军队行事坏,
　　　　　　　公粮公款任意摊。
　　　　　　　百姓死了有大半,
　　　　　　　有人把自己亲生儿女杀死充饥寒。
　　　　　　　我全家出于无计奈,
　　　　　　　连夜逃走进潼关。

一家人逃出五条命，
只有三人活命还。
昨夜偷过封锁线，
但愿得到这里能把身安。

县　长　（唱）听罢言来好凄惨，
外边的百姓太可怜。
转面来我把小鬼唤，
快叫乡长这里来。（截）

小鬼。

小勤务　有。

县　长　请乡长到这里来。

小勤务　是。（下）
〔王仁厚疑心地上下打量县长。

县　长　老人家不要伤心，咱们这里，优待难民，一定要给你
想办法。

王仁厚　外边的老百姓都说你们这里好。
〔县长拉狗娃，狗娃畏缩。
〔乡长上。

乡　长　（唱）县长派人将我唤，
急急忙忙走上前。（截）
县长，你还没回去吃饭呢?

王仁厚　（惊讶）嗯，你是……

白科长　他是县长。
〔王仁厚赶忙跪下叩头。

王仁厚　你是县长老爷，你看我还不晓得!……
〔县长急忙扶起王仁厚。

县　长　老人家，不要这样，咱们都是一样的人，咱们边区人
人平等，再不要这样。乡长，你吃过饭了吧?

乡　长　吃过啦。

县　长　老人家（指王仁厚）是河南逃难来的难民，可怜得
很，我看就分配到你们乡上，找地方，借给粮。（向

王仁厚）老人家,你能受苦吧?

王仁厚　能么,我就是受苦种地的人么!

县　长　很好,很好。(向乡长)老人家上年纪啦,给搞一些
　　　　好地,大家多帮助。

乡　长　有办法,现在咱们群众,都热心帮助难民,什么问题
　　　　都好解决。

县　长　好,你把老人家引的去。

乡　长　(向王仁厚)你不要担心,不能叫你受困难。

县　长　乡长,老人家刚从外边来,不习惯,有困难不好意思
　　　　说,你们要多关照。

乡　长　那是自然的。好,(拉王仁厚)咱们走。

王仁厚　县长老爷,这就实在……我忘不了你的恩!(说着,
　　　　跪下又叩头,县长急忙扶起王仁厚)

县　长　老人家,再不敢这样,这样就不对啦!

乡　长　你不晓得,咱们边区,做官的跟老百姓是一家人,常
　　　　在一块呢,咱们走。

县　长　好,再见,过几天看你来。

　　　　〔县长同白科长向上场门下,王仁厚等与乡长向下场
　　　　门下。王仁厚惊讶、感激,回头瞧,下。

第十一场　互　助

　　　　〔团长担一担饭,一头是馍,一头是汤,筐里有碗勺筷
　　　　等。勤务员随其后,提一桶菜,二人由下场门上。

团　长　(唱)　战士们开荒上山去,
　　　　　　　　我给他们送饭到山里。
　　　　　　　　军民人等多种地,
　　　　　　　　丰衣足食笑嘻嘻。(截)
　　　　〔乡长带王仁厚等由上场门上。

秦腔血泪仇 XUELEICHOU

乡　长　（惊奇问团长）唉，你送饭呢？

团　长　（扬左臂）我因为这一只胳膊打仗带花咧，不能拿镢头挖地，所以我做饭给他们送，生产是大家的事么。这位老人家又是逃难的？

乡　长　是么，可怜得很，一家人死了几口，好容易才跑到咱们边区来。

团　长　哎，外边把老百姓太不当人。（放下担子，拿出两个馍给王仁厚）给娃娃吃去。

〔王仁厚不敢接，看乡长。乡长接馍转交他手。

乡　长　不要紧，给娃吃。

〔王仁厚接馍，分给两个娃，两个娃吞吃。勤务员把菜给两个娃夹馍。团长取出碗勺，盛汤给狗娃。

团　长　来！喝一碗汤。（狗娃不敢接）

乡　长　（向狗娃）不怕的，你喝。

〔狗娃怯怯不前，边走边看王仁厚，展手欲接。团长以为狗娃接住了，把手一松，连碗带汤倒在团长脚上。

团　长　咈咈！（揉脚）

王仁厚　（急得推狗娃一把）你做啥呢！（向团长）老总，对不起，烫着了吧！（拾起碗，欲给团长揉脚）

团　长　（接过碗，阻止王仁厚）老人家，不要紧，娃才从外边来，看见军队就害怕呢，不要紧。（说着又另取出一个碗盛了汤，把狗娃拉过来，交到他手里。团长一边擦脚，稍表示烫痛。一边说着，狗娃接汤喝起来，又给桂花喝）

团　长　老人家放心，到咱边区来的难民，政府帮助，老百姓也帮助，大家给你想办法。（向乡长）你们乡上粮要是一时不方便，我们可以给你借一些。

乡　长　现在群众都热心帮助难民，什么问题都好解决。

〔桂花将碗筷放在筐内。

团　长　你们乡上安了多少家难民？

乡　长　已经安下二十多家啦，都有地种。

团　长　很好，很好。（担起担子）你们在，我就走了。

　　　　（唱）　外边的世事真可叹，

　　　　　　　　　　到边区，

　　　　老人家，

　　　　（接唱）你把心放宽。（与勤务员下）

王仁厚　他是咱们八路军的弟兄？

乡　长　他是咱们八路军的团长呢。

王仁厚　团长？

乡　长　团长。

王仁厚　就是带领营长连长的团长？

乡　长　哎，告诉你，咱们的团长带领的人马，比外边咧团长
　　　　还多。

　　　　〔王仁厚转过身，向团长去处远望。

乡　长　（拉王仁厚）老人家，咱们走。（绕一圈）

王仁厚　哎，人家也是团长！

　　　　（唱）　王仁厚听言泪满面，

　　　　　　　　　想不到那人是军官。

　　　　　　　　　怪不得人人都说边区好，

　　　　　　　　　到边区另是一重天。

　　　　〔吴老二上。

乡　长　吴老二！

吴老二　唉，乡长，有什么事？

乡　长　这位老人家是刚逃过来的难民，你家里能不能腾出
　　　　一个窑洞，让他三口住下？

吴老二　行，能成！老人家，就到我家里去，我给你找地方。

王仁厚　这就教你老兄难为。

吴老二　不要紧，人么，谁都有个一灾二难哩！到咱们边区，
　　　　就跟一家人一样。

乡　长　好，你找地方，我再动员大家帮助。（向王仁厚）老
　　　　人家，你先跟他去，我还有事。

秦腔血泪仇
XUELEICHOU

王仁厚	你……你走呀。
乡　长	我就来。（下）
吴老二	先在这里坐一会。（引王仁厚等进门，找几个馍出来）你们先吃一点，我给你们腾地方去。（下）
王仁厚	（将馍分给两个小孩）孩子，咱们到了好地方啦！
桂　花	（掰一块馍给王仁厚）爹，你吃。
王仁厚	你们吃，我不饿。
狗　娃	（也掰一块给王仁厚）爷爷，你还没有吃东西呢，快吃！
王仁厚	（接过两块馍吃着）孩子，记住这里就是边区，这里就是共产党八路军的地方。

〔老农民胡老，拿一个铁锅上。

胡　老	（唱）　听说又有难民到。
	借给他个铁锅把饭烧。（截，进门）
	你老兄就是刚逃难来的？
王仁厚	是的，你老人家有啥事？
胡　老	我借给你一个锅子，你好做饭。
王仁厚	老人家，你真是好人，我忘不了你的恩！（作揖）
胡　老	看你老兄，不要这样，咱们这里不同外边，政府极力地招呼老百姓。政府一好，老百姓就变成一家人啦。我是前年逃难来的，政府给我粮吃，大家都帮助我，种二十亩，三年不出公粮，五年不出租子，外边把能过日子的人都弄得没法活，这里把多少穷人都搞得有办法，这里是咱们老百姓的天下。
王仁厚	这里好，这里做官的和老百姓都好。
胡　老	咱们这里做官的，都是咱百姓推选的，是咱们自己的人。

〔张老婆手拿两个碗、两双筷，还带两个馍上。

张老婆	（唱）　手拿两碗两双筷，
	急忙送与难民来。（进门）
	胡老，你倒先来咧，你给人家借啥呢？

胡　老	我送来一口锅。
张老婆	正好,我送来两个碗。这两个孩子都是你的?
王仁厚	她是我的女儿,他是我的小孙孙。
张老婆	好娃么,亲亲的。来,我给你们拿来两个馍。(说着拖过两个娃,给了馍,问狗娃)你几岁咧?
狗　娃	七岁咧。
张老婆	(问桂花)你几岁了?
桂　花	十二岁啦。
张老婆	你会不会纺线?
桂　花	会哩,我在家纺过线。
张老婆	会纺线就有办法,我给你寻纺织组组长刘二嫂子,叫公家给你借上一个纺线车子,纺一斤线子可赚得钱不少哩!
桂　花	怕人家不借给我呢!
张老婆	嗯——你还不晓得,咱们这里公家,一天忙来忙去,就是给咱老百姓办事呢,纺线车子公家给你借,棉花公家都给你发。(向王仁厚)你不要愁,你种地,(指桂花)你纺线。能下苦的,在咱们这里不要愁过不好日子。
	〔乡长背一袋米上。
胡　老 张老婆	(齐说)乡长也来了。
乡　长	哎,你们真好,把东西都送来咧。
张老婆	你当就是你好,你背的啥东西?
乡　长	我从乡政府借来一斗米。吴老二呢?
吴老二	(内)哎。
	〔吴老二跑上。
乡　长	地方弄好了没有?
吴老二	弄好啦……
	〔指导员很匆忙地上。
指导员	乡长!
乡　长	哎,指导员,你有啥事呢?

秦腔血泪仇
XUELEICHOU

指导员	我听说来难民啦,跑来看一看。
乡 长	(给王仁厚介绍)老王,这是咱们乡上的指导员,"单顾"跑来看你的。
王仁厚	(很感激地,连跪带说)这就实在担当不起……
指导员	(连忙扶起)老人家,不敢这样。你到这里来,大家想办法,不能叫你老少受饿。(向大家)你们给老人家借啥东西?(大家把自己借的东西一一说完后)你们都好!实在,全中国的老百姓,都是一家人,应当互相帮助。
乡 长	好。(向王仁厚)这是政府给你借的一斗米,你暂时(向吴老二)住他的地方,过几天你也参加变工队。大家帮助,给你开一块荒地。
王仁厚	我是五六十岁的人咧,没有见过这样好的地方,没有见过这么多的好人,你们边区真好。
胡 老	老大哥,这是咱们的边区。
吴老二	哎,是咱们的边区。
乡 长	老人家,看你说的,咱们是一家人。
王仁厚	你们不嫌弃我?
指导员	老王,世上受苦的穷人,都是一家人。
王仁厚	(笑着问)咱们是一家人?
众 人	一家人。
王仁厚	(感动地流泪)哎,你们都是我的恩人。(向众人作揖)
	(唱) 王仁厚来泪满面,
	众位恩人听我言。
	我离家逃难有半载,
	走到处穷人受可怜。
	眼看老小难存在,
	大家救我活命还。
	外边的政府军队行事坏,
	多少人饿死大路边。(截)
	〔张老婆擤鼻子,擦起泪来。

乡 长 指挥员	你哭啥哩吗？
张老婆	（哭着说）我哭啥呢，民国十八年逃难到这里，那时候这里还是国民党，看不起穷人，受他们多少欺负，把我三岁的二女娃，活活地饿死。那时节要有咱边区政府、八路军，大家招呼，我的娃就不会死的，活到现在（指桂花）比这娃还长得大呢！
乡 长 指挥员	好啦，好啦！你现在儿也有，孙也有，不愁穿不愁吃，还哭上个什么？走，（推张老婆）咱们大家帮助老王把地方搞好，走！

〔众齐下。

第十二场　派　场

〔孙副官上。

孙副官	（唱）	政训主任对我讲，
		他言说那边有暗藏。
		要我找人去帮助，
		叫出排长细商量。

勤务兵！

〔吴得贵上。

吴得贵	有。副官！
孙副官	请韩排长。
吴得贵	是。（敬礼，下）

〔孙副官拿出纸烟抽。韩排长上，敬礼。

韩排长	副官。有什么事？
孙副官	坐下。前几次派出去那几个到边区里做破坏工作的人，有什么消息没有？
韩排长	还没有得到什么消息。

孙副官	政训处刚才又通知我,这里的联保处高主任说,对过的边区边界上,有咱自己一个人,做特务工作,是河南人。他自己在那里不好行动,要求这里再派一个帮手。联保主任要咱们派一个河南人去,看你排上谁合适?
韩排长	(作想状)河南人里边可靠的人……哎,有一个新兵叫王东才,虽然没有多干事,这个人还老实,好利用,副官看怎么样?
孙副官	叫来咱们谈一谈。

〔韩排长下,引王东才上,王东才害怕,不知何事。

韩排长	来!(进门)

〔王东才怯步而进门,不自然地脱帽行礼。

韩排长	副官,他就是王东才!
孙副官	你叫王东才?
王东才	是。
孙副官	你家在河南吗?
王东才	是。
孙副官	你想家吧?
王东才	哎,副官! 我家里离开我,一家人就不得活。
孙副官	你家里有什么人?
王东才	我家有老父亲,老母亲,一个小妹妹,我的婆娘,还有一个小娃。老的老,小的小,离了我就没办法。

〔孙副官拿出日记本,一边问一边记。

孙副官	你父亲叫什么?
王东才	叫王仁厚。
孙副官	你母亲的娘家姓什么?
王东才	姓张。
孙副官	你女人的娘家姓什么?
王东才	姓吴。
孙副官	你妹妹叫什么?
王东才	桂花。

孙副官　你的孩子叫什么？

王东才　叫狗娃。

孙副官　你家里穷吧？

王东才　家里本来就穷，现在把地都卖完了。哎，非饿死不可！

孙副官　那不要紧，你有胆量多做点事，赚许多钱给你家里捎回去，不很好么？

王东才　哎，我能做啥哩么？！

孙副官　只要你肯实心实意给咱们办事，有我招呼你。

王东才　只要副官招呼我，我还敢不干么？

孙副官　你愿意干？

王东才　愿意。

孙副官　王东才，这可是你自己说的话，是不是？

王东才　（疑虑）是！

孙副官　好！（指）边区那边有咱们自己的一个人，是一个医生，姓黄，他也是河南人，你回头打扮成一个摆小摊做买卖的人，到他那里去，就说你们是表兄弟，到那里，他叫你干什么你就干什么。

王东才　到那里干什么呢？

孙副官　到那里，你假装成担担背包做买卖的人，调查那边有多少军队，把每条路都记清楚，常常回来报告情况。

王东才　副……副官，我……我不敢去，人……人家……

孙副官　不要紧，那一位黄先生在那里，人也熟，地也熟，你听他的话，担保不会吃亏。

王东才　副官，我不敢去！

孙副官　混蛋！

〔王东才吓得哆嗦了一下。

王东才　这是命令，你敢不听命令？

〔王东才害怕得不知怎么好。

韩排长　王东才，你应当想开一点，做这事又能升官，又能发财，这是很好的事。再说，军队里，长官叫你干什么，你还敢不服从吗？

秦腔
血泪仇
XUELEICHOU

王东才　（想了一下）副官，韩排长，我愿意去，有一件，我回来以后，请求官长们，能放我回家去！

韩排长　回家可不能，咱们……

〔孙副官挡住韩排长的话头，一边眼瞪韩排长，一边说。

孙副官　那成么，为什么不能？（视王东才）只要你搞得好，回来以后，我让你带很多的钱回家去。

王东才　那我就感你们的恩，你们就算救了我一家人。

孙副官　要干就要实干，要是不实干，不但要你的命，连你家里的老小都活不了，你知道不知道？（指本子）你家里的人都在这里边记着呢！

王东才　嗯！

孙副官　到那里，人家黄先生教你干什么，你就干什么，不能说一句二话，是不是？

王东才　是！

〔孙副官站起来，向王东才表示亲热。

孙副官　好好地干，干好啦，一定教你回家，一定叫你带上好多的钱回家。

〔王东才没有答应，但也不敢表示不赞成。

孙副官　到那里不要叫真名字，把你的名字改成……（稍想）何三，记牢！

王东才　是！

孙副官　回头打发你走，你先下去。（王东才拟走）

孙副官　不准告诉人！

王东才　是。（行礼，下）

孙副官　韩排长。

韩排长　副官。

孙副官　你要放灵活一点，我们用这一类的人，就要顺着他的心眼走，任务完成了以后，他还能跑得出我们的手么？

韩排长　是的，是的。

孙副官　下去把一切的手续搞好,多给他说些有利的话,还要
　　　　教他知道不干就不得了。

韩排长　那是自然的。

孙副官　路口上谁放哨?

韩排长　侯班长。

孙副官　可以告诉他。

韩排长　是!

孙副官　好,下去马上就办!

韩排长　是。

　　　　〔孙副官由下场门下,韩排长由上场门下。

第十三场　　放　哨

　　　　〔兵甲与壮丁一,此后壮丁都穿军衣,壮丁一背步枪,
　　　　没有精神,兵甲带短枪,上。

兵　甲　(唱)　每日里路口把哨放,
　　　　　　　　来往行人要严防。
　　　　　　　　若能碰到好机会,
　　　　　　　　要一个心眼弄大洋。(截)
　　　　刘老大,看你咚乏样子,一点精神都没有。

壮丁一　好班长呢,人常吃不饱饭,肚子里饿着呢么,哪里可
　　　　来的精神?

兵　甲　胡说,哪一顿不给你吃饭?

壮丁一　哎,你没吃那饭。不晓得是什么米,闻都闻不得。连
　　　　一点菜都没有,谁能吃饱呢?

兵　甲　以后这些话不准随便说,国难当头着呢,谁都要吃
　　　　苦呢!

壮丁一　(无可奈何地把兵甲看了一眼,叹气)唉……

　　　　〔王东才打扮成一个商人样,担一担货上。

| 王东才 | （唱） | 打扮商人做买卖， |
| | | 但愿能够早回来。（截） |

王东才　刘大哥，是我。

壮丁一　呃，是你，王东才么，（转过看一下兵甲）你……

王东才　咳！人家叫我到边区去呢。

壮丁一　你去边区做啥呢？

王东才　孙副官说，那里有个姓黄的……

兵　甲　不要胡说。（把壮丁一与王东才瞪了一眼）王东才，
　　　　自己为自己，心放毒一点，心善的人发不了财，你明
　　　　白不明白？

王东才　噢！对，对。

壮丁一　（向王东才）呵，你做坏事去呀！
　　　　〔兵甲啪地打壮丁一一个耳光，并骂。

兵　甲　什么叫坏事？（连骂，又打一个耳光）
　　　　〔壮丁一忍受，不敢动。

兵　甲　（向王东才）一切手续，可不敢忘了。

王东才　记着呢。

兵　甲　好，你去吧！

王东才　是！（对壮丁一有点表同情，难为情地下）

兵　甲　走，跟我到那边去看一看。
　　　　〔二人下，壮丁一在后咬牙发恨。

第十四场　纺　棉

　　〔奏起幽雅的丝弦，桌上放瓷盆，盆内有勺，旁边有碗
　　筷，预先在地上放好一个线兜子。
　　〔桂花衣服换新，上身穿粉红衫，脸色也干净好看，拿
　　笤帚簸箕，扫地倒土，端出纺线车子，洗手，卷花后，

开始纺线。

桂　花　（唱）　王桂花在窑内转轮纺线，

只觉得一阵阵好不喜欢。

来边区还不到六月半载，

我一家三口人有了吃穿。

老爹爹开荒地三十亩半，

又种谷又种豆又种花棉。

我每日能纺线五两半，

交到工厂能赚钱。

狗娃年幼也能干，

拦羊放牛照庄田。

我三人劳动不偷懒，

到明年吃肉吃面还要把好衣穿。

〔刘二嫂上，夹着棉花和线穗包子。

刘二嫂　（唱）　身带棉花又拿线，

我要把纺线的细查一番。

前庄里走来后庄里转，

不觉得来到了王家门前。

不进门我这里偷眼观看，（绕板）

哎，好娃！

（接唱）王桂花在那里正在纺棉。

窈窕小手把轮转，

身穿一件粉红衫。

红光满面真好看，

教人越看越喜欢。

小小年纪真能干，

选她个纺织模范理当然。

我在此间莫久站，

进门去与她把话谈。（进门）

桂　花　（对刘二嫂非常欢迎，很活泼地）哟！刘二嫂子来
咧！（放下纺车，跳起来）快坐下。

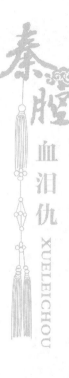

刘二嫂　你真是好孩子,能劳动。

桂　花　(拿勺碗忙舀饭)刘二嫂子,吃点饭!

刘二嫂　(夺碗相拒)我刚吃过饭。

桂　花　刘二嫂子,你看我能吃你的馍馍,你就不能吃我的饭。

刘二嫂　我是饱着呢,你当我是客气得不敢吃你的饭?(四周上下看)你们的屋子真干净,这地是谁扫的?

桂　花　我扫的。

刘二嫂　你真是好孩子,脸也干净,手也干净,地方也干净!

桂　花　嗯……(愉快撒娇的音调)我还干净啥哩些。

刘二嫂　(拉桂花手比自己的手)你看,你的手比我的白净多呢。

桂　花　我是刚才洗的,纺线子不洗手,把线子弄脏了,织出布不好看。

刘二嫂　你比我都想得周到,把你纺的线拿来我看。

桂　花　(在地下车上卸下线穗子给刘二嫂)刘二嫂子,不要见笑,我纺得不好!

刘二嫂　(拿线端详)咦!你这小鬼真巧,纺出来线子又白又细,谁敢说不好。

桂　花　嗯,我不会纺线,好啥哩些。

刘二嫂　你一天能纺几两线?

桂　花　我现在每天要抬水做饭,刁空纺线,能纺五两半。

刘二嫂　你真有本事,年纪小事情忙,纺的线子又多又好。(从包内又取出一个线穗子)你看,比她们的都好。

桂　花　嗯,我哪里比人家的好。

刘二嫂　我告诉你,区政府教我检查纺线的呢,咱区上给你们纺线好的发奖呢,我看你就是第一名!

桂　花　比我好的人多着呢。

刘二嫂　你不信咱们走着看,第一名定跑不了你!

桂　花　刘二嫂子就爱说笑话,说得人家怪不好意思。

刘二嫂　这有啥不好意思,你要是得了头名奖,连我这纺织组的组长都是光荣的！

桂　花　刘二嫂，咱们边区对我们穷人真是好，你看我们来到这里不够半年，政府帮助，大家帮助，现在搞得有吃有穿。刘二嫂，我永远忘不了你的恩。

刘二嫂　咱们都是一样的人，我们从前还不是穷得要命么，共产党闹起革命，我们才翻身的。哎，咱们只顾谈话，耽误了你的纺线，你快纺线去。

桂　花　不要紧，刘二嫂子，咱们再多谈几句。

刘二嫂　咱们往后再谈，我还有事，我就去了。

　　　　（唱）　我要去，你纺线，

　　　　　　　　许多的话儿改日谈。

　　　　　　　　二斤好花交当面，

　　　　　　　　我还要到那边检查一番。（绕板）

　　　　（取棉花交桂花）桂花！你把棉花收好，我还要到乔大娘家里去呢。

桂　花　你不再坐一会？

刘二嫂　（连说带出门）不坐啦！过几天再来。

桂　花　（送出门）过几天一定要来！

刘二嫂　一定来，你快回去！（下）

桂　花　哎！

　　　　（唱）　刘二嫂与我把话讲，

　　　　　　　　桂花心中有主张。

　　　　（进门，坐在车旁，一边纺一边唱）

　　　　　　　　从此后把线更多纺，

　　　　　　　　才不负人家好心肠。

〔王仁厚脸色比过去好看多了，拿旱烟袋，捎锄上，笑容可掬。狗娃随王仁厚后，红光满面，手提水罐。二人穿的衣服整齐干净。

王仁厚　（唱）　八路军帮助百姓来锄地，

　　　　　　　　一个个和和气气笑嘻嘻。

　　　　　　　　这才是国家的好军队，

普天下要算第一的。（截，进门）

桂　花　爹爹回来了。

王仁厚　回来了。（把锄放在桌后）

狗　娃　姑，饭做好了没有？

桂　花　好了，你快吃去。

王仁厚　来，大家一齐吃。

　　　　〔桂花停纺，站起来。三人一边吃饭一边说话。

桂　花　爹爹，你们把阳洼地锄完没有？

王仁厚　今天的地锄了个美，连后沟条的地都锄完了。

桂　花　嗯，我就不信。

王仁厚　你不知道，今天八路军帮助老百姓锄地，真好，八路
　　　　军无论做官的、当兵的真好！

桂　花　那你为什么不叫人家来咱家吃饭呢？

王仁厚　人家不吃么，谁家的饭都不吃。做官的、当兵的把我
　　　　抬举得就和老人一样，我心上实在不得过去。

狗　娃　爷，我听见变工队队长给吴老二说，你今年开荒开得
　　　　多，锄草锄得好，又肯给大家帮忙，众人要选举你当
　　　　劳动英雄呢。

王仁厚　这话可不敢给旁人说，自己说自己好，人家笑话呀！

桂　花　（得意地）爹，今天纺织组组长刘二嫂子到咱家来检
　　　　查我纺线呢，她说我纺得好纺得多，还说我是第一
　　　　名，给我发头等奖呢。

王仁厚　嗯，说这话的人多哩，我娃纺的线就是不错。边区真
　　　　是好，把老百姓看得和亲生儿女一般！

狗　娃　爷，你们都是劳动英雄，我算啥呢？

桂　花　你还小呢。

王仁厚　（开玩笑）我要是劳动英雄，你就是劳动孙子。

狗　娃　我不要，劳动孙子不好！

　　　　〔指导员上。

指导员　（笑眯眯地唱）

　　　　　　王仁厚年虽老努力劳动，

他的女王桂花纺线出名。

他二人男女老少都信任，

许多人要举他劳动英雄。（截，进门）

王仁厚　唉，指导员，快坐下。

狗　娃　指导员，（跑上去）八路军明天再锄草来不？

指导员　（拖狗娃）还锄。你看八路军好不好？

狗　娃　好，他们给我教唱歌呢。

王仁厚　指导员，快坐下！

　　　　〔桂花将纺车拿起，往桌后放。

指导员　坐么，（一边落座，一边看着桂花，微笑地说）桂花这
　　　　个小鬼，纺线出了名啦。（说时，桂花立定笑着听）

桂　花　（一边走一边说）我纺线纺得不好。

王仁厚　她还小呢，不行！

指导员　能成，人人都夸奖呢！

王仁厚　指导员，有什么事？

指导员　团部叫咱们政府访问你们，调查军队帮助老百姓锄
　　　　草怎么样？

王仁厚　咦，好么，咱们的军队又和气，又出力，完了连饭都不
　　　　吃，真是跟自己人一样。

指导员　也许有一个两个不好好搞，你只管说。咱们这里不
　　　　同外边，政府军队是老百姓自己的，有不对处就批
　　　　评，不要怕！

王仁厚　我说的是实话，都好！

指导员　咱们八路军就是这样，前方打日本救中国，后方生产
　　　　学习帮助老百姓。

王仁厚　我活了这一辈子都没见这样好的军队。

指导员　老王，你和桂花都准备着。

王仁厚　准备啥呢？

指导员　变工队要选你劳动英雄，妇女们说桂花纺线纺得好，
　　　　政府要给她发奖呢。

王仁厚　指导员，我们担当不起，你给大家说，不要这样。

指导员　大家都说你们好,我说你们不好也不行。劳动英雄很光荣,你们果真好,有啥担当不起。

王仁厚　你看我们逃难到这里,全靠政府帮助,大家帮助,搞得我们能吃能穿,这就了不得咧,你们再要抬举我,我实在担当不起。

指导员　政府应当帮助你,大家应当互相帮助,咱们边区就是这样,谁肯劳动,努力生产,帮助大家,谁就是劳动英雄!

王仁厚　劳动生产,为自己么,与自己也好么,大家还为什么要这样抬举呢?

指导员　我告诉你,全边区的人,都能很好的劳动,咱们边区就有办法。要是全中国的人,都能很好的劳动,全中国就有办法。咱们劳动的人有了办法,毛主席最喜欢。

王仁厚　毛主席这个人,真是老百姓的救星!

指导员　老王你们准备着,将来选举出来,开大会,给你们发奖,你还要上台讲话呢!

王仁厚　唉,我连台子下边都不敢讲话,还敢在台子上边讲话,决不敢……

指导员　不讲大家不让。

王仁厚　我实在讲不了。

指导员　有啥讲不了,咱们老百姓的话,老实话,心里有啥就说啥。

王仁厚　心里有啥就说啥?

指导员　噢。

王仁厚　那我心里有话哩!

指导员　你当讲话还要讲啥呢。

王仁厚　我当讲话要讲文话呢。

指导员　嘿……咱们就讲心里的老实话。好,你们在,我就走了。

　　　　(唱)　大家都说你们好,

生产劳动比人高。

劳动英雄跑不了，

两面旗挂在你们的窑。（绕）

你们在，我走啦。（起立出门）

王仁厚　指导员，你要常来呢。

〔全家出门送指导员。

指导员　对，你快回去。（下）

王仁厚　哎！

（唱）　边区真爱老百姓，

穷人个个能翻身。

想起外边咬牙恨，（进门）

逼死了多少好人民。（留）

（关门，众齐下）

第十五场　投　军

张虎儿　（内唱）听说是顽固派又来捣乱，

〔张虎儿背一袋粮，拿一支土枪急上。

张虎儿　（唱）　不由我一阵阵咬紧牙关。

到政府我把乡长见，

要参加自卫队打倒汉奸。

〔张虎儿气汹汹地连走带唱，几乎碰倒急急忙忙背一
背菜给军队送的胡老。

胡　老　哎……

张虎儿　（急忙扶定胡老）唉，胡大伯，你到哪里去呢？

胡　老　（急喘着）我当光我心里急，我看你也心里急得很。

张虎儿　你老人家心里急啥呢？

胡　老　听说国民党坏蛋顽固分子要打咱们边区，狗日的太
可恨！咱们八路军开来咧，人家都送分粮呢，捐钱

哩,我背了一背菜,给咱们军队吃得美美的,把狗日的国民党坏尿打得远远的,好狗日的又想欺负咱们。

张虎儿 胡大伯,你看,(出示土枪)我要到乡政府报名去,参加自卫队,国民党狗日的胡调皮教他狗日的吃家伙。

胡 老 对,好小伙子,打!教狗日的知道咱们边区老百姓的厉害。走,咱们走!

张虎儿 走!

〔张虎儿在后扶胡老的菜捆,二人下。

第十六场　接　头

〔黄先生上。

黄先生 (唱)　前几天去信高主任,

为什么还不见来人?

在家里只觉得心神不定,

出门去望一望路西路东。(绕)

(出门瞭望)

〔王东才担担上。

王东才 (唱)　一边走一边问,

莫非他就是黄先生。(截)

老先生,有一位姓黄的黄先生,在哪里住?

黄先生 你是不是他的亲戚?

王东才 是么,我是他的表弟,他是我的表兄。

黄先生 哎,你看几年不见我就把你认不得咧!快回屋里去!

王东才 你就是表兄?

黄先生 是么!

王东才 你姓黄?

黄先生 (挤眉弄眼,东张西望)是的,你快回去。

〔王东才怀疑地看着黄先生,进门,将担放下。黄先生向两边看了一下，进门，稍停，听外边有什么声息没有，以后才说话。

黄先生　你带的东西呢？

王东才　我就担一担货！

黄先生　不是问这东西，手续。（最后二字要重音）

王东才　噢。（从袜子里取出一个小纸包交黄先生，然后呆然地上下打量黄先生与屋子里的一切）

〔黄先生接过纸包，打开看信后，走近王东才耳语。王东才点头。

黄先生　你坐下。

〔王东才落座。

黄先生　你以后还是背着货包出去方便一点。

王东才　对。

黄先生　从明天起你先到西沟里卖东西，咿里边驻八路军着哩，你看他们住多少地方，约摸有多少人。

王东才　西沟，西沟在哪里？

黄先生　你今天到这里，路上看见一座关帝庙没有？

王东才　看见啦。

黄先生　就在咿关帝庙西边，不是有一条大沟吗？里边有区政府，八路军就在那一带呢。

王东才　噢。

黄先生　西沟转上几天，就在边界上转的卖货，把大路小路记在心上，捎来带去刁空往井里放毒药。

王东才　噢，黄先生！往井里放毒药，会毒死人的，我……

黄先生　上边不是要你听我的话吗！

王东才　他们没说叫我下毒药害百姓么！

黄先生　我叫你干啥，你就得干啥，要是不干，不光是你，连你家里的人一个也活不了。中央军把你没办法，就不会派你到这里来，你明白不明白？

王东才　我……我知道。

黄先生　我们这里还有几个人呢，教你做啥你不做，有人会报告我的,那时候不要怪我无情。

王东才　对,对,我听你的话。

黄先生　每天下午太阳快落的时候,一定要回来,这是最要紧的。

王东才　对。

黄先生　干这一种事,最要紧的是守规矩,不能大意一点,出了岔子,不敢说实话,不敢咬旁人。说了实话,八路军要活剥了你的皮;咬出旁人,有人会要你的命,知道不知道?

王东才　知道!

黄先生　(起立)好,到里边吃饭,晚上慢慢地细谈。

　　〔王东才懒洋洋地随黄先生下。

第十七场　政府忙

　　〔吴老二背一袋粮在前,王仁厚背一袋粮在后随上。

吴老二　(唱)　心儿里可恼国民党,

王仁厚　(接唱)走到处害百姓太无天良。

吴老二　(接唱)军粮军草准备好,

王仁厚　(接唱)替人送来救国粮。(截)

　　〔二人将粮放下。吴老二先进门。

吴老二　乡长!

　　〔乡长上。

乡　长　唉,你倒送粮来啦,好的,真快!

吴老二　当然要快么,咱们八路军为了保护老百姓,说话就开下来啦,咱们的粮,当然要送快呢。(说着出门同王仁厚将粮背进来)

乡　长　哎,老王,你怎么送粮呢,不要你们难民出粮。不敢这样,我知道你没有啥粮么。

王仁厚　哎,我就可恨我自己没有粮,我是帮助他送粮呢。

乡　长　你是上了年纪的人,背那么多的粮受不了。

王仁厚　不咋,人心里有劲,气力就大。

吴老二　乡长,你还不知道,这几天老王简直疯咧,走到处说国民党,把多少人说得都流眼泪哩。我不让他背,他非背不行。

王仁厚　乡长,我着急我没有东西给咱们公家拿出来,咱们的政府军队是老百姓的恩人。国民党狗日的是什么东西,他们不晓得害死多少老百姓,他们放着日本鬼子不打,跑到这里打咱的边区。从前我不懂啥,现在我明白咧,有咱们共产党八路军,世事就有办法,我再也不害怕他狗日的。咱们有八路军,咱们老百姓,打! 把狗日的坏尿杀! 你不知道,中国人快教他们害完咧!

吴老二　狗日的,自己做坏事,还不让人家做好事,看见咱们边区老百姓日子过得好,狗日的眼红呢。

〔张虎儿背粮急上。

张虎儿　(唱)　急急忙忙往前行,

　　　　　　　　不觉来到政府门。(截,进门)

　　　　　乡长,这是我家的公粮。

乡　长　啊哟,大家都齐心,咱们的粮,一定能按时完成。

张虎儿　乡长,我报名参加自卫队。

乡　长　自卫队可要脱离生产呢!

张虎儿　当然,我知道,国民党狗日的想来欺负咱们,瞎了他狗日的眼! 慢说咱们有八路军,就咱们老百姓,也够他狗日的拾掇,狗日的不服就来!

乡　长　好的,少年英雄,咱乡上的青年差不多都报名了。(写了一个纸条给张虎儿)你找自卫队连长去。

张虎儿　对。(接过条子,气呼呼地下)

乡　长　老王,你还不知道呢,咱们边区的老百姓是打出来的好汉。国民党顽固分子要是跟咱干起来,你看,老百姓都是赵子龙、杨七郎。

〔王仁厚捏着拳头，咬着牙，低头沉思着，胡老背菜上。

胡 老 （唱）　一边走，一边喘，

　　　　　不觉得来到了政府门前。（截，进门）

乡长，咱没有好东西，给咱八路军送来一背菜。

乡 长 老胡，政府不让你们难民出东西，你一身一口，光景不大好。

胡 老 老天爷在上，我不敢说光景好，从前在外边，饿死老婆，卖了女儿，还是活不下去。现在有吃有穿，国民党狗日的又想来欺负咱。乡长，我也要参加自卫队。

王仁厚 哎，乡长，我也参加，我要是看见国民党的军队，我非打死他们几个不可！

乡 长 不行，不行，你们上年纪啦，不合政府规定。

〔王仁厚欲说，被胡老抢先了。

胡 老 能打死人的，就该让参加！

王仁厚 乡长，我能打死人，能！能！

乡 长 好啦，好啦，政府的规定，你们要服从。

王仁厚 乡长，那我就太对不起咱们边区，粮出不上来，人也出不上来，你要给我寻事情干。

胡 老 给我也寻事情干！

乡 长 对，有你们干的事情。

〔张老婆一只鸡，提一筐蛋上。

张老婆 （唱）　送来鸡，送来蛋，

　　　　　见了乡长说一番。（截，进门）

乡长，我家的公粮，送到没有？

乡 长 送到啦，一早就送到啦。

张老婆 我再没啥好东西，把这一只鸡一筐蛋，送给咱八路军，把国民党打在十八层地狱里边，教它永辈子不能翻身。

乡 长 你老人家真好，做啥事都要跑在人前哩。

张老婆 乡长，我永忘不了革命的好处，革命救了我全家人，

　　　　 我的儿女,都是革命扶持大的,国民党又来反咱们的
　　　　 革命,又想叫咱们老百姓受罪,不行,我就不让。
　　　　〔黄先生背一袋粮上。

黄先生　（唱）　为了调查见乡长,
　　　　　　　　　我也送来一袋粮。（进门）

乡　长　唉,黄先生,辛苦,辛苦!

黄先生　不要紧,咱们政府待我真是好,我给咱们军队送粮是
　　　　 应当的。

乡　长　黄先生,你看国民党反动派可恨不可恨,把河防上挡
　　　　 日本的军队,调来打边区,又要搞内战呢。

黄先生　我看不要紧,打不起来,难道他不怕日本过黄河
　　　　 来吗?

乡　长　哎,你还不明白,他们根本就不认真打日本,国民党
　　　　 顽固派的坏军队在华北华南许多地方,跟日本军队
　　　　 商量好打咱们八路军、新四军,简直不是中国人。

黄先生　真是要不得,咱八路军是好军队么,为什么要打呢?

乡　长　国民党反动派,想投降日本,当汉奸,自己做坏事,见
　　　　 不得咱们这些好人。

黄先生　哎,你说这打起来,实在不好,这些东西,真混账! 我
　　　　 就担心他们的人多,咱们,哎……

胡　老　人多? 还有咱老百姓多?

王仁厚　咱们八路军一出头,外边的老百姓,都要起来跟他们
　　　　 算账呢,你不要怕他们人多。

张老婆　黄先生,你到边区才两三年,你还不知道革命的厉害
　　　　 呢,打起仗来,你看,咱们老百姓都是兵,比他还多。

乡　长　我给你说,咱们从前闹革命,三个人才有一支烂步
　　　　 枪,两颗子弹,还有一颗是塌火的,不能用,就那把
　　　　 国民党反动派打得落花流水。现在咱们八路军,枪
　　　　 也好炮也好,顽固分子来了非消灭他不可!

黄先生　只要打倒国民党,比啥都好,我赞成!
　　　　〔指导员急上。

指导员 乡长!

众　人 唉,指导员,这几天真把你忙坏了。

指导员 做革命工作,应当多出力!(看见粮菜等)唉,你们都是好的,送粮送菜。大家不要担心,这一次国民党反动派若是公开投降日本,搞内战,我们非打倒它不可。乡长,区上来人啦,你快到我屋里开会去。(向大家)好,你们在,我还有事。(匆忙地下)

众　人 指导员真好,常是一头汗一头水地为大家办事。

乡　长 东西暂时放在这里,明天你们取布袋来,我要开会去。

〔众人出门,只有黄先生向上场门去,走了几步停下偷听。

胡　老 乡长,有什么事,我能干的,你只管说。

乡　长 对。

张老婆 乡长,我娃报名参加自卫队,验上了没有?

乡　长 验上啦!

张老婆 对!教娃们把反动派杀完,咱们子孙万代再不受人的欺负。

王仁厚 乡长,我心里难受得很,家里没有人能参军,哎!东才!东才!

乡　长 老王,不要太伤心,有咱们共产党八路军,不怕报不了仇!

〔众齐下,黄先生亦下。

乡　长 哎!

　　(唱) 边区都是好百姓,
　　　　　大家团结一条心。
　　　　　反动派若要胡扎挣,
　　　　　儿好比飞蛾扑火活不成。(下)

第十八场　放　毒

〔桌裙下放一木瓢。王东才背一包货,手拿货郎鼓上。

王东才　（唱）　一边走一边看,
　　　　　　　　见一口水井在面前。
　　　　　　　　撒毒药害人我不情愿,
　　　　　　　　不撒药又怕有人背地观。
　　　　　　　　我把毒药撒一半,
　　　　　　　　害人不死心里宽。

〔王东才向四方瞧一下,取出药包,几次欲解药包而不忍心,终于打开药包,四下张望,手颤地撒了一点,将纸包揉成一团丢了。呆呆地站了一会。忽听后边有人唱的声音,急忙摇鼓而下。吴老二担一担水桶,随随便便哼着小曲子,到井边,弄了两桶水担下。桂花、狗娃二人,抬一水桶上,用木瓢舀了一桶水,狗娃抬水,调皮地下。

第十九场　中　毒

〔桂花纳鞋帮子,一边唱,一边纳,上。

桂　花　（唱）　手拿鞋帮穿针线,
　　　　　　　　要与军队做好鞋。
　　　　　　　　八路军穿上把贼赶,
　　　　　　　　赶走了国民党大家安然。（留）

〔狗娃提一罐饭，罐上放一个碗上。

狗　娃　（唱）　手里提着饭一罐，

　　　　　　　　送给我爷到深山。（截）

　　　　　姑，我给爷爷送饭去呀！

桂　花　今天不送饭。

狗　娃　为啥不送饭？

桂　花　今天你爷给军队送柴去了，回家来吃饭呢。

狗　娃　我还不知道，我倒先把饭吃了。

桂　花　吃了就吃了，把饭倒在锅里，你爷回来热热的好吃。

狗　娃　对。（转身，忽然肚子疼）哎哟。（把罐子放在一边，

　　　　　用手按肚，挣扎疼痛）

桂　花　（急忙扶狗娃）狗娃，你咋啦？

狗　娃　我肚疼得要命，哎哟，疼死我了，快，不得活了……

　　　　　（要倒的样子）

桂　花　不要怕，不要怕，等你爷回来给你请医生。

狗　娃　哎哟，疼死我了……

　　　　〔桂花一边安慰，一边给狗娃揉肚。王仁厚上。

王仁厚　（唱）　适才送了柴一担，

　　　　　　　　转回家中用饭来。（截，进门）

桂　花　爹，快看，狗娃肚疼得要命呢！

王仁厚　（把斧绳一丢）什么病，快来我看。

狗　娃　爷爷，我不得活了，肚子疼得要命，哎哟！疼死我了。

王仁厚　（问桂花）什么时候得病的？

桂　花　早上还好好的，吃了饭就不对了。

王仁厚　（揉了一阵，没办法）桂花，你先瞧着，我出去问一问

　　　　　人家，看有什么办法。

桂　花　好。

　　　　〔王仁厚一出门就看见乡长与团部任医生来了。

王仁厚　唉，乡长，我的孙子，今天早上还好好的，吃了一顿

　　　　　饭，忽然肚子疼得要命哩。

乡　长　没有错，又是一个中毒的。

任医生　小孩子,你把口张开。

〔狗娃张开口。

任医生　不要紧,毒中得很轻。

乡　长　他妈的,非把这些汉奸特务抓到手不可。

任医生　(取出两包药)小孩子,把这一包药吃下去,晚上再吃一包。

〔狗娃吃药后稍静。

王仁厚　(向乡长问任医生)这一位同志,是……

乡　长　这是咱们团部的医生。有坏东西给咱们井里边放毒药啦!咱们庄上中毒的人很多,任医生治好了几个啦。

王仁厚　咱们的军队真是好!

任医生　以后你们在水缸里边,放上一个青蛙试验水里有毒没有毒。(向乡长)公共用的水井,要派专门人照看。

乡　长　对。

王仁厚　(问任医生)同志!你看这孩子要紧不要紧?

任医生　不要紧,待一会一吐就好了,好好地躺几天,吃点软的东西就好啦!吃了药有时还要疼痛,不要害怕。

王仁厚　这就实在多亏你救命!

任医生　老人家,这没有什么,咱们军队、人民是一家人。乡长,咱们再转几家,看还有中毒的没有?

乡　长　对。(拟走,又站定)老王,狗娃不要紧,你放心。这里有一封信,赶快地送给区政府,通知各乡,教大家都注意,这是很要紧的事!

王仁厚　对,(接信)我就去。(拿草帽和红缨枪匆忙下)

任医生　(向桂花)你把小孩扶到炕上睡下好一点。(与乡长下)

〔桂花扶狗娃下。

第二十场　逼　刺

〔黄先生上。

黄先生　（唱）　适才间见老王西沟送信，

要转回至少过二更。

他每日到处宣传连哭带说惹得大家把国民党恨，

气得人心中冒火星。

今夜晚定要送了他的命，

谁敢再骂中央军。

〔王东才背货包上。

王东才　（唱）　日落西山天将晚，

背着货包儿转回还。（截，进门）

黄先生　今天怎么样？

王东才　转了许多路，刚才过路，给东边那个井里把药撒进去啦。

黄先生　好的，撒了一个是一个。何三，你升官发财的机会到啦。

王东才　哎！我能回家就对啦，升啥的官，发啥的财呢。

黄先生　真的，这一次是好机会，今天晚上我派你过去，给长官送个信，能立一功。你的运气好，今晚偏有个老头子，手拿红缨枪，从区政府回来，一定要路过关帝庙，你先到那里藏好，等他过来，猛不防弄死他。我将来给你开证明，能得一份大赏呢。

王东才　黄先生，你叫我送啥，我就送啥，杀人的事，我没干过。

黄先生　你是嫌钱多了咬手哩，是不是？

王东才　我不能杀人。

黄先生　（严厉地）何三，你应当明白你是个干啥的，简直不
　　　　像话啦，竟敢违抗命令。

王东才　黄先生，这……

黄先生　就是这事，非干不可！干，能发财；不干，小心你的
　　　　命！干不干？

王东才　那要是等不上那个人呢？

黄先生　当然，等到三更还不见那个人，你就不要再等啦，连
　　　　夜过那边去。

王东才　好，我干。

黄先生　你情愿？

王东才　情愿。

黄先生　我知道你情愿。人么，还能见利不取吗？

王东才　那你给我办手续，办路条子！

黄先生　好，你等一会。（下）

王东才　哼！

　　　　（唱）　王东才好为难，

　　　　　　　　活在人下把头低。

　　　　　　　　动不动要我犯大罪，

　　　　　　　　我不从来他不依。

　　　　　　　　暂且答应免受气，

　　　　　　　　岂肯杀人把心亏。

　　　　　　　　到了那边苦哀告，

　　　　　　　　求官长容我把家回。（留）

　　　　〔黄先生上。

黄先生　（接唱）各样手续办齐备，

　　　　　　　　大事成功在眼眉。

　　　　何三，手续办好啦，到后边吃一顿饭，马上就去，不要
　　　　误了大事。

王东才　对。

　　　　〔二人下。

第二十一场　遇　父

〔王东才背货包上。

王东才　（唱）　糊里糊涂由人调，

此事不做第二遭。

恨不得一步跳过关帝庙，

过边境放开大步跑。（忽听前边有人咳嗽而来，连忙躲闪一旁）

〔王仁厚上。

王仁厚　（唱）　区政府送了一封信，

月光下面转回程。

一路走得身乏困，

抽一袋旱烟再动身。（截）

（坐下取烟袋）

〔王东才用惊讶的神情，追随王仁厚的后边，王仁厚坐下了，他也把货包放下，仔细端详，王仁厚擦火点烟，出来了。

王东才　你……

〔王仁厚吓了一跳，猛立退步，直喊三两声，手拿红缨枪对着王东才。

王仁厚　谁？

王东才　（浑身打战，要抓王仁厚的样子）你……你……

王仁厚　嗯，你……

王东才　（一把抓住王仁厚）你是爹爹！

王仁厚　东才。

王东才　（大哭）爹爹。（下跪，紧抱王仁厚腿，哭）

〔王仁厚一时也不知说什么好，抚摸王东才，二人稍沉静一会儿。

王仁厚　东才,东才,你抬起头来我看一看。

王东才　(抬头)爹爹,我是东才。

王仁厚　(细看王东才后,怀疑得看天、看周围)这……这是梦吧?

王东才　爹爹,不是梦,我当真是东才。

王仁厚　你……你……你还活在世上?

王东才　是的,爹爹,我没有死。

王仁厚　你……你怎么能到这边来。

王东才　爹爹,我……我是……

王仁厚　你……你怎么能到这边来?

王东才　我……我是开小差,做……做小买卖到这边来的。爹爹你看,那就是我的货包子。

王仁厚　(看了一下)你……你站起来。

〔王东才站起,王仁厚抓住他的两肩细看。

王东才　爹爹,我是东才。

王仁厚　你……你是东才?

王东才　我是东才。

王仁厚　你……你回来啦!

王东才　我回来啦!

王仁厚　(大声)好!参加咱们八路军,报仇!

王东才　爹爹,你怎么来到这里?

王仁厚　我……我走遍了天下,受尽了痛苦,好容易才走到这个好地方来。这里是共产党的地方,是咱们老百姓的天下。

王东才　爹爹,我娘来了没有?

王仁厚　你娘?

王东才　我娘怎么样?

王仁厚　你娘……你娘也来啦,咱们一家人都在这里。走,跟我回!

王东才　(将货包背好)爹爹,走。

王仁厚　（拉王东才）走，回，参加咱们八路军，报仇！

〔王东才怀疑地随下。

第二十二场　全家哭

〔桂花扶狗娃上，此时桌上点油灯一盏。

桂　花　（唱）　爹爹去了未回转，

　　　　　　　　等得桂花不耐烦。

　　　　　　　　放下狗娃出门看，（绕板，出门眺望）

　　　　　月光下望不见爹爹还。（进门，坐狗娃旁做鞋）

〔王仁厚、王东才上。

王仁厚　（唱）　手拖我儿泪汪汪，

　　　　　　　　低下头儿心内伤。

　　　　　　　　他妻他母不见面，

　　　　　　　　全家人难免哭一场。（截）

　　　　（进门，桂花惊奇地看王东才）

桂　花　爹爹。

王仁厚　狗娃，你看谁回来了。

〔狗娃抬起头看王东才。

王东才　狗娃。

桂　花　你是哥哥。

狗　娃　（连哭带叫）爹爹！（扑在王东才怀中。王东才抚摸狗娃，哭）

王东才　狗娃！

狗　娃　（仰起头看王东才）爹爹，我妈教人家砍死了，我要妈呢！

王东才　嗯？

桂　花　哥哥，你回来了，咱妈不在了。妈！（伏在桌上放声大哭）

王东才　嗯？爹爹,究竟怎么一回事?

王仁厚　嗯?

王东才　爹爹! 爹爹!

王仁厚　嗯!（全家哭）

（唱）　孩子们哭娘亲放声叫喊,

到如今伤心事不得不言。

叫东才听为父细讲一遍,

你莫要太伤心咬紧牙关。

自那日（转二六）咱父子上坟祭奠,

拉走你一家人逃往外边。

有一天龙王庙休息一晚,

来两个坏军队口出胡言。

将你妻拉出了荒郊旷野,

用钢刀砍得她血染衣衫。

你的妻转回来痛哭一遍,

一霎时咽了气命丧黄泉。

你的娘直哭得浑身打颤,

她一头碰死在龙王庙前。

哭了声姥姥媳妇难得见面,

（喝场）那……那是姥姥,那……那是媳妇……

呵……

〔全家哭。

王仁厚　（接唱）丢下了小儿女好不可怜。

想起了龙王庙教人心颤,

你的娘临死时叫你几番。

王东才　（接唱）听罢言来浑身颤,

我的娘我的妻死得可怜。

哭一声老娘难相见,

（喝场）那……那是儿的娘,那……那是我的妻呀

……呵……

〔全家叫哭。

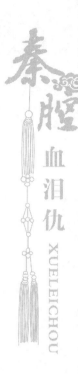

王东才　（接唱）好似钢剑把心剜。

　　　　　　　我只说全家人都在，

　　　　　　　有朝一日大团圆。

　　　　　　　闻人说韩排长庙里行短见，

　　　　　　　原是我妻被他奸。

　　　　　　　回营见了他的面，

　　　　　　　我定要杀贼报仇冤。

　　　　　　　转面我把爹爹唤，

　　　　　　　你三人到后来怎样安排？（留）

王仁厚　哎，儿呀！

　　　（唱）　听人说边区好难民优待，

　　　　　　　因此上我三人逃到这边。

　　　　　　　到此地政府里十分招待，

　　　　　　　又借粮又借款各样周全。

　　　　　　　众同胞一个个相亲相爱，

　　　　　　　好一似一家人骨肉相连。

　　　　　　　我三人到边区不过半载，

　　　　　　　不愁吃不愁喝不愁衣穿。

　　　　　　　共产党为人民寸步打算，

　　　　　　　八路军同百姓兄弟一般。

　　　　　　　好军队好政府真是少见，

　　　　　　　中国人全靠它收复河山。

　　　　　　　国民党到处把人害，

　　　　　　　多少百姓受可怜。

　　　　　　　如今越发行事坏，

　　　　　　　不打日本这里来。

　　　　　　　我儿今日回家转，

　　　　　　　你参加八路军报仇冤。（截）

　　　　〔狗娃忽然呕吐喊叫。

王东才　爹爹，狗娃怎么样了？

王仁厚　哎，这都是国民党的罪孽。它暗暗地派来汉奸特务，狼心狗肺,水井里洒毒药害百姓,狗娃中了毒了。

〔王东才疯了似的,一把抱起狗娃。

王东才 啊哟,狗娃! 狗娃!

〔王东才看了一下王仁厚,看一下桂花,急得乱跺脚,王仁厚、桂花莫名其妙,惟恐狗娃掉下来,两边招架着,王东才最后将狗娃扔下,昏过去了。

桂 花
王仁厚 (一边扶狗娃,一边叫王东才)哥哥……
东才……

王东才 (唱) 听一言把人的心急坏,

浑身无力难起来。

我强打精神睁开眼,

(看王仁厚、桂花、狗娃,放声大哭)……啊……

(接唱)气得人鲜血满胸膛。

咬牙关骂一声国民党,

你把我王东才变成狗狼。

你害我贤妻老母把命丧,

又逼我狼心狗肺把人伤。

共产党爱护百姓人敬仰,

你为何明打暗算丧天良?

到如今我成了什么模样,

害大家害自己坏了心肠。

若还不把实话讲,

惟恐怕全家老少遭祸殃。

若还不把实话讲,

雪地埋人难隐藏。

对不起边区共产党,

对不起同胞大家帮助我的全家老少好心肠。

左难右难难心上,

思前想后无下场。

王东才我低下头再思再想,(绕)

有了! (接唱紧带板)

忽然想起好主张。

回去先杀韩排长，

不顾生死闹一场。

活着投降共产党，

死了报仇也应当。

为人生在尘世上，

大仇不报脸无光。

真言实话不敢讲，

满腔怒火暂隐藏。

狗娃，我对不起你。

王仁厚 狗娃吃过药了，不要紧了。

王东才 爹爹，我……我对不起你们，我……我对不起……我对不起大家！（连哭带说，低头落座）

王仁厚 东才，你不要太伤心，我现在把世事看明白了，共产党八路军是真正救中国的人。有它，把日本鬼子就能打下去。有它，咱们老百姓就能活。你回来了就好，明天我带你参加八路军，打！把那些苦害老百姓丧尽天良的国民党坏东西，见了就打，报仇！

王东才 爹爹，我……

王仁厚 你怎么样？

王东才 我……我哎。（低头哭）

王仁厚 我告诉你，从前我们走到处受国民党的压迫，老百姓不敢说一句话，现在有共产党八路军，我们什么都不怕了。你不要怕当兵，当兵当了八路军，救国家救人民，才是真正的光荣。东才，八路军是咱们老百姓的。

王东才 爹爹，我……

王仁厚 东才，事到如今，你还贪生怕死吗？告诉你，我这么大的年纪，要是看见国民党的军队，我非打死他们几个不可，你们是青年人怕什么？

王东才 哎，我好难也。

（唱） 东才难来难又难，

话到口边不敢言。

老爹爹那里催得紧，

说一套假话离家院。（截）

爹爹，我愿意参加八路军，只是我还有些东西丢在外边，我要将它拿了回来。

王仁厚　你把东西丢在国民党那边了么？

王东才　我……丢在……

王仁厚　要是丢在国民党那里，东西不要了，小心吃亏。

王东才　就……就在这边，不远。

王仁厚　那就好，明天我给咱买肉，好好地吃上一顿，再去取东西，早一点取回，早一点参加八路军。

王东才　爹爹，我一定要报仇！

王仁厚　好的，我们要报仇。

王东才　爹爹，你老人家休息了吧。

王仁厚　好，大家休息。

〔大家作睡状，王东才不时睁眼看王仁厚等，见他们都睡了，叫了几声不应。

王东才　哎！（唱二倒板）

全家人直睡得昏迷不醒，

（塌板）王东才心有事坐卧不宁。

老爹爹见儿回欢喜不尽，

哪知晓儿本是犯罪之人。

天不明我就要翻山过境，

到那里杀仇人不顾死生。

平日里想家常做梦，

今夜晚相见不相逢。

残灯燃烧心头恨，

不杀仇人气难平。

这一去吉凶祸福说不定，

父子们团圆杳无踪。（绕）

（看父子依恋不舍，忽听鸡叫连声）哎！

（唱）　耳听得雄鸡连声唤，

　　　　王东才不敢多留恋。

　　　　舍不得爹爹年纪迈，

　　　　舍不得年幼妹妹还有小儿男。

　　　　恨只恨国民党做事太短见，

　　　　害得我全家不团圆。

　　　　忍泪吞声离家院，

　　　　不杀仇人不回还。（截）

（低声哭）爹爹，妹妹，狗娃，我去了，我要报仇去了。

（出了门，又探头进来，看了一下全家，决心下。王仁厚醒来，向空一望）

王仁厚　天明了，东才，东才。（不见王东才，出门去叫了几声，转回来自言自语）哎，这孩子心太急了，忙什么？桂花！（桂花醒来看窗，吹灯）

王仁厚　快起来，做饭。

桂　花　（不见王东才）爹爹，哥哥怎么不见了？

王仁厚　他寻东西去了，就会回来的。（拿起锄头）好，你就准备饭，把咱的鸡杀上一只，给你哥吃。我们变工队今天帮咱们军队锄草，我就去了。

〔桂花扶狗娃下。

王仁厚　（唱）　手拿锄头心喜欢，

　　　　想不到我儿转回还。

　　　　回来后引他把团长见，

　　　　参加了八路军报仇冤。（下）

第二十三场　回　营

〔王东才上。

王东才　（唱）　王东才来泪汪汪，

有家难归好心伤。

幸喜一路无阻挡，

回营来等机会大闹一场。（截）

〔兵甲当王东才上时，也从下场门慢腾腾地上。

王东才　侯班长。

兵　甲　唉，你回来咧？

王东才　回来咧。

兵　甲　怎么样？

王东才　我要报告副官！

兵　甲　好，你来。

〔二人转一圈。吴得贵由下场门上见兵甲与王东才。

吴得贵　做什么呢？

兵　甲　回去报告副官，就说王东才回来了，有事报告！

吴得贵　等一会。（下）

〔孙副官上，吴得贵随其后。

孙副官　你回来啦？

王东才　（立正）回来啦！

孙副官　（向兵甲）你先下去。

兵　甲　是。（敬礼而下）

孙副官　你带回什么东西没有？

王东才　有。（从怀里取出一小纸包，交孙副官）

孙副官　（看了一下，笑着说）好得很，你和黄先生都有功。

　　　　这一回就有把握啦！我们就要袭击他们的乡政府，

　　　　要你引路，下去换衣服去。

王东才　是。（出门，咬牙愤恨而下）

孙副官　（向勤务兵）叫韩排长去。

吴得贵　是。（下）

〔韩排长上，吴得贵随其后。

韩排长　副官。

孙副官　今天你带一部分人，袭击对过的乡政府。

韩排长　副官，听说八路军开下来不少。

孙副官　怎么,你害怕吗?

韩排长　(立起)不害怕!

孙副官　上边给我们有指示,在没有进攻以前,我们要经常部分扰乱他们,破坏他们。

韩排长　听说有一次,他们的一个班,把咱们的一个营打死了二十几个人。

孙副官　那是因为我们中了人家的埋伏。这回你看!(取出黄先生的情报给韩排长看)

韩排长　(看情报)这当然有把握了,他把啥情况都给咱弄清楚啦。不过,要是万一人家那里有准备,该怎么办呢?

孙副官　不要紧,我可以告诉三营第一连连长,教他们也准备,要是你们遇到八路军的抵抗,他们会来接你们退回的,这你就放心啦吧。

韩排长　好。

孙副官　快去。

韩排长　应当怎么搞?

孙副官　怎么搞?见地方就烧,见东西就抢,见人就拉。你应当明白,一来我们要破坏他们,二来还能让咱们白干不成? 放大胆!

韩排长　好,那我就去。(敬礼,转身)

　　　　〔二人分头下。

第二十四场　爆　炸

〔韩排长上,吹哨子。上场门跑上王东才、兵丁,下场门跑上兵甲、壮丁一、壮丁二,都穿军衣带手榴弹,拿步枪,兵甲带短枪。

兵　甲　(敬礼)报告排长,什么事?

韩排长　　我们马上要过边区那边搞他们一下,大家不要害怕,我们有情报,没有危险。大家准备好,到了那边,大家都有好处。(向王东才)王东才!

王东才　　(立正)有。

韩排长　　要你引路,我们先搞乡政府,抓乡长。

王东才　　是!

韩排长　　好,下去把子弹枪支准备好,听哨子立刻集合。

众　人　　是。(分两边下)

韩排长　　侯班长。

兵　甲　　(转身立正)有!

韩排长　　你先到我屋里谈一谈。

　　　　　〔二人进门落座,王东才从上场门暗上偷听。

韩排长　　这一次是我们发财的机会,你们可以见人就拉,见东西就抢,随便搞!

兵　甲　　(高兴地)下边让么?

韩排长　　上边的意思,就是为了破坏他们,要把他们搞得一塌糊涂才好。

　　　　　〔此时,王东才咬牙发恨,向左右看有没有人。

兵　甲　　那就有办法,能这么样,咱们的弟兄就不要命啦。

韩排长　　侯班长你要留神,碰到漂亮姑娘,你们不要随便……

　　　　　〔王东才早就拿出手榴弹,咬牙切齿,浑身打颤,听到此处,揭盖套圈,东张西望。

兵　甲　　(高兴,笑着说)那自然么,好的总要给排长么。

韩排长　　(得意地点头称赞)哎……

兵　甲　　哈哈……

　　　　　〔正在他们得意忘形之际,王东才将手榴弹摔了进去,霹雳一声,放火一把,韩排长与兵甲倒地,兵甲躺下未动,韩排长挣扎打滚。王东才走了进来,用力踏韩排长三脚。后台有人跑的脚步声,王东才立刻拿出另一个手榴弹,去了盖,将引线套在指上,两臂向后背,紧张相持。兵丁由上场门跑上,壮丁一、二由

秦腔
血泪仇
XUELEICHOU

下场门跑上，手里都端着枪。

众　人　什么事？

兵　丁　（见尸首）嗯。你……

　　　　〔众拟拉拴上子弹，王东才紧握手榴弹，逼近一步
　　　　大喊。

王东才　不准动！

　　　　〔众愕，不敢动。

王东才　把枪放下！（众把枪放下）弟兄们！我们哪一个不
　　　　是可怜人，我们教人家拉了壮丁，人家不把我们当人
　　　　看，我们受过多少罪。国民党欺负我们家里的人，日
　　　　本鬼杀了中国多少人，他们不打日本，他们叫我们打
　　　　边区，打共产党。弟兄们，我刚从边区过来，共产党
　　　　八路军是最好的人，不压迫老百姓，跟老百姓是一家
　　　　人。多少难民到边区都有吃有穿，我家里的人，从河
　　　　南逃难，遇着韩排长这狗日的，把我的老婆强奸、杀
　　　　死，把我的老娘急死，我的父亲带了两个小孩子，跑
　　　　到边区，人家那里公家帮助，老百姓也帮助，现在有
　　　　吃有穿。孙副官硬逼我到人家那里做坏事，叫我往
　　　　井里放毒，叫我暗杀好人。（越说越颤，连哭带说，
　　　　大家也擦泪）弟兄们，我们是干什么的，我们有没有
　　　　良心！国民党把我们害得不像人了！难道我们情愿
　　　　做坏事吗？

孙副官　（后台先喊）什么地方随便打枪？

　　　　〔孙副官急急忙忙上。

孙副官　你们干什么哪？

　　　　〔众人有点畏惧。孙副官看见尸首。

孙副官　嗯！（取手枪）

　　　　〔王东才扑上去，紧抱孙副官两臂，厮打起来。

孙副官　（大声喊）造反了，造反了……

　　　　〔众拉孙副官腿，孙副官与王东才齐倒，王东才夺孙
　　　　副官枪。壮丁一向孙副官打一枪。

孙副官　（大叫）啊哟！（挣扎起）

　　　　　〔兵丁再打一枪，孙副官躺下不动。众围孙副官，看
　　　　　他死了没有。后台像有好多人急奔，与吹唢呐声相
　　　　　和着。

王东才　弟兄们！咱们投降八路军去。

众　人　对！

王东才　走！跟我来！

　　　　　〔一齐跑下。

第二十五场　见　尸

　　　　　〔祁连长手提短枪，带兵乙、丙，吴得贵及兵戊端枪跑
　　　　　上，把三个尸首翻的看，吴得贵向后瞧。

吴得贵　报告连长，那边有我们的队伍向边区跑。

祁连长　追！

　　　　　〔众往下跑。

祁连长　开枪打！

　　　　　〔枪不断地响着，众下。

第二十六场　追　赶

　　　　　〔王东才等跑上，向上场门一边打枪一边走，退入下
　　　　　场门。祁连长带众一边打一边走，追入下场门。

第二十七场　自卫队

〔后台枪声不断响着,自卫队吴老二提快枪,张虎儿提土枪,刘三左手提红缨枪,右手握手榴弹,指导员提手枪,四人一拥而上。

吴老二　哪边响枪?

张虎儿　东边。

〔四人向下场门远望。

指导员　上东山!

张虎儿
刘　三　对!

〔四人跑下。

第二十八场　布　防

〔八路军高连长,带兵子、丑、寅、卯,端枪跑上,四面张望。

兵　子　报告连长! 敌人从东边一直往边区跑来。

高连长　同志们! 绕弯跑过去,(用左手指)压在左边山腰里,跑步!

〔众一齐跑下。

第二十九场 二老碰

〔后台枪声正在响着。胡老手提红缨枪从上场门跑上。王仁厚手提红缨枪从下场门跑上。二人碰倒。

王仁厚 （先起立）谁？

胡　老 （也起立）我。

王仁厚 胡老。

胡　老 你哪里去？

王仁厚 国民党的军队打来咧，我非把狗日的"攘"死几个不可。

胡　老 东边响枪呢，走！

王仁厚 走！

〔王仁厚先跑下，胡老绊了一跤，跑下。

第三十场 击 退

〔后台枪声还在响着，丝弦处放桌一张，最好制假山状围桌，自卫队跑上，张虎儿站在桌上翘望，一边望一边说。

张虎儿 狗日的向咱们跑来啦！

吴老二 （喊张虎儿）趴下。（并用手拉）

张虎儿 （只顾连指带说）哎，两股子人哪！

指导员 （站起压倒虎儿）趴下，你不要命啦！

〔四人伏下探头张望，准备开枪，后台脚步声愈响愈大,枪声愈响愈亮。

指导员　前边跑的好像是逃兵。

〔王东才,壮丁一、二,兵丁一边向后望一边跑上,向上场门打枪。张虎儿拟向王东才等放枪。吴老二挡张虎儿不许动。

壮丁二　(中弹)啊哟!(倒地)

兵　丁　卧倒,盯住打!

〔三人卧下,向上场门打枪,祁连长带众一步一步逼王东才等退。

指导员　瞄准,开枪!

兵　乙　(中弹)哎哟!(倒地)

祁连长　卧倒,打!

〔此时逃兵打追兵,民兵打追兵,追兵打逃兵和民兵。

祁连长　注意,那里只有几个老百姓,不要害怕。(指中间桌子,最好也用假山围起来)我们爬到上边去。

〔高连长带众跑上中桌,刚碰到兵丙、戊上桌子,高连长等连打带踢,兵丙等滚了下去,一阵乱闯乱碰乱叫。

祁连长　(站起来急得乱叫)快跑,往回跑……

〔高连长瞄准祁连长放枪。

高连长　哪里跑!

祁连长　啊哟!(腿上中弹,倒地,连喊带爬地回去。他的兵连滚带跑地下去了)

〔王东才拿着枪,向两边望。八路军向国民党军队跑处,打了一阵枪,高连长止住,遥望。

兵　子　狗日的跑过去了。

兵　丑　咱们追!

高连长　不要去,咱们现在为了团结抗日,我们还是忍让他们一下,不到他们那边去。

〔兵子发现王东才等人。

兵　子　这里还有!

〔高连长等瞄定王东才等,王东才等怕得两手举枪,将身斜着。

高连长　干什么的？

王东才等　我们投降八路军……

〔吴老二站在桌上，向高连长等作远呼声。

吴老二　唔唔……不敢开枪，他们是逃兵，听见没有？他们是
　　　　逃兵。

高连长　（连点头扬手带说）听见了。（向王东才等）你们把
　　　　枪支（指鼓怀）架到那里！

〔兵丁、壮丁一先架，王东才也把枪架起。王仁厚从
下场门上，连喊带说，扑了上来。

王仁厚　打！打！……狗日的哪里跑！（照住王东才的头，猛
　　　　然一枪，王东才啊哟一声倒地）

〔王仁厚把枪"攮"进地里，拔出来，又准备"攮"下
去。中桌上兵卯放哨，高连长一边喊，一边向下跑。

高连长　老人家，不敢打！

〔捉住王仁厚枪杆。王东才等怕得举起两手不敢动。

高连长　老人家，他们是好人。

〔此时胡老亦上，被吴老二等下山挡住。

王仁厚　好人？我认得他们是国民党的军队。

〔王东才脸上带伤，猛起抓住王仁厚。

王东才　爹爹！

兵　子　（抓住王东才）不准动！

王东才　爹爹！

王仁厚　嗯，（上前细看）你是东才，你是怎么一回事？

王东才　（哭诉）爹爹，我对不起你老人家，（向大家作揖）我
　　　　对不起大家，我……

〔王仁厚拉住王东才。

王仁厚　你到底是怎么一回事？

王东才　哎，我……我对不起大家。（看着大家哭说）

〔王仁厚紧握王东才。

王仁厚　你到底是怎么一回事！？

王东才　哎！我……我……

高连长　老人家,他心里像是难受得很,慢慢再谈,把他的伤揉一揉。

〔王仁厚急得很厉害,给王东才揉伤。

王仁厚　哎,你把我弄糊涂了。

〔王东才半痴半癫地呆着。后台许多人,用愉快的口音,夸奖八路军,紧接着,张老婆得意地连说带走,提一筐馍馍,善牛提一块肉,另一农民何大担一担馍和慰劳品上。兵卯向后看笑一下。瞧前边仍放哨,慰劳的群众多人。

张老婆　国民党狗日的"胡拧趾",看它碰钉子不碰钉子!?(见高连长)高连长,你们有本事,胜利万岁! 大家快吃馍。

高连长　老人家,谢谢你们!

张老婆
何　大牛
善　牛　这算什么,咱们八路军、自卫队,保护大家,我们应当慰劳你们!(将馍分散八路军、自卫队和王东才等)

〔黄先生提一筐馍头上。

黄先生　高连长,好的,胜利! 我慰劳你们。

高连长　黄先生,你太多心啦!

〔王东才盯见黄先生大喊一声。

王东才　嗯!

〔黄先生与众都怔住,不知怎么一回事。他随后上下打量王东才,觉得事情不好,打算脱逃,连说带转身。

黄先生　好,你们在!

〔王东才上前一把扭住黄先生的领口,大喊。

王东才　汉奸!

黄先生　(强硬的态度)你胡说!

王东才　你……

黄先生　我怎么样? 你随便咬人,小心你的命!

高连长　同志,你认得他吗?

〔王东才在要开口时，又看高连长等，恐怕说出自己也不得了，所以又急又难为。

王东才　他……

高连长　（看出他的矛盾）同志！你有什么话，只管说，不要害怕，只要你很好地坦白，我们欢迎你，绝对不会难为你的。

众　人　欢迎坦白……（一声）

〔王东才看高连长及众人，再看王仁厚，表示犹豫。

王东才　我……我……

王仁厚　东才，你不要害怕，有什么话只管讲，咱们边区政府、八路军最欢迎说老实话的人，不要害怕，快说。

众　人　欢迎坦白！……（一阵鼓掌声）

王东才　（连哭带喊）同志们！你们大家不知道，我知道，他叫我给你们井里放毒，他教我杀人。你们不要吃他的馍，有毒有毒！（更用力地扭住黄先生）狗汉奸！狗特务！

高连长　捆起来！

〔兵子、丑把黄先生手背绑起来。王东才向大家作揖，哭诉。

王东才　哎，我对不起大家，你们处罚我，国民党把我害了，我对不起大家。

高连长　同志！你不要害怕，不要难受，你能坦白说出来，就是好的，我们欢迎你。

王东才　（还有点害怕）我……我该死……（王仁厚拉住安慰）

王仁厚　东才，你不要害怕，坦白了好，多少做坏事的人向边区政府、八路军真心坦白，大家都欢迎，你不要害怕。

〔王东才放心了，很受感动。张老婆向黄先生脸唾一口。

张老婆　把你一天还当个人呢，要脸不要脸？

〔王仁厚抓住黄先生就打。

王仁厚　你是什么东西？

〔胡老用枪杆敲黄先生。

胡　老　把狗日的砍了。

众　人　把狗日的砍了。

〔乱吵乱骂,非常激愤。高连长挡住大家。

高连长　同志们!咱们回去开大会欢迎这几位(指王东才等)同志,同时公审这个特务。(指黄先生)

众　人　(应声如雷)对!

高连长　好,(向王东才等)你们到这边来,咱们就是同志,我们欢迎你们,请到前边走!

〔王东才等有点不好意思。八路军上去握手,很亲热地拉拉扯扯地推他们前走。

高连长　(生气地向众人示意,对黄先生)拉着走!

兵　子
兵　丑　走!

〔高连长笑嘻嘻地安慰王东才,并拉着他同走,其他八路军携兵丁和壮丁一等同下。

〔老百姓有的骂,有的推,把黄先生拉下去了。

——剧　终

演出单位

西安市五一剧团

西安三意社

穷人恨

马健翎　编剧

剧情简介

抗战胜利后，国民党、蒋介石发动内战，四处派夫拉丁，横征暴敛。财主胡万富勾结冯镇长，将长工老刘之子刘满仓替子拉丁，并解雇老刘。后又强逼老刘之女红香作二房妻室。红香因与姨母之子安兴旺订婚，至死不从，被打入后园冷房，媒人袁尚义被抓丁充军。安兴旺黑夜往胡家后园探望红香，受诬入狱。时，解放军转入全国大进攻，袁尚义开小差逃至我武工队，后被派遣回乡做群众工作，配合解放军，组织群众攻打县城，活捉胡万富，打死冯镇长，救出红香、兴旺，解救了众乡亲。

场　目

人 物 表

胡万富	五十几岁,恶霸地主,阴险毒辣,人们当面称呼"老财主",背后叫他"烂肝花"
高 顺	三十几岁,大烟鬼,轻嘴薄舌,胡万富的走狗
冯镇长	三十几岁,趋炎附势之徒
老 刘	六十岁左右,忠厚老实,胡万富的佃户
满 仓	老刘的大儿子,二十一二岁,性刚强
红 香	老刘的女儿,十五六岁,性刚强
长 寿	老刘的幼子,八九岁
安老婆	六十几岁,操劳过度,眼睛不好,弱不禁风,孤苦伶仃地过了一辈子
安兴旺	安老婆之子,十七八岁,农村青年
保丁甲	为人凶恶
保丁乙	名曹三
保丁丙	名占修
农民一	青年
农民二	青年
农民三	四十多岁
王 氏	胡万富的继室,四十岁左右,极力打扮
张老汉	贫农,五十多岁
常 有	张老汉之子,二十几岁
保 子	胡万富家的雇工,四十多岁
长 工	胡万富的雇工,三十来岁
冯见喜	中农,四十多岁,善良而胆小
袁尚义	贫农,三十岁左右,健壮,勇敢好义
刘万和	四十几岁,贫苦农民
武工队长	三十几岁,半武装打扮
武工队员	

第一场　狐　群

〔时间：一九四六年到一九四七年期间。

人民解放军转入全国规模的进攻……

〔胡万富噙着长杆卷烟袋，打呵欠，揉眼，懒洋洋地上。

胡万富　（唱二六）

　　　　　　一觉睡到大天明，

　　　　　　太阳照得眼难睁。

　　　　　　只觉得头昏身乏困，

　　　　　　抽一袋烟儿养精神。（绕）

（仰眉合眼地沉思着，转一个小圈，向内喊）

高顺，高顺！

高　顺　（内应）哎，来啦，来啦。

〔高顺轻步跑上。

高　顺　老财主，有什么事？

胡万富　你们给我搞啥吃的？

高　顺　我叫他们给你包了几个羊肉饺子。

胡万富　听说冯镇长从县上开会回来啦，我想他今天会看我

来的，多搞一点。

高　顺　对。

胡万富　有酒吧？

高　顺　有。

胡万富　搞什么菜？

高　顺　羊肉丝细粉条。

胡万富　就是这一个菜？

高　顺　还有丸子粉汤。

胡万富　再多搞几个菜，要像个待客的样子。

高　顺　我看行啦,他又不是外人。

胡万富　你们往后待人处事,要有分寸,他如今当了镇长,我们应当另眼看待,不要教人家见怪。

高　顺　哼! 他当镇长,他当镇长还不是凭咱们大少爷维持的,他还能见怪咱们?

胡万富　你懂得啥呢? 他虽然凭咱们当镇长,当了镇长,咱们用人家的地方就多了,两好并一好,咱们对人家好了,人家就会替咱们多办事。你快下去再多搞几个菜。

高　顺　对。(下)

〔冯镇长手里提一包糖果之类的礼物,得意地摇头摆尾地上。

冯镇长　(唱二六)

大财主办事真能干,

专员司令都喜欢。

这一条粗腿要抱定,

一步一步升大官。(截)

(连叫带进门)老财主。

胡万富　噢,镇长,我知道你今天一定会来的,快坐下。

冯镇长　我给你老人家带来一包好点心。(说着把手里提的点心放在桌上)

胡万富　你就常常费心。

冯镇长　老财主,我给你老人家报喜,大少爷真有办法,专员、保安司令都夸奖他好,大少爷在咱县上说一句话,谁敢不听,连县长在大少爷面前,总是书记长,书记短,恭恭敬敬的。咱们县上的事,简直都由大少爷办理,你老人家该喜欢吧。

胡万富　(高兴地笑)好么,这就全凭你们大家肯出力,能办事。

冯镇长　咱们这镇上的事,我就是抓得紧,穷小子们背地里恨我哩,骂我哩,我不在乎;只要上边说咱好,还怕啥哩。

胡万富　　就是的么,穷小子天生的贱骨头,不能给好脸。

冯镇长　　老财主,现在咱们的事,越好办咧,专员、保安司令,都是从前跟大少爷在一块给皇协军办事的人,都是老朋友。你等着看,大少爷不久还要上升呢。

胡万富　　好么,只要他能上升一步,大家都能上升一步。

冯镇长　　那是自然的么。

胡万富　　日本投降的时候,到处吵惩办汉奸呢,多少人怕得要命哩,我心里就有个底儿哩:皇协军也好,蒋主席也好,反正他们非要人给他办事不可,谁来了咱给谁办事,怕啥哩。

冯镇长　　还是你老人家有才学。

胡万富　　我给你说,那时候我只担心一件:最怕共产党得势哩!老天爷保佑,蒋主席下命令消灭共产党,咱们这里来不了八路军,真是大家之福。

冯镇长　　老财主,你提起八路军,我又想起一件要紧事啦,现在又摊下壮丁啦,光咱们镇上就要八十名呢,连念书的学生都要哩。

胡万富　　嗯,学生还要,那我的二娃三娃在城里念书,该不要紧吧?

冯镇长　　自己的人,当然不要紧,不过大少爷给我说,教你老人家在这庄上找一个人,顶二少爷的名字当兵,这样就更好。现在抓壮丁紧得很,路上有四五十岁的人,都教抓走啦。(把周围看了一下,到门外看了一下,低声地)咱们镇上,已经布置好啦,明天就到各保抓人呢。

胡万富　　那你说教谁替我二娃当兵好?

冯镇长　　这人你要事先讲通,不能教他乱说。

胡万富　　(想)教谁去?

冯镇长　　你就教老刘的儿子满仓去,他不敢不去,你把老刘叫来商量,我替你老人家说几句话,他一定会顺顺儿去的。

胡万富	对。老刘,老刘。
	〔老刘连头也不抬,走上。
老　刘	老财主。
胡万富	跟你商量一件事。
老　刘	老财主,你老人家叫我做啥我还能不听话么。
胡万富	(笑)我知道你听我的话,现在上边又要壮丁哩,你叫满仓替我二娃当兵去。当兵是好事,将来得了一官半职,带盒子枪,你就再不要受苦啦。
老　刘	(惊慌发抖)嗯?(哀求)老财主,你知道我的光景,去年娃他妈刚死了,我花费了不少的钱,欠下许多账,家里又没有吃的,全靠我满仓受苦哩,他一当兵,我全家几口人就不得活!
胡万富	(认为触撞了他的威严,大生气,把桌子一拍)什么,你不愿意!
老　刘	(哀求)老财主,老财主,你……
冯镇长	老刘,你怎么这么糊涂! 我给你说,上边又派下壮丁啦,反正满仓这一回非当兵不可。
老　刘	嗯! 又要壮丁? 满仓还要当兵? 镇长,不能吧,你知道我家里就只有满仓一个人能动弹。
胡万富	现在许多地方打仗哩,蒋主席要的人多,没人当兵打仗,共产党来了怎么办?
老　刘	嗯?(呆望胡万富)
胡万富	你娃去了,你就不要在我这里当长工啦,回家种地去,每天给我捎的担几回水,扫个院子就对啦。有啥为难处,一斗八升,我还可以给你揭借。
冯镇长	老刘,这还不好? 教去吧。
老　刘	(又不敢说理,又不愿接受,万般无奈)哎! 我…… (蹲下哭起来)
胡万富	站起来! 不准在我家里哭。老实说,你全家人的命都不够抵我的债,你不要后悔!
老　刘	哎! 天呀! 天呀!

冯镇长　老刘,你太不像话啦!

胡万富　好! 不要你满仓去,欠我的钱给我,种我的地丢下,给我滚! 高顺!

〔高顺急跑上。

高　顺　什么事?

胡万富　把账本子算盘子给我拿来。

高　顺　对。(转身要走被老刘拉住)

老　刘　老财主,你老人家不要生气,我……我我教他去,我教他去!

胡万富　哼!

冯镇长　要去今天就教他到镇上来。

老　刘　镇长,迟几天还不行吗?

冯镇长　不行,还有手续要办哩。

胡万富　你快回去说去。

老　刘　哎! (擦泪下)

胡万富　这一回搞壮丁,大概还会有花钱的人吧?

冯镇长　当然会有的。

胡万富　高顺,以后征粮征款,一定越来越多,瞅准放账,抓紧讨账,谁要揭咱的钱,非三毛利息不可。

高　顺　那还能教他少了! 镇长,再多征几回丁,多征几回款,这一带的好田好地,老财主都会弄到手的。

冯镇长　征粮征款管保不会少的。

高　顺　越多越好。

胡万富　镇长,走,到后边吃点饭。

冯镇长　哎,老人家,我吃过饭啦,我刚吃过饭。

胡万富　随便饭,多少吃一点,我给你准备着哩。

冯镇长　来了就要"打搅"。

　　　　(齐下)

第二场　当　兵

老　刘　（内唱尖板）

　　　　一路走来浑身颤，

〔老刘颠簸地上。

老　刘　（接唱）行步不前两腿酸。

　　　　昏昏沉沉回家院，（进门）

〔满仓、红香、长寿惊慌上，扶住老刘。

满　仓
红　香　（同）爹，你怎么了？
长　寿

〔老刘痴呆地看自己的儿女，捶胸踏脚，好一阵开不了口。

老　刘　（接唱）从天上降下了大祸端。

　　　　老财主为人心太坏，（抓住满仓）

　　　　他……他要你替他的二娃当兵，（中断又唱）

　　　　到……到外边。

满　仓　嗯！他要我替他二娃当兵？爹爹，你答应没有？

老　刘　我……我……

满　仓　你答应没有？

老　刘　嗯？

满　仓　你答应啦？

老　刘　哎！好娃哩，不答应，人家马上就要钱哩，收地哩。娃，你说有啥办法！

红　香　爹爹，不能答应！我哥哥走了，咱一家人就要饿死！

满　仓　杀了我也不去！

老　刘　满仓，不敢那样，不得过去，人家有钱有势，谁背地里不把那人叫"烂肝花"，他要你死，你就不得活！

满　仓　欠他的钱,种他的地,难道把人的命都由他啦?

老　刘　娃,咱在人家手心里活着呢,人家说要你命,就要你的命哩。

满　仓　我不去,看他把我怎么样办!

老　刘　娃,你当我舍得叫你去么,没法子,冯镇长也说上边又要壮丁哩,你非去不可。

满　仓　哪怕他们把我杀了,我就是不去!

老　刘　好娃哩,你去,我回家种地。如今这年头,穷人们都得半死半活地活着。这事情我看出来啦,你不好好地去,免不了镇上捆你去,把老财主也惹下了,马上一家人就不得了。满仓! 你看,我这么大的年纪,你兄弟才几岁,(目视红香、长寿)你……你……哎!(滚白)我叫叫一声满仓,满仓! 这回当兵你不得不去,不敢糊涂任性,为了你年老的爹爹、年幼的兄弟妹妹,娃! 你……你……乖乖儿地去吧!

(唱二六)
　　　　　　满仓儿不敢耍强性,
　　　　　　听我把话说心中。
　　　　　　并不是为父舍得你,
　　　　　　万般无奈才应承。
　　　　　　你就不去也得去,
　　　　　　惹下人家了不成。
　　　　　　为了老少能活命,
　　　　　　你还要——
满仓!
(接唱)乖乖儿地去当兵。

满　仓　爹爹不要哭了,孩儿我、我去就是了!

(唱)　　爹爹不要多流泪,
　　　　　孩儿心中也明白。
　　　　　这才是蛇吃蛤蟆自己去,
　　　　　老鹰抓鸡不敢飞。

103

咬紧牙根当兵去，

千愁万恨记心里。（截）

爹爹，不要哭，我明白啦，我去，将来要是能搞出个名堂回来，非把欺负咱们的人杀几个不可！

长　寿　（上去把满仓抓住）哥哥，你不要去，我不让你去。

满　仓　寿娃，哥哥去了，几天就回来啦。

长　寿　不，我不让你去！（抓紧满仓，好像满仓马上要走）

老　刘　寿娃，不敢。（把长寿拉过来）哎！

满　仓　爹爹，我走以后，单靠你老人家种地不行。我大姨想叫红香给兴旺当媳妇，都是从小耍大的兄妹，成了夫妻才好。这样教兴旺多受点苦，给你帮一半忙，两家好比一家人，勉强着还能过得去，你说对不对？

〔红香将头迈过去。

老　刘　哎！你说得也对。

满　仓　那你就把我大姨跟兴旺叫来，我要当面给他们叮咛几句话。

老　刘　好，长寿，叫你大姨跟兴旺哥哥到咱家来。

长　寿　噢。（下）

老　刘　前一向你大姨向我当面提过亲，本来我也看出兴旺是个好娃，不过我总想拿红香给你换个媳妇，谁知道，（长长地出一口气，哭了）谁知道你要……

〔满仓、红香擦泪。

〔安兴旺拖着双目失明的安老婆上。

安老婆　（唱）　听说满仓当兵去，

安兴旺　（唱）　急忙前来问根底。（截）

〔二人进门。

安老婆　他二姨夫，真的满仓要当兵去吗？

老　刘　没办法，老财主叫替二少爷当兵，镇长说上边又要壮丁，他非去不可。

安老婆　哎！总想日本鬼子下去啦，好活几天，不料越来越难过了，出粮纳款还不算，把人都拉完了！

安兴旺	烂肝花狗日的心太坏啦!
安老婆	兴旺!你不要胡说乱道。(向周围看,低声)这里没有外人吧?
满　仓	没有,大姨。(大声地)
安老婆	兴旺,不敢高喉咙大嗓子,教人家听见了,咱又惹不起。满仓,我娃到姨跟前来。
	〔满仓走来,安老婆抓住他。
安老婆	我娃不去还不行吗?
满　仓	大姨,不去不行。
安老婆	哎!咱们都命苦。(向老刘)他二姨夫,娃走了,你这一家人咋办呀!哎!(又向满仓)你妈死了还不到一年,你又要当兵,哎!不得了!不得了!(拭泪)
满　仓	大姨,你不要哭,听我给你说:我走了,我爹老啦,还要我兴旺兄弟多照料哩。
安老婆	他照料是应当的,你大姨夫死的时候,兴旺才三四岁,全靠你爹招呼大的,他如今帮你的忙是应当的。
安兴旺	满仓哥,放心,你走了,只要我有吃的,不能叫你家里的人受饿。
满　仓	大姨,我跟我爹说好啦,红香跟兴旺的亲事定了吧,以后咱们两家就跟一家一样。
	〔保丁甲、乙气汹汹地喊叫着上。
保丁甲 保丁乙	老刘!老刘!(进门)
	〔众吃惊,安老婆与老刘更是抖颤,长寿藏在红香身后,红香背过身去。老刘颤颤巍巍说话。
老　刘	啥……啥事?
保丁甲	啥事?你还不知道,镇长教你满仓马上就去。
老　刘	你给镇长说,他明天一早就来。
保丁甲	不行!就去!他是替二少爷当兵的,还有手续要早办哩,即刻就去。
老　刘	再等一会儿还不行吗?
保丁甲	不行!不要麻烦!

满　仓　（激忿而坚定地）好，我就去。

保丁甲　走！

满　仓　爹爹，你们不要挂念我，我就走啦！（说着要出门）

众　人　（一齐上去拉住满仓）嗯？你就走？

满　仓　迟早总得要去，说去就去。

老　刘　嗯！（抓着满仓呆望，不舍）

安老婆　娃，再待一会儿。

满　仓　待不待一样，多待一会，大家多难过一阵。兴旺兄弟，现在咱们是亲上加亲啦，我的老人就好比你的老人，我的兄弟就好比你的兄弟，你能好好动弹照顾两家，兄弟，（叫板）我就是到了山南海北也就放心了！

（唱紧拦头）

　　　　　　叫兄弟听我把话讲，

（换二六）

　　　　　　我走后要你多帮忙。

　　　　　　两老二少靠你养，

　　　　　　为兄一时难回乡。

　　　　　　咬牙关出门把路上，

（出门，众随之）

（喝场）那……那是老爹爹，大姨母。呵……我的好弟弟妹妹！

（唱流水）

　　　　　　老老少少哭恓惶。

　　　　　　你们不要把我想，

　　　　　　勤勤苦苦过时光。（绕）

爹爹，大姨，你们回去。（咬牙握拳）我就走啦！（毅然地下）

保丁甲
保丁乙　都回去，不准跟我们来。

〔众人唤满仓，长寿哭叫追下，被保丁甲吓回。保丁甲、乙押满仓下。

老　刘　满仓！满仓！啊哟！

（唱带板）

　　　　我一见满仓儿走了，

（扯喝场，众随着叫）

那……那是满仓儿！满仓！哎……

（唱流水）

　　　　心中好似刀子割。

　　　　从此后日月更难过，

　　　　全家老少不得活。

〔众哭着进门，下。

第三场　抓　丁

〔农民一愁容满面，拿锄头上。

农民一　（唱二六）

　　　　东山锄完西山走，

　　　　浑身大汗往下流。

　　　　庄稼能打石八斗，

　　　　不够吃来不够租。

　　　　穷人生来命太苦，

　　　　终朝每日锁眉头。

　　　　一年四季不停手，

　　　　春夏秋冬都发愁。（截）

（看周围的田禾，长叹一声，无精打采地锄起地来）

〔忽然听得远处乱喊："抓人哩，抓人哩，快跑！"同时有枪声与斥责声，"不准跑！动一动就开枪！"

农民一　（听见声时，先是惊慌四望，后来把锄一丢大喊）抓人哩！（撒腿向下场门就跑）

〔保丁甲从下场门上，以枪逼定他。

保丁甲　站住！

〔保丁乙手拿绳子，由上场门跑上来，把农民一套住，捆了起来。保丁丙拉着被捆好的农民二、农民三上。

保丁甲　把这一个也捆在一起。

〔保丁乙将农民一、农民二和农民三连在一起。

保丁甲　（向保丁丙）你看见前边抓住几个？

保丁丙　看不清楚，大概有四五个。

保丁甲　他妈的，一定有人露风啦，今天在这里连十个都捉不到。拉上走！

农民三　你们捆我做啥哩？

保丁甲　我晓得，你明白，装啥洋蒜呢。

农民三　哎！就像我四十多的人啦，你们还要我当兵吗？

保丁甲　比你再老的也饶不了。

农民三　这简直是……

保丁甲　（打农民三一个巴掌）不准说话！拉着走！

〔保丁甲、乙把三人连骂带踢，保丁丙只是不得已地拉着，很难受。齐下。

第四场　送　米

〔红香纳鞋底上。

红　香　（唱慢板）

　　　　刘红香睁两眼把天埋怨，

　　　　为什么贫穷人这样可怜？

　　　　我的娘——

　　　　（转二六）

　　　　在世时多受苦难，

　　　　为日月常熬煎两泪不干。

　　　　老爹爹当长工受苦受难，

　　　　好多年把账债交还不完。

　　　　恨镇长把哥哥拉兵在外，

丢下了老和少好不惨然。

每日里熬清水糠菜煮饭，

几口人都穿的破烂衣衫。

老爹爹得疾病咳嗽气喘，

老财主心太狠把他为难。

可怜我兴旺哥脚手磨烂，

起鸡叫睡半夜务弄庄田。

这样穷官府里还要派款，

逼得人泪滴血痛哭号天。

清早间教长寿去把米借，

为什么这时候不见回还？

〔老刘比以前更瘦，胡须更白，腰更弯了，病得行走更不方便了，上。

老　刘　（唱二六）

想亲儿想得人肝肠裂断，

得下病到如今快有半年。

怕只怕老财主抽地要款，

每日里强挣扎去把水担。（绕，咳嗽）

红　香　爹爹，你要多睡哩，起来干啥？

老　刘　不敢多睡，今天还要给老财主家担两回水呢。

红　香　爹爹，我看你这几天脸色太不好看啦，腿都软啦，不要去啦。

老　刘　哎！好娃哩，不敢不去，不去了人家就要见怪。

红　香　那你叫我兴旺哥替你担水去。

老　刘　哎！娃种咱两家的地，看把娃累成个啥样子啦，还能叫娃担水么？

红　香　那你给他们说一下，在家歇几天么。

老　刘　哎！你们还年轻哩，不懂啥。我给你说，我病了几个月了，那一天也不敢不给人家扫院担水，我连病都不敢叫人家看出来。老财主的心比炭都黑，他要是知道我不中用了，娃！他就会马上要钱，马上抽地，那咱们就（叫板）不得了了！

（唱二六）

> 有钱的心肠真可怕，
>
> 肚里藏刀把人杀。
>
> 你要常常侍候他，
>
> 不能动他叫你地下爬。（绕）

你不要管我，我还是去。

〔老刘出门，勉强地走下去。红香送出门。

红　香　爹爹，你慢慢走，小心！（望不见老刘才转回）

（唱二六）

> 爹爹病得难立站，
>
> 还要给人把水担。
>
> 穷人难来难上难，
>
> 活在了人家脚下边。

〔安兴旺提一小米袋，拖长寿上。

安兴旺　（比以前瘦了一些，穿的破衫子，吊着一片）

（唱二六两句截）

> 富人家酒肉家常饭，
>
> 穷寒人吃米也为难。（进门）

红　香　（抱怨的口气）你们才来啦！

安兴旺　哎！你还不知道，我家里连一点米都没有，走了几家，张家一碗，李家一把，才借下这一点米。（把米袋放在桌上）二姨夫呢？

红　香　给"烂肝花"担水去啦。

安兴旺　哎！人病得不像样子啦，你就不该让他去。

红　香　我挡来，他怕把人家怪下呢。

安兴旺　哎！老人家太可怜啦！把这米好好给老人家吃上几顿，再不敢教他动弹了。

红　香　老人家病重啦，我也不敢离开，不能到山上给你帮忙。

安兴旺　你千万要好好侍候老人家，人家不心疼，咱们的老人,要咱们心疼哩。

红　香　我给你做鞋呢,你试一试看这底子大小呢?(说着把鞋底子给安兴旺)

安兴旺　(把鞋底子等了一下)大小正好,你哪里来的布?

红　香　哪里来的布,这是我这里捡,那里寻,慢慢凑下的。

长　寿　姐姐,我的鞋烂啦,给我也做一双。

红　香　你不多受苦,穿烂的也不要紧。

长　寿　不,我要新鞋呢。

安兴旺　寿娃,我给你想办法搞一双新鞋。好,你们在,我要到地里去。(拟出门)

红　香　(以手阻安兴旺)看你的衫子烂成个啥啦,来,我给你缭一下。(说着从身上取下针线,一边缝一边说)你也不要受苦太重了,你自己看不见,你瘦得多了。

安兴旺　哎!不受苦有啥办法,多受些苦,多打几颗粮,才能有一碗稀汤到咱们口里;不好好受苦,怕连人家的都不够呢。(已补完)好,我走啦。

　　　　〔安兴旺出门,红香、长寿送在门外,安兴旺下。

红　香　哎!

　　　　(唱)　兴旺哥哥面皮瘦,
　　　　　　　两只眼跌在窖里头。
　　　　　　　虽然说年轻能受苦,
　　　　　　　红香心中加忧愁。(拖长寿进门,将米袋提下)

第五场　吵　金

〔王氏气汹汹地上。

王　氏　（唱二六，快而连续）
　　　　　　大媳妇做事太可恼，
　　　　　　气得人浑身似火烧。
　　　　　　此事我要和她闹，
　　　　　　打破脑袋不轻饶！（截）
　　　　（高声叫）高顺！高顺！（生气。更高声地）高顺！
〔高顺急忙跑上。

高　顺　来啦，来啦。大婶子，什么事？

王　氏　你给我雇轿子去！

高　顺　大婶子，你到哪里去？

王　氏　我到县上去。

高　顺　啥事么？

王　氏　你说气人不气人，你们大少爷接我大媳妇到县上去，
　　　　人家是太太上任哩，临走的时候，绸子呀缎呀，你该
　　　　亲眼看见啦。我哪一件不随她的意，哪一件对不起
　　　　她，今天我打开小箱子，把三副金镯子不见啦，你说
　　　　这不是她偷走再谁敢？

高　顺　你再好好找一下。

王　氏　我把柜子箱子都翻遍啦，连个影子都不见。

高　顺　我想她不能吧？

王　氏　放屁！你跟你们老财主长一个屁股，放一样的屁！
　　　　快给我雇轿子去，我就要走。

高　顺　大婶子，咱这儿到县上好几十里路呢，你不嫌累？

王　氏　你不要管，快去！

高　顺　大婶子，不要太急，事情慢慢商量着办么。

王　氏　（站起逼高顺）你去不去？

高　顺　大婶子，你等一等，我问一下老财主。

王　氏　你不去了我自己去。（说着就要出门）

高　顺　（急忙拉王氏）大婶子，大婶子……

〔胡万富连跑带说上。

胡万富　（拉王氏）好我的亲妈哩，你怎么这样不听话么，家丑不可外扬，你到那里，吵吵闹闹，给咱娃丢人哩么！

王　氏　我不管！非去不可！

胡万富　你听我说，你就不顾咱娃的面子，也该顾你的名誉么。你到那里闹，人家知道的，说大媳妇把你的金镯子偷啦，不知道的一定会说你是后娘，欺负前房儿呢。

王　氏　哼！你那大儿大媳妇恨不得把这一份家产都弄到手，教我的二娃三娃讨饭吃，你当我还看不出他们的鬼心眼。

胡万富　你就太多心了，几副烂金镯子就把事情看得那么大。

王　氏　哼！金镯子，我问你，后院窖的元宝，不是他们偷走了，你说哪个鬼拿走了？

胡万富　你说低声一些，你昏啦！

王　氏　你昏啦，你昏啦！

胡万富　对！我昏啦，我昏啦。二娃妈，咱们的浮财底财多着呢，他们能拿多少，你放心！不要去啦。

王　氏　我非去不可。

胡万富　算啦，算啦，金镯子算啥么，我给你再打四副、五副。

王　氏　不，太可恨啦，我这口气不得下去。

胡万富　二娃妈！咱的大娃大媳妇不好，饶了他们，你给我带个老面子。

王　氏　不行，我就要去。（又往前扑）

高　顺　（拉住王氏）大婶子，大婶子……

王　氏　（打了高顺一个巴掌）滚开！

〔高顺怕得躲开。

王　氏	你们都是一路鬼,我自己去!(说着要出门)
胡万富	(大怒,一把把王氏拉回来)你太不像样子啦!
	〔王氏几乎跌倒,有点害怕。高顺扶住王氏。
胡万富	把你们当成阎王爷,皇上爷还不够数,一定要在玉皇爷头上要强哩,由了你们啦,我算啥东西!
王　氏	(哭)好,你们厉害,你们大儿大媳妇都是亲的不敢惹撞,我们是贱种,我……
高　顺	大婶子,不要生气啦,回屋里歇一会……(扶王氏下)
	〔王氏非常受屈地连哭带说地被高顺扶下。胡万富气得落座。老刘气喘咳嗽、呻吟、挣扎地,担一担水东摇西摆地上,走到前台,终因支持不住,跌倒在地。
胡万富	什么事?(扑出门来,踢了老刘几脚)混蛋!你疯啦!
老　刘	(吓得直祷告)老财主,我的过,我没留神绊倒啦。(说着,糊里糊涂用两手把地下的泥水往桶里乱掬)
胡万富	你这是故意糟蹋人,是不是?
老　刘	(急得作揖)老……老财主,我不……不敢,我这几天有病,我这几天有病。
胡万富	有病,有病在家里睡觉去,我用不起你!
老　刘	(神经质地恐慌,乱说了一阵)嗯!老……老财主,我……我没有病,我能担水,我能受苦!老……老财主,我没有病,我能担水,我能受苦!老……(尽管不住地作揖不住地说)
胡万富	滚出去!不要死在我家里,高顺!
	〔高顺跑上。
高　顺	来啦。
胡万富	给我赶出去!
高　顺	(拉起老刘)我看你老不中用啦,去!去!
	〔老刘被推出门外,昏昏颠颠下。
胡万富	我看老刘不行啦,今年下来,把地抽回来。他把庄稼务不好,打不下粮食,收不下租,你就把他的骨头拿

来,狗还不啃呢。

高　顺　对。

　　　　（同下）

第六场　哭　饭

〔红香纳鞋底上。

红　香　（唱二六）

　　　　　　老爹爹这时候还不回转,

　　　　　　倒教红香把心担。

　　　　　　我这里出门去四下观看,

　　　　（出门两边望着叫）爹爹,爹爹! 哎,

　　　　（接唱）怕只怕老人家跌倒路边。

〔长寿上。

长　寿　（唱二六两句截）

　　　　　　恨姐姐不让我多吃米饭,

　　　　　　糠菜汤喝得人太得厌烦。

　　　　姐姐,我还要喝米汤哩。

红　香　寿娃,不敢喝啦,给爹爹留下,爹爹病啦,还要受苦,
　　　　教他吃好。

长　寿　再给我喝半碗。

红　香　寿娃,不敢不听话。

长　寿　不,尽吃糠菜,我饿哩,我就要喝。（说着往下走）

红　香　（拉住长寿）你又想挨打啦!

长　寿　你打! 你打!

红　香　你太不懂事啦。（把长寿打了一下）

长　寿　（双手抓红香,连跳带哭叫）你把我打死,你把我饿
　　　　死……

红　香　（生气地把长寿用力推倒在地）到那里哭去。

115

长　寿　（跌倒后，坐起大哭大叫）妈！你活来，我饿啦！妈！你活来，我饿啦……

红　香　哎！（把长寿拖起，滚白）我叫叫一声寿娃，寿娃，我的小兄弟哪……并不是姐姐不给你吃，你吃了爹爹就不得饱，说是你再不要哭，再不要闹，把姐姐我叫得好不心疼哪。哎！（再重一联滚白）我叫叫一声娘呵！娘呵！谁教你不在，谁教你早死，丢下我爹爹那样的老，丢下我兄弟这样的小，教你女儿怎样地（拉锤子）养活呢！

　　　　（唱二六）

　　　　　　　小兄弟莫要再哭叫，

　　　　　　　叫得人心似刀割。

　　　　　　　爹爹病了没好饭，

　　　　　　　米汤留下让他喝。（抱过长寿）

　　　　〔老刘颠簸着上。

老　刘　（唱二六两句截）

　　　　　　　一边走来一边想，

　　　　　　　受苦人活得无下场。（进门）

红　香　爹爹回来啦。

老　刘　（不言不语，落座，长叹一声）哎！

红　香　（端来一碗饭，碗上放一双筷子）爹爹，吃饭。

　　　　〔老刘仍不言语。

红　香　爹爹快吃，不要教饭冷了。

老　刘　（拿起碗筷一看，生气地把碗使劲放在桌上，登时站起来，眼瞪着红香唾）呸！谁教你做米饭？嗯！（逼红香一步）谁教你做米饭！

红　香　（惊呆）爹爹！

老　刘　谁教你光拿米做饭？嗯！（眼瞪得很凶，再逼红香一步）

红　香　（害怕）爹爹！

老　刘　（在红香头顶拍打一下）我这么大的年纪啦，为了咱的日月光景过不下去,看人家的眉高眼低,受苦受难,你知道粮食是从哪里来的? 嗯!

〔红香哭。

老　刘　(也哭了)哎! 你们都不长良心,这一家人该死! 这一家人该死! (落座,抱头哭)

红　香　哎! (滚白)我叫叫一声爹爹呀! 爹爹! 我的老爹爹……(哭着走到老刘跟前,手托老刘肩)女儿见你这几天病得厉害,是我教兴旺哥哥张家一碗、李家一把,借下这一点米,给你熬下这点米汤,我连一口都没吃没喝,刚才长寿要吃,我没让吃,姐弟们吵闹了一阵。如今你回得家来,又是骂,又是打,教孩儿我好不为难呀!

〔老刘以手抚红香,敲拉锤子板头。

老　刘　我的女儿!

(唱二六)

　　　　红香莫哭不要叫,

　　　　爹爹把你错打了。

　　　　怨只怨咱的命不好,

　　　　为父心中如火烧。(截)

红香,我娃不要哭了,我心里急得很,太躁啦,叫我娃受屈。

红　香　爹爹,我不受屈,你快吃饭。

老　刘　哎! 我吃不下去,我想躺一会。

红　香　多少吃一点。

老　刘　吃不下去,我要到后边躺一躺。(起,走)

〔红香长叹一口气,扶老刘下,长寿随下。

第七场　逼　债

〔胡万富上。

胡万富　（唱二六）

秋风吹得满山黄，

家家户户要收粮。

白天算，黑夜想，

收租讨账要钱粮。

我要把银子藏十窖，

我要把粮食堆满仓。

虽然间不是做皇上，

要啥有啥想怎就怎，我觉得倒比那皇上强。

〔高顺上。

高　顺　（唱二六两句截）

这乡完了到那乡，

收利讨账实在忙。（进门）

老财主。

胡万富　你回来啦，账收得怎么样？

高　顺　咱的账还能让短下，哭的闹的我都不饶，有的把地顶上啦，有的把房顶上啦。胡老三要赖皮，我把他送到镇上啦。袁尚义美得他欠钱不给，可花二百块大洋说媳妇哩，我硬要，他还想打人，我在镇上找了两个人，把他美美地捆起来，打了一顿。

胡万富　哼！袁尚义不是好东西，有人说他背地里骂我，从前不该给他揭钱。

高　顺　我见他能受苦，不会骗人，谁知那家伙脾气那样坏，啥都不怕。

胡万富　他把钱给了吧？

高　顺　他不给,由他啦。我硬逼得他把亲事退啦,钱给咱们啦。

胡万富　哼!没钱还想要老婆。

高　顺　还有吴保子,你就是剐了他的骨头、熬了他的油也没办法,我教他给咱当长工啦,慢慢顶账。还有几家也是这样,秋后的期限,他们有办法,迟收几天也可以。

胡万富　都要抓紧,不能放松。昨天晚上冯镇长来啦,还带回你们大少爷的一封信,说上边派下大批征粮征款,秋收一结束,马上就要下来啦。我看咱们的账,不管到期不到期,能收的都收,逼死人也不能轻饶。收租子也要抓紧,穷鬼们的租子,不能等到冬天,有的不能让他们把粮食拿回去,在场上就把粮食给咱们装回来。这些事你要打算周到,该先搞谁家的,再搞谁家的……

高　顺　这不用你老人家操心,我有个底儿呢。好,我再到前庄跑一趟。(说着就走出门)

胡万富　高顺。

〔高顺回来。

胡万富　你干什么啦?为什么田憨虎的媳妇还不来?

高　顺　我给说啦,她不敢来,我再催一下。

胡万富　一定是你把话没说好,你就说到我家里帮几天忙,你现在连啥事都干不了啦。

高　顺　当然我是那样说的。老财主,这不能怨我。(悄悄地)周二娃家媳妇从咱这里回去上吊啦,跟他们隔壁住着呢,因之她不敢来。

胡万富　哼!什么东西!你再叫去,她再敢不来,你把她男人给我拉来,就说我要算账!

高　顺　对。

胡万富　他妈的,哈巴狗也想跳墙啦,你给她说不来不行!

高　顺　是!

〔二人分两头下。

第八场 收租

安兴旺 （内唱尖板）

烂肝花做事太强梁，

〔安兴旺慌张上。

安兴旺 （接唱）不等收完他抢租粮。

急忙我到姨夫家去，

（跑一个圈子，进门叫）

二姨夫！红香！

〔老刘拄杖，红香、长寿齐上。

安兴旺 （接唱）赶快到地里抢收粮。（截）

（很急地说）红香，你们快把布袋绳子拿上，到场里
把粮食背回来，烂肝花把我的粮从场上都抢走啦，
快！快！

〔红香拿出几条烂布袋。

老　刘 我也去！

安兴旺 你有病，你不要去。

老　刘 还管病不病，能背多少是多少，快走。

（唱流水）

粮食就是咱的命，

红　香 （接唱）没有粮食活不成。

安兴旺 （接唱）咱们大家齐动手，

老　刘 （接唱）放大步拼命向前行。（跌倒）

〔红香、安兴旺、长寿拥着老刘急下。张老汉连叫带
喊，拿两条烂布袋急上。

张老汉 常有！常有！

〔常有急上。

常　有 什么事？

张老汉 快到场上背粮走，老财主就地抢租子呢，快走。

常　有	狗日的烂肝花就怕咱穷人死不完哩。
张老汉	不要胡说,快走!
	〔二人急下。安兴旺背一布袋,红香背一烂布包,老刘、长寿抬一烂布袋,慢步紧张、东张西望地上,刚转过弯子,被高顺带保子和另一长工挡住。
高　顺	好,你们倒收了个快!
	〔安兴旺等吓得退回几步。
高　顺	老刘,你不算一算,你欠多少租子,去年的还没交完,今年又不做长工,担水扫院才干了几天,你还想往家里背粮,老财主买下地,单为养活你,是不是?
老　刘	高……高掌柜,你给老财主说,我今年不得了,他老人家要可怜我呢。
高　顺	不行,你年年不得了,谁能叫你白种地。(说着把老刘抬的和红香背的都夺下来,又夺安兴旺背的)
安兴旺	高掌柜,这是他一家人的命,这一布袋你给留下。
高　顺	你屁股上的屎还没擦干净呢,还替人说话哩,放下!(一把把粮袋拉下来,粮袋落地)〔安兴旺几乎跌倒,长出了一口气,抱头蹲下。高顺命二长工背。
高　顺	背上走!〔长工把老刘抬的和红香背的那些拿起。保子抱起安兴旺背的那一布袋。老刘拉住。
老　刘	高掌柜,你不能,这一布袋要给我留下哩。
高　顺	不行,一颗也不给你留!你放手!
老　刘	高掌柜,今年要照护我一下哩。
高　顺	把你倒吃了个开,(向长工、保子)背上走!
老　刘	(向高顺跪下,连哭带说)高掌柜!你开恩!给我要留粮哩。
高　顺	不行,不行!
老　刘	高掌柜!你可怜我一家人,你看我老的老,小的小,(说此句时转过脸看红香、长寿,见未跪)哎!你们

也跪下么！跪下！

〔红香、长寿先前只是哭，现在跪下哭。

老　刘　你看我老的老，小的小，你把粮都拿走，就不得活！

高　顺　管不了。（向保子等）走！

老　刘　高掌柜，你不能都拿走，你回去给老财主说，他老人家今年叫我饿不死，我一家人就是转驴变马也要报他的大恩哩。

高　顺　不行，看你嘟囔囔，嘟囔囔，麻烦不麻烦？（推老刘）去！去！（向保子、长工）走！你们站着等啥呢？

〔保子、长工转身要走。老刘又抓着保子背的布袋。

老　刘　你不能背走！

高　顺　（一掌将老刘推倒）去！（向保子、长工）走！（转身被老刘拉住）

〔保子、长工始终对老刘表示同情，因之等待不走，此时只得走下。老刘跌倒了爬起抓高顺。

老　刘　你不能饿死我一家人！

高　顺　滚你的！真是穷骨头！

〔老刘被推倒，红香哭叫老刘，高顺把红香上下打量一下，抿嘴点头微笑下。

〔以上高顺几次发凶，吓得长寿几次尖叫，红香、安兴旺都有表情。这时红香、安兴旺叫老刘，把老刘架起。

老　刘　（唱阴司慢板一句转二六）

　　　　　眼巴巴全家人烧无吃尽，

　　　　　满年的辛苦一场空。

（扯带板）

　　　　　我要找老财主问他一问，

（挣扎几番，腿痛难行）

（接唱）两腿疼痛难前行。（截）

我想找老财主问他一问，满仓当兵的时候，他说没办法了可以给咱揭借，今天高顺狗日的把粮食都抢走，

我非要一些回来不可。（说着要走）

安兴旺　二姨夫,你不行,你走不动,明天叫红香去!

红　香　我不敢去,烂肝花那阎王眉脸我怕哩。

老　刘　你去,不要怕,你找他的老婆,我想他再没良心,会给
　　　　　咱退回一二斗的。

安兴旺　（向红香）你还是去一下好,要来一点是一点,咱们
　　　　　太没办法啦。

红　香　好,明天我去。爹爹,咱们回。

安兴旺　回。

老　刘　哎!

（唱二六）

　　　　　　　　穷人一年白受苦,

安兴旺　（唱）　无吃无穿断咽喉。

老　刘　（向红香）

　　　　　（唱）　全家食用无来路,

安兴旺　（合唱）睁大两眼泪长流。
红　香

〔唱时,安兴旺、红香架老刘转一圈下,长寿随下。

第九场　求　告

〔胡万富、王氏消闲得意地上。

胡万富　（唱二六）

　　　　　　　　每日里吃饱穿暖闲游转,

王　氏　（唱）　到晚间睡下抽大烟。

胡万富　（唱）　又有钱又有势啥都好办,

王　氏　（唱）　安然自在好喜欢。

胡万富　（唱）　皇军来了把公干,

王　氏　（唱）　国军来了也做官。

胡万富	（唱） 哪怕他天塌海干石头烂，
胡万富 王　氏	（合唱）咱家的银钱用不完。（留）

〔二人落座，都抽纸烟，王氏用小烟嘴。高顺上。

高　顺	（唱二六两句截）

进张家出李家威风八面，

我每日手里头不缺零钱。（进门）

老财主起来啦。

胡万富	这两天租子收得怎么样？
高　顺	穷鬼没办法的，差不多都从场上就把粮给咱背回来啦，今年比哪一年都难，哭的叫的磕头的，要不是我心硬，租子简直收不起。
胡万富	慢说穷鬼，就是那些有办法的，也都要抓紧，等到征粮征款下来，就不好收了。
高　顺	不怕，我常打算盘子着呢，不能叫咱吃亏。
胡万富	不怕？地里打下粮啦，租子当然可以抢回来；穷鬼们揭借的钱，更要费力气收哩。
高　顺	咱们的钱，他谁也欠不下。
胡万富	谁也欠不下，像老刘的账，你能要下？
高　顺	老财主，我正要给你说哩，老刘的钱有出路啦。
胡万富	他能有个什么出路？
高　顺	有办法，昨天收租的时候，我看见他女儿红香出脱啦，好看得很，十七八岁的姑娘，又香又嫩，还怕变不成钱？
王　氏	我看你是一辈子没有见老婆，把母猪都看成花眼眼啦。
高　顺	哎！粪堆里长灵芝草哩，你不能量就。
胡万富	红香我见过，黄毛女子，有啥好？
高　顺	两年你没见啦，女大十八变哩，女娃娃到了十六七都要大大地出脱一下哩，真的好，我不虚说。
王　氏	（讨厌地）干你的事去，张家婆姨好，李家姑娘好，就常在你嘴上吊着哩。去！

高　顺　我跟老财主还有点事呢。（转对胡万富）常有现在
　　　　没现钱，打算把那几亩水地给咱哩，连老账带新账一
　　　　笔勾销，没有经我手的账，我还弄不清。

胡万富　好，你跟我到后边搬开账算一下。

〔胡万富下，高顺随下。红香拖长寿上。

红　香　（唱二六两句截）

　　　　　　　只觉得心跳腿又软，

　　　　　　　向人求告好为难。

　　　　（进门，怯懦地）大婶子！

〔王氏看见，觑了一眼，迈过头去。红香哀哀求告。

红　香　大婶子！

〔王氏没理，红香又叫。

王　氏　（嫌弃地）说你的话，不要叫啦。

红　香　大婶子，高掌柜把我们今年收下的粮都拿走啦。

王　氏　胡说！那是收我们的租子，谁拿你们的粮！

红　香　大婶子，我们老少三口人，连一颗粮也没有啦！

王　氏　没有还不是没有！

红　香　大婶子，我们种了一年，吃不上稠的，不能教我们连
　　　　稀汤也喝不上。

王　氏　哼！你是给我讲理来啦是不是？你喝不上稀汤怨谁
　　　　哩？年轻轻的，说话倒残残的，你们还欠租子着呢，
　　　　都给我送来。

〔红香、长寿都下跪求告。

红　香　大婶子，我不会说话！你老人家不要见怪，你看我哥
　　　　哥替二少爷当兵，老财主说下要给我们揭借哩，我们
　　　　实在没办法，就不给我们退粮食，也该给我们借上几
　　　　斗米。

王　氏　说的就像欠下你的一样，满仓不替二少爷当兵，人家
　　　　镇上也要抓他哩。

红　香　大婶子，不管长短，你要可怜我们，给老财主说一下，
　　　　给我们借上几斗米。

125

王　氏　不行,不要麻烦啦,去!

红　香　(哭)大婶子,我们实在不得了,你们要救命哩!

王　氏　去! 我们不是菩萨爷爷,救不了命。

红　香　大婶子,你老人家要开恩哩,今天不给我借几斗粮,
我不走,大婶子,你要救命哩……(擦泪呜咽)

王　氏　爱跪你就跪上三天三夜!
〔胡万富暗上,从远处把红香看一阵,从旁边把红香
看一阵,鬼脸高兴地笑着。红香只管哭。王氏把胡
万富瞪了一眼又一眼。

胡万富　什么事?

王　氏　什么事,嫌咱把租子收啦,要咱给退粮哩。

红　香　(向胡万富)老财主,你要救我们一家人的命哩,我
们连一点吃的也没有啦,就要饿死。

胡万富　不要哭啦,怪可怜的,我给你借就是啦。

王　氏　不准给借!

胡万富　(嘻皮笑脸地)给借上一点,看在红香脸上。红香,
不要跪啦,跪得腿疼哩,起来。(用手拉红香臂。红
香惊闪,站起来躲)

胡万富　(笑嘻嘻地)看这娃,你还怕我呢,来来来,到后边我
给你盘上满满的一斗米。(说着拉住红香手,红香用
力甩开,拖长寿出门,连气带哭地下。王氏冷笑。胡
万富赶出门)

胡万富　红香! 红香! 哼! 不识抬举的东西! 你给我跑到天
上去! (进门)

王　氏　老得连头发都白啦,羞不羞?
〔胡万富低着头想。

王　氏　我看也不是一朵好花。

胡万富　咦,你不要说,这娃当真出脱啦,我看咱庄里谁也比
不上。

王　氏　嗯,好倒是好,就是人家看不上你。

胡万富　看不上,我把她弄不到手,连一天胡都不姓啦。(叫)

高顺。

〔高顺上。

高　顺　什么事？

胡万富　刚才红香到这里借米来啦。

高　顺　怎么样，不坏吧？

胡万富　好，身子也"稍柳"（窈窕的意思），模样也好看，红脸蛋小嘴，真是女大十八变，变好啦。

王　氏　把一个穷女子，教你简直说成王母娘娘啦。

胡万富　高顺，这个女娃娃我满意，你说媒去。

王　氏　什么？

高　顺　老财主，你跟我大婶子商量好。

王　氏　这家里不准进来邪门歪道。

胡万富　你简直想不开，这是好事情，一来他家欠下咱的烂账啦，咱不要花钱；二来把她娶过门，好好侍候你，比雇老妈子还便宜。

王　氏　脏死我啦！

胡万富　再说，你常跟我吵闹，嫌我跟……总之，你让我把她娶过来，我也就安心啦，再不胡……真的，二娃妈，我说心里的话哩，我早就打算办这么一件事。

王　氏　不行，你好我不好。

胡万富　我叫她好好侍候你，你越能享福。

王　氏　说什么都不行，你敢把她娶过来，一进门我就要砍死她！

胡万富　（郑重地）你不要什么事都为所欲为。

王　氏　我就不让！我就不让！

胡万富　（生气）把你那嘴抿住！太不像话！由了你啦！高顺，这事情几天内就要给我办到手，去！

高　顺　老财主，你跟我大婶子商量好……

胡万富　商量什么，去！就去！

高　顺　老财主，不要搞得……

胡万富　少说话，你是给我姓胡的办事的，我姓胡的叫你干

啥,你就干啥! 去! 就去!

高　顺　对! 对! 我去,我就去!

胡万富　就去! 这一件事我非办不可。你给我几天就办好,谁也挡不住,哪怕死下人!

高　顺　好,是,是,是!

〔胡万富把王氏瞪了一眼,气汹汹地下。

高　顺　大婶子,这件事情非办不行啦。

王　氏　说屁哩,还不是你惹下的是非!

高　顺　你不要生气,我给你说,除过老财主说过的那几点好处,还有好处哩。(鬼头鬼脑地出门看了一下)要是把红香娶过门,老财主跟她睡觉去,咱们就方便得多了!

王　氏　呸! 不要脸!

高　顺　对对对,我不要脸,我不要脸。(无耻地高兴地由上场门跑下)

〔王氏由下场门下。

第十场　说　媒

〔老刘拄拐棍上。

老　刘　(唱二六)

红香出门求人去,

但愿她能把米借回。

背地里不住眼流泪,

叫满仓,儿呀! 你在哪里?

红　香　(内唱尖板)

烂肝花做事太可恶,

〔红香拖长寿上。

红　香　(接唱)气得人阵阵颤索索。

擦干眼泪进门去，（进门）

老　刘　（见红香状，惊异）红香，怎么样？他不给借？

红　香　（唱）　我本是女孩子该说什么？（截）

老　刘　红香，他一点都不给借？

红　香　（有点生气）借！人家还给你借！

老　刘　嗯？

红　香　我央求人家，跪下祷告，他们不给就是了，烂肝花不要脸，他……

老　刘　他怎么样？

红　香　他……他欺侮咱们穷人！（哭着下）

老　刘　嗯？（问长寿）寿娃，你知道啥事？

长　寿　（小孩不懂事，很天真地只看到表面）烂肝花要给咱借一斗米，我姐姐不要，拉我跑回来了。

老　刘　嗯？哎！

（唱二六）

红香回来好生气，
想是在那里受人欺。
千悔万悔我好悔，
我不该让红香到他家里。

〔高顺上。

高　顺　（唱二六两句截）

见了老刘要生气，
他若不从我不依。（进门）

老刘。

〔长寿见高顺来，怕得溜下。老刘陪笑。

老　刘　唉！高掌柜，你来啦，快坐下。

高　顺　老刘，你真的家里连一点粮都没有啦？

老　刘　哎！好高掌柜呢，实在连一点米也没有啦，老天在上，我五十几的人啦，还能说虚话！

高　顺　连去年的租子算上，你还短老财主三斗多粮哩，知道不知道？

老　刘	知道,高掌柜,我不能胡说,我真没办法,老财主要照护我一下哩。
高　顺	你揭老财主的白洋,我们算了一下,连本带利,已经一百八十几块啦!
老　刘	嗯! 一百八十几块?
高　顺	该多少就多少,不会错的。
老　刘	不能吧,前年揭了三十块,去年才揭了五十元么?
高　顺	那你说人家老财主给你黑摊冒算哩,是不是?
老　刘	嗯?
高　顺	嗯啥哩,你是财神爷,老财主还靠你发财呀?
老　刘	去年的工钱,老财主连一个也没给我,今年我还……
高　顺	不要说啦,这些我都扣除过啦,你现在净欠一百八十五元。
老　刘	嗯! 这……
高　顺	你也能看得出来,这几年手头紧,老财主的租子、钱账,都要收回,一点也不能短!
老　刘	嗯! 你知道我,我三口人已经饿了半年啦!
高　顺	那你也要想办法,老财主的为人你知道,他老人家变了脸,神鬼都不饶的。
老　刘	(抖颤)高掌柜! 你……你看我有啥办法么!
高　顺	我看你就有办法。
老　刘	哎! 好我的高掌柜哩! 我有个啥办法么! 老财主要是不可怜我,我就不得活! 我就是个死!
高　顺	(冷笑)你就常不得活,常要死。我给你说,你不要愁啦,现在有了好办法啦,我给你报喜。
老　刘	哎! 有啥好办法?
高　顺	(郑重其事地)真的,这也是你的福气,你有办法啦。
老　刘	啥办法么?
高　顺	你要照我的办法办,老财主不但不再向你要钱、要租,他还能接济你哩。
老　刘	你说的是什么?

高　顺	你听我给你说,老财主把你红香看上啦,要你红香给他配个二房妻。
老　刘	(大惊,大声地)嗯!
高　顺	(因老刘的惊叫,受到刺激,站起稍躲)嗯啥哩?这么好的事,你还不愿意?
老　刘	这是什么话!他跟我的岁数一样,还想要我红香给他做小,这是什么话!
高　顺	人家财主家上了年纪,娶二房、三房是常有的事,这有什么奇怪?
老　刘	不能,不能,我的红香不能给他做小。
高　顺	要不是老财主看上红香,你攀都攀不上呢。咱是个穷人家,又不是啥高门第,做小有啥关系。
老　刘	姓高的,你不要把穷人看得太不值钱了!
高　顺	(大怒)啥?你说啥?好!你不愿意,你叫我姓高的,你有本领,(伸出手)拿来,还钱、交租!我连一天都不等!
老　刘	嗯!
高　顺	狗肉不上高抬秤,你太不识人抬举!你当我不知道你是个姓啥的!
老　刘	高掌柜!高掌柜!你不要生气,我一时糊涂,把话说错啦,并不是我不愿意,红香有了人家啦。
高　顺	你不要胡说,我知道红香没有人家。
老　刘	高掌柜!我要是胡说,就叫龙把我抓了,雷把我劈了,我红香许给安兴旺啦。
高　顺	不管!非把红香给老财主不可!
老　刘	高掌柜!你给老财主说,这事他老人家要开天大的恩哩,高掌柜,你要帮言哩,我给你磕头!(跪下乱磕头)
高　顺	你把头磕烂也不行!告诉你,你乖乖地把红香送给老财主,大家都好看;要不然,我要把红香拉的去,还要把你送到镇上,有的是办法!

老　刘	高掌柜,这怎么能成!这……
高　顺	我没有闲工夫跟你扯淡,就是这么一回事啦,你自己想去。(说着就要走)
老　刘	(拉高顺)高掌柜!
高　顺	去!(推倒了老刘,气汹汹下)
老　刘	(爬起跪着走地叫)高掌柜!
红　香 长　寿	(跑出哭着拉起老刘)爹爹!
老　刘	我的天呀!天呀!怎么办?红香!快叫你大姨跟安兴旺去!

〔红香急下,长寿也跟着跑下去。

老　刘	长寿,你不要去,回来。

〔长寿回来站在老刘旁边,跟着哭。

老　刘	我的天呀!天呀!(以手击桌)
安老婆	(内唱)不好了,不好了。

〔安兴旺、红香扶安老婆急上。

安兴旺	(唱流水)

浑身上下凉水浇。

安老婆	(唱)　两步当作一步跑,
安兴旺	(唱)　见了姨夫说根苗。(截)(进门)
老　刘	(见安老婆,哭,捶胸顿足地)兴旺妈!兴旺妈!
安兴旺	二姨夫!死也不能答应!哪怕跟他拼命!
红　香	爹爹!我死也不去!
老　刘	娃!我没答应,我也不让你去!
安老婆	天呀!这又是一座泰山压在咱头上了!咱们怕顶不起哟!(急得把棍子在地下乱捣)
安兴旺	狗日的们!谁敢抢红香,我非拿刀子砍死几个不可!
安老婆	兴旺!不敢凉腔武道,事情要慢慢商量哩,天呀,咱们又是大祸!又是大祸!
老　刘	兴旺妈,你说咱怎么得了!
安老婆	哎!我知道怎么得了!走!咱们两个给老财主磕头!祷告!再有啥办法?
老　刘	你大姨,你去,我欠人家的钱着哩,我又实在走不动

了！你去了好话多说，苦苦哀求，祈天祈地，要老财主开恩哩！你快去！

安老婆　对，我去！我给他磕头！哎！寿娃，你拖大姨走。

老　刘　天呀！我又想起啦，咱们还没有媒人哩！

安老婆　哎哟！真的！这怎么好！这怎么好！

老　刘　你快请个媒人，就说咱们春上就把亲事定啦。快去，请好媒人就去，不敢等了！

安老婆　你二姨夫，你说得对，我就去，寿娃，走！（抖颤着出门，自言自语地）哎！天呀！天呀！（长寿扶下）

安兴旺　杂种烂肝花，欺住咱穷人，不敢拔他的毛。

老　刘　好娃哩，低声点，等你妈回来商量。来，我不行啦，你扶我到后边躺一下。哎！

〔红香、安兴旺扶架起老刘。

老　刘　（唱二六）

兴旺不要多言语，

等你娘回来问根底。

富人家说风就是雨，

咱穷人由人不由己。（留）

〔红香、安兴旺扶老刘下。

第十一场　请　媒

〔冯见喜上。

冯见喜　（唱二六）

听说又要摊粮款，

急得人日夜心不安。

一个钱当作两个用，

到头来还是个不够吃穿。（愁闷地走来走去）

〔袁尚义上。

袁尚义　（唱二六两句截）

　　　　　　心里有苦肚里转，

　　　　　　见了大伯对他言。（进门）

　　　　冯大伯在家么？

冯见喜　在哩,你有啥事？

袁尚义　没啥事,闲转哩。

冯见喜　你常忙得跟啥一样,今天咋舍得闲转哩？

袁尚义　哎！忙啥哩,我啥都不想干啦,我没心思受苦啦！

冯见喜　怎么？你把媳妇都问下啦,应当高兴,越发要好好受苦哩。

袁尚义　哎！你还不知道,我把亲事退啦。

冯见喜　为啥？人家雷家咻女子是好娃,你为啥要退哩？

袁尚义　我灰心处就在这里。冯大伯,你是亲眼见的,我一个人受了两个人的苦,我连午觉都不睡,好容易弄下几个钱,把雷家的女子给我说成媳妇啦,谁晓得我去年为典地揭下烂肝花的那一百元,人家给咱算下二百多,非要不行。我和高顺那杂种吵了几架,后来我看不得过去,把亲事退啦,钱都给狗日的还啦。要不把这一笔亏心钱还了,你就是把老婆娶到自己家里也落不住,再拖上一年账,把老婆卖了还不够呢。

冯见喜　哎！以后不要跟他们吵闹,省事些。

袁尚义　我这人一见看不过眼的事,不管是人家的自家的,由不得想闹,这几天我心里越想越恨,自己没田、没地、没钱,就教财主家压得连气都出不上来。

冯见喜　哎！我自己倒还多少有几亩地哩,还是个过不前去,年头是一年不如一年啦！

　　　　〔长寿拖安老婆上。

安老婆　（唱二六两句截）

　　　　　　张家走,李家转,

　　　　　　请个媒人实在难。

长　寿　大姨,到我冯大伯门上啦。

安老婆　咱们进去,(进门)你冯大伯。

冯见喜　噢! 兴旺妈,快坐下。

安老婆　我顾不得坐,(稍停)我有一件要紧事要你帮办哩,
　　　　(觉得还有人,模糊地看)你这里还有个谁?

袁尚义　老人家,是我。

安老婆　噢! 尚义,我央求他冯大伯办点事,你不要给旁
　　　　人说。

袁尚义　看你老人家,怕啥哩,我不是那号人。

安老婆　对,我不怕你。(又向冯见喜)你冯大伯,兴旺跟红
　　　　香订亲啦,两家都愿意,请你当个媒人。

冯见喜　噢! 这是好事么,他们小两口从小一块耍大的,如今
　　　　亲上加亲,好事情,我给咱当这个媒人。

安老婆　有人要问,你就说这亲事是今年春上说好的。

冯见喜　(觉得话中有话)嗯! 这事情还有啥麻达哩?

安老婆　哎! 你冯大伯,听我给你说,这亲事在满仓当兵走的
　　　　时候就说定啦,没有请媒人。他二姨夫欠老财主的
　　　　账着哩,自己没钱,老财主如今硬逼得要红香给他做
　　　　二房妻呢!

冯见喜　嗯! 老财主已经说出这话啦?

安老婆　说出来啦,要红香哩,我想见老财主磕头祷告去哩,
　　　　因之先把媒人请好。

冯见喜　兴旺妈,这媒人我不能答应啦,你要原谅我,咱惹不
　　　　起老财主,教人家知道了,我受不了。

安老婆　哎! 你冯大伯,我跑了几家啦,他们都种老财主的
　　　　地,不敢答应,我能请到的人,只有你一家自己有地,
　　　　你再不答应,我就请不下媒人啦。你冯大伯,你要可
　　　　怜我们两家人哩!

冯见喜　兴旺妈,老财主的为人你晓得,谁敢惹,把我的几亩
　　　　好地都转弄去啦,我都不敢说一句话,你想我还敢揽
　　　　旁人的事?

安老婆　好你冯大伯哩,这事你再难为也要答应哩,我再没路可走了!

冯见喜　兴旺妈,旁的事都行,这事我怎么也不能答应。

安老婆　你冯大伯,你答应了吧,我给你磕头。(说着就往下跪)

冯见喜　(连忙挡住安老婆)不敢,不敢,我不敢答应。

〔高顺偷上,在门外听。

袁尚义　(早就忍耐不住了)冯大伯,你答应了怕啥哩?

冯见喜　哎!咱们惹不下老财主。

袁尚义　冯大伯,你就答应了!你看老人家可怜成个啥样子啦?

冯见喜　不能,不能,惹了人还不顶事,寻的吃亏哩!

袁尚义　(气愤地)我看你就太怕事啦!树叶子下来打不烂头,我就不信烂肝花把你一口能吃咧!

冯见喜　(也气愤地)你……你这娃才……年轻人说话腰不疼!

袁尚义　(慷慨激昂)啊哟!好厉害的财主,这么一点事就没人敢答应啦,我就不信,咱们庄上连一个人也没有啦。(问安老婆)老人家,你要我不要?

安老婆　只要你愿意,那就好么。

袁尚义　(拍胸)好,我给咱当媒人!

安老婆　尚义,我就到老财主那里去呢,老财主一定会问你的,在他当面你也要应承哩。

袁尚义　老人家,你放心,哪怕省长、督军问我,我也不改话。你去,我就在烂肝花呦大门外等着,随叫随到。走!我扶着你老人家去!(说着就扶安老婆,高顺偷偷溜下)

安老婆　哎!你是好人,我忘不了你的恩。

袁尚义　老人家,不敢说这些话,咱们都是好人,烂肝花才是坏人。走!(扶安老婆出门)

冯见喜　(出门送安老婆)兴旺妈,你再转来。

袁尚义　(很鄙视的态度向冯见喜说)你快回去,小心碰见老财主把你怕死着,快回去!

冯见喜　这娃才……(下)

〔袁尚义、长寿扶安老婆下。

第十二场　告　密

〔高顺急上。

高　顺　(唱二六两句截)

　　　　　好一个胆大袁尚义,

　　　　　穷小子敢把富人欺。(进门)

　　　　老财主。

〔胡万富上。

胡万富　什么事?

高　顺　我调查好啦,当真没有媒人,兴旺妈到处才请媒
　　　　人哩。

胡万富　(冷笑)哼……我看谁敢当这个媒人?

高　顺　有,就有。

胡万富　谁?哪一个?

高　顺　袁尚义,寻的要当媒人哩。

胡万富　好大胆子!简直不知道天高地厚,这人不能留啦。

高　顺　对,编法子把他赶出去。说实在话,我对袁尚义有点
　　　　害怕。

胡万富　(低头转着想了一会,自言自语)招摇撞骗,挑拨是
　　　　非。高顺,你到镇上去,(把高顺拉到身边,说了一阵
　　　　耳语)快去!(下)

高　顺　(高兴得意地)对对对。(跑下)

第十三场　哀　求

〔袁尚义、长寿扶安老婆上。

安老婆　（唱二六）

我心里刀子割来剪子铰，

两家的性命连根摇。

菩萨娘娘（拜）多保佑，

哀告财主能轻饶。（截）

袁尚义　老人家，到他们门上啦，你进去，我就在这门外边等着。

安老婆　尚义，你千万不敢走了。

袁尚义　你放心，我不走。

〔安老婆用棍摸路，长寿扶她进门。

安老婆　（哀求的哭声）老财主！老财主！

王　氏　（气忿忿地上）谁叫你进我们的门？看你那个样子，随随便便就进我们的家，出去！

安老婆　（扑上去，跪倒，抓王氏衣）你大婶子！

王　氏　（气得一推）看你那老乌鸦鬼爪子，动手动脚！（说着把安老婆抓过的地方拍拍打打）给我滚出去！

安老婆　你大婶子，我给你磕头，你请老财主出来，我有事情求告他老人家。

王　氏　保子！保子！

〔保子上。

王　氏　给我赶出去，什么东西！

安老婆　你大婶子，我给你磕头，你请老……

王　氏　不准你说话，赶出去！

保　子　（扶安老婆）老人家，你出去！

〔胡万富上。

胡万富　保子，不要拉，叫她有话就在这里说。

王　氏	哼！（气得下）
安老婆	（向胡万富连叩头带说）老财主，红香和兴旺今年春上就说成亲事啦，你老人家要开恩哩，我们两家人转驴变马也要报答你老人家的大恩哩！
胡万富	兴旺妈，你这么大的年纪，还胡说八道，你也想欺负我，是不是？
安老婆	啊哟！老天爷在上，我还敢胡说！实在，我娃跟红香说成亲事啦，老财主，（叩头）你要开恩哩！
胡万富	胡说！什么事我不知道，你们连个媒人都没有，就说成亲事啦！嗯？
安老婆	老财主，有哩，袁尚义是媒人，你不信问他。
胡万富	我清楚，你今天才请的媒人。
袁尚义	（在门外听到此话一跳进门）谁说，今年春上我就把亲事说成啦！
胡万富	半崖上出来个夹嘴子，与你什么相干，给我滚！
袁尚义	不行，我是媒人，谁要坏这门亲事，我就不让！
安老婆	（急）天呀！尚义，不敢闹，好好说！
	〔二人吵闹时，安老婆急得直拜祷告，阻止袁尚义。
袁尚义	老财主，你不要太把穷人不当人！
胡万富	就把你不当人，你想咋？
袁尚义	你拆散人家的婚姻，做事太恶啦。
胡万富	（气得说不出话来，以手指袁尚义，斥之）混蛋！你……你！想造反，你……你想欺天……嗯你……
袁尚义	天上有神哩！问一问，看谁欺天！
胡万富	（气得坐在椅子上，喘得很厉害）好……你……
	〔高顺，保丁甲、乙带绳子跑上，高顺直喘气，三人进门。
胡万富	（气）你们才来啦！
	〔高顺给胡万富捶背。
保丁甲	（向袁尚义）我当你跑啦，原来在这里。
袁尚义	我没犯罪，为什么要跑？

秦腔
穷人恨
QIONGRENHEN

139

保丁甲	你挑拨是非,老财主把你告下了! 走!
袁尚义	我不走! 我还有话说。
胡万富	拉出去,枪毙了,把你倒没办法……
袁尚义	我没犯罪,你把我吃不了!
高 顺	把他捆起来,快拉走!
保丁甲 保丁乙	(把袁尚义连打带捆)不准你说话!
安老婆	(急得向保丁甲等叩头祷告)老总! 老总! 不要捆尚义,捆我,不怨尚义,是我请人家当媒人的!
袁尚义	老人家,不要怕,媒人是我情愿当的!
保丁甲 保丁乙	(推袁尚义)走!
袁尚义	走! 你们把我杀不了! 〔保丁甲、乙连打带推,把袁尚义推出。
安老婆	(磕头祷告)老总,不要难为尚义,怨我! 老财主,你把尚义饶了,你要开恩! 救我两家人的性命!
胡万富	(大声斥责)住嘴,不准你说话!
安老婆	老财主,不管怎么,你要开恩呢! 你不开恩,把我两家人都活活杀了!
胡万富	给我滚远!
安老婆	老财主,我老汉死得可怜,你是知道的,你要可怜我寡母幼子,你要开恩!
胡万富	混蛋! 你胡说啥哩! 嗯! 你老汉死了,怨他不想活了,再要胡说,老实告诉你,慢说想要个媳妇,恐怕你连儿都落不住! 我说下,就能做下! 高顺,把他家种的地收回来,几年的欠租都要给我交清,交不清给我送到镇上去!
安老婆	嗯!
高 顺	对。
胡万富	穷小子还想要娶媳妇!
安老婆	老财主,你饶了我! 老财主,你饶了我……
胡万富	(向保子)给我拉出去!

保　子　（扶安老婆）老人家，走！

高　顺　（把保子打了一下）你把她拉出去！（说着，一把将安老婆拉起，推出门去）

保　子　（扶安老婆）你快回去！

安老婆　（哭着，说着，被保子扶下）天呀！天呀！怎么办？……
　　　　〔长寿哭着跟下。

胡万富　穷鬼们都想死啦，把红香今天就拉过来。

高　顺　跑不了，他们看守着哩！

胡万富　跑不了，你能保住她死不了！

高　顺　对对！今天就叫她过来。

胡万富　多去几个人。

高　顺　对对对！
　　　　〔二人分两头下。

第十四场　驱　逐

〔保丁乙、丙押袁尚义上，袁尚义被背绑着，气汹汹地，三人到中场。

保丁乙　（向保丁丙）你们等一下，上边有我一个亲戚，我问一句话就来啦。

保丁丙　对。
　　　　〔保丁乙下。

保丁丙　（看保丁乙走远了，向袁尚义）你这是为啥么，寻的吃亏哩！

袁尚义　为啥！烂肝花太欺人啦！我看不过眼！

保丁丙　哎！你才是个！人家有钱有势，你能怎么？看把自己弄成个啥样子啦！

袁尚义　不怕，我没犯法，他把我杀不了。

保丁丙　尚义！（向四周围看了一下）你还糊涂着哩，人家跟镇长商量好啦,要把你拉壮丁哩!

袁尚义 嗯!

保丁丙 看你得过去?

袁尚义 占修(保丁丙的名字),咱们是好朋友,你不能不管,你把我放了!

保丁丙 好你哩,我把你放了,我咋办呀!

袁尚义 好,你们的命贵,就是我不怕死,汉子做事汉子当,不要你放啦! 走!

保丁丙 尚义,这么样,我把你的绳子放松,等他下来咱们一块走,走到前边那个大弯子,路畔下边不高,你跳下去就跑,曹三是个胆小鬼,他不敢追。

袁尚义 对!

保丁丙 (又向周围看了一下,把袁尚义的绳子松了一松)怎么样?

袁尚义 行啦!

〔内场另一人说:"你明天一定要来。"

保丁乙 (从内一直说出来)对,你一定等着,我一定来。(向保丁丙)咱们走吧!

保丁丙 走!

〔三人下。

〔幕内喊:"跑啦……"接着听到枪声,又听见保丁丙喊:"不敢开枪咧,前边人多哩!"又听见保丁乙长叹一声。

第十五场 抢 亲

〔红香、安兴旺扶老刘上。

老 刘 (唱二六)

他大姨出外把人求,

　　　　　　我三人等得加忧愁。

　　　　　　过往神灵多保佑,

　　　　　　你保佑老财主心意回头。

安老婆　(内唱尖板)

　　　　　　老财主说话如同催命鬼,

　　〔长寿扶安老婆上。

安老婆　(接唱)他一句话说得我心事灰。

　　　　　　回家来劝红香一人前去,

　　　　　　要保我兴旺儿无事无非。(截,进门)

老　刘　兴旺妈,你回来啦,怎么样?

安老婆　(抖颤,说不出话)嗯……(看众人)

老　刘　怎么样,你快说?

安老婆　我……我请袁尚义当媒人,老……老财主把……把人家捆打了一顿,赶走了。这事情,我……我看出来啦,红……红香不……不去,连……连兴……兴……兴旺都……都要出事哩。

众　人　嗯?

安老婆　你……你二姨夫,你……你说怎……怎么办呀!

老　刘　天呀! 你……你说我……我能怎么办,你……你教我说啥好!

红　香　爹爹,我死也不去!

安兴旺　妈,我死也不让!

安老婆　兴旺,你……你不敢说这话。

红　香　(走到安老婆眼前)大姨,我不去!

安老婆　(哭着摸红香)红香,大姨我也舍不得你,咱在人家手里活着哩,不由咱。

红　香　(连推带哭)不,我死也不去!

安兴旺　我要跟烂肝花拼命!

安老婆　兴旺,你听妈说,你不要把妈急死!

安兴旺　(又哭又急)你就怕死,你就怕死。

安老婆　兴旺! 兴旺! 不敢糊涂,妈死了,能换你小两口到一块，妈死了也愿意，兴旺！

老　刘　再不敢糊涂了！兴旺，兴旺！（说着哭了）你妈是为你呢，我们老了，死了也不要紧，你还小哩！

安兴旺　（又是哭，又是生气）好，你们活着，我们死，我们死！

〔老刘又伤心，又急，不知说什么好，坐下发抖。

安老婆　（抖颤地说）娃！你说啥？

安兴旺　你怕死，你活着！我死！我死！

〔安老婆被安兴旺推了两下。

安老婆　（呆了一阵，简直说不出话来，然后很激动有力地说）嗯！兴旺，你……你说啥？兴旺！你……你说我怕死！兴旺，我今天把十几年藏在肚子里的话说了吧！你知道你爸爸是怎样死的？（发恨）你爸爸也是烂肝花害死的！你爸爸叫人家打得躺在床上给我说：皇上，做官的，都是有钱人家的，穷人天生的是受罪的，越闹越吃亏。他叫我把这几句话记在心里，你爸爸临死的时候，把我叫到跟前，他把我抓住，抖了一阵，他说：兴旺妈！我不得活了！你千万不能走！你千万不能死，我苦了一辈子，就落下兴旺这一点骨血，你把他抚养成人，我就是死在阴曹地府，也忘不了你的好处！眼看着他没有气了，他还念叨着说：兴旺妈，你不能走！你不能死……（沉痛地停了一会）你爸爸死的时候，你才三岁，我张家搞一把米，李家搞一碗饭，稠的给你吃，好的给你吃，多了我也喝两口，少了我就饿肚子，咱们穷得太没办法，我几次上吊，听见你哭了，我把绳子解下来，想起你爸爸的话，把你抱起来哭上一夜。你如今这么大了，你知道妈我受了多少罪，妈的眼睛为什么成了这个样子？兴旺，我问你，妈跟你好过了几天？你今天说我怕死，兴旺！我问你，妈活着为谁？

安兴旺　（当安老婆说到最后伤心而激动时，起立抓安老婆，哀求地望着）妈！妈……（最后扑向安老婆怀里）

安老婆　哎！（滚白）我叫叫一声兴旺，兴旺，事到如今，人家
　　　　老财主硬要红香，你若不让，胡闹起来，人家有钱有
　　　　势，把你害了，妈我十几年的辛苦莫要说起，死后就
　　　　难见你的（敲拉锤子板头）爸爸了！

　　　　（唱二六）

　　　　　　　　兴旺年幼你太任性，

　　　　　　　　讲出话来刺人心。

　　　　　　　　你爸爸丢你年纪小，

　　　　　　　　千辛万苦养成人。

　　　　　　　　几次想死心不忍，

　　　　　　　　为留安家一条根。

　　　　　　　　恨只恨财东人家有钱有势为官为宦心太狠，

　　　　　　　　他把穷人不当人。

　　　　　　　　你若不从胡扎挣，

　　　　　　　　滔天大祸就临门。

　　　　　　　　那时节红香终究他要娶，

　　　　　　　　你在世上也难存。

　　　　　　　　叫兴旺按住胸口心拿定，

　　　　　　　　不敢任性胡乱行。

　　　　　　　　红香为娘也不舍，

　　　　　　　　不舍红香没奈何。

　　　　　　　　舍了红香人一个，

　　　　　　　　两家老小还能活。

　　　　　　　　并不是为娘想活不愿死，

　　　　　　　　娘不能睁大眼——

　　　　　　　　（夹白）兴旺！

　　　　　　　　（接唱）看着你跳黄河。

安兴旺　哎！娘啊！（慢慢起立）

　　　　（唱二六）

　　　　　　　　叫娘不要哭恓惶，

　　　　　　　　孩儿把话说心上：

为娘孩儿不愿死，

裂断心肝舍红香。

转面我把红香唤，

咱兄妹二人太可怜。

你为我吃喝穿戴寒冷饥渴常挂念，

我为你每天受苦日夜不停手足磨烂腰腿酸。

到如今活活分离谁情愿，

恨只恨世事不平埋怨老天！（绕，哭）

红香你明白，你看我有啥办法！

老　刘　（走到红香跟前）红香，你听我说，你还是去，你还
　　　　是去！

红　香　（大哭）爹爹！我不是人家亲生养，人家不心疼，（推
　　　　老刘）你也不心疼！

老　刘　（受到很大的刺激，突然落座，滚白）我叫叫一声红
　　　　香，红香，并不是爹爹不心疼你，事到如今为了你兴
　　　　旺哥哥，为了咱两家平安无事，非要你离开我们（敲
　　　　拉锤子板头）不行了！

　　　　（唱二六）

　　　　　　　红香莫要太执拗，

　　　　　　　听我把话说根由：

　　　　　　　到如今只有你一人走，

　　　　　　　两家四口活命留。

　　　　　　　怜念你兄弟年纪幼，

　　　　　　　怜念你姨母表兄寡母幼子无依无靠加忧愁。

　　　　　　　财主的威风不敢斗，

　　　　　　　惹下了他便要钱要地拉人抓人不甘休。

　　　　　　　那时节咱们两家七死八活谁来救，

　　　　　　　老的死，红香，小的也难留！

红　香　哎！我好为难呀！

　　　　（唱二六）

　　　　　　　老爹爹姨母兴旺哥哥一个一个把我劝，

莫要给爹爹姨母兴旺哥惹祸端。

我有心听了他们劝，

舍不得爹爹姨母兴旺哥哥长寿兄弟在面前。

烂肝花行事坏，

他是狗狼无心肝。

他把我好夫好妻硬拆散，

他害我两家不团圆。

我若到了他家院，

舍死要报大仇冤。

这一去亲人们再不能见，

（扯喝场）那……那是爹爹姨母！那……那是兴旺哥哥！哎……

〔安兴旺、长寿与红香对面跪下，老刘、安老婆站着哭，抖战。

红　香　（唱流水）

我把心事要明言：

今日听了大家劝，

不愿大家多为难。

从此不要把我念，

要想相逢难上难。（向安兴旺）

你权当今生今世咱们没见面，（向老刘、安老婆）

权当孩儿我死在了十八年前！

安老婆
老　刘　（放声大哭）啊哟！
安兴旺

　　　　　　　　红香
（合唱）叫女儿莫要胡盘算，
　　　　　　　　红香

　　　　　　　　　　　外甥女！
（扯喝场）那……那是我的好女儿！那……那是
　　　　　　　　　　　红香妹！

外甥女！
好女儿！哎……
红香妹！

（接流水）

听我把话说心间：

千难万难要忍耐，

全家人盼着你常把家还。

红　香　（向安兴旺唱）

他们盼我能见面，

你盼我回家心不酸？

看起来你平日待我全是假，

再不要哥哥妹妹嘴上夸！

安兴旺　（唱）　叫红香莫要那样想，

我的心中有主张。

如今连累无法想，

你我头上有爹娘。

百年后爹娘把命丧，

那时咱们再商量。

你我兄妹往外闯，

同生同死逃他乡。

叫妹妹莫死你要活，

我等你十年八年不变心肠。（截）

〔忽听后边人声喊叫，脚步乱响，吓得两家人缩作一团。高顺带保子，长工，保丁甲、乙上。高顺喊叫着进门。其他四人跟着进门，老刘等吓作一团。

高　顺　老刘！你们是愿意叫红香乖乖地走呢，还是把你们捆起来送到镇上吃官司呢？就是这两条路，说话！

老　刘　高掌柜！这事太过分啦，我就不信，再连几天就不能等么！

高　顺　不行，再等几天，红香想不开，自尽了，你们这一群干骨头合起来都不够偿命的。

老　刘　高掌柜！你……

高　顺　没说的，马上就走！

老　刘　红香！

红　香　爹！我不去。

高　顺　（向红香）你才是个傻瓜，跟上老财主吃得好，穿得好，还不如你跟上兴旺穿烂袄子、吃糠皮？（拉红香）走！

〔红香把高顺用力甩开。

高　顺　咋？你还得过去？

〔安兴旺拨开挡他的安老婆和老刘，想扑上去，又被安老婆和老刘挡住。

老　刘　（哭）兴旺！

高　顺　（向保丁们）拉上走！

保丁乙　（猛然上去一把把红香拉出）走！

〔红香哭叫。长寿与红香同时尖叫，哭。

保丁甲　（以枪示红香）不准叫！

老　刘
安老婆　（扑上）红香！
安兴旺

保丁甲　（以枪指住老刘、安老婆、安兴旺）不准动！

〔长寿尖叫。

高　顺　拉着走！（高顺手拉红香出门）

〔保丁乙以枪逼红香走。保子、长工在后推红香走。

红　香　（连哭带叫）大姨！爹……大姨！爹……

〔红香被高顺等推拉下，到后场仍在哭叫着。

保丁甲　（向老刘等）哼！（出门，连喊带走）把口给按住！

〔听到后台红香口被按时挣扎地叫了一声，安兴旺顺手拿起一把切菜刀，在桌上用力拍一下，向门扑去。

安兴旺　狗日的！

〔长寿尖叫，怕得跑下。

老　刘　（惊叫）兴旺！（把安兴旺抱住死不放）

安老婆　（把安兴旺拉住死不放）天呀！你不想活啦！

〔安兴旺被老刘、安老婆死死拖住，挣扎不脱，放声大哭。

安兴旺　（唱带板）

红香妹活活地被人拉走，

哭一声叫一声刺痛咽喉。

烂肝花儿好比强盗禽兽，

把穷人当做了猪狗马牛。

颤索索恨得人难以忍受，

〔安兴旺又向前扑，被老刘、安老婆拉住。长寿也出来拉住。

老　刘　（唱）　叫兴旺不敢闹忍在心头。

安老婆　（唱）　你莫非要为娘死在你手，

　　　　　（夺刀，最后用口咬，刀落地下）

安兴旺　唉！唉！唉！

　　　　（唱）　为老娘忍住了血海冤仇。

〔安兴旺唱完趴在桌上哭了。老刘、安老婆、长寿都哭了。冯见喜、刘万和由上场门上，张老汉、常有由下场门上。

冯见喜
刘万和　（唱二六）

　　　　　　　哭的哭来喊的喊，

张老汉
常　有　（唱）　人人听了心内酸。（截）

〔四人进门。

老　刘　（哭诉）哎！你们看这是啥世道，咱们穷人活不下去啦！

安老婆　（模糊地看看人，哭诉）活活地杀了我们两家人！

张老汉　哎！有钱有势的，啥坏事都能做出来，不怕天不怕地。

常　有　太不讲道理！

冯见喜　我知道这人啥事都能干出来，兴旺妈要我来当媒人哩，并不是我不愿意帮忙，我知道不会有好下场的。这里没有外人，我有啥敢说啥，有钱的跟做官的连着里，咱们穷人只有吃亏，有啥办法！

张老汉　（走到安兴旺跟前）不要哭啦，哭也不顶事。

刘万和　（向老刘）快把兴旺扶回去,不要太着急,想开一点,
　　　　有啥办法!

冯见喜　老刘,也跟兴旺住在一个院子吧,你们把兴旺看好,
　　　　不要让他出门去,青年人,闯下祸还是自己吃亏。

众　人　对,快回去,不要哭啦!
　　　　〔常有、张老汉扶安兴旺,冯见喜扶安老婆并扶老刘
　　　　拖长寿。安兴旺、安老婆、老刘、长寿等四人哭着,众
　　　　人叹息着,劝着。齐下。

第十六场　厮　打

〔桌上摆几件花绸缎衣裳,胡万富、王氏同上。

胡万富　（唱二六）

　　　　　　　红香生得真好看,

　　　　　　　越思越想越喜欢。

　　　　　　　她来了要把烂袄子旧裤粗布衣衫都改换,

　　　　　　　我要把绫罗绸缎花花绿绿给她身上穿。

　　　　　　　好东西一件一件由她选,

王　氏　（唱）　那要你另缝另做另花钱。

胡万富　（唱）　她来了指东拨西你使唤,

王　氏　（唱）　我的心中不耐烦!（截）

　　　　〔后台人喊:"走!走……"高顺说:"慢一点。"保丁
　　　　甲、乙,保子,长工,高顺拥红香上,红香口塞手巾,大
　　　　家进门把她放在凳子上坐下,在台的右偏处。红香
　　　　被拉上时由于一路地挣扎、叫唤,已经声嘶力竭了,
　　　　怒容满面,但气喘、垂头。

胡万富　（向保丁甲、乙）教你们辛苦啦。

保丁甲
保丁乙　老财主,替你老人家办这一点事,算啥哩。

胡万富	好,明天酬谢大家。
保丁甲 保丁乙	老财主,没有什么事了吧?
胡万富	没有事啦。
保丁甲	(向保丁乙)好,咱们走。

〔保丁甲、乙下

胡万富	(向保子、长工)你们也下去。

〔保子、长工下。

胡万富	(向高顺)怎么样? 他们为难没有?
高 顺	高兴是不高兴,没有敢胡拧跐。("拧跐"是要麻烦的意思)
胡万富	哼! (走到红香跟前,一见口被塞,身被捆,把手巾取掉,故意生气地向高顺)你们简直是混账! 红香如今是我的人,你们这么随便!
高 顺	是,是,是我的不对。(连忙把红香解开)
胡万富	下去!
高 顺	是。(下)
胡万富	(向红香劝解)红香,他们欺负你是不对的,你不要见怪,你跟着我,管叫你能享福,你应当高兴。

〔红香把头扭过去,气愤,不理。王氏在一边,眼嘴不断地有讽刺胡万富的表情。

胡万富	红香,你今天应当欢喜,应当笑。(以手拍红香肩,红香甩脱胡万富手)
胡万富	哎,红香!

(唱二六)

> 红香初来不习惯,
> 扭扭捏捏不喜欢。
> 到这里叫你闲游散,
> 到这里叫你有吃穿。(拿起一件粉红绸袄)
> 这一件粉红绸袄真好看,
> 来来来我与你身上穿。(绕)

红香,你看这件粉红绸袄真好看,来来来,我给你穿

在身上。(说着往红香身上披,红香夺过,摔在地下。王氏拾起来,故意向胡万富拍打尘土,表示讥讽)

胡万富　哎,

（唱）　那一件不好再来一件,

（顺手又取一件花缎袄）

这一件缎袄很值钱。

你看这大花小花又光又明穿在身上多体面,

人人见了都喜欢。(绕)

（说着又给红香往身上披,红香夺过,又摔在地下）

王　氏　（拾起缎袄)哼!天生的贱骨头,不识抬举!(向胡万富)她不敢穿,穿在她身上就要打摆子发烧生病呢!

胡万富　哎!

（接唱)红香不要太捣蛋,

听我把话说心间。

既到我家由我管,

不敢惹人不耐烦。

你是我扣账除利花钱买,

摆什么架子变容颜!

这一回捣蛋我不怪,

来来来我拖你到下边。

（拉红香,红香向胡万富脸猛抓一把。胡万富大叫一声,脸被抓破几道,躲闪一旁。王氏吓得尖叫一声,藏在桌后。红香气汹汹地猛扑上去追着打）

胡万富　（一边躲一边叫)高顺!高顺……

〔高顺上。

高　顺　这是为啥么!这是为啥么!(连跑带说,上去把红香抱住)

胡万富　混蛋!这还了得,给我拉到后边!

高　顺　走!

（扯红香,红香抗拒,但因力不足,被高顺拉去）

153

王　氏　（从桌后跑出来，拿起一件绸衫子，把红香连推带打骂）你是什么东西，到我家耍强来啦，不行……

　　　　〔红香被高顺拉，被王氏打，三人下。胡万富垂头丧气。

　　　　〔高顺又上。

高　顺　老财主，不要生气，她还小哩，过几天就好啦。

胡万富　哼！好了便罢，不好了就要她的命！

高　顺　老财主，到后边喝几杯酒，顺一顺气。

　　　　〔高顺一面说着一面用手扶胡万富下。

第十七场　求　情

　　　　〔冯见喜、张老汉上。

冯见喜　（唱二六）

　　　　　　　粮款太重催人命，

张老汉　（唱）　又抓又打来势凶。

冯见喜　（唱）　求人说情准不准？

张老汉　（唱）　要回我娃谢神灵！（截）

　　　　〔二人进门。

冯见喜
张老汉　高掌柜，高掌柜。

　　　　〔高顺上。

高　顺　谁？

张老汉
冯见喜　高掌柜，是我们。

高　顺　有啥事？

张老汉　我们要见老财主，有点事求告哩！

高　顺　等一等，我进去看老财主有工夫没有。

张老汉
冯见喜　好。

　　　　〔胡万富上，高顺随上，张老汉和冯见喜急忙陪笑弯腰。

张老汉 **冯见喜**	老财主。
胡万富	你们有什么事？
冯见喜	没有什么重要事，有点小事，请你老人家帮几句话。这一次的粮款重得很，给我就派下一石五，老财主，我实在拿不出来，镇上催得紧，限我三天，你老人家给镇长提一下，教我少出点，限期宽一点。
胡万富	你自己还有地么，就连一点办法都没有？
冯见喜	好老财主呢！今年这个捐那个款，出了几十回啦，条子堆下一沓子，（以手比薄厚）你说我们麻雀腿上的疮，能有多少脓水么？
	〔胡万富冷笑。
张老汉	老财主，我家里没啥吃，还给我派下三斗，把我娃都抓走啦，把粮送了才放人哩。老财主，你说这不是要我一家人的命吗？老财主，你给镇长说一下，我实在没办法，老财主……
胡万富	不要说啦，人家镇长也是由公不由己，上边叫他怎么办，他就得怎么办。不怨旁的，怨共产党捣乱国家，蒋主席要消灭他们，要打仗，不得不向大家要粮。你们还是尽量想办法，公家不是好惹的。
张老汉 **冯见喜**	（急）老财主……
	〔冯镇长匆忙上，连走带叫。
冯镇长	老财主，老财主，（进门）你老人家在家哩？
胡万富	在哩。
冯镇长	（向张老汉、冯见喜）你们做啥哩？
张老汉 **冯见喜**	镇长，你……
冯镇长	不要说啦，我明白着哩，反正非出不可，再迟几天要是不出，上边见怪下来，我也受不了，那时候不要怨我难为你们。
张老汉 **冯见喜**	镇长……

冯镇长　去，去！说什么也不行，我跟老财主有事哩，你们快去。

高　顺　走！快去！

〔张老汉、冯见喜灰溜溜地长吁短叹下。

胡万富　什么事？

冯镇长　县上来信啦，大少爷也捎来个话，这里要来军队，粮款紧得很。我们布置好啦，无论谁家的盆子罐子都要搜！大少爷叫你老人家把贵重东西跟粮食都藏起来，风声不好。

胡万富　嗯？啥风声不好？

冯镇长　共产党向咱们这里打来啦！

胡万富　嗯！远近呢？

冯镇长　过了黄河啦！

胡万富　那还不要紧，还远哩，蒋主席会想办法的。

冯镇长　哎哟，听说来势凶得很，县上都慌啦！

胡万富　我想不要紧，就说蒋主席不行，还有人家美国哩么，还能随便让他到咱们这里？

冯镇长　也许不要紧，不过，总要小心哩。要编反共自卫队，不许老百姓到处去，注意老百姓的行动，但有可疑的，都要抓起来！还有……老财主，咱们到后边谈一谈。

胡万富　好。

〔冯镇长、胡万富往下走，高顺随后。

胡万富　（向高顺）你不要来，你到保上把缴下的新粮赶快给咱搞回来，把旧粮换出去。

高　顺　对。（出门下）

〔胡万富、冯镇长同下。

第十八场　征　粮

安兴旺　（内叫慢板）嗯！

　　　　〔安兴旺苦恼失意，握紧两拳颤簸着上。

安兴旺　（唱阴司板，四句慢留）

　　　　　　听人说红香妹折磨受难，

　　　　　　她每日痴呆呆口里胡言。

　　　　　　我这里她那里不能相见，

　　　　　　每日里只觉得坐卧不安。

　　　　〔老刘、安老婆、长寿上，长寿扶着老刘。

安老婆　（唱二六）

　　　　　　叫兴旺你不敢出外游转，

老　刘　（唱）　年轻人惹下祸大家为难。（截）

安老婆　兴旺，你听妈说，再不敢到外边去啦。

安兴旺　妈，我不去。

老　刘　你这几天身上不舒服，就在屋里睡着，到院里做啥哩。

安兴旺　（低头长叹）哎！

安老婆　快回！

安兴旺　二姨夫，人家说红香跟烂肝花活不在一起，他们欺负红香。人家说红香不对啦，每天痴呆呆地胡言乱语。二姨夫，咱们心里不好过，大家在一起说上一阵，哭上一阵，红香心里难过，她能向谁说，她能（拉锤板头）她能向谁哭……

　　　　〔老刘、安老婆二人叹气，哭。

安兴旺　（唱二六）

　　　　　　咱们有苦哭当面，

　　　　　　红香难过对谁言？

　　　　　　一人闷在阎罗殿，

　　　　　　挨打受气太可怜。

　　　　〔保丁甲、乙气汹汹带枪、绳上。

保丁甲　（唱二六）

　　　　　　拿绳挎枪收粮款，

保丁乙　（唱）　没粮没钱难过关。（截）

　　　　　〔二人进门，安兴旺等吃惊。

保丁甲　好，你们两家住在一块啦。

老　刘　老总，啥事？

保丁甲　你还问啥哩，保甲费，还有那几张捐款条子，你两家都没抽哩。这一回征粮，你们每家一斗五，上边催得紧，马上就要！

老　刘　天呀！我两家连吃的都没有，哪里来的粮么？

保丁甲　（学老刘的口气）"我连吃的都没有，哪里来的粮么？"世上的话多着哩，你口里老就是这两句。

安老婆　老总！实在，我们连吃的都没有，哪里……

保丁甲　不要说啦，还是那两句话，不行！有钱有粮拿出来，没钱没粮人跟上走！

安兴旺　你们在这家里搜，搜出一点粮都拿走。

保丁甲　放屁！我们不是侍候你们的，（指老刘、安兴旺）把他们两个拉上走！

保丁乙　（推老刘、安兴旺）走！

老　刘　老总，我……

保丁甲　没说的，（推打）走！

安老婆　老总！老总！不要把他们拉走，我们想办法，我们想办法！

保丁甲　我问你，啥时候能想下办法？

安老婆　老总！你再担待几天，我们一定想办法。

保丁甲　不行，明天把粮送不到，就要你们的命！

安老婆　老总！你开恩，再等几天！

保丁乙　不行，（推打）拉上走！

安老婆　（跪下拉保丁甲）老总！明天就明天,明天一定给你送来。

保丁甲　告诉你,明天把粮送不到就对不起！还有,你们的保甲费、公麦款,好几个条子,也再不能等啦,有钱送去,没钱人去！你们太顽皮啦。饶他们一天,咱们走！

　　　　〔保丁甲、乙同下。

安兴旺　妈,你老糊涂啦,咱们明天拿啥给人家哩？

安老婆　哎,好娃哩,想办法给么,把粗糠烂菜破东西变卖了给人家。

安兴旺　哎,咱们非饿死不可！

老　刘　兴旺,把咱两家的东西,能卖多少算多少;我倒不要紧,你教人家抓走了,几口人就不得活了。你去打问一下,看谁家要哩。

安老婆　快打问去。

安兴旺　哎！

　　　　（唱二六）

　　　　　　满年辛苦白流汗,

　　　　　　一颗粮没有到口边。

　　　　　　每日里喝的糠菜饭,

　　　　　　征粮征款没有完。（绕,出门）

安老婆　（赶出门来）兴旺,你要早点回来。

老　刘　（也出门,长寿扶着）对,你要早回来。

安兴旺　对,（往下走几步又转回）二姨夫,你再去把红香看一下。

老　刘　（哭）哎！人家不让进门么,咱有啥办法哩!

安兴旺　哎！（往下走）

老　刘
安老婆　你要早回来!

安兴旺　噢。（下）

安老婆　哎！

　　　　（唱二六）

　　　　咱穷人活成什么样!(进门)

老　刘　(也进门,唱)

　　　　咱不如人家的猪马牛羊。(留)

　　〔三人同下。

第十九场　悲　怨

红　香　(内唱尖板)

　　　　昏昏迷迷如酒醉,

　　〔颠颠倒倒东张西望地上,身穿深绿裤粉红袄,眼睛
　　深陷下去,头发蓬乱但不是披头散发,有点神经失
　　常,痴呆呆地,两只眼睛经常无神地瞪着。

红　香　(接唱)我好比笼中鸟网里的鱼。

　　　　伤心炼肝眼流泪,

　　　　恨不得生双翅(换调)满呀满天飞。

　　(二倒板)

　　　　忽然间见爹爹面前站,(绕)

　　(两眼好像盯着一人,叫着转半个圈子)爹爹……哎!

　　(唱揉肠子慢板)

　　　　你为何瞪着眼不语不言?

　　　　儿受难谁叫你不来照管,

　　　　难道说看着我死在这边?

　　　　老爹爹(转二六)你要把孩儿怜念,

　　　　孩儿我日夜泪不干。

　　　　这里好比阎罗殿,

　　　　烂肝花好比鬼判官。

　　　　他害咱少吃没穿受磨难,

　　　　他害咱东离西散不团圆。

　　　　我和他仇人常见面,

恨不得吃了他的心肝。（绕）

爹爹！你为啥不说话？爹爹,你为啥不说话？

（生气）哎！

（唱流水）

　　爹爹见我不说话,

　　上前去把他一把抓。

（好像那里有一个人,她唱着上去,要把他一把抓住的样子。扑了一个空,看着双手,把握着的两个拳头慢慢展开,见什么也没有,再看那个地方,向周围寻着）爹爹,你到哪里去了？爹爹！你到哪里去了？哎,爹爹他走了！

（唱二六）

　　爹爹胆小他走了,

　　丢下我一人受折磨。

　　我这里放大声把兴旺哥哥叫,

（扯喝场）那……那是兴旺哥,我……我的兴旺哥！哎……（好像猛然看见安兴旺在那边）

（唱）　他站在那边颤索索。（绕）

（悲苦的脸上带着笑容）嗯！你也来了！（向前移动、审视,忽然收了笑容）嗯！你为啥不看我,你见不得我吗？兴旺哥！兴旺哥！哎！他也见不得我了。

（唱二六）

　　你莫要把我不理睬,

　　听我把伤心话儿对呀对你言：

（变调）你要我不死,

　　我牢牢记心间。

　　人家打,人家骂,

　　又打又骂受可怜。

　　想把仇人杀,

　　杀了命难全。

　　我死不要紧,

丢你一身单。
你要替我想，
看我难不难？
我呀！我呀！

（换调）实呀实可怜！

（急紧流水）

可怜我夜哭到明，明哭到夜，肝肠哭断有谁见，
你为何把心变不看我来。（绕）

兴旺哥！你为什么不看我来？哎！我想起来啦，你不敢来，人家有钱有势，你来了就要吃亏哩。兴旺哥，祷告菩萨爷玉皇爷，把天兵天将带下来，把世上欺负咱们的做官的财主老爷杀得完完的，咱们穷人才能活下去。兴旺哥，你快去，你快去祷告菩萨爷玉皇爷，请天兵天将，嗯！你怎么不动？哎！你快去！

（唱二六）

兴旺哥快去祷告菩萨爷爷玉皇大帝发来天兵
天将救苦难，
把那些做官的财主老爷都杀完。
到那时咱们穷人谁也不受欺负多畅快，
咱夫妻双双能团圆。（绕）

（好像有一个人立着不动，红香催他走）兴旺哥！你快去！你快去……

〔王氏手拿鞭子上。

王　氏　（唱二六两句截）

恨红香每日里又哭又叫，
气得我一阵阵浑身发烧。

（见红香在那里自言自语，突然大声斥责）干啥哩！

〔红香吓得尖叫一声，转身看着王氏发抖。

王　氏　（叫红香到她跟前来）你到这里来！

〔红香怕得不敢去。

王　氏　你到这里来！

〔红香仍不敢去。王氏恶狠狠地上去把红香拉到跟前。红香又尖叫一声,站在王氏跟前瞪着眼发抖。

王　氏　你给我跪下!

〔红香不敢动。

王　氏　(用鞭子连打带说)你给我跪下!

〔红香闪躲一下。王氏左手抓红香,用鞭打红香,打了一个圈子。红香咬牙瞪眼,怒发冲冠的样子,两手用力把王氏抓住。王氏吓得软了,动也不敢动。红香把王氏按倒在地,乱咬乱打。

王　氏　(被红香打得直号直叫)救命! 救命!

〔胡万富上。

胡万富　狗日的简直吃人呀! (一把把红香拉倒,连打带踢,口里乱骂)

〔王氏在一旁喊叫呻吟。

〔高顺跑上。

高　顺　什么事? 什么事?

胡万富　把贱骨头给我捆起来!

〔高顺寻绳子捆红香。红香咬住下唇,露出牙齿,因用力过度,再加被胡万富踢打,所以垂头气喘,无力再挣扎。

胡万富　(向高顺)拉下去锁在冷房子里!

高　顺　(推打红香)走!

红　香　快! 天兵天将,你们快来! ……

〔红香喊着被高顺推打下。王氏仍呻吟,胡万富拉她起来。

胡万富　你才是个"痴尿"(不中用的意思),常想打人哩,人家打你,你就没办法啦。

王　氏　(哭着说)你还说啥哩,无故请来个母老虎欺负我,我受不了! 我受不了!

胡万富　不说啦! 不说啦! 到后边躺一躺。

〔王氏一直呻吟着哭着,被胡万富扶下。

第二十场　闲　话

〔刘万和拿旱烟袋,愁闷上。

刘万和　（唱二六）
　　　　世事太得不像样,
　　　　直逼得鸡飞狗上墙。
　　　　万般为难苦心上,
　　　　来到庙门晒太阳。（留）

〔刘万和蹲下装旱烟,张老汉上。

张老汉　（唱二六）
　　　　听说人家闹解放,
　　　　但不知何日到这厢?

（看见刘万和）你也出来晒太阳哩?

刘万和　哎!家里老的哭哩,小的叫哩,我一会都待不住!

张老汉　哎!这年头谁家家里都难为。

刘万和　你把娃弄回来了没有?

张老汉　哎!逼得我把地都卖啦,总算把娃弄回来啦。

刘万和　哎!人回来就好。

张老汉　万和,（刚要开口又闭住嘴,向周围看了一下）万和,我去送征粮,在路上听人传说共产党解放军离咱这里不远啦,听说人家对老百姓好。

刘万和　哎!好不好,谁知道哩。日本投降的时候,都说"中央"（即国民党自称的中央军或国军）来了好,好驴日的,和日本鬼子是一个娘养的,坏透啦!

〔常有上。

张老汉　唉!听说……（觉得有人来,转脸看见是常有,又说下去）听说共产党解放军来了,老百姓就能翻身。

常　有　（年轻人耐不住高喉咙大嗓子喊）刘二叔你还不知

道哩,人家说共产党解放军走到处贴一张叫个……(想了一会儿)叫个啥"土地啥大纲",恶霸地主的土地银子都要给咱穷人分哩,刘二叔,快到啦,离咱们这里不远啦,不要愁啦,世事就变啦,狗日的欺负不成咱穷人啦!

〔保丁甲手提短枪,一扑跑出来,以枪钉住常有。

保丁甲　你说啥? 嗯! 你说啥?

常　有　(吓得颤)我……我没说啥!

张老汉　老……老总! 他……他没说啥!

保丁甲　我都听见啦,(向常有)你是不是跟共产党有来往?

常　有　我……我不懂啥共产党。

张老汉　老……老总,他啥都不懂。(向常有)胡说乱道,还不给我滚回去!

〔常有转身要走,保丁甲一把抓住。

保丁甲　你往哪里走?

常　有　我回家哩么。

保丁甲　你还想回家,走! 跟我到镇上去!

张老汉　老总,他年轻不懂啥事,你饶了他。

保丁甲　不行,到镇上再说。(拉常有)走!

〔常有坠着不走。

保丁甲　你还拧趿呢? 告诉你,上边有命令,谁跟共产党有来往,一看见就拿枪打呢,你不想活啦,走不走? (推常有,以枪逼之)走!

〔常有盯着枪,被迫往下走。张老汉上去拉保丁甲。

张老汉　老总你……

保丁甲　(用力推张老汉一掌)去!

〔张老汉几乎跌倒。保丁甲拉常有下。张老汉失神地喊着追保丁甲。

张老汉　老总,不能……(下)

刘万和　(向保丁甲、张老汉去的方向看了一会儿)哎! 这是啥世道么! (叹息着下)

第二十一场　回　乡

〔武工队长与袁尚义各持短枪一支,摸索着上,走到台中。袁尚义细细向前看了一阵。

袁尚义　队长,前边有灯的地方,就是我们庄子,你回去,我就进庄去了。

武工队长　尚义,你要小心哩。

袁尚义　队长,你放心,我离家才两个多月,庄子里啥都清楚着呢,穷人可怜人多得很,他们会保护我的。

武工队长　你记着,只有土豪恶霸做坏事欺负老百姓的人,是我们的敌人,所有反对那些土豪恶霸的人,咱们都要联络,要保守秘密,大家要准备好,时机一到就动手。

袁尚义　保险着呢,这里的人,要是明白了咱们共产党的政策,管保跟刮大风一样,一下就起来了。

武工队长　你告诉他们,共产党解放军一定要来的,咱们武工队一定要帮助他们,只要大家齐心干,一定会胜利。

袁尚义　队长,我不是说大话,这里的穷人都肯听我的话,管保要成功。

武工队长　好,那我就走啦,(与袁尚义握手)祝你成功!

〔二人分两头下。

第二十二场　劝　子

〔安老婆叫喊着上。

安老婆　兴旺!兴旺!哎!

（唱二六）

　　　　兴旺又到外边去，

　　　　常常叫我心着急。

　　　　摸着墙儿出门去，（绕，摸着出门，叫）

兴旺！兴旺！哎！（连叫带说往回走）

（接唱）祈神灵保佑他（拜）平安回。（留）

〔安兴旺有些愉快地上。

安兴旺 （唱二六）

　　　　听人说共产党发来大兵就要到，

　　　　受难人一个一个盼着等得好心焦。

　　　　老娘知道定高兴，

　　　　穷人如今有救了！（截，进门）

妈！

安老婆 哎！好娃哩，你常出去做啥哩，你真能把我急死！

安兴旺 妈！再不要急啦，世事要变啦。

安老婆 你胡说啥哩？

安兴旺 妈！你不知道，人家说共产党解放军，离咱这里不远了。人家说共产党来了，穷人就有办法，穷人就能解放哩。我到外边就是打问他们什么时候来呢。

安老婆 好娃哩，悄悄的，再不敢乱说。你年轻呢，啥都不懂，听妈说，朝廷皇上做官的、领兵的，都是人家有钱人的，没有咱穷人的。远了咱说不上来，妈快六十的人啦，光绪宣统皇上变成民国年，民国年换了多少带兵的，都是一样。这几年你也能记得了，日本鬼子来了，有钱的还是有钱的，欺负的尽是咱穷人；日本鬼子走了，"中央军"来了，总想要好一点，你看做官的还不是那些人，穷人越发苦啦。娃呀！人老几辈子，不晓得换了多少朝代，穷人啥时候都是可怜的，穷人做不了皇上，世事永变不了。这个党，那个党，我看都一样。兴旺！不要听旁人乱说，乖乖地在家里盛着（"盛着"就是"呆着"），再不敢乱跑惹祸了！

秦腔
穷人恨
QIONGRENHEN

（唱二六）

我年老来你年小，

世上的事情我知道。

上下总有多少代，

代代富人站得高。

你看那日本走了"中央"到，

咱们越发受煎熬。

说什么共产党来了穷人好，

依我看又是张家换个李家一样糟。

叫兴旺不敢多跑家中坐，

你小心惹下祸根苗。

〔安兴旺低头蹲下。

老　刘　（内唱尖板）

眼巴巴父女们不能相见，

〔老刘被长寿扶着上。

老　刘　（接唱）红香儿孤零零太得可怜。

擦干眼泪回家转，（进门）

安兴旺　（站起）二姨夫，你看见红香没有？

安老婆　你二姨夫，他们让见不让见？

安兴旺　二姨夫，你看见红香没有？

老　刘　（急得一阵说不出来）

（唱）　烂肝花不让我到……到他的门边。（留）

〔几个人难受地低头擦泪。

〔保子上。

保　子　（左右注意着）

（唱二六两句截）

今天我把老刘挡，

要到他家表心肠。（左右看了一下，进门）

老刘。

老　刘　噢，保子，快坐下！

安老婆　快坐下！

〔安兴旺没有理。

保　子　你走了以后,我心里很难过,可不是我要挡你,烂肝花教我挡你哩。

老　刘　保子,你不要多心,我明白。

保　子　咱们都是穷人,穷人知道穷人的可怜,我在烂肝花家里,挨打受气,连人家的狗都不如!（简直要哭）

老　刘　哎!怨咱没钱、没地,靠人家活哩,由人家欺负哩。

保　子　老刘,烂肝花这几天心慌着哩,把一百多石粮都窖啦,他们白天晚上偷偷摸摸不晓得干啥哩,一定是藏金子、银子哩。我听镇长给他说共产党来了,就让穷人分土地分东西哩,我现在白天晚上睡不着,立盼共产党来哩。

安兴旺　妈,你听,人人都说共产党好,你就不信。

安老婆　哎!耳听是虚,眼见是实。

安兴旺　保子哥,我们两个月没见红香,她如今成了个啥样子啦?

保　子　哎!红香可怜得很,每天疯言疯语,不晓得挨了多少打,如今他们把她一个人锁在冷房子里,烂肝花家老婆连饭都不给吃。红香受饿着哩,见啥吃啥!人简直不像样子啦,我看……

安兴旺　（抓住保子,非常紧张地）保子哥,红香是不是不得活啦!

保　子　嗯!

老　刘
安老婆　（走近）红香吃得不好就是啦,不要紧。

保　子　兴旺,你不要太着急,红香不要紧。（抬头看）天黑啦,我要走哩,你们在。（很快地下）

安兴旺　红香怕不得活了!

老　刘
安老婆　你不要太着急,红香不要紧。

〔长寿跳上抓住安兴旺。

长　寿　兴旺哥,你把烂肝花杀了,把我姐姐引回来,我要姐姐哩!我要姐姐哩!

秦腔
穷人恨
QIONGRENHEN

安兴旺　（大声）啊哟！

　　　　（唱带板）

　　　　　　　一句话说得人心肝痛，

　　　　　　　红香妹受难冷房中。

　　　　　　　今夜晚我要把饭送，

　　　　（顺手把桌上的三个窝窝头放在—块破布里，拿
　　　　在手中）

　　　　（接唱）兄妹们见一面死也甘心。（截）

　　　　（往外走，被安老婆拉住）

安老婆　你到哪里去？

安兴旺　我看红香去！

安老婆　天呀！你疯啦，万万使不得！

安兴旺　妈！（哭）红香快饿死啦，再不去就见不上红香啦！

安老婆　好我的娃哩，你去了还不是见不上，你想送命啦？

安兴旺　妈！我到半夜，跳过他们的墙，给红香送上点吃的，
　　　　就回来啦。

安老婆　嗯！

老　刘　兴旺，万万使不得！烂肝花正想跟你寻事哩，教他们
　　　　把你抓住，你还能活！万万使不得！万万使不得！

安兴旺　不，我要去！（往出冲）

安老婆
老　刘　天呀！不敢，万万使不得，快回，快回。

　　〔安老婆、老刘硬将安兴旺拉下，长寿随下。

第二十三场　送　食

　　〔舞台左上角用一块面为石头色的布，搭在—个方凳
　　上，作为假石桌。高顺鬼头鬼脑上。

高　顺　（唱二六）

红香生来骨头贱，

有福不享讨人嫌。

我有心到她房中寻方便，

又怕她高声大喊惹祸端。（绕）

〔高顺向下场门偷偷摸摸地听里边的动静。当快唱完时，王氏已悄悄地上来，蹑手蹑足地走到高顺身后，猛一抱，高顺吓得大叫，急转身。

高　顺　谁？

王　氏　（把高顺口一按）你叫啥哩！

高　顺　啊哟！你把人险乎吓死。

王　氏　我问你，半夜三更，在这里鬼鬼溜溜做啥哩？

高　顺　红香一天乱说乱道的，我听她说啥哩。

王　氏　呸！你当我还不晓得你咿鬼心眼，昨天晚上我就看见你转了好一阵才回去。

高　顺　你就把我箍得死死的。

王　氏　回去！我不准你胡闹！

高　顺　你快去，小心老财主出来了！

王　氏　你先回去！

高　顺　对，我回去。（往下走了几步，又向后看）

王　氏　快去！

〔高顺下，王氏也走到那里侧着耳朵听。

红　香　（在内）菩萨爷！玉皇爷！快发天兵天将，把他们杀完！（更大声地）把他们杀完！

〔王氏吓得一溜烟跑回去了。安兴旺腰紧带子，背后插一把斧子，手里提破布包，黑摸着上，怕前顾后地，摸着墙，估量墙的高低，觉得太高，有点着急，把破布包打开，把三个窝头装在怀里，破布包也装在怀里摸到门上，慢慢推门，门响了一下，吓得把斧子握在手里，缩作一团。停了一会，又把斧子插在身后，想了一想，认为可以从后墙跳进。预先在桌上放一长凳，用一面为墙色墙形的单子，搭在桌凳上或搭在做好的架子上,至少要宽三尺,高四五尺,作为假墙。安兴旺摸到假墙后,不见人了,一会从假墙上上来了,神气非常紧张,筋肉抖颤,打算慢慢溜下来,不料上边手一松,"扑嗵"掉下来了。胡万富在内大喊。

胡万富 什么地方响啦!有贼娃子啦!高顺!保子!快出院子看一下,咱们院子进来贼啦!

〔安兴旺吓得把斧子握在手中,躲到这里也不好,躲在那里也不好。见有人出来了,只好伏在石桌那边。此时把假墙取消了。胡万富、高顺由上场门上,保子由下场门上,都有点害怕地怯步不前。胡万富左手拿一盏很讲究的鸦片烟灯,右手握一支短枪上,高顺在后,怕得不敢向前。胡万富把高顺连骂带踢,一脚踢到前边。

胡万富 你就是怕死鬼转的。

〔高顺披衣,赤脚,拖两只鞋,被胡万富踢到前边又怕得缩回了一下。胡万富却在上场门处,站住不敢向前。保子披衣,赤脚,手拿一根粗木棍,也多少有一点害怕地慢慢往前张望摸寻,绕过石桌前边,快碰着安兴旺了,转过身子。

保　子 没有啥!

胡万富 胡说,我听得真真的,好像从墙上跳进来人啦,你就在那里仔细看一下。

保　子 (转过身,触着了安兴旺,吓得大叫一声)嗯!

胡万富 (也怕得叫了一声)嗯!

高　顺 我的妈呀!

〔高顺转身和胡万富相碰,两个人都倒了,灯也灭了。胡万富连骂带摸灯。

胡万富 你驴日的是个龟孙子,快寻灯!快寻灯!

〔保子大叫一声后,举起粗木棍就往下打,被安兴旺架定,口放在保子的耳朵边,低声说。

安兴旺 保子哥,是我。

〔保子点了一点头，又把安兴旺按下去。胡万富把灯拾起来，向保子问。

胡万富　什么？什么？

高　顺　（躲在胡万富身后）保……保子，你……你快说。

保　子　什么也不是，石桌把我碰了一下。

胡万富　一定有人跳进院啦，你们等一下，我回去点灯去。（转身走）

〔高顺也随胡万富往下走。胡万富把高顺踢了一脚。

胡万富　你不要跟我来，就在这里站着！（下）

〔此时保子乘空向安兴旺耳语，安兴旺点头。高顺不敢回去了，稍微往前走了几步。

高　顺　保……保子，你……到我……我跟前来，我……怕得很。

保　子　你不敢动！

高　顺　你不来，我……我就来啦。（又往前走）

保　子　（故意作惊状）听！

高　顺　妈呀！（又抱头退回去）

胡万富　什么？又看见什么啦？

〔胡万富从后台边说边上。

保　子　我听见门外有人跑哩。

胡万富　你们快出去追！快追！

〔高顺吓得不敢动。保子把安兴旺一拉，走到门跟前，把门一开，先推安兴旺跑出去。

〔安兴旺颤抖着，被推出门，把斧子掉了还不知道，放腿跑下。保子出门喊。

保　子　跑啦！跑啦！

高　顺　（随着出门，按保子嘴）你不要叫，听！听他往哪里跑哩？

〔此时还听见有跑步声。胡万富把灯点着，走出门。

胡万富　向哪里跑啦？

高　顺　向西边跑啦。

胡万富　（咬牙，低头沉思）哼！这一定是安兴旺。

高　顺　嗯，差不多。

保　子　不是吧，兴旺不会偷人。

胡万富　哼！不是偷东西。这小子心思还不倒！回，明天再说。

　　　　〔三人往回转。

高　顺　（被斧子绊了一下）什么！（顺手捡起一看）啊哟！老财主，你真是活神仙，你看，这是兴旺家的斧子。

保　子　谁家也有斧子哩，你怎么认得是安兴旺家的斧子？

高　顺　哼！我不论到谁家里收租子讨账，常留神切菜刀、砍柴斧子呢，逼着要的时候，就怕穷鬼拾掇我哩。这一把斧子不是安兴旺家的，把我的头割了！

胡万富　（咬牙切齿）哼！我明白啦。保子！你先回去。

　　　　〔保子稍犹豫而不动。

胡万富　去！

　　　　〔保子进门，担心安兴旺被发觉，感到不安地下。

胡万富　（向高顺）兴旺这小子想刺杀我啦，你把这事看开啦没有？

高　顺　嗯！对着哩。

胡万富　回！

　　　　〔二人进门。

胡万富　你把门关了。

　　　　〔高顺把门关了。

胡万富　你把我的东西跟银子，包上一个包袱，悄悄偷地放在兴旺家草堆里边，然后请镇长来，就说咱把几个元宝没啦，我看安兴旺还能活几天。

高　顺　老财主，真是好计谋，保管他小子不得活。

胡万富　来，跟我到后边把啥都搞好。

　　　　（同下）

第二十四场 骂 神

安老婆 （内唱尖板）

兴旺今晚不得了！

〔安老婆手拿香炉,内有土,又拿点着的香三炷、黄表
三张,慌张上,叫了几声。

安老婆 兴旺！兴旺！哎！

（接唱）吓得人浑身如水浇。

急忙我把他二姨夫叫,

你二姨夫！你二姨夫！

〔老刘披衣慌张上。

老 刘 什么事？

安老婆 （唱）兴旺今晚闯祸了！（截）

你快出去看一下,兴旺跑出去了！

老 刘 嗯！天呀！这不得了,他一定到烂肝花家去了！

安老婆 你快去,快去看一下！

老 刘 好,我穿好就去,哎！（下）

安老婆 （把香炉放在一个摆在台中的凳子上,把三炷香插
好,点着黄表,跪下祷告）菩萨爷,关老爷,过往各位
神灵,保佑我兴旺平安回家,我给各位神灵"领"猪
"领"羊！（不断地祷告以上的话,不断地磕头）

〔老刘挂棍急上,慌慌忙忙出门转弯。

〔安兴旺慌张跑上,碰倒老刘,老刘惊喊。

老 刘 谁！谁！

安兴旺 （气喘声嘶,脸红汗流地,吓得往后瞧）不……不要
叫,是……是我。

老 刘 （爬起）嗯！兴旺！你把人吓死啦！快回！（拉安兴
旺进门,安老婆仍在磕头祷告）

老　刘　你大姨,娃回来啦。

安老婆　(起立摸寻)兴旺!兴旺!

〔安兴旺气喘着,有点支持不住的样子。

安老婆　(抓着安兴旺)好我的娃哩!你急死我了!再不敢出去!你到哪里去来?

〔安兴旺不语。

安老婆　没有出啥事吧?

老　刘　没有出啥事吧?

安兴旺　保……保子把我放……放出来的。

安老婆　啊哟!这就全靠神灵保佑哩!(说着往点香处下跪磕头)

安兴旺　屁!神灵保佑!

安老婆　(正颜厉色地)兴旺你说啥?你太不像话啦!快给神磕头!快!

安兴旺　神灵!神灵!你一天就是个敬神,有啥用。烂肝花欺负多少人,害死多少人,为什么神不管?咱们几辈子没做一点坏事,几辈子受穷受难,神灵!神灵!屁!

老　刘　兴旺,不敢胡说八道!

安老婆　兴旺,不敢骂神,嗯!你造孽,(拉安兴旺)你快给神跪下磕头。

安兴旺　(气得上去一把拿起香炉,向香炉颤抖地很紧张地说)我看你就偏向有钱的欺负穷人,我们年年敬奉你,一年不如一年,你……你……(颤簸了几下)

老　刘　兴旺!兴旺……

安兴旺　你……你是啥东西!(用力将香炉摔在地上,随之跌倒)

安老婆　(急得要命)天呀!这还了得,(摸着安兴旺连打带骂)你造孽,你以为咱们还不够苦!你不想活啦,你要死呀……(一直打骂。老刘见安兴旺不动,弯腰摸安兴旺头,叫)

176

老　刘　啊哟！娃不对啦！兴旺！兴旺！

〔安兴旺不语。

老　刘　你大姨,不敢打娃啦!

〔安老婆只管打骂。

老　刘　(硬把安老婆架住)你大姨,不敢打娃啦! 娃头烧得厉害,娃不会说话啦!

安老婆　嗯!(抱安兴旺,以自己的头贴近安兴旺头)兴旺!兴旺!

(哭)天呀!娃不对了,兴旺!妈不打你了,快说话。

(大哭)兴旺!妈打你打得不对,快说话,兴旺! 快说话!快说话!天呀!娃不对了!兴旺!快给妈说话……

老　刘　你大姨,不要叫啦,娃是着了急啦,一口气憋住啦,快把娃扶到后边盖得暖暖的,一会儿就会好的。

〔二人用力把安兴旺扶起往下架。

安老婆　哎!我该死!不该打娃……

〔三人齐下。

第二十五场　陷　害

〔胡万富上。

胡万富　(唱二六)

高顺去把镇长见,

日落西山不见还。

这几日人心有改变,

风风雨雨到处传。

白天晚上不睡觉,

金银财宝地里埋。

过往神灵多保佑,

保佑那共产党不敢到来。(留)

〔高顺上。

高　顺　(唱二六两句截)

风声不好人心乱,

见了财主对他言。(进门)

胡万富　你怎么天黑啦才回来?镇长呢?

高　顺　风声不好,镇长白天到县上去啦,一会就来啦。

胡万富　又听到些啥啦?

高　顺　人心都慌啦,有钱有地的不晓得往哪里跑好,听说四下里都有共产党。

胡万富　嗯!四下里都有!

高　顺　镇长就来啦,他说有要紧事跟你谈呢。

胡万富　我就不明白蒋主席是个干啥的,放开手让共产党到处乱跑哩。

〔冯镇长带保丁甲、乙上,边叫边进门。

冯镇长　老财主!老财主!

胡万富　有啥事?

冯镇长　大少爷捎话,快把东西藏好,一有风声,说跑就跑。

胡万富　东西我藏得差不多啦,不晓得该往哪里跑?

冯镇长　如今谁也拿不了主意,这里也说来了共产党哩,那里也说来了共产党啦,不晓得来了多少共产党!

胡万富　我看还是先到城里再说。

冯镇长　大少爷教你老人家先不要乱跑,等他的信着,如今乱得很,城里的往乡里跑哩,乡里的往城里跑哩,不晓得咋好!

胡万富　镇长!时候不对,你们要留神,小心穷小子们造反。

冯镇长　就是的,听说袁尚义参加什么武工队啦,在咱们这周围活动哩,咱们这里的穷小子们也不对啦。

胡万富　那你可要动手杀几个人呢,这还了得!

冯镇长　已经布置好啦,今天晚上就要抓几个人呢。不做个样子,他们不知道咱的厉害。

胡万富　穷小子安兴旺,昨天晚上把我偷啦,这些人如今都留不得,早一点除灭了好。袁尚义一定会勾搭这些人的。

高　顺　(拿出安兴旺的斧子)看!这是安兴旺昨天晚上丢下的斧子!(放在桌上)

胡万富　我把几个元宝不见啦,把这伙穷小子给我弄死!

冯镇长　抓!马上就抓!穷小子们都想造反哩。上边的命令,风声紧了,要把这一伙都打死!(向保丁甲、乙)走!

胡万富　对!快去!

〔冯镇长,保丁甲、乙下。

胡万富　(向高顺)你也去。

高　顺　对!(往下走)

胡万富　(拿起斧子)高顺!高顺!

〔高顺转回。

胡万富　(把斧子交高顺)把斧子拿上对证去。

高　顺　(接斧子)对!(下)

〔胡万富下。

第二十六场　勒　绳

〔安兴旺很愉快地上。

安兴旺　(唱二六)

　　　　适才间我到前庄转,

　　　　穷人个个笑开颜。

　　　　尚义对我讲一遍,

　　　　不由教人喜心间。(截)

　　　　(进门,关门,高兴地叫)妈!二姨夫!

〔安老婆上。

179

安老婆	哎！兴旺！你把我急死，天黑啦，你又出去干啥哩？
	〔老刘、长寿同上，听。
安兴旺	妈，二姨夫，我看见袁尚义啦。
安老婆 老 刘	嗯！尚义回来啦？
安兴旺	这话不敢对人说，尚义早就跑出去啦，遇见共产党解放军。共产党解放军到了哪里，哪里的穷人就能翻身，分恶霸地主的土地财物。尚义说毛主席是共产党的领袖，也是咱们穷人的领袖，处处给咱们穷人想办法。毛主席共产党有几百万兵哩，把蒋介石打得没办法了。妈！咱们穷人有毛主席哩，咱也不怕啦，共产党就来啦，咱要翻身哩。
安老婆	照你说，毛主席就是咱们穷人的皇上，对不对？
安兴旺	妈！尚义说毛主席教世事由咱们老百姓管，欺负老百姓的坏蛋，都要打倒哩。共产党解放军都是咱老百姓的，给老百姓办事，听老百姓的话。毛主席做啥事都是顺咱们老百姓心上来的。
老 刘	世事真的能由咱老百姓办，咱们能分到土地，咱们就能好活。兴旺，你没听尚义说，共产党啥时候来呢？
安兴旺	听说离咱这里不远啦，四下里都有哩。
老 刘	哎，他们赶快来吧，来了替咱们把仇人杀了，给咱们想办法。
	〔此时冯镇长带保丁甲、丙暗上，在门外偷听。
安兴旺	二姨夫，尚义说，穷人翻身，全靠穷人自己起来，跟共产党解放军在一起，打倒蒋介石，打倒恶霸地主。人家有些村庄，穷人都起来啦，把坏人都抓住啦，分土地分粮食哩。妈！你们不要给旁人说，咱们这里穷人也有团体啦，我也报名参加啦。尚义在啥武……武，噢，尚义在武工队里干着哩，有枪有炮，说好跟咱这里的穷人合在一起，打倒土豪坏蛋，打倒恶霸老财，欢迎解放军。妈，烂肝花快不得活啦，多少穷人给他咬牙着呢。

安老婆	兴旺,咱先不要闹,等着看。
安兴旺	妈,世上一百个里边,穷人就占八九十个,要是咱们穷人齐心干,咱们最厉害。
安老婆	好娃哩,你不要忙,你不要往头前"扑",等一等,看世事到底转变个啥样子。
安兴旺	妈,你就是个怕,如今咱们有毛主席,有共产党、解放军,有兵有将,还怕啥哩。
安老婆	哎!真的是那样,简直是老天睁眼啦。咱们还是等着看一下。
安兴旺	妈!(很坚决的口气)再不能等啦,我要跟大家一齐干!
保丁甲	(打门)开门!
	〔老刘、安老婆、安兴旺吓得缩在一起,长寿吓得藏在老刘身后。
安兴旺	谁?
保丁甲	快开门!
老刘	(问安老婆、安兴旺)什么事?
保丁甲	(用力捣门)再不开门,就打枪呢!
	〔安兴旺怕得颤抖着开了门。保丁甲、冯镇长、保丁丙进门。保丁甲、丙拿长枪向安兴旺等,冯镇长拿短枪。安兴旺等吓得颤抖,长寿把头钻到老刘衣襟下。
冯镇长	安兴旺!你加入什么农团啦,是不是?
老刘 安老婆	(吓的)嗯!
安兴旺	镇长,啥叫农团?我不知道。
冯镇长	哼!不要装蒜啦。安兴旺,你想活的话,把你们团里的人都说出来,说不出来,我非把你活埋了不可!
安老婆	(简直说不成话了)老……老总!我……我娃不晓得啥……啥团么!
老刘	镇长,他一天连门都不出去么。
冯镇长	不准你们说话!安兴旺,咱们一乡一道,你能把团里的人说出来,有好处,我招呼你,你给我说,还有谁?

秦腔 穷人恨 QIONGRENHEN

袁尚义在哪里？

安兴旺 我啥都不晓得，你教我说啥哩。

冯镇长 哼，你家的斧子拿出来我看一下。

〔安兴旺吃惊，不语。

冯镇长 快给我拿来！

安兴旺 我家里就穷得没斧子。

冯镇长 放屁！你的斧子在老财主家里呢。

〔高顺跑上。

高　顺 镇长，镇长。（进门，把斧子递给冯镇长）这是安兴旺的斧子。

安老婆
老　刘 嗯！

冯镇长 （接过斧子）现在安兴旺是农会的人，两案并一案，都要办，你先回去。

高　顺 （向安兴旺）哼！穷小子还想造反哩，我看你是活得不耐烦啦。（出门下）

冯镇长 安兴旺，你把眼睛大，看这是谁的斧子？

老　刘
安老婆 嗯！

安老婆 斧子……（俯身下去摸斧子）

安兴旺 （拉住安老婆）妈！

冯镇长 你啥坏事都干，做贼偷人。现在你听我说，只要你把团里的人都说出来，你就大大有功，再不要愁没吃的没穿的。

安兴旺 我啥都不知道！

冯镇长 安兴旺，你死到临头啦，还敢胡支理对。当真你不想活啦，是不是？

〔保丁乙连叫带跑地进门。

保丁乙 镇长！镇长！（气喘）

冯镇长 啥！

保丁乙 你……你到外边，我……我给你说。

冯镇长 （向保丁甲、丙）盯好！（出门）

保丁乙	（随冯镇长出门,向周围看了一下,低声地）镇长!不对咧,听说共产党要包围县城哩!
冯镇长	嗯! 县上送来啥信没有!
保丁乙	没有。
冯镇长	那你赶快回去,把抓住的那几个人看好,搞几根铁绳,把铁锹烧红,等着,今天晚上就要把这些穷小子坏尿一网打尽,快去!
保丁乙	是。（跑下）
冯镇长	（进门）安兴旺,你要活,还是要死?
	〔安兴旺无语。
冯镇长	你说不说!
安兴旺	（生气地）我啥都不晓得!
冯镇长	哼! 你的话刚才我们在门外都听见啦,啥袁尚义,啥农团,告诉你,你不得过去!
安兴旺	我就是不知道,看你把我怎么样!
冯镇长	你要不说,我就要打你,烧你,活埋你!
安兴旺	你把我看上两眼!
冯镇长	混蛋! 捆了!
	〔保丁甲、丙上去捆安兴旺。
老　刘 安老婆	（要上去哀求）老总……
冯镇长	（以枪阻止）不准动!
	〔安老婆连吓带急,身软地往下倒。
老　刘	（扶安老婆）兴旺妈! 兴旺妈……
	〔安老婆倒下了。
保丁甲	捆起啦。
冯镇长	拉着走!
	〔保丁丙拉,保丁甲推,安兴旺出门。冯镇长以枪阻止安老婆与老刘。
安兴旺	老子死了,你这些杂种们也活不成!
保丁甲	（连打带推）不准你叫!
安兴旺	告诉你,如今有了共产党解放军,你们把眼睁大,做

坏事的都不得活!

〔保丁甲推安兴旺下,冯镇长转身出门。

老　刘　（走上去拉冯镇长）镇……镇长,你……

冯镇长　（踢老刘）滚!（下）

〔老刘被踢倒,长寿尖叫一声。

老　刘　天呀! 没世事了!（叫安老婆）兴旺妈! 兴旺妈!

〔安老婆呆着,颤得说不出话来。

老　刘　兴旺妈!

安老婆　（抓住老刘）嗯! 你……你二姨夫,快……快看兴……兴旺去!

老　刘　你……你不行啦,快到后边躺着去,我跟寿娃出去看一下。

〔安老婆用力抓住老刘,瞪视,颤得说不出话来。

老　刘　兴旺妈! 兴旺妈!

安老婆　兴……兴旺不……不得活了!

老　刘　我就看去! 我就看去!（拖长寿出门往下走着说）哎! 共产党快来! 共产党! 快来!（下）

安老婆　（颤抖着,挣扎起来,像疯子似的,这里摸摸,那里摸摸）

　　　　兴旺! 兴旺!（放声大哭）啊哟!

　　　　（唱带板）

　　　　　　　兴旺今天命难保,

　　　　　　　断绝了安家的小根苗。

　　　　　　　我这里不住高声叫,

　　　　（喝场）兴旺大! 那……那是兴旺大! 哎……

　　　　（带板）谁叫你早死赴阴曹。

　　　　　　　丢下我们老和少,

　　　　　　　千难万难哭号啕。

　　　　　　　兴旺今日遭大祸,

　　　　　　　呼天叫地命难逃。

　　　　哎!

　　　　（唱尖板）

我这里放大声把天来怨，

为什么我落得这样可怜？

几十年敬神灵真心一片，

难道说贫穷人神不可怜？

我为儿守寡受苦难，

哭哭啼啼几十年。

到如今只落得亲人不见，

贫穷人活在世有啥留恋？

我这里放大声把兴旺呼唤，

（喝场）兴旺儿！娘的儿！哎……

（唱流水）

兴旺我儿在哪边？

娘为你十八年眼睛哭烂，

娘为你每日里痛烂心肝。

到如今你遭难娘难照管，

娘无心活在这罪孽人间。

阴曹府咱母子双双见面，

对你父把冤仇细说一番。（截）

兴旺！兴旺！妈我顾不得你了！兴旺大！你不要怨我，我对得起你，这是世事把人赶得没路了！兴旺大！你等着！（说着从腰间解下烂布带一条）我……我跟你来了！

〔安老婆手颤着想将绳挂起。长寿扶老刘急上，紧张兴奋地，边叫边走。

老　刘　兴旺妈！兴旺妈！

〔安老婆惊，将布带收了。

老　刘　兴旺妈！（进门有喜色）兴旺妈！老天睁眼啦！老天睁眼啦！兴旺有救了。我看见袁尚义啦，他带许多人，（特别用力地说）有枪！有炮！

安老婆　嗯？他们能把兴旺救出来？

老　刘　能！能！今天共产党解放军攻打县城哩，四乡的老百姓，全都一齐干哩。咱们庄上：刘万和、老张、冯见

185

喜、安老四、安老三、高拴虎、胡克旺好几十个，都是咱们穷人，拿刀的拿枪的，拿镢头拿锹的。尚义给我说，他们先到镇公所收枪救人，完了就要活捉烂肝花，给大家除害，给大家报仇！兴旺妈！世事要翻过哩，咱们穷人出头的日子到啦！

长　寿　大姨！你没见，人多得很呢！

安老婆　（兴奋地抓着老刘）嗯！咱们穷人都闹起来啦？

老　刘　闹起来啦！

安老婆　咱们穷人也有兵有将？

老　刘　有兵有将！

安老婆　（兴奋，已有点笑容，面朝天）好！好！

老　刘　真好！我们要翻身！

安老婆　你二姨夫，我也要去呢，走！咱们都走！

老　刘　走！咱们都走！

（唱流水）

　　　　　咱穷人齐心干人多势众，

安老婆　（唱）　共产党他是咱穷人的救星。

老　刘　（唱）　烂肝花抓到手刀砍除恨，

安老婆　（唱）　我定要咬死他绝不容情。（截，跌倒）

〔唱时，老刘先出门，长寿扶安老婆出门，四句唱完，刚转一圈。

〔老刘、长寿扶安老婆急下，看起来比平素有精神得多了。

第二十七场　捕　捉

〔保丁乙很狼狈地跑上，气喘得简直走不动，提着枪，挣扎着，顾前怕后地跑了下去。武工队长与另一武工队员及常有追上，三人跑到中场，侧耳细听一会。

常有左手拿斧子,右手拿木棍,向武工队长耳语,并用手指东点西的。武工队长点头,沉思,然后把武工队员拉到跟前,与之耳语。武工队长和队员、青年农民半武装,听武工队长耳语后,点头,端起枪,注意着前边,由下场门下。武工队长再向常有耳语。常有点头,由下场门下。武工队长把周围看一下,由上场门下。保丁乙如前状,跑到下场门,听到喊"站住!"吓得抖颤着,紧张地端枪倒退。武工队员与常有逼保丁乙上,当保丁乙退到中台,武工队长已到其身后。武工队长以枪点保丁乙背。

武工队长　不准动!

〔保丁乙吓得直叫。

武工队长　不准叫!(很猛地把枪夺过来。保丁乙颤得不敢动。常有跑上用绳子把保丁乙捆起,向武工队长)

常　有　队长,(指缴到的枪)这一支枪算我的?

武工队长　对。(把枪给常有)

常　有　(高兴地接过枪,扳了几下,转过身细看保丁乙脸)哼!你小子也有今天。队长,这人叫曹三,坏透啦,把这狗日的砍了!(说着举起斧子要砍)

保丁乙　饶命!饶命!我投降!(吓得跪下)

〔此时武工队员在留神周围,过来过去地转着。

武工队长　(止住常有)不要!他能改过,我们就饶他。(向保丁乙)我问你,我们打开镇公所,为啥不见镇长?

保丁乙　镇长带我们三个人到县上去,听说县城失守了,又返回来。半路上又听说镇公所也被包围啦,教我打探情况,他们三个人跑啦。

武工队长　你知道他们跑到什么地方去啦?

保丁乙　他们到东边老财主家去啦。

武工队长　离这里多远?

常　有　四五里路。队长,咱们赶快转回去,教袁尚义跟大家不要乱寻镇长啦,马上到烂肝花家里去,迟了就都跑了。

武工队长	对！你说得对，马上走！
武工队员 常　有	走！

〔常有、武工队员架起保丁乙,武工队长在前边,四人齐下。

第二十八场　报　仇

〔冯镇长,保丁甲、丙气喘声粗地跑上,走到中台站定。冯镇长用力拍门。

冯镇长	老财主！老财主！快开门！

〔胡万富、王氏由上场门惊慌上,高顺、保子由下场门惊慌上。冯镇长更用力地而且更急地拍门。

冯镇长	快开门！快开门！
高　顺	是镇长！镇长！
胡万富	快把门开了！
高　顺	（开门）镇长！

〔冯镇长,保丁甲、丙进门,高顺关门,胡万富走到镇长跟前。

胡万富	出了啥事啦？
冯镇长	（气喘的,急得说不出话来）完……完啦。我……我抓……抓了几个人,刚……刚回到镇……镇公所,就……就听说这……这里的老……老百姓也要闹哩,我……我就往县上跑,走……走……
保丁甲	（见镇长说不成,自己抢上去接说）我们刚走了几里路,就听说县城失守啦。
胡万富 高　顺 王　氏	嗯！
保丁甲	我们又返回来往镇公所走,到了半路上,又听说镇公

所教老百姓包围啦。

胡万富
高 顺　　嗯！
王 氏

保丁甲　镇长不敢回去,教曹三打探情况去啦,我们一直跑到
　　　　这里来。

胡万富　(拍手跺脚地)哎！这……这成了个啥……啥样子
　　　　啦,……满是共……共产党的世事啦！

冯镇长　完……完啦！四……四乡的老百姓,都……都起来
　　　　啦！就……就地起……起蛟,咱……咱们完……
　　　　完啦！

胡万富　蒋……蒋主席,美……美国,是……是个干……干啥
　　　　的,干……干啥的！

冯镇长　老……老百姓最……最可怕！简……简直是刮……
　　　　刮大风,发……发大水,谁……谁也没办法！

高 顺　老……老财主,快……快跑！

冯镇长　快……快跑！

胡万富　这……这该……该往哪里跑?

冯镇长　跑……跑出……出去再说。

胡万富　对！跑！等我把洋烟盒子拿上。(进去又出来,往怀
　　　　里装东西)快……快走！

众 人　走！

王 氏　(拉胡万富)哎！等一等,我忘了拿描金匣子啦。

胡万富　哎！算啦,走！

王 氏　不,那里边有金镯子、银镯子、珊瑚玛瑙玉珠子,我要
　　　　带哩。

　　　　〔王氏说着跑回去抱一小箱上。

保丁甲　(催)快走！(拟开门)

　　　　〔王氏拉住胡万富。

王 氏　哎！再等一下,我要带几件随身衣服哩。

胡万富
高 顺　算啦！算啦！快走！
冯镇长

189

王　氏　不，身上没几件好衣服，走到哪里人都看不起。（说着又跑进去。众非常不耐烦地，焦急地。胡万富喊催）

胡万富　快！快！

〔王氏又抱出几件衣服。

众　人　走！

〔王氏又拉胡万富。

王　氏　哎哟！又记起了，我把治牙疼的药没有带上。

胡万富　算啦！啥牙疼药，再迟了连命都保不住啦！

〔冯镇长、保丁甲等表示非常着急而讨厌。

王　氏　不行，我要带哩。

〔王氏又拟进去，被保丁甲生气地大声地喊住。

保丁甲　镇长！我们不能等啦，走！

冯镇长　走！

胡万富　（把王氏拉回来）不要去啦，走！

〔保丁甲开门出，高顺随后，冯镇长、胡万富、王氏、保丁丙、保子尚未出门。保丁甲、高顺刚向下场门转过，后台很多人好像从四面八方奔来，噪杂乱喊："不要教跑了！"保丁甲、高顺吓得站定，目瞪口呆，不知往哪里去好。胡万富、冯镇长等也吓得不敢出门了，端着枪，惊慌失措。安兴旺由上场门一跃而出。

安兴旺　狗日的，跑！（左手拿木棍，照定保丁甲、高顺，掷出右手拿的手榴弹，自己随即卧下，炸弹爆炸了。保丁甲、高顺应声倒地，胡万富、冯镇长等吓得缩作一团。王氏、保子听到爆炸，吓得"妈呀""大呀"地乱叫。王氏把抱着的东西都掉了）

冯镇长　谁敢进来就打死谁！

胡万富　我们有枪，进来一个打一个！

〔上场门继安兴旺后，奔上武工队长、常有、冯见喜，下场门奔上武工队员、袁尚义、张老汉，有的拿枪，有的拿镢头、斧子、铁锨等，非常严肃而紧张地包围了胡万富的院子。众人跑上时,把保丁甲、高顺的尸体隐下去了。

安兴旺　(向武工队长)我进去!(说着要进门去)

武工队长　(挡住安兴旺)先不要进去!

冯镇长　谁敢进来!

胡万富　进来一个死一个!

安兴旺　(从腰里取手榴弹,要往里边掷)狗日的!

武工队长　(挡住安兴旺)不要! 我们要捉活的,(向袁尚义)袁尚义,你教大家不要都跑到这里来,把几个路口把好。

袁尚义　(随便往后指一下)哎,大家不要都到这里来,把路口挡住。

〔后台众人有力地大声回答:"对!"

袁尚义　(向武工队长)队长! 想办法冲进去!

武工队长　不忙。

冯镇长
胡万富　进来一个死一个!

武工队长　(喊口号)快缴枪!

众　人　快缴枪!

〔后台要配合许多人齐喊。

袁尚义　不缴枪就要你们的命!

众　人　不缴枪就要你们的命!

〔里边保子听到是穷人闹起来,放心而不在乎的。保丁丙听到袁尚义的声音,也不害怕了,而且把枪也随便拿着了。

冯镇长　(看见保丁丙不警备,嗔斥他)吕占修! 把枪端起来!

〔保丁丙随便把枪端起来。

袁尚义　占修! 咱们是一家人!

众　人　咱们是一家人!

安兴旺　(也想起里边有保子,立即争取)保子哥! 咱们穷人是一家人!

众　人　咱们穷人是一家人!

冯镇长　（命令保丁丙）吕占修,把手榴弹甩出去!

胡万富　对! 甩手榴弹!

〔保丁丙手抓着腰里的手榴弹,犹豫,不愿甩,而且怕冯镇长夺去。

袁尚义　占修! 不要给坏人当走狗!

众　人　不要给坏人当走狗!

冯镇长　（见保丁丙不愿甩手榴弹,进一步强逼他）你不甩我就揍死你!

胡万富　快甩!

冯镇长　你甩不甩? 嗯!

保　子　狗日的! （猛然从胡万富后腰一抱,夺他手枪）

〔胡万富大叫。

冯镇长　（转过身）这还了得! （拟举枪打保子,又怕把胡万富伤了）

保丁丙　狗日的! （顺势向冯镇长打了一枪）

〔冯镇长应声倒地。当保子抱住胡万富时,王氏吓得两手抱脸,背身乱叫。

保　子
保丁丙　大家快进来! 快进来!

〔众人一拥进门。

武工队长　（指胡万富）把他们捆起来!

〔安兴旺、袁尚义把胡万富捆起来。保子、常有把王氏捆起来。

安兴旺　（向周围喊叫）红香! 红香! （逼问胡万富）红香呢?

〔胡万富颤抖不语。

安兴旺　我问你,红香在哪里?

袁尚义　（亦逼问）红香在哪里? 快说!

安兴旺　（打胡万富头）快说!

众　人　快说!

胡万富　她……她在后……后边冷……冷房子里。

〔安兴旺与其说是跑,不如说是跳了进去,只听他叫:"红香! 红香!"一会儿扶红香上。红香更瘦了,莫名其妙地呆着。众人都注视红香。

安兴旺　　红香！红香！

袁尚义　　红香！红香！
冯见喜

〔安老婆和老刘，一个喊叫安兴旺，一个喊叫红香，急上。

袁尚义　　在这里，快进来。

〔安老婆、老刘进门。

安兴旺
安老婆　　（带哭音，围红香，抓红香，叫红香）红香！红香！
老　刘

〔袁尚义等也叫红香。

红　香　　（呆看安兴旺等，忽然抓安兴旺，放声大哭）我死了！
　　　　　我见不上你们了！

安兴旺　　红香！红香！你活着，你看，大家救你来啦。

老　刘　　红香！你活着，大家救你来啦。

〔红香有点清醒了，环视大家。

安老婆　　红香！我娃心里不要糊涂了，你活着哩。

老　刘　　红香！咱们穷人翻身啦，你看，咱们把烂肝花抓住啦。

〔老刘拉红香看胡万富，红香看见胡万富，一惊。

安兴旺　　红香，再不要怕他啦，如今咱要报仇！

袁尚义　　（命令胡万富）跪下！

众　人　　跪下！

安兴旺　　（打胡万富）跪下！

〔胡万富跪下。红香惊讶地看这个现象。

安兴旺　　红香！共产党来了，如今成了咱老百姓的世事啦，欺
　　　　　负老百姓的坏人，咱们都要打倒！

红　香　　嗯！（有点明白了，把众人看一下，转过来怒目咬牙
　　　　　地向胡万富）你……你……（扑上去抓耳咬之）

〔安兴旺、老刘、安老婆也扑上去，连打带咬。

〔众人把王氏也拉在一起，乱打乱骂起来。

武工队长　不要打啦！不要打死！……（好容易把大家止住，把
武工队员

193

老刘、安兴旺、安老婆、红香拉开)

武工队长 大家不要打啦,现在是咱们穷人翻身的时候。我们
要成立农会,我们要把人民大众召集起来开大会,公
审欺负人民的坏蛋,大家分粮分地分东西,有仇的报
仇,有冤的伸冤!

袁尚义 有仇的报仇,有冤的伸冤!

众 人 有仇的报仇,有冤的伸冤!

武工队长 好! 我们下去召集开大会,(瞪视胡万富、王氏)
拉下去!

安兴旺 (从袁尚义手里接过绳子拉胡万富)我拉!

安老婆
老 刘 我拉!

〔红香也抢上去拉。

〔四人拉胡万富、王氏,踢的踢,打的打,喊骂着紧张
而下。

——剧 终

演出单位

西安市五一剧团

三世仇

虞　棘　　编剧

柳　滨　王瑞檀　改编

剧情简介

　　全国解放前,王家庄地主、伪联保主任活剥皮,横行乡里,鱼肉人民,为了抢占贫农王老五一块土地,施用种种手段残害王的一家;王老五被诬陷入狱,惨遭杀害;王的儿媳被逼得卖掉女儿,上吊自缢;剩下王的孙子虎儿,活剥皮还要斩草除根。在十分危急中,乡亲们救他逃出虎口,参加了中国人民解放军。几年后,虎儿随军打回老家,解放了王家庄,严惩了活剥皮。(根据虞棘同志同名歌剧改编)

场　目

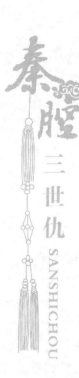

人物表

虎　儿　　十五六岁至十八九岁
小　兰　　十二三岁,虎儿的妹妹
虎儿妈　　三十五六岁,寡妇
王老五　　六十余岁,虎儿的爷爷
李老汉　　六十岁左右,贫农
大　力　　二十多岁,贫农
农妇甲　　四十岁,贫农
活剥皮　　四十八岁,伪联保主任,恶霸地主
三水狼　　三十八岁,活剥皮的三弟妹,地主婆
张　九　　三十五岁,活剥皮的狗腿子
段步清　　伪县法院院长,五十岁
男女农民群众若干人
解放军战士若干人
伪法警甲、乙
马　弁

第一场

〔时间：一九四五年秋。

〔地点：王家庄村外。

〔幕启：村外王老五地头，远处一片秋色，近处几棵桃树，枝头黄叶稀疏，凄凉的秋风嗖嗖呼啸，黄叶飘落坠地。

王老五　（内唱苦音尖板）

　　　　　　天不下雨地干旱，

〔王老五扶犁，虎儿妈、虎儿、小兰吃力地拉着犁上。

四　人　（接唱）累得人力尽汗流干。（扎）

虎　儿　（一面挣扎着拉犁，一面性急地嘟囔着）快一点嘛！都用一点劲，天到啥时候了，才犁了几个来回？

小　兰　妈，我实在拉不动了。

虎　儿　你……

王老五　算啦！咱们歇上一歇，缓口气再拉。

〔众坐地上歇缓。

王老五　唉！这天旱地硬，人少缺劳，想起这往后的光景，真要把人愁死了。

　　　　（唱苦音拉锤摇板）

　　　　　　地薄又遇天大旱，

　　　　　　一身汗水湿衣衫。

　　　　　　财主家骡马成群槽上拴，

　　　　　　穷人家当牛马把犁牵。

　　　　　　想起了冤死的儿子心伤惨，

　　　　　　撇下我一家老小力量单。

　　　　　　活剥皮他又起邪念，

　　　　　　差张九逼我卖地连二三。

往后的日子怎么办？

实实叫人发熬煎。

虎儿妈 爹爹呀！

（接唱）劝爹爹莫要心太酸，

媳妇有话听心间，

怪只怪老天杀人不眨眼，

咱命里注定受可怜。

虎　儿 （接唱）不怨命来不怨天，

只恨财主狼心肝。（提）

虎儿妈 （指责地）小心叫外人听见，又要惹祸。

虎　儿 怕什么？财主他能把我咋咖？爷爷！你不要发愁，咱们人穷没牲口，可有我妈和我哩！人拉犁也能把庄稼种上，白天拉不完，明天再拉，有人有地还能饿死！

王老五 娃呀！不能蛮干，你妈是个病身子，你和你妹妹还小，往后的苦日子还长着哩……哎！不说了，干活吧！

虎　儿 妈，我看你跟小兰合伙拉一根绳，我一个人拉一根绳，这样会快一些。

虎儿妈 唉，又要你那二杆子劲，妈我能撑得住，小兰，咱俩快拉，拉完了好回去吃饭。

小　兰 哎。

　　〔四人扯绳拉犁下。

　　〔活剥皮大摇大摆地走上。

活剥皮 （唱花音摇板）

王二爷我家住王家庄上，

又有钱又有势独霸一方。

日本来我当的维持会长，

杀八路斩刁民效忠天皇。

前几月大皇军缴械投降，

委员长发大兵进驻庄上。

我只说当汉奸无有下场，

又谁知不换药来只换汤。

国民党和皇军一般模样，

我王二人与财秋毫无伤。

凭着我手腕高银钱奉上，

王家庄我又把联保主任当。（提）

哈哈哈……我，王龙翔，排行老二，三弟龙皋，早年亡故，三弟妹黄氏不愿改嫁，我自从死了老婆以后，也不想再娶，直到现在我和三弟妹也没分家，他治内，我挡外，真是生财有道，治家有方，庄上的穷鬼们见我家如此，暗地里咒骂我是"活剥皮"，哼！

（唱）　穷鬼们叫我活剥皮，

此恨暗暗记心里。

背地里咒骂我不理，

若要是当着面我可不依。

昨日里进县城给县长送礼，

从今后我有了自己衙门。

想起了这件事叫人欢喜，

回家去见弟妹细对她提。

（边走边唱来到村头，张望）

唔！这不是王老五一家在犁地嘛，他妈的，我一见这块地就生气，这亩儿八分地，离我家门不远，又连我的地畔，还有几棵桃树，三弟妹早就看上了眼。一心要在这儿盖几间房子，我俩更方便些，我叫张九找王老五探了几次，谁知这个老东西竟执意不卖这块地，这不是惹我生气吗？（吸烟，稍停）嗯，今天正好。他一家都在这，不妨把他们叫过来，亲自给他说说（招呼）喂！老五，这么早就翻地啊——

〔王老五一家拉犁上。

王老五　啊！是二爷。（放下犁趋前）

活剥皮　歇一歇，歇一歇，看把人累成啥了嘛！

虎儿妈　二爷来了。

201

活剥皮	唔！大全媳妇也在这。听说你有病,怎么还干这么重的活。老五,你也太死心眼,有困难请给我说说嘛,今年雨水缺,地难耕,不要逞强,人要紧。这样吧,等会,我叫伙计给你套上两头骡子,这点地,一会就翻完了。
虎　儿	没牲口,咱用人拉。我们用不起财主家的牲口。
虎儿妈	(忙把虎儿拉到身后)娃娃家,靠后去! (回话)二爷,节气还早,能赶上,用不着麻烦你了。
活剥皮	嗯！看你把话说到哪里去了,这有什么麻烦的？咱们都是王家人嘛,分那么清楚干什么？嘿嘿嘿！(看一看地)哎呀！老五,你是个老庄稼人嘛！怎么能把地耕成这样子……
王老五	唉！老的老,小的小,怎么能耕好嘛!
活剥皮	可不是嘛,依我说,还是……
虎儿妈	二爷,有话你就说吧。
活剥皮	好！我就实话说了吧！老五,你不如把这块地卖了,换个本钱做个小买卖,过几年赚了钱。娃娃也长大了,到那时,再置上几亩地……
王老五	这——

(背躬唱苦摇板)

　　　　他说来说去想买地,
　　　　心里面打的鬼主意。
　　　　庄稼人没地无根底,
　　　　好比那鱼儿没水树无根。
　　　　纵然你有千条计,
　　　　花言巧语难把我欺。

二爷,这块地是我一家的命根子,好歹还指望它打些粮食,垫补着糊口度日哩!

虎儿妈	是啊！再把这块地卖出去,往后一点指望都没有,那我们一家老小可真的要喝西北风了。
活剥皮	嗯！要不然这样也行,你把地先交给我,你家没吃的

就先到我家挖个斗儿八升的,我再借给一些钱,做个小本买卖……

王老五 不、不,我们还是凑合着种地,做生意,咱没那样本事。

虎儿妈 爹说得对,二爷。如今我们还能将就着过,等以后……

活剥皮 往后我的公事忙,可就没闲工夫来管你们的事。老五!你要拿好主意,我可是一心一意为你们的苦日子打算哩!

王老五 二爷,地,我是万万不能卖的。

活剥皮 (威逼)王老五,你放明白点,我王龙翔倒不缺你这一星半点薄地,我是一片好心,你可别把好心当了驴肝肺!

虎儿妈 二爷一片好心,我们领情就是了。

活剥皮 哼!

虎 儿 爷爷,天不早了,快翻地吧!

王老五 嗯!(收拾农具)

〔虎儿、小兰拿起绳索,准备拉犁。

虎儿妈 天不早了,我们不耽误二爷的公事了。二爷,往后再说吧!

虎 儿 妈!快呀……

虎儿妈 哎!来啦! 二爷,你请回吧!

〔四人拉犁走下。

活剥皮 (瞅着王老五一家背影)不识抬举的东西,咱们走着瞧,哼!老东西。(怒下)

〔虎儿又上。

虎 儿 (瞅着活剥皮的背影)呸!活剥皮,野骡子,拿你弟妹当小婆子……

〔虎儿妈、小兰、王老五上。

虎儿妈 虎儿,你这孩子,又想惹祸呀!

王老五 (气愤地指着活剥皮的背影)哼!活剥皮!你这回算是错打算盘了。我老汉五六亩好地,都让你一回一回骗着霸去了。如今只剩下这亩儿八分地,你还想给我连锅端走,实在是欺人太甚了。活剥皮,这一回不管你出什么鬼主意,我不卖就是不卖!

虎儿妈 爹,咱们心里有数就行了,何必和他治气!

王老五 哼!(越说越气)前几年因为短了他几斗鬼子军粮,他将我大全儿子打得死去活来,年三十吐血死去。如今他倒发起慈悲来啦,说得倒好听,又是借粮,又是借钱,等我把粮吃了钱用了,这块地又算他的了。活剥皮呀!我想起我儿大全,我恨不得吃你的肉,喝你的血!这个仇,我就是进了棺材也忘不了!

虎儿妈 (哭泣地)唉!过去的事三天三夜也说不完,爹,天不早了,耕地要紧。

王老五 (难过地)虎儿、小兰,你兄妹二人眼见着就要长大了,爷爷我老了,没给你们留下什么,就这亩儿八分地……(说不下去,泪下)

虎儿妈 (截住话)爹,越说越长了,还是快翻地吧。

虎 儿 爷爷,你放心,等我长大了,一定要杀了活剥皮这个狗娘养的,给咱家报仇雪恨。

王老五 虎儿呀!爷爷盼你快长大,为咱家出这一口冤气!

虎儿娘 爹!走吧!

王老五 走!走!唉!

(唱) 狼披羊皮把人骗,

　　　　财主生就黑心肝。

　　　　任他装出假慈善,

　　　　任他巧语又花言。

　　　　任他狡诈又阴险,

　　　　再想霸地难上难!

哼!

〔王老五一家下。

第二场

〔时间:第一场的同一天。

〔地点:活剥皮家庭堂。

〔景物:庭堂正中设置屏风,上悬"福德堂"小匾额一块,一桌二椅,两侧悬有纱帐,桌上摆设座钟、掸瓶、食品茶具。

〔幕启:三水狼手捧白铜水烟袋扭捏品麻地上。

三水狼　嘻嘻嘻!(狐骚地一笑)

(唱花摇板)

　　　　　　过了中秋过重阳,

　　　　　　桂花落了菊花黄。

　　　　　　日本投了降,

　　　　　　来了国民党。

　　　　　　改朝换代都一样,

　　　　　　咱家的光景一年倒比一年强。

　　　　　　谁人不晓我"福德堂",

　　　　　　有钱有势霸一方。

　　　　　　家有好地三百亩,

　　　　　　前庭后院尽瓦房。

　　　　　　我二哥名叫王龙翔,

　　　　　　地方上当官威名扬。

　　　　　　他是庄里的小皇上,

　　　　　　我是他治家的秘密娘娘。(提)

(向内)李妈!饭做好了没有?(内应:"好了,三奶奶!")草铡了没有?(内应:"没铡呢!")哎!怎么还没铡?家里这些扛长工做活的,没一个好货,一离开眼就像给皇军磨洋工的一样,不给我好好干活,真能

把人气死！张九！（坐下抽水烟）

张　九　（内应）哎，来了，三奶奶！

〔张九上。

张　九　（快板）吃吃吃，吃、喝、嫖、赌、抽，

坑、蒙、拐、骗、偷。

事事我在行，

样样我拿手。

见了佃户我两眼瞪，

见了东家我就磕头。

张九本是我名讳，

有个外号叫"秃尾巴狗"。

（进庭堂，点头哈腰地）三奶奶！是你老人家叫我

呢？

三水狼　嗯！（吹掉烟灰）

张　九　三奶奶叫我有啥事哩？

三水狼　张九呀！

张　九　我听着哩！三奶奶，有话你尽管吩咐。

三水狼　今年天旱，收成不好，你得安排一下伙计们把骡子拉

上，大车套上，分几路收租，在场上过粮，谁也不能拖

欠。凡是夏收短了租子的佃户，都要和秋粮一起交

清。驴打滚的利，一颗也不能少！

张　九　三奶奶放心，收租的事，小的已经早就安排好了。

三水狼　要心放狼，手放硬，多长心眼。穷鬼们谁敢不交，就

把他捆到联保处，让你二爷给他算账。

张　九　那是自然的。

三水狼　还有王老五的那块地，怎么样了？

张　九　人家不卖有什么办法。

三水狼　立逼他写下卖地契约。你再要拖，叫我盖不成房子，

我就和你二爷，还有你，不得零干！

张　九　三奶奶，你老人家不要生气，我一定照办，照办！

〔活剥皮气呼呼地上。

张　九	哎,二爷回来了。(上前接过帽子,扑打灰尘)
三水狼	快去,让李妈赶快温酒炒菜。
张　九	是。(下)
三水狼	哎呀! 你怎么才回来? 其他人等得都能急死!
活剥皮	真真能把我气死——咳嘘!
三水狼	又跟谁生这么大的气?
活剥皮	哼! 王老五! 老子拿他当人看,好心好意和他当面商议那块地的事,谁知他……
三水狼	怎么样?
活剥皮	他妈的,他竟敢说不卖,真是不识时务,混账王八蛋!
三水狼	哼! 他好大的胆子! 我看这个老东西,是穷得发昏了。放着大洋票子不要,拿着这块地当成宝贝疙瘩啦! 哼! 他不卖,咱偏要买! 我就不信,治不了这个老混蛋!

（唱紧摇板）

　　我不信穷鬼骨头比铁硬,
　　分明是想拿鸡蛋碰石头。
　　这才是敬酒不吃吃罚酒,
　　天生一副贱骨头。(硬提)

（生气地）啊! 嘘嘘嘘……气死老娘了……

活剥皮	哼,还能由了他,你放心,我有办法。
三水狼	(施展激将法)还说有——办——法哩! 盖房子的事,可是你给我许下的愿,这么些日子了,连一块地皮都搞不到手。房子还不知道哪辈子才能盖起来呢!
活剥皮	你甭急嘛! 我保险明年春天有你的新房子住。(拍肩)
三水狼	算啦! 算啦! 又卖牌呢? 这些话我早就听够了,我看呐! 我的事你总是不当正经事办咯,要是城里头那些什么"凤"呀,什么"莲"呀的事,你呀,你跑得比谁都快。咱这乡下"土包子",哪能比得上城里的牡

丹香嘛——！

活剥皮　咳！你说了些什么嘛！好了好了,快把张九叫来,叫他马上就办。

三水狼　到底咋办呢?

活剥皮　你先把人叫来再说。

三水狼　(向内)九！

〔张九应声上。

张　九　来了,来了,二爷,三奶奶,酒饭即刻就好。嘻嘻！

活剥皮　张九。

张　九　待候二爷。

活剥皮　明天早晨,你去到王老五的地里,把那几棵桃树给我砍了！

张　九　二爷,这是为什么?

活剥皮　为什么,你用不着问。

(唱紧摇板)

　　　　　　我叫你砍你就砍,

　　　　　　二爷自有妙机关。

　　　　　　你办事只管放大胆,

　　　　　　出了乱子我承担。(斜)

张　九　是是是,二爷的事我一定照办。

(接唱)二爷命令我照办,

　　　　　　绝对不敢有缓延,

　　　　　　怕只怕老五把我来阻拦,

　　　　　　到那时该拿何言对他谈。(提)

活剥皮　你他妈的总是少心眼,听我说,你要砍树,他依然拦挡,到时你就说,二爷家的地和他的地连着地畔,这几年二爷地里收成不好,就是因为他那几棵树"歇"的过。

张　九　对,对对,我完全明白了。

活剥皮　这些家伙,非要上硬的不可。

张　九　二爷,依小的说,咱是想买他那块地,只要能说合着让王老五卖给咱,总比撕破脸要好些。二爷,是不是让我今天晚上再去他家一趟,再说合说合? 要是他还是执意不卖,到那时我们再……

活剥皮 也好。你给他揭明了谈,就说二爷看中了他那块地,不卖也得卖,不要自找不痛快。倘若一意固执,明早你就去砍桃树。他敢拦挡,你就狠狠地给我打。不用怕,打死人有二爷我。去!

三水狼 老九呀! 话是这么说,树你可千万不要当真砍。将来此地弄到手。新房子盖好了,阳春三月,三奶奶我还要看桃花哩!

张　九 我知道三奶奶的心嘛,还能胡来! 我一定按三奶奶的意思办咯。

活剥皮 下去。

张　九 是。(下)

活剥皮 (逗三水狼)怎么样? 我的内当家。

三水狼 亏你想出这个办法,嘻嘻……走吧,上房吃饭,等会我亲自给你烧烟,消消你的气,解解你的闷。

〔二人对视一笑,同下。

第三场

〔时间:第一场后一日清晨。

〔地点:王老五家的地头上。

〔景物:同一场。

〔二幕前:张九持斧上。

张　九 (快板)手拿斧子走慌忙,

边走心里边思量。

王二爷,三奶奶,

天生一对地配一双。

一个叫"活剥皮"，

一个叫"三水狼"。

一个打光棍，

一个守空房。

一个心眼狠，

一个手腕强。

他们两个对待我，

就跟亲人一个样。

洋烟瘾发了给烟泡，

咻天气冷了给衣裳。

俗话说：

嫁鸡随鸡，嫁狗随狗，吃谁把谁向，

我心里向的"福德堂"。

叫跑腿就跑腿，

叫我催账就催账。

昨晚到了老五家，

我将那卖地之事和他好言好语好商量。

谁知他：

不留面子不买账，

一口咬定不卖、不卖，真他妈的死倔强。

我今日清晨起，

来到老五的地头上。

手拿斧子把树砍，

看他谁敢把我挡。

〔二幕开。

张　九　哎，到了，待我动起手来。（砍树）

　　　　〔王老五边喊边上。

王老五　哎！谁在地头上干什么呢？

　　　　〔张九不理，仍在砍树，震得树上枝叶落地。

王老五　（走近）啊！九先生，你怎么砍我的树嘛！（上前阻
　　　　拦）

210

张　九　干什么？砍树是二爷的吩咐,要问你去问二爷,二爷叫我砍,我就得砍!（欲砍）

王老五　（拦住）九先生,你不能这样呀!

张　九　（甩开）不能咋样,唵？你这拉拉扯扯是想咋？唵!

王老五　你们不能这样欺侮人呀!

张　九　咋的话？我欺侮你的啥哩？唵？

王老五　唉——!（无奈地蹲在一旁）

张　九　（缓和地）我说老五呀!咱们可是一无冤二无仇。我给二爷跑跑腿,也是为了混碗饭吃,唉,我实话对你说了吧。二爷想的就是这块地,依我说,他既然看中了,你就痛痛快快地卖给他,还落个钱在人情在。你该知道,咻小胳膊还能扭过大腿嘛!不要自找不痛快!

王老五　九先生!昨天晚上我不是给你说过了嘛,我家四口,要再没有这块地。那可怎么过呀?求你向二爷说,请他高抬贵手。

张　九　咳!老五呀!

（唱花摇板）

　　　　　　　　叫声老五听我劝,

　　　　　　　　为人做事要活泛。

　　　　　　　　鸡蛋怎能碰铁蛋,

　　　　　　　　小蚂蚁怎能搬泰山?

　　　　　　　　二爷他一言出口难收捡,

　　　　　　　　好比是一盆清水泼庭前。

　　　　　　　　你乖乖卖地莫延缓,

　　　　　　　　也免得大祸临头后悔难。

王老五　（接唱）这块地本是我全家命,

　　　　　　　　卖掉它该拿什么过光景。

　　　　　　　　任凭他仗势欺人不顶用!

　　　　　　　　要我卖地难依从。（提）

张　九　（生气地）好!好!好!你不卖是你的事,我是奉命

砍树,咱们各不相扰,你休要再来阻挡!(砍树)

王老五 （拦住,气极）不行,地是我的!树也是我的!你今天砍不成!(以身护树)

张　九 哎呀!你咋咖?咹?你反了!(准备上前厮打)
〔活剥皮上。

活剥皮 这是干什么?老五,你跟九先生在这里吵闹什么?咹?

张　九 二爷,王老五不让砍树。

活剥皮 什么?不让砍?好哇!王老五,你倒欺侮到我"福德堂"的头上来啦!妈的,你光知道你的树要紧,只顾自己赏花吃桃,逍遥自在;你都没看这几年把我的地"歇"成什么样子了,照理说。你应当赔我的地,赔我的粮食!

王老五 树栽在我家地头上,你怎说"歇"着你家的地?

活剥皮 树栽在你家的地头上。你敢说,根没扎到我的地里头去?咹?

王老五 你这么说就没法讲理了。我不卖给你地,你就寻岔子来砍我的树,这不是存心把人往死路上逼哩?唉!

活剥皮 胡说八道,谁逼你哩?咹?

王老五 你……唉!(一肚子冤却说不出来)

张　九 （假惺惺地将王老五拉到一旁）哎,老五,你这人怎么不识时务嘛?你都没看看二爷今天来的咻阵势,你还犟啥哩!我看你就……哎哎……(示意叫卖地)

王老五 （坚强地）不,不!管他怎么说,地我决不卖,这树也不能砍!

活剥皮 什么?不能砍?"歇"了我地,我就要砍!张九!砍!把树统统给我砍了!

张　九 是。(砍树)

王老五 （拼命上前拉住）砍不成!你们太欺负人了!

张　九 （狠狠一甩）去你妈的!
〔王老五被甩了个踉跄,又扑上前阻拦,活剥皮打了王老五一个耳光,又狠狠一脚将他踢倒。

活剥皮　哼!说我欺侮你,我就欺侮你!你敢把二爷我怎么样?

王老五　(由地上爬起来)你打人,好嘛,活剥皮!你打死我吧!(扑上前,用头碰活剥皮)

活剥皮　去你妈的,(将王老五推到一边)你还敢骂我!(夺过张九手中斧子,狠狠地照王老五头上砍去,王老五惨叫一声倒在地上,昏了过去)打官司告状,随你的便,二爷我奉陪,张九!回!(下)

〔张九用手试探了一下老五的气儿。

张　九　哎呀!(捡起斧子急忙溜下)

王老五　(呻吟,挣扎着)哎——哟!救人呐!

〔虎儿娘、虎儿、小兰奔上。

虎儿娘　爹——!

虎　儿
小　兰　爷爷——!

〔三人扑上前扶王老五坐在地上,虎儿娘见王老五头上血迹斑斑,急忙用手擦,并撕衣包伤。虎儿一旁怒眼大睁,小兰失声痛号。这时李老汉、大力与众乡亲赶上。

李老汉　虎儿娘,这是怎么回事呀?

虎儿娘　(擦着泪)众位乡亲!
　　　　(唱代板)
　　　　　　活剥皮想霸地心怀歹意,
　　　　(转苦双锤)
　　　　　　使诡计设圈套处处威逼。
　　　　　　昨夜晚差张九巧言商议,
　　　　　　我爹爹不答应惹恼仇人。
　　　　　　清早起老人家干活下地,
　　　　　　吃饭时还不见转回家门。
　　　　　　谁料想活剥皮下手毒狠,
　　　　　　将我父砍倒地鲜血淋淋。
　　　　　　好心的大伯众乡亲!

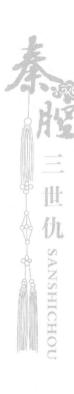

秦腔
三世仇
SANSHICHOU

可怜我老小，

冤情深。

还望大家要怜悯，

给我作主把冤伸。

李老汉　（被激怒）好气！

（唱七锤花代板）

听罢言气得我浑身打战，

活剥皮做此事无法无天。（截）

乡亲们！我们不能眼看着受苦人被活剥皮白白打伤不管。

大　力　他妈的！恶人享福,好人受欺,这是什么鬼世事嘛?

众乡亲　这还有穷人活的路吗?

王老五　（苏醒后挣扎地）活剥皮呀！你这狗杂种,好狠毒的心！啊！（又昏倒）

李老汉　老五哥！老五哥！

〔虎儿一家呼唤、哭泣。

大　力　李大爷,我们把老五爷抬上,到县衙门告他去！

众乡亲　对,告他去,寻说理的地方去！

〔张九暗上侧听。

李老汉　乡亲们！老五被活剥皮打成这个样子了,他们一家孤儿寡母,我们大家一定要管！

众乡亲　说理去！告状去！

李老汉　我看咱们先把老五抬回家去,明天一早,抬到城里喊冤走！

〔张九匆匆地下。

众乡亲　走！

李老汉　（唱）　活剥皮欺穷人恶毒阴险,

众乡亲　（接唱）咱们要为王老五报仇伸冤。

〔众抬起受伤的王老五,忿忿不平地下。

第四场

〔时间:第三场后一天。

〔地点:伪县法院正庭。

〔二幕前:活剥皮赶路进城,张九随后上。

活剥皮 (唱紧摇板)

　　　　昨日里我把那老五砍伤,

　　　　众穷鬼想告我自不思量。

　　　　今天我先进城去找县长,

　　　　身带着好烟土又带大洋。

　　　　求县长他把那面情来讲,

　　　　买通那县法院为我帮忙。

　　　　将原告变被告我神通宽广,

　　　　管叫那王老五家破人亡。(提)

听说王老五要进城告我,哼! 他也不想一想:"天下衙门朝南开,有理没钱难进来"的道理。二爷我有钱能买鬼推磨,还有他们这些穷光蛋能打赢的官司! 好,我先进城去抢他个原告。王老五呀! 我叫你死都不知道咋死的。张九! 走快点! (二人下)

〔二幕启:国民党伪县法院正堂,中间设有法桌法椅,国民党徽,"礼义廉耻"匾额高悬。

〔伪法警甲、乙上,数慢板。

法警甲　黄家兴,

法警乙　白连升,

法警甲
法警乙　日本时期就当法警。

法警甲　日本军,

法警乙　投了降,

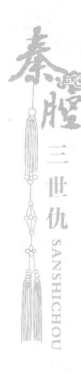

215

法警甲 **法警乙**	咱俩还是把法警当。
法警甲	皇协军，
法警乙	国民党，
法警甲 **法警乙**	不换药来光换汤。
法警甲	不换药，
法警乙	光换汤。
法警甲 **法警乙**	协和服换成美式装。
法警甲	这些事，
法警乙	咱不讲，
法警甲 **法警乙**	院长大人要过堂，

咱们仍然东西站两厢。

〔段步清拉文明棍神气活现地咳嗽着上。

段步清 （念） 天下衙门朝南开，

要赢官司送钱来。（入座）

本人段步清，原是松堡县维持会的秘书长，自从日本投降以后，蒋委员长回到南京，委任我出任这松堡县法院院长兼审判长。这两个肥缺，倒是"生意兴隆，财源茂盛"，刚才县长由县府打来电话，说是王家庄联保主任王龙翔与刁民王老五发生纠纷，要我偏断此案，自有重谢。时候不早，怎么还不见王主任到来呢？

〔活剥皮兴致勃勃地上。

活剥皮 （唱花摇板）

这官司由县长给我作主，

再给那段院长塞些票子。（提）

哎！门上哪位在？

法警甲 （出庭）什么人乱喊，一点规矩都不懂！

活剥皮 卑人乃是王家庄联保主任王龙翔，我是奉县长之命来找段院长的。（顺手塞给法警甲几张法币）嘻嘻，

<table>
<tr><td></td><td>小意思，收下吧！</td></tr>
</table>

法警甲	（将钱装进口袋，转笑，哈腰地）噢！你是王主任？是县长叫你来找院长的，咋不早说呀？请进！（活剥皮正欲进去，法警乙来拦住）
法警乙	（指着活剥皮）你是什么人？
法警甲	王家庄王主任，自己人。
活剥皮	（又塞给法警乙几张法币）对，对，对，自己人，自己人。
法警乙	（转笑）噢！王主任，自己人，自己人，自己人，嘻嘻嘻。

〔三人同入内。

法警甲	上座就是我们院长段大人。
活剥皮	（急忙脱帽鞠躬）段院长，段大人！
段步清	这位是？
法警乙	（抢着说话）这位是王家庄王主任。
段步清	啊！王主任，久仰，久仰，快请坐，请坐！
活剥皮	谢谢，谢谢！（入座）
段步清	刚才县长打来电话，不知王仁兄在庄上发生了什么案情？
活剥皮	哎。段院长，段仁兄呀！（呈上礼单） （唱花摇板） 　　　　王龙翔我先把礼单敬奉，（斜）
段步清	（看礼单）哎呀！王仁兄，都是自己兄弟，何必让你破财，兄弟我未立功先受禄，这……
活剥皮	兄弟一点小意思，还望仁兄笑纳。
段步清	好，好，好！仁兄你有话请继续讲，哈哈哈！（收起礼单）
活剥皮	（接唱）禀一声段院长你且细听： 　　　　咱庄上王老五流氓成性， 　　　　抗地租抗捐税罪恶不轻。 　　　　耍无赖将自己头首砍破， 　　　　想诈财反诬我把他欺凌。

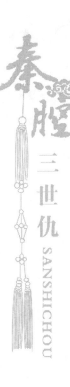

霎时间进法院喊冤诉讼,

还望你对刁民不要留情。

段步清　哈哈……

（接唱）好好好,行行行,

咱们都是自家人。

你敬我来,我帮你,

该你输,我也能叫你赢。

〔段步清与活剥皮同笑,二法警跟着笑,后台传来王

老五喊冤声。

〔四人顿时收敛笑容。

活剥皮　听声音,像是王老五真的来了。

段步清　好,你先到后厅吃茶。

活剥皮　是,卑人告退。请院长多加关照。（鞠躬退下）

段步清　那是自然嘛!（向后台）招呼王主任……来人!

法警甲　有!

段步清　把喊冤的带上来。

法警甲　是。（下）

段步清　这些穷鬼,简直是想造反。

（唱七锤代板）

段步清,大堂坐,

威风凛凛赛阎罗。

只要我能腰包满,

管他娘百姓死与活。（留）

法警甲　（内声）走!（推着王老五,后跟着虎儿）

王老五　（唱）　活剥皮仗势丧天良,

为霸地把我头砍伤。

两眼含泪进大堂,（进法庭）

要与法官诉冤枉。（提）

（喊）冤枉呀!（跪倒）

段步清　（拍桌）不准乱喊!

法警甲
法警乙　不准乱喊!

段步清	就说你乱喊乱叫啥哩？唉——你姓甚名谁？
王老五	我叫王老五。
段步清	家住哪里？
王老五	城西王家庄。
段步清	多大岁数？
王老五	六十三岁了。
段步清	（拍案）多大了？
王老五	（一怔）啊！
虎　儿	我爷爷六十三岁了。
段步清	这是什么人？
王老五	他是我孙子，法官大人呀，我村财主王龙翔为霸地把我的头砍伤……
段步清	行啦！不必往下说了。
王老五	啊！这这这……（莫名其妙地）
二法警	不许你再说话！
段步清	正好，王老五，还没等到我们传案，你自己倒自动归案了！你知道不知道？你已经犯了法了！
虎　儿	（一惊）啊！我们倒犯了法了?!
王老五	哎呀！法官老爷！我是来喊冤告状的，我的冤情还未说出，怎么我们犯了法了！这……
段步清	王老五，你们联保主任将你告下了！
虎　儿	是他要霸占我家的地，是他用斧子砍伤我爷爷，他告的是什么状?
王老五	他告我犯了什么罪？
段步清	你听着！

（唱七锤转双锤）

> 你是刁民耍无赖，
> 破坏治安乱撒歪。
> 抗租抗捐心眼坏，
> 煽惑乡民罪不该。
> 自己把头来砍破，

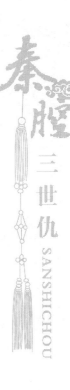

诬赖财主想诈财。

还敢法庭来捣乱，

法警把他押起来。（截）

王老五 （辩解地）不不不，法官老爷，这全是活剥皮血口喷人，诬赖我呀！老爷你不能信他的呀！

段步清 胡说！（拍案大怒）自古以来，只有穷人赖财主，哪有财主赖穷鬼的道理？你天生的流氓成性，破坏治安，抗粮抗捐，今天竟敢吵闹法庭，真是无法无天，来人哪！

二法警 有！

段步清 将王老五带下去先重打四十法棍，然后送看守所押起来！

王老五 啊！？

二法警 （对王老五）走！

虎 儿 （一头扎到爷爷怀中）爷爷、爷爷！（大哭）

王老五 （搂住虎儿）虎儿呀！（声泪俱下）

段步清 拉下去！

二法警 走！（对虎儿）走开！

〔二法警一个拉王老五，一个拉虎儿。

王老五 （挣扎着哀求地）法官老爷，我有话要说呀！

段步清 不准你说。

王老五 你可容我再说一句。

段步清 半句也不准你说，退庭！（急下）

〔王老五、虎儿哭喊着被法警甲、乙拉下。

第五场

〔时间：本年冬天。

〔地点：王老五家。

〔二幕前:风雪交加,小兰拄讨饭棍携小饭篮上。

小　兰　（唱苦音拉锤子二六）

　　　　　　西北风吹得我浑身打战,

　　　　　　大雪飘衣裳单行走艰难。

　　　　　　活剥皮掏银钱买通法院,

　　　　　　我爷爷受冤枉坐了牢监。

　　　　　　我的娘气得重病犯,

　　　　　　一家人少吃无穿受可怜,

　　　　　　无奈我和哥哥沿门讨饭,

　　　　　　手拿着讨饭棍擦泪不干。（斜）

〔虎儿边喊边上。

虎　儿　小兰,小兰。

小　兰　哥哥,（委屈地哭泣着）刚才我到财东家门口要饭,
　　　　财东家婆娘一见,就打我骂我,还放出狗咬我哩。
　　　　（放声哭泣,虎儿为她包扎伤痕）

虎　儿　（抚慰地）妹妹,不要哭,以后不向他们要,我们就是
　　　　饿死,也不求那些黑心狼。

　　　　（气愤地唱）

　　　　　　财主长的虎狼心,

　　　　　　虎狼哪有不吃人。

　　　　　　有朝一日世道变,

　　　　　　我定要报仇雪恨杀尽他们!（留）

小　兰　哥哥!（抽噎地）

虎　儿　不要哭,（由篮中拿出半碗豆渣）给,刚才张大婶给
　　　　了半碗豆渣,你饿了,先吃吧。

小　兰　（接过,放入自己篮内）不,带回去给妈妈吃。她一
　　　　天多啥都没有吃了。

虎　儿　好,小兰,你先把豆渣给妈妈送回去,我到北庄,再讨
　　　　些吃的去。

小　兰　天气这样冷,你可要早点回来。

虎　儿　哎!（下）

221

小　兰　（望着虎儿走去，难过地唱）
　　　　　　爷爷坐监受磨难，
　　　　　　妈妈病重痛心肝。
　　　　　　小哥哥风雪地里求茶饭，
　　　　　　我一家苦人儿实实可怜。（下）
〔二幕启，王老五家，草房破屋。芦苇铺炕，设置贫寒，虎儿娘在炕上挣扎起身，愁病交集，面黄似蜡。

虎儿娘　（艰难地：呻吟似的唱着苦音慢板）
　　　　　　数九天北风起雪花飘荡，
　　　　　　为日月加熬煎病卧炕上。
　　　　　　老爹爹蒙屈冤投入罗网，
　　　　　　一家人无衣食实实惨伤。
　　　　　　孩子们行乞讨东奔西往，
　　　　　　这些天苦坏了儿女一双。
　　　　　　眼看着过几天就到年上，
　　　　　　没有钱怎保爹爹回家乡。（斜）
　　　　唉！为了掏钱将我那受冤屈的公公保着回来，我也曾托付众位乡亲四处告借，怎奈这年月，穷人们谁还有钱借人，土地卖了倒能换些钱，可这土地是我一家老小的命根子，我公公为了保地，挨打受屈就是坐了大监也不舍地，我怎能背着他将地变卖，这不是明明要挖他老人家的心嘛？唉！没法子，我只好托李大叔四处打听，看哪家财东要使唤丫头，将小兰送出去，换些钱保我公公回来。哎！只好忍痛走这一条路了。
　　　　（唱）　为保爹爹出牢监，
　　　　　　　万般无奈卖小兰。
　　　　　　　这时候还不见大叔回转，
　　　　　　　盼得我心已乱泪湿衣衫。
　　　　唉！活剥皮啊！你害得我们一家好苦啊！（趴到炕上呜咽）

〔李老汉上。

李老汉 （唱花二流）

> 虎儿他妈染病患，
>
> 两个孩子受可怜。
>
> 东庄走来西庄转，
>
> 为帮王家渡难关。（截）

唉！（进屋）虎儿妈！

虎儿妈 （爬起来擦泪）大叔来了！（勉强下地）大叔！你给娃寻下主了没有？

李老汉 唉！不瞒你说，你卖娃，大叔我实在是想不下去，可不卖……怎能救你公公出狱？事到如今，我看也顾不了许多了，只有走这条路。刚才我在小店遇见南庄刘财主，他说他的二房小婆子多病身虚，想用钱就得让小兰到他家去侍候几年。我想把娃押给人总比卖了强得多，以后还能赎回来，虎儿妈你看……

虎儿妈 唉！大叔呀！

（唱苦二六）

> 骨肉分离如刀扎，
>
> 不押又有啥办法。
>
> 为保爹爹能回家，
>
> 黄连再苦我能咽下。（提）

大叔呀！不知小兰能押多少钱？

李老汉 法币一千元，两年的期，期满还钱赎娃回来。

虎儿妈 一千元？能不能让他看在我家孤儿寡母的份上，多借几个？

李老汉 我也这样说过，可人家说，再多就……唉！

虎儿妈 啊？这（想了想，狠了狠心）没法子，为了我爹，只有走这条路。大叔！等小兰一会儿回来，你把娃给人家领着去！（掩门哭泣）

李老汉 那我去向刘财主回个话，把话说定，等我把钱拿回来，也好早些将你公公保出来，我走了。（转身欲走）

223

虎儿妈　大叔！（有所反悔）

李老汉　你要说什么？（退回）

虎儿妈　我……我不说啥，大叔你快去。

李老汉　唉！（下）

虎儿妈　（放声痛哭）天呀！虎儿他爹！你不要怨我！这也
　　　　是实在没有办法了。

　　　　（唱七锤紧代板）

　　　　　　我这里忍不住热泪满腮，

　　　　　　小兰回为娘的怎把口开？（斜）

〔小兰边跑边喊，手端豆渣碗上。

小　兰　（喊）妈！妈！

虎儿妈　（一怔）啊！（急忙掩泪）

小　兰　（进屋）妈妈！

虎儿妈　（强装笑脸）孩子，你回来了！（为小兰拍打身上的
　　　　雪花）小兰，你哥哥呢？

小　兰　哥哥叫我先把这碗豆渣送回来，给妈妈先吃。他又
　　　　到北庄讨去了。妈呀，你快吃。

虎儿妈　你在雪里跑了半天，还是我娃你吃吧！

小　兰　不，妈妈你有病，从昨天早晨起，你就没吃东西了，你
　　　　快吃。我、我不饿，我在外边饱饱地吃了一肚子。你
　　　　看，（将干瘪的肚子敲了两下，示意很饱）妈妈你快
　　　　吃，吃完了我再去讨。

虎儿妈　小兰呀！妈难过，不想吃饭，还是你吃了吧！吃完
　　　　饭，妈有话给你说。

小　兰　那你现在就说。

虎儿妈　现在……

小　兰　妈妈你说，我一定听你的话，妈妈你快说吧！快说！

虎儿妈　小兰呀！（哭）孩子呀！（一把把小兰搂在怀里）

小　兰　妈妈！（哭）

虎儿妈　（唱苦代板）

　　　　　　一声声妈妈叫声惨，

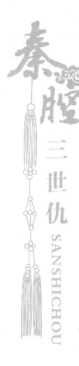

　　　　　　我的五脏似刀剜。
　　　　　　抬头我把苍天怨，
　　　　　　苦苦罚我为哪般？
　　　　　　怀抱女儿浑身颤，
　　　　　　话到口边不敢言。（斜）
　　　　　小兰呀！

小　兰　妈妈，你快说呀！

虎儿妈　小兰！妈说出来，你可不许难过。

小　兰　你说，我不难过，啥事嘛？你快说。

虎儿妈　（狠狠心）也罢！
　　　　（唱）　狠狠心儿咬牙关，
　　　　　　　迟说早说都一般。
　　　　　　　小兰小兰听娘言，
　　　　　　　娘狠心我将你……

小　兰　怎么样？怎么样嘛，妈妈？

虎儿妈　（接唱）卖到外边。（痛哭）

小　兰　（惊）啊——妈呀！（与母相抱而哭）
　　　　（唱七锤代板）
　　　　　　　　听说是要卖我如刀割心，
　　　　妈妈呀！

虎儿妈　小兰呀！

小　兰　母亲呀！

虎儿妈　娘的儿呀！

小　兰　（同）妈——！
虎儿妈　　　　女儿——！

小　兰　（唱）　妈妈你为什么卖我出门？
　　　　　　　受苦受罪儿不怕，
　　　　　　　离开了好妈妈谁是亲人？
　　　　（哭）妈呀！爷爷呀！

虎儿妈　（接唱）小女儿一番话好似钢针，（起喝场）

虎儿妈　（同）女儿呀！小兰儿呀……苦命的女儿……
小　兰　　　　妈妈呀！母亲……受苦的妈妈……

虎儿妈 （接唱）一字字一句句刺烂我心。

　　　　　　不是你亲生娘心肠毒狠，

　　　　　　为的是你爷爷他早日回家门。

（滚白）我叫叫一声女儿，非是为娘心肠毒狠，不爱我儿。只因你那爷爷进城告状，被那活剥皮陷害，押进监牢，至今不能回家转。咱家无衣无食，怎能将他保出？为娘无奈，才将我儿卖给南庄财主，我儿去到那里，侍候东家，单等两年期满，为娘再好接儿回来。

（转三锤紧拦头）

　　　　　　怀抱着小兰女肝肠哭断，

　　　　　　亲骨肉卖与人心如刀剜。

　　　　　　临别时一席话叮咛当面，

　　　　　　小兰儿忍住泪且听娘言。

　　　　　　此一去进了那财主庄院，

　　　　　　比不得每日里在娘跟前。

　　　　　　有钱人难侍候心眼不善，

　　　　　　一时间不小心要挨皮鞭。

　　　　　　财主凶狠家规严，

　　　　　　儿呀你挨打受罪娘心寒。

　　　　　　今日痛别非娘愿，

　　　　　　万般出于无奈间。

　　　　　　盼只盼冬去春来两年满，

　　　　　　那时节母女们再好团圆。（留）

小　兰 （唱二流）

　　　　　　妈妈她哭得泪人般，

　　　　　　忍住泪将妈妈相劝一番。

　　　　　　妈妈你如今重病染，

　　　　　　哭坏了身子儿不安。

　　　　　　为爷爷卖儿我情愿，

　　　　　　熬过两年再回还。

　　　　　　活剥皮害我们家破人散，

　　　　　　我定把这千仇万恨记心间。

　　　　　　咱家土地不能卖，

　　　　　　没地咱们更可怜。

　　　　　　儿走后娘要经常看，

　　　　　　也免得女儿太孤单。（斜）

虎儿妈　儿呀！（将小兰紧紧抱住）

　　〔李老汉上。

李老汉　（进门）噢！小兰回来了。

小　兰　李大爷！（扑到李老汉怀里哭泣）

李老汉　哎！可怜的孩子！（泪下）

虎儿妈　（向小兰）好孩子，你跟李大爷去，救你爷爷要紧。

李老汉　虎儿妈，事已说妥，这就叫人家把娃领上走！小兰！
　　　　给你妈磕个头，大爷好带你走。

小　兰　（哇的一声，哭了出来）妈妈！（扑通地跪倒）

虎儿妈　（泣不成声）兰儿呀！（抱住女儿）

李老汉　唉！
　　　　（唱苦音七锤代板）
　　　　　　她母女抱头哭难舍难分，

　　　　　　铁石人儿也伤心。

　　　　　　财主逼人卖儿女，

　　　　　　穷人的冤枉何日伸。

　　　　哎！虎儿妈，没办法呀！（掏钱）给，这是一千元你
　　　　收下，到明天好进城保你那公公回来！

　　　　〔虎儿妈失神地接钱在手，看看钱，又看看小兰，泪如
　　　　雨下。

李老汉　小兰，起来，跟大爷走吧！

小　兰　（抽噎地，起来）走……走，我哥哥怎么还不见回来？
　　　　妈妈，小兰要走了……妈，你可要早些赎我回来
　　　　哟……你常来看我……我想妈妈……

虎儿妈　（哭得死去活来）小兰儿呀！

李老汉　天不早了，孩子咱们走吧！

虎儿妈 大叔,等等,让我把娃再看一眼。

小 兰 妈妈!

〔虎儿妈走至小兰面前,给小兰整整衣服、发髻,上下看了一遍,抽噎着欲说什么,但又说不出来。

小 兰 妈,我出去了……

〔虎儿妈背过脸,一头趴到破桌上,哭了起来。

李老汉 唉!兰兰,走!不要叫你妈再伤心了。

〔小兰擦了泪,跟李老汉下。

〔西北风拼命地呼啸着,寒气逼人。

虎儿妈 (无力地倚着桌子,呆呆地抬起头来,忽然发现那碗豆渣,端起来猛地冲至门口,失望地,倚门呆望)她……走了。

〔风一阵狂似一阵,虎儿妈手中碗落地摔得粉碎。

〔张九上。

张 九 (唱花摇)

还是为了那块地,

冒风雪来到王家门。(提)

(看见倚门痴呆的虎儿妈)哎呀!这不是虎儿妈吗?这么大的风雪,你站在门口发呆干什么?快进去,快进去。(扶虎儿妈进屋坐在炕沿上)哎,虎儿妈,病还没好?(吸着烟卷)

虎儿妈 唉,我的病好不了了!

张 九 看你说的,病还能看不好,请个好大夫看看,抓几服药吃吃,不就好了嘛!哎,虎儿呢?

虎儿妈 要饭去了。

张 九 小兰咋也不见?

虎儿妈 她吗?也去了。(擦泪)

张 九 你看你这人,这么冷的天,我穿上皮袄都打战战!你怎么能叫娃娃们出去要饭?真是的!唉!家里没吃的,你怎么不早一点告诉二爷一声?二爷他老人家常挂念你们哩!

虎儿妈	哼,他的好心,我早知道。
张　九	是嘛,是嘛,嗯! 好吧! 等我一会儿回去告诉二爷,让伙计给你家送几斤粮食来。
虎儿妈	不,我不要,他家的粮食我们吃不起。
张　九	(背躬)他妈的,这臭寡妇,也是不买二爷的账。(转身对虎儿妈)虎儿妈,你公公让县上押了三个多月了,你这个孝顺媳妇怎么一点也不着急呀?
虎儿妈	着急我自己知道,没钱没势,着急有什么法子?
张　九	你看,你看,虎儿妈! 你是个明白人嘛! 怎么倒糊涂起来了? 我给你拿个主意,你趁早去央求央求二爷去,托他老人家的面子,一张纸条就能把你公公保出来。
虎儿妈	他要有那份好心,我爹爹也不会进监牢。
张　九	哎,这话可不能那样说。其实,咴是你不知道,二爷咴人,别看他发了脾气谁也不让,可是架不住两句好话咴心可就软了,你放心地去,不过你两家中间还憋着卖地的气哩! 叫我看,你去求二爷的时候,只要把"地"……
虎儿妈	地怎么?
张　九	哎,你就说地的事,当初是你爹一手所办,你一字不识。哎,你就说,自从听了我告诉你的话以后,才知道二爷想买地。这个,这个,反正呀! 只要你露出"卖地"这两个字,不但能格外多拿票子,救你公公出牢,就是今后,哎哎,有什么艰难的事,我敢保险,二爷一定是有求必应的。
虎儿妈	噢!

(背躬唱苦音紧摇板)

　　　　狗腿子他那里又说又讲,
　　　　巧言里藏着恶心肠。
　　　　骗我卖地是妄想,
　　　　不动声色我有主张。

| 张　九 | 怎么样? 想好吧! 我看也只有这样办,我先回去给 |

二爷送个信去。（欲走）

虎儿妈 慢着，这卖地的事，有我爹在，我作不了主，还是等我爹回来再说。

张　九 （背躬）这婆娘还不好摆弄，我费了半天的唾沫星子，叫她一句话给顶回来了，她硬说她作不了主，你有啥办法？这……

虎儿妈 九先生！天色不早，你请回吧！我是个病身子，想早早歇歇哩！

张　九 （背躬）好哇！她倒下起逐客令来了，我看软的不行，干脆上硬的，（转身）虎儿他妈，我还有点公事，差点忘了。

虎儿妈 啥事你说。

张　九 二爷叫我向你要些账。（掏账本）

虎儿妈 什么账？这些年我们一不种他家地，二不欠他家的钱，他要的做什么的账？

张　九 什么账？难道不种地就不欠账了吗？哼！

（翻账本念账，数快板）

叫你欠，就得欠，

二爷让我来收捐。

地亩捐，房子捐，

人口捐，锅灶捐。

抗战胜利捐，

慰劳国军捐。

生也要捐、死也要捐，

拉屎尿尿要上卫生捐。

还有那，

（唱）　县长的老太爷要上寿，

警察局长的太太把喜添。

衙门里来客要招待，

二爷进城要拿盘缠。

这些钱二爷垫不起，

　　　　　　　　大小花户要均摊。

　　　　　　　　按人按地来合算，

　　　　　　　　你家得摊一千元。（留）

虎儿妈　一千元？

张　九　哎，一千元。

虎儿娘　这么多钱，我家出不起。

张　九　出不起？把地一卖不就出起了吗？

虎儿娘　原来是这样！哼！

　　　　（背躬唱代板）

　　　　　　　　他一计不成施二计，

　　　　　　　　为霸地处处把我逼。

　　　　　　　　我一辈子官司三代恨，

　　　　　　　　活剥皮休想买我地半分。（截）

张　九　你究竟是卖不卖？咹？

虎儿娘　我已经说过了，地我作不了主。

张　九　作不了主？哼！由了你了。二爷说了，有钱交捐还账，没钱就得押地。（掏出契约）来，这是押地契约，按个手印。

虎儿娘　不，我不能按。

张　九　不交钱，就得按。（拉虎儿娘）来，按！

虎儿娘　你走开，我不能卖地！

张　九　别啰嗦，痛痛快快按个手印，也省得我拉拉扯扯的。来！来！来！按吧！（见虎儿娘不动）怎么？非要我动手不成？你给我过来！（又去拉，虎儿娘一挣手，钱由衣中掉出）咦！还真的有钱哪！（将钱拾起）

虎儿妈　这——

张　九　这钱我点点，看够不够。（点钱）五百、六百、七百、八百、九百、一千，好，一个子不短，正好一千。怎么样？卖了地还可以进大洋。

虎儿妈　我不能卖地，钱、钱你拿走，快走！（趴到炕上哭泣）

张　九　不走还赖到你这儿不成。（威胁地）哼！能跟二爷

執拗到底,才算你是個好樣的。嘿嘿嘿……(下)

虎儿妈　殺人的天哪!

(唱緊代板)

活剝皮將窮人處處相逼,

害得我一家人骨肉分離。

賣兒錢被強盜白白拿去,

眼看着老爹爹難回家門。(提)

天哪! 這叫我們怎麼活呀! (趴在炕沿上放聲大哭)

〔三水狼邊走邊罵上,張九隨後。

三水狼　這個騷婆娘,還這樣獠牙的。張九! (張九應)把她給我叫出來!

張　九　是。

虎儿娘　哎呀! 三水狼也來了。

張　九　(進門)哎,虎儿媽,三奶奶叫你哩。

虎儿娘　她叫我幹什麼?

張　九　幹什麼? 這回事大得很!

虎儿娘　我有病走不動。

三水狼　好大的架子,張九,把她給我拖出來!

張　九　是! (抓住虎儿娘的臂膊)給我出去。(一下把虎儿娘甩倒在門外)

虎儿娘　哎喲! (倒地呻吟)

三水狼　起來! 起來! 站遠點。(掩鼻)一股子臭味!

虎儿娘　(困難地站起)你叫我有什麼事?

三水狼　我問你,(指着鈔票)這錢是你偷誰的?

虎儿娘　(一怔)啊!

三水狼　快說,偷人家幾回了?

虎儿娘　(唱七錘代板)

今日你說話要思忖,

我雖窮絕不拿別人分文。

你訪一訪來問一問,

　　　　　　虎儿妈可不是下贱之人。

三水狼　（唱）　你的家境我知底，

　　　　　　　　不偷人这些钱你哪里来的？（扎）

虎儿娘　钱是我借南庄刘财主的。

三水狼　噢！怪不得二爷借钱给你你不要，你原来跑到南庄给我王家丢人去了。呸！你这个不要脸的骚货，还不知道跟刘财主睡了多少回觉啦！

张　九　怪不得说话那么硬，原来有人在背后给你撑腰哩么！

虎儿妈　三奶奶，九先生，你们不能这样糟蹋一个寡居女人，我是把自己亲生女儿押给人，才好歹换来那么几个钱。

三水狼　什么？你还敢贩卖人口？你这个臭婆娘，本事倒还不小，唉！你知道不知道，二爷是王家的族长，你小兰是王家骨肉，不得族长允许，竟敢偷偷将孩子卖了，你这是安的啥心？唉！你说！

虎儿娘　你们把我爹爹害得关进监牢，难道还不许我花钱保回来？

三水狼　呸！别拿着你爹爹当幌子，你偷人养汉，又卖孩子，王家祖宗八代的人，算是叫你给丢尽啦！

虎儿娘　你简直是血口喷人，胡说八道！

三水狼　什么？（狠狠地给虎儿娘一个耳光）你敢骂我，哼！你都把事做出来了，还怕人说。（冷笑）王门家的媳妇，自来讲的是贞操节烈，可不能叫你这臭老鼠搅坏了一锅汤。好，既然你守不住了，那也没法了，张九！

张　九　三奶奶！

三水狼　赶快去给这个骚货寻个下家，叫她滚出王家门！

张　九　是。

虎儿娘　不！

三水狼　不什么？这个由不了你。二爷说过，他这个联保里可不要乱杂人。张九，去找个人贩子来，叫她远走高飞，今晚上就办。（张九应）

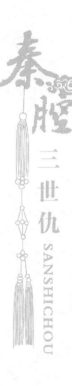

虎儿娘　（用手指着三水狼,怒不可遏地）你——们、你们仗着联保主任、族长、有钱有势,就这样一回一回地来欺负我们。我们穷,穷得清白,穷得有志气,冻死迎风站,饿死不低头。我们可干不出你们那些肮脏事来。（逼前）给日本人当汉奸的是你们,偷人养汉的是你们,贩卖人口的是你们,勾结衙门欺压良民逼得穷人卖儿卖女的也是你们。三水狼,今天我和你们拼了!（扑上前去）

三水狼　你敢!（推倒虎儿妈）你想反了!张九,快去把人贩子叫来!

张　九　嗯!（与三水狼同下）

虎儿妈　（艰难地爬起,怒视离去的一对人影）哼!好贼呀!
（唱七锤代板）

狗豺狼想尽了条条毒计,
把我们一步步苦苦相逼。
似这样一回回越逼越紧,
穷苦人满腹冤何处去伸。（斜）

活剥皮呀!三水狼!我就是死,也要死在王家门,决不能叫你们任意糟蹋!（进屋内取来一条绳子）老天呀!你怎么不睁开眼睛看看啊!

（接唱）虎儿妈直哭得肝肠寸断,
这世道咱穷人实实可怜。
活剥皮逼得我没有路走,
倒不如悬梁死,我我,我死不心甘!（扎）

虎儿呀!你怎么还不回来?小兰呀!我的女儿,妈我看不见你们了——（泪如雨下）

张　九　（内）二爷,三奶奶,虎儿妈的事已经说好了,今夜里人家来领人。

三水狼　（内）领得远远的!
　〔虎儿妈两眼呆视绳子,一横心,把脚一跺。

虎儿妈　天哪!（持绳,疯癫地冲进内屋）

〔虎儿提篮急上,进门。

虎　儿　妈妈!妈妈!小兰!小兰!(见无人应声,向内屋去,刚至内屋门,大惊,一声惨叫)啊——!

　　　　妈妈呀!

〔西北风狂卷怒吼,雪花飞舞。

第六场

〔时间:前场次日。

〔地点:伪县法院看守所。

〔二幕前:李老汉、大力带虎儿上。

李老汉　(唱苦音二六)

　　　　虎儿他妈寻短见,

　　　　带虎儿进城去探监。

大　力　(接唱)豺狼当道天昏暗,

　　　　气得大力咬牙关。

虎　儿　(接唱)活剥皮,狗法官,

　　　　害得我一家三代实可怜。

大　力　虎儿,时候不早了,监门难进,我们快点走吧!

虎　儿　嗯!(三人同下)

〔活剥皮上。

活剥皮　(唱二流蛮代板)

　　　　木料齐砖瓦齐就等庄基,

　　　　那块地没到手叫人着急。

　　　　三弟妹她和我定下巧计,

　　　　管叫那王老五一命归西。(斜)

如今盖房的砖瓦木料齐全了,就等择个黄道吉日动工破土,可是直到现在,王老五还咬住那块地不放,三弟妹昨夜和我商量好,今天我赶到县城去,状告王

秦腔　三世仇　SANSHICHOU

235

老五私通八路,勾结土匪,我叫他活着出不来,等把他弄死,再把虎儿一除,叫他家苗死根断,哼!休怪二爷我心太狠!

(唱花摇板)

　　想发横财心要毒,

　　　自古"无毒不丈夫"。

　　　急急忙忙城里走,

哼!王老五呀……

　　　我叫你暗箭之下命难留。

(一阵阴险的奸笑)嘿嘿嘿……(下)

〔二幕开:看守所牢房,铁栅里王老五形容憔悴,戴手铐脚镣,由草堆中艰难地站起向外凝视。

王老五　(唱苦音尖板)

　　　天蒙蒙地昏昏一片阴暗,

(转二反大塌板)

　　　监牢里度时光困苦难堪。

　　　自那日到法院去把冤喊,

　　　谁料想案颠倒蒙受大冤。

　　　四十棍打得我皮开肉绽,

　　　又被那狗院长押进牢监。

　　　无口供那赃官反来定案,

　　　搜罪名判了我徒刑两年。

　　　手上铐脚戴镣行动不便,

　　　吃不饱穿不暖受尽饥寒。

　　　想起了家中老小心痛烂,

　　　更担心那块地寝食不安。

　　　我自从进大狱三月有半,(转双锤)

　　　盼亲人盼得我望眼欲穿。

　　　莫非是他三人遭了大难,

　　　莫非是躲饥荒逃往外边。

　　　财主官府相结伴,

狼狈为奸黑心肝。

我一家活活被拆散，

不见亲人好孤单。

王老五含冤肝肠断，

我昏昏沉沉倒一边。（倒地）

〔法警甲上。

法警甲 王老五！你他妈的哭什么冤呢？你家里人也没钱来保你出狱，只怪你穷，你还能怨谁？

王老五 唉！

法警甲 哼！只怪你他妈的不开眼，跟财东家作对，判了你两年徒刑，还算你命大，搞不好，你连命也保不住！

王老五 唉！我真冤屈死啦！

法警甲 什么？你还叫冤枉？他妈的，三个多月来，老子跟你堂上堂下跑来跑去，连个纸烟棒也没见你的，老子比你还冤枉。不准你再吭声！往里面睡。

〔王老五进内，李老汉、大力、虎儿上。

李老汉 （唱花摇板）

一边走来一边问，

虎　儿 （接唱）不觉来到监牢门。

老总！

法警甲 乱喊什么？找谁？

李老汉 王老五。

法警甲 妈的，几个尽是穷鬼，准没啥油水。（转向三人）去去去！上边有命令，不准开门，去——

李老汉 这——

法警甲 这什么？这是规矩。

李老汉 规矩？（稍思）！噢噢！我明白了。（掏钱）老总，他家穷得实在拿不出啥，这是我们大伙凑的一点钱，别嫌少，拿去买盒烟抽。（将钱递给法警甲）老总，让进去看看吧！

法警甲 （看看钱）好吧！可怜可怜你这个老汉。（欲喊叫又

237

止)哎！怎么这么多人？

大　力　老总，我们三个都是来看王五爷的。

法警甲　不行，不行，只准去一个人探望，其余都站远些。

三　人　老总，行行好吧！让我们一起去看看吧！

法警甲　不行，这是规矩，要不然都走开！

李老汉　好！虎儿，你就一个人去，看看你那受苦的爷爷吧！
　　　　大力，咱们在外面等着虎儿。

大　力　嗯！

〔李老汉、大力退下。

法警甲　小孩你过来，带的什么东西？

虎　儿　什么也没带！

法警甲　没有也得检查，(搜出一块黑饼子)这是什么？

虎　儿　要饭要来的一块干粮。

法警甲　唔，(随意将饼抛到地上，虎儿忙拾起，打打土，揣到
　　　　怀里)不准喊，不要动，站在这里，我给你叫。(向
　　　　内)王老五，你孙子看你来了！

〔王老五惊喜地上。

王老五　啊！(抓住铁栅栏急呼)虎儿，虎儿啊！

虎　儿　(扑过去)爷爷！爷爷啊！(大哭)

〔王老五手伸出栅栏，抚摸虎儿。

法警甲　不准哭！

虎　儿　(掏出饼)爷爷，你吃。

王老五　饼子？(正欲接)

法警甲　干什么？(一把夺过正想甩出去，又反手给了虎儿)
　　　　不准随便给犯人吃东西，饼子带回去吧！有话快说，
　　　　时间快到了。(下)

虎　儿　(又扑向爷爷)爷爷快吃。

王老五　我不吃了。孩子你快说，三个多月，你们怎么一回也
　　　　不来看看爷爷我呀？(泪下)

虎　儿　爷爷，不是没来过。没有钱，来了几回，门口挡住不
　　　　让进来。

王老五	噢！虎儿,你妈和小兰怎么没有来？
虎　儿	她们……(不敢说)
王老五	他们怎么啦？孩子,快说。
虎　儿	她们……
王老五	(预感不祥焦虑地)她们怎么了？你快说,虎儿,你要急死爷爷了……
虎　儿	爷爷,活剥皮逼咱们卖地……
王老五	地,卖了没有？快说。
虎　儿	地没有卖,可小兰、我妈她们……
王老五	啊！你妈和小兰？
虎　儿	她们……她们……(抽噎地说不出来)
	〔法警甲、乙急上。
法警甲	别说了,别说了！(打开栅栏)
王老五	老总,行行好,我们的话没说完。
法警乙	这一辈子说不完了。
王老五	(一惊)啊！
法警甲	出来！
王老五	又要过堂呀！
法警甲	对,就再过这一回啦。
王老五	(走出)虎儿！
虎　儿	(扑上去)爷爷！
法警甲	走,走,小孩,快出去！
	〔法警甲将虎儿拉住,法警乙将王老五拉住。
虎　儿	(挣扎地)爷爷,我妈死了,小兰也卖给人家了。
王老五	啊——哎啊！(惨叫着被拉下去)
	〔法警甲把虎儿推开。
虎　儿	爷爷！(欲追,被法警拦住)
法警甲	去你妈的！(一脚将虎儿踢倒)小杂种！(下)
	〔李老汉、大力见虎儿倒地,急上前抱起。
李老汉 大　力	虎儿,虎儿！
虎　儿	爷爷又被拉去过堂去了,

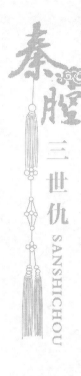

〔内传出鞭笞声,三人一惊。

王老五　(内)啊!我实实冤枉啊!

段步清　(内)打,打!

〔又是一阵鞭笞声、呼喊声。

虎　儿　(哭喊)爷爷!(挣扎脱身)

李老汉　虎儿,虎儿……

大　力　(唱紧七锤代板)

　　　　　　虎儿哭得人心痛,

　　　　　　五爷法堂受毒刑。

　　　　　　这世道哪有法和理,

　　　　　　段步清气得我烈火烧胸!(斜)

段步清　(内)王老五你和哪一股土匪有来往,快招出来!

法　警　(内)招!

王老五　(内)这是诬害我呀!老爷——

段步清　(内)嘴还硬,打!

　　　　〔鞭笞声,哭叫声。

虎　儿　(挣扎脱)爷爷!(向内跑去)

大　力　(拉住虎儿)虎儿,虎儿,不能去!

李老汉　(向内)段步清!狗官!

　　　　(唱)　骂声狗官丧天良,

　　　　　　又卖法来又贪赃。

　　　　　　王老五一生苦劳动,

　　　　　　陷害好人太冤枉。(提)

段步清　(内)王老五,据王家庄联保主任报告,你私通八路、勾结土匪、煽惑良民、图谋造反。本案人物两证俱全,据查确凿,经报上峰批核,依法判决死刑。来人!

法　警　(内)有!

段步清　(内)绑赴刑场,立即处决!

李老汉
大　力　(一惊)啊!——(失声地)冤枉——啊!(三人奔下)
虎　儿

第七场

〔时间：前场后几日的夜晚。

〔地点：王老五家。

〔二幕前：张九挟一捆麦草，蹑手蹑脚地上。

张　九 （启快板）

北风呼呼响，

阴天没月亮。

张九我挟着草，

半夜三更离开了"福德堂"。

我胆战心又惊，

不住地磕牙帮。

想起咱二爷，

真是本领强。

整得王老五，

家破人又亡。

他还不甘心，

又把那计来想。

要叫那虎儿，

小命见阎王。

（唱）　他说是斩草除根免得秧苗长，

挖掉孽根免遭殃。

叫我今夜下毒手，

此事让人心发慌。

有心不把这事干，

二爷之命没法抗。

无奈何只得村边往，

老五家放火走一场。（鬼祟地下）

241

〔二幕开：王老五家，景同五场，桌上供奉王老五、王大全、虎儿妈三副灵牌，虎儿正在点灯。

虎 儿 （唱苦音二倒板）

　　　　对灵牌不由我泪流如麻，

（夹白）爷爷！妈妈！

（转唱苦音大塌板）

　　　　哭一声屈死的爷爷妈妈。

（上板）小兰妹抵押在财主府下，

　　　　撇下我孤单单年幼娃娃。（斜）

（哭白）爷爷，妈妈！（点灯一柱香）

（接唱苦音二六）

　　　　眼含泪烧上一炷香，

　　　　对灵牌发誓跪地上。

　　　　三世仇虎儿永不忘，

　　　　我要把"福德堂"一家杀光！（留）

（身困，伏桌上，渐入睡，远处传来三更锣鼓声）

〔张九上。

张 九 呀！

（唱花音一锤提头）

　　　　轻移步来在虎儿家门下，

　　　　不由我手儿软竖起头发。

　　　　对虎儿小娃娃虽说不怕，

　　　　事到头总怯火出啥麻达。（硬提）

我……我这心咋老扑扑通通的！（发现有人来）哎呀！不对！有人来了！（藏起）

〔活剥皮上。

活剥皮 （小声喊）张九！张九！

张 九 （露出）谁？

活剥皮 是我。

张 九 噢！是二爷呀！（近前）

活剥皮 小声点！（察看四周）张九！你怎么搞的？现在还

没动手。

张　九　（有些胆怯）我……

活剥皮　你怎么？看你胆小的咻样子！快！把手放硬,这么
　　　　大的风,一点着,把门从外面锁住,小心叫这小东西
　　　　跑出来着,把草架到后窗上,听清了没有?

张　九　嗯!

活剥皮　快动起手来。（下）

　　　　〔张九将门锁上,挟草向后摸去。

　　　　〔霎时火光起,烟味将虎儿呛醒。

虎　儿　（爬起,发现起火,惊急地）啊! 火——（上前扑打,
　　　　火势乘风越烧越大,呛得喘不过气来,急抢起灵牌向
　　　　门口冲去,拉门不开）啊! 这……（喊）救命,救命
　　　　啊!（渐渐被烟熏倒了）爷爷……

　　　　〔李老汉、大力及众乡亲闻声赶上。

李老汉　快救火! 救人!

众　　　快点弄水!（有些人即下,拿水上）上房拆房子! 快!
　　　　（众急下）

李老汉　（推门）虎儿! 虎儿! 快开门!（发现被锁）啊! 门
　　　　锁着?!

大　力　李大爷闪开!（上前猛地一脚,将门踢开）进!
　　　　〔李老汉、大力急进,在烟雾中找到虎儿,大力将虎儿
　　　　抱出。众急救扑火。

李老汉　（喊虎儿）虎儿,虎儿! 醒一醒,醒醒!

虎　儿　（惊起）救命呀! 火! ……

李老汉　（抱住虎儿）虎儿,我是你李大爷。

虎　儿　李大爷啊!（哭）

　　　　〔众救灭火出屋。

众　　　虎儿! 唉! 可怜的孩子!

大　力　是谁锁的门?

李老汉　还会有谁? 哼! 准是"福德堂"干的!

大　力　狗娘养的,想斩草除根!

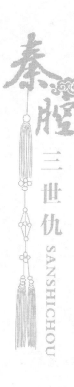

众	活剥皮太缺德了！缺肠子少肺的畜牲！太没人性了！
李老汉	这个事,我看透啦！虎儿要不逃走,这条小命迟早会被活剥皮害掉,我看不如……

〔幕内传出活剥皮咳嗽声。

众	活剥皮来啦！
李老汉	大力,快领虎儿到那边藏起来。
大　力	虎儿快！（背虎儿急下）

〔活剥皮提灯笼上。

活剥皮	谁家失火啦？闹得四邻不安,唉！
李老汉	王老五家。不知是那个黑了心肝的王八蛋给放的火！
众	真是灭绝人性！
活剥皮	快别胡说了,自从抗战胜利,国军到这儿以来,四方安定,天下太平,哪里还会有这种坏人行事？我看这天冷风大,说不定是虎儿点火取暖,不小心自己失火的吧！哎！虎儿这娃救出来了没有？
农妇甲	虎儿他……
李老汉	（忙接上话）唉！没救出来,烧死到里边,被房子塌下来埋住了,唉！苦命的孩子。
活剥皮	（假慈悲）唉！可惜,可惜！唉！娃死了大家关照关照,明天将娃看的埋一下。我王家又少了一根苗苗,我作族长的实在伤心哪！（拭泪）
李老汉	二爷不必了！人死了也没法子。现在火熄了,后事我们理应照料,你请回吧！小心你贵人身子冻坏了着。
活剥皮	（佯装伤情地）唉！大家也都回去睡吧！唉——（下）
众	狗东西装得倒像！

〔大力带虎儿上。

大　力	李大爷！
李老汉	乡亲们,我看趁今晚天黑就把虎儿送走。不然,再碰上活剥皮,那就没娃的命啦！大伙回去,好歹给娃凑点干粮,叫虎儿带着上路,也算是尽到了咱们乡亲的

一片心意。

| 众 | 李大爷说得对,咱们快走!(叹息着下) |

大 力 虎儿,你等着。(下)

李老汉 (拉住虎儿)娃呀,这庄上你是万万再不能待了,等
会儿,你拿上干粮,出去逃活命吧!

虎 儿 李大爷,你叫我往哪里走呀?

李老汉 听人说,往北走出去四百多里路,就有共产党、八路
军,他们专给咱穷人办事。孩子,你就向那里跑
吧!唉!

(唱七锤转二流)

手拉虎儿心悲伤,

小小年纪离家乡。

临行爷爷对你讲,

叮咛言语记心上。

逃出虎口往北去,

投奔八路莫彷徨。

要雪恨依靠共产党,

你一家三世仇刻入心肠。(提)

虎 儿 好爷爷,你放心,我一家三辈子大仇我是永远也忘不
了的!

李老汉 记住了就好!

〔大力提一小袋子干粮上。农妇甲拿一棍和一褡裢上。

大 力 虎儿,虎儿!(走到虎儿跟前)虎儿,这是大伙给你
凑的一些干粮,我家没啥吃的拿,这是一块钱。虎儿
兄弟,你把它带上吧!(把自己的上衣脱下给虎儿
披上)路上冷,要当心身子。

虎 儿 噢!(接钱)

农妇甲 光指望这点干粮也吃不了几天,给!(递棍子和褡
裢)把这带上,路上寻穷人讨点吃的衬补衬补。

李老汉 虎儿,大伙都是穷人,在这人吃人的世道里,救不了
你,叫你离家逃难,这也是实在出于无法呀!(泪下)

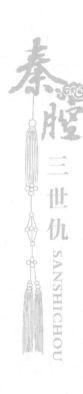

大　力	快走吧！
李老汉	虎儿，大爷我送你一程。
大　力	我也去。
虎　儿	我走了。赵大婶，叔叔，大爷们，你们见了小兰，把我和家里的事告诉她，叫她等我回来，你们也要常去看看我那可怜的妹妹……
众	虎儿，你放心走吧！
李老汉	快走吧！天亮就不好走了。
虎　儿	我走……（看看被毁了的家，跪下）乡亲们……虎儿要离开你们了。（磕头，啼哭）
众	（拉起虎儿）快走！不要哭了。

〔虎儿用力拭泪，脚一跺，甩头跑下。

| 众 | （目送虎儿，李老汉，大力离去）唉！ |

〔众拭泪下。

第八场

〔时间：一九四八年春。

〔地点：三水狼新屋。

〔二幕前：活剥皮着国民党军官服，随带马弁匆匆忙忙上。

活剥皮	（唱二六，蛮代板）

> 国民党打内战连吃败仗，
> 解放军大反攻气势嚣张。
> 咱国军虽有那美式武装，
> 一开火不是跑就是交枪。
> 解放军打得猛无法阻挡，
> 共产党向百姓咱要遭殃。
> 回家去见弟妹细对她讲，

赶路程不由我急急忙忙。

〔二人同下。

〔二幕开:三水狼的新屋内,三水狼叼着纸烟逍遥地上。

三水狼　（唱花摇板）

　　　　　　盖新房、住新屋已有两年,

　　　　　　冰雪消万物新春到人间。

　　　　　　看窗外桃花开十分红艳,

　　　　　　三奶奶赏春色好不喜欢。

　　　　　　"福德堂"好日月饭饱衣暖,

　　　　　　咱二哥升队长官上加官。

　　　　　　用勤务跟护兵威风八面,

　　　　　　又有钱又有势独霸一天。（留）

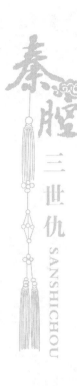

〔活剥皮上,马弁随上。

活剥皮　（唱）　这一程赶得我汗流浃背,

　　　　　　　眼看着太阳落天近黄昏。（截）

　　　（向马弁）快去把张九给我找来。（马弁应声下）老
　　　三!（进屋）

三水狼　哎呀! 你可回来了,吃饭了没有?

活剥皮　还吃啥饭哩! 大事不好了!

三水狼　啊! 是不是八路军来啦?

活剥皮　离这里只有几十里路了!

三水狼　哎呀! 那你怎么也不早点回来安置安置,是不是存
　　　心把我扔下不管!（哭）

活剥皮　你别乱吱哇好不好! 你快拾掇东西跟我进城。

三水狼　城里保险吗?

活剥皮　走一步看一步,先跟上咱们保安队,不行的话就跑。

三水狼　那你快说都带些啥东西好呢?

活剥皮　贵重的东西带上,笨重的箱子藏起来,你快点拾掇吧!

三水狼　哎呀! 这么多东西叫我咋拾掇哩嘛? 你这个死鬼,
　　　也不早早捎个信来,这花轿都到了门上,才叫我缠脚

哩,你把我还逼得这么紧,这不是……

活剥皮　别啰嗦,快点,快点!

三水狼　不要急嘛!把我急得连钥匙都寻不着了。

活剥皮　你别急,想想放到什么地方了!你这人真是,走,我帮你收拾去。(入内)

三水狼　(唱七锤带板)

　　　　　　事到临头我发了慌,

　　　　　　急急忙忙把东西藏。(气下)

〔活剥皮挟一捆账本,提一皮箱上。

活剥皮　(接唱)金银活财带身上,

　　　　　　契约大账箱内装。(装箱)

〔三水狼提两个包袱急上。

三水狼　(接唱)那么多箱子那么多粮,

　　　　　　扔下叫人疼得慌。

活剥皮　(接唱)能带多少带多少,

　　　　　　走得迟了要遭殃!要遭殃!(扎)

　　　　　唉!(拉三水狼急进内室)

张　九　二爷!二爷!(进屋)

〔活剥皮与三水狼抬一口笨重的箱子上。

张　九　二爷!坏……了!

活剥皮　啊!(一松手,箱子砸在三水狼脚上)

三水狼　哎呀!妈呀!(坐在地上抱脚大哭)

马　弁　三奶奶!(把三水狼扶坐椅子上)

活剥皮　唉!唉!(烦躁地)张九,有啥情况,快说。

张　九　二爷,三奶奶,北庄上来……来人说,解放军……已经到……到

活剥皮　到哪里了?快讲!

张　九　已……经到……到了交道……交道口了。

活剥皮　啊!

三水狼　我的妈呀!(又哭)

活剥皮　他们来得这么快呀!

张　九	听说你的保安队都退下来啦!
三水狼	快! 看我们怎么办哩?
活剥皮	好汉不吃眼前亏,原福才!
马　弁	有!
活剥皮	到门口看看去。
	〔马弁应声下。
张　九	二爷我……
活剥皮	你不用怕,你留下看守我家里这一摊子。
张　九	(惊)我……
活剥皮	你放心,共产党待不了几天,等国军一到,天下还是咱们的。
张　九	我就怕你们一走,咱们庄……庄上的穷鬼们和……和我算账……我……
活剥皮	你想办法对付他们么。
张　九	你说,用……用啥法子对……对付?
活剥皮	你要看风使舵,明的不行,来暗的,老九,你敢杀人不敢?
张　九	杀杀……杀谁?
活剥皮	李老汉、大力……谁敢找咱们算账,就杀谁? 那些穷鬼是咱家的死冤家,也是蒋委员长的死对头……
三水狼	要逃快走嘛,小心跑不出去了着。
活剥皮	好! (掏出小手枪)老九,给,拿着。我们走了以后,家里全托付给你了,要想尽一切办法,去对付八路军和这一帮穷鬼,要叫他们明枪好躲,暗箭难防。
张　九	嗯……好……嗯……好……(战战兢兢地接过枪)
活剥皮	原福才! (马弁应声跑上)你提着灯笼,拿上箱子前边走!
马　弁	是! (提箱,取张九手里灯笼下)
三水狼	我……我腿软得走不动。
活剥皮	好我的三奶奶哩! 来,我搀着你,快走! (搀着三水狼)
三水狼	唉!

（唱代板）

心惊肉跳手脚凉，

连夜进城把身藏。

活剥皮 （接唱）但愿国军打胜仗，

消灭八路再还乡。（留）

〔二人下。

张 九 送二爷、三奶奶！（自语地）哎呀！我看不对火，他们都跑了，留下我一个，这不是……嗯！七十二计，溜之大吉。我不如也乘机给他溜了，先躲躲风，再看再说。嗯！（将门一锁）

（唱） 大小房子全锁上，

这把手枪怀中藏。

暂时躲避看风向，

怕只怕小命见阎王。（鬼祟地溜下）

第九场

〔时间：前场后一日。

〔地点：王家庄村头。

〔二幕前：大力满面喜悦，匆匆上。

大 力 （唱蛮代板花音二六板）

中央军保安团狼狈逃窜，

昨夜晚解放军攻下界关。

好军队对百姓秋毫无犯，

穷人们迎大军喜在心间。

趁胜利把强盗日夜追赶，

受苦人总算是熬到了今天。

今日里解放军庄前路过，

我急忙回庄来把喜讯传。（跑下）

〔二幕开:王家庄村头,旭日东升,桃李争艳,鸟啼枝头,春满人间,李老汉扬眉吐气兴冲冲上。

李老汉 （唱二六蛮代板）
　　　　太阳一出金光灿灿,
　　　　红云朵朵好晴天。
　　　　喜鹊枝头喳喳叫,
　　　　定有大喜到庄前。（留）

〔大力边跑边喊上。

大　力 乡亲们,咱们的好队伍快来了!

〔众乡亲上。

众 大力回来了!

李老汉 大力,你快说,八路军到哪里了?

众 快说给我们听听!

大　力 解放军昨天夜里打过交道口,拿下了界石关,一直朝咱们这儿打来啦!

众 （雀跃）好呀!

李老汉 （把腿一拍）嗬! 这一下咱们可有了出头的日子了!

众 总算熬出来了! 解放军来了,咱穷人就有了靠山了! 他们到不到咱王家庄来?

李老汉 大力,他们几时往这儿开呀?

大　力 解放军大队人马已经到北李庄了,马上就开过来啦。

众 大力,解放军来了多少人马? 你看见了没有?

大　力 看见了,看见了,真是威风得很呀!

（唱花摇板）
　　　　解放军大队人马到北庄,
　　　　队伍摆了几里长。
　　　　高大的洋马拉大炮,
　　　　炮筒子壮得赛大梁。
　　　　骑兵的刀枪明晃晃,
　　　　步兵们扛着机关枪。
　　　　还有那长的、短的、扁的、圆的、千万样,

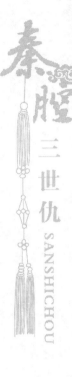

251

也不知叫些啥名堂。

有一个小伙子站在村头把话讲，

原来是虎儿回了家乡。

众　　　谁!? 虎儿?

李老汉　你看清了没有?

大　力　看清了，看清了，我挤到跟前，他把我搂了好大一阵子，叫我赶快回来报个喜讯。

　　　　〔众议论纷纷，兴高采烈。

农妇甲　咱虎儿他——

大　力　大婶，咱虎儿呀! 如今是红光满面，个子也长高了，见了你就认不出啦!

农妇甲　两年多了，娃是要长的，可他再变，他大婶还能认不得!? （激动得流泪）

李老汉　他大婶，你去把小兰叫来。

农妇甲　哎! （急下）

众　　　这一回他兄妹二人要团圆了。小兰也算熬出来了!

　　　　〔后台传来解放军进军歌声，由远而近。

大　力　（兴奋地）你们看，解放军过来了!

　　　　〔众眺望，一片欢腾。

大　力　你们看，看! 那是谁跑过来了!

虎　儿　（内喊）大力哥，李大爷!

众　　　一个解放军，像是咱虎儿? 来了，来了!

　　　　〔虎儿身着解放军服，背着冲锋枪，满面红光，无比激奋地跑上。

虎　儿　李大爷，大力哥! 乡亲们! 虎儿回来啦! （紧紧地拉着李大爷，众围拢来）

李老汉　（热泪夺眶而出）虎儿，总算把你盼回来了。

众　　　虎儿!

　　　　〔农妇甲拉小兰上。

小　兰　哥哥! （扑到虎儿跟前哭泣）

虎　儿　小兰别哭，你是多会儿回来的?

小　兰　是李大爷和乡亲们凑钱把我赎回来的。

李老汉　小兰天天念叨你回来,眼睛都要哭坏了。如今你兄妹二人团聚了,这真是天大的喜事。要是你爷爷、你妈能等到现在,不知能高兴成啥样子！唉！

　　　　〔众人都沉浸在苦难的回忆中,片刻静场。

小　兰　哥哥,活剥皮害了咱一家,你可要为爷爷妈妈报仇呀！

虎　儿　小兰,活剥皮岂止害了咱一家,他们害了多少穷人哪！他的滔天罪行是一定要清算的,他人呢?

李老汉　狗日的昨夜连夜逃到县城去了。

农妇甲　他逃了初一,逃不了十五。

虎　儿　对,他逃到哪里,也逃不出人民的手心,一定要抓回来,给咱穷苦人伸冤报仇！

众　　　一定要抓住活剥皮。为咱穷苦人报仇！

李老汉　虎儿！话一时说不完,走,到大爷家里去,坐下慢慢说。

虎　儿　不啦！大爷！我们部队还要继续前进,今天晚上要打下县城,现在没有时间拉家常了。(转向大家)父老乡亲们,解放军是毛主席、共产党领导的人民军队,是为咱穷苦人求解放打天下的军队。咱们庄上的乡亲们要赶快拿起刀矛、组织民众担架,支援自己的军队,一同打进县城,捉拿反动派活剥皮他们,报仇雪恨！(向小兰)小兰,你就住在李大爷家里吧！

李老汉　虎儿,你走你的,打反动派要紧,小兰我们会照顾的,你放心去吧！

　　　　〔后台传来前进的军号声,一个战士跑上。

一战士　班长,队伍要出发前进了！

虎　儿　嗯！(向众)乡亲们,我走了,打了胜仗再见面。(向乡亲们敬礼,对战士)走！

　　　　〔二人同下,众目送背影。

李老汉　乡亲们！虎儿说得对,咱们要人齐心齐,支援咱军队打进城去,活捉活剥皮!

大　力　走!年轻人拿起刀矛跟我走!

众　(异口同声地)走!(同下)

〔灯暗,幕闭。

〔暗转,县城郭外,炮声隆隆,硝烟弥漫。

〔段步清带法警携箱上。

段步清　(唱紧代板)

解放军大炮响天塌地陷,

县太爷中飞弹命丧黄泉。

满城里众国军一齐逃窜,

天保佑我段步清平平安安。(慌)

〔四处传来喊杀声,一发炮弹落地爆炸,段步清"哎呀"一声倒地毙命。

法警甲　段院长!(见段已死,溜下)

〔解放军冲杀过场。

〔众乡亲冲杀过场。

〔枪炮声大作,活剥皮拖三水狼惶惶不安地奔上。

〔后台传来喊声:站住!不准动!

〔三水狼意欲逃跑,砰的一枪,三水狼应声倒地。

〔二战士冲上。

战　士　站住,缴枪不杀!

活剥皮　(举枪)我缴!我缴!(阴险地妄图反扑,正欲蠢动)

〔虎儿冲上,猛地一梭子枪弹,打中活剥皮持枪的右手腕,大沿帽子被打飞。

活剥皮　(手中弹)哎呀!(枪落地)

虎　儿　(上前,认出了活剥皮)哼!活剥皮!原来是你呀!(对战士)把他捆起来!

〔二战士将活剥皮捆起。

〔大力上。

大　力　(见活剥皮)活剥皮!想不到你也有今天吧!(向后台喊)乡亲们!抓住活剥皮了!

〔李老汉、小兰与众乡亲拥上。

李老汉 活剥皮这个狗娘养的在哪里?(见活剥皮,狠狠地给了一耳光)好狗日的,你害死了多少好人?!我——

众 (群情悲愤地)打!打!打!打死活剥皮!
〔虎儿和战士拦阻。

虎 儿 乡亲们!我们一定要惩办活剥皮!只要我们永远跟着毛主席、共产党,依靠咱们解放军,我们就能彻底打垮反动派,永远当家作主人!

众 (高呼)毛主席万岁!
中国共产党万岁!
解放军万岁!
打倒反动派!
解放全中国!
〔在一片激动的欢呼声中幕徐落。

——剧 终

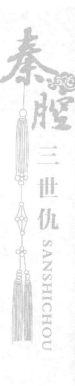

演出单位

西安市五一剧团

枣 林 湾

郑宗义　编剧

剧情简介

1947 年夏天。

国民党反动派为了挽救其垂死统治,疯狂地向我陕甘宁边区发动了重点进攻。我党中央和毛主席向广大军民发出了"必须用坚决战斗精神保卫和发展陕甘宁边区和西北解放区"的庄严号召。枣林湾群众在党支部委员延大娘的领导下,同仇敌忾,全力支前,投入了保卫党中央、保卫毛主席、保卫边区的战斗。

我军遵照毛主席的伟大战略方针,为了歼敌有生力量,采取"蘑菇"战术,诱敌深入,决定将一批军粮交由延大娘负责,暂时坚壁在枣林湾。累遭惨败的蒋胡匪军由于运输线被我斩断,补给困难,饥饿疲惫,陷入绝境,特派守备团长吕子秋进驻镇龙堡,妄图偷袭抢夺军粮。延大娘紧紧依靠群众,粉碎了敌人的阴谋。当她的儿子在保卫军粮的战斗中英勇牺牲时,她教育全家化悲痛为力量,前赴后继,勇往直前;当敌人疯狂扑向枣林湾,军粮受到严重威胁时,她以共产党员的大无畏英雄气概,临危挺身,智牵"蠢驴",将敌诱入梢林,保证了军粮如期送上前线,同时配合部队和游击队全歼残匪,赢得了胜利。

延安和陕甘宁边区人民,在毛主席直接领导下,在长期革命战争中,团结一致,艰苦奋斗,对中国革命作出了伟大的贡献。用毛泽东思想培育起来的延安精神,永放光芒!

场　目

人 物 表

延大娘　枣林乡党支部书记兼乡长,五十岁

赵大成　解放军某部民运科长,三十岁

延国亮　游击队交通员,延大娘的儿子,三十岁

大　猛　游击队长,二十余岁

巧　凤　妇女组长,延大娘的儿媳,三十岁

小　亮　儿童团员,延大娘的孙子,十二岁

雷文书　乡文书,二十余岁

老　李　游击队侦察员,四十余岁

王大爷　拦羊人,军属,七十岁

秀　莲　女游击队员,十八岁

铁　虎　民兵,十七岁

吕子秋　蒋胡匪军特派员,五十余岁

余承先　区财粮助理员,叛徒,四十岁

侯老么　蒋胡匪军镇龙堡补给兵站主任,三十余岁

吕老二　蒋胡匪军搜索队长,四十余岁

男、女群众若干人

游击队员若干人

通讯员及解放军战士若干人

匪副官、电话兵、传令兵及蒋胡匪兵若干人

序　幕　烽火支前

〔1947 年 3 月。

〔革命圣地延安。

〔宝塔山上乌云翻滚,延水河畔烽火连天。

〔幕内合唱:

　　　　风卷乌云烽火起,

　　　　延水滚滚怒涛激。

　　　　岂容胡匪逞凶狂,

　　　　人民战争显威力。

　　　　摆下天罗和地网,

　　　　军民团结来杀敌。

　　　　誓死保卫党中央,

　　　　誓死保卫毛主席!

〔幕启:炮声隆隆,硝烟弥漫。

〔延国亮高擎"支前模范乡"红旗,开路前导。延大娘身背鬼头刀,英勇地率领支前运粮队,迎着纷飞的战火和敌机的扫射,奋勇挺进!

〔赵大成内喊:"延大娘——!"山鸣谷应。

延大娘　停止前进!

〔马蹄声骤至。

延国亮　娘,(指前方)赵科长来了!

〔赵大成带通讯员急上。

众　人　赵科长!

赵大成　乡亲们!

延大娘　老赵!

赵大成　大娘,部队奉命转移,粮食不要再往南送了。

延大娘　那我们……

赵大成　将粮食交送转运站,马上返回枣林乡,听候区委
　　　　指示。

众　人　那咱们的延安?!……

延大娘　(沉痛地)延安,是毛主席、党中央住的地方啊!

赵大成　乌云遮不住太阳! 今天我们主动撤出延安,正是为
　　　　了明天更好地保卫她!

延大娘　请你转告毛主席、党中央,咱们边区,要人有人,要粮
　　　　有粮!

众　人　誓死保卫毛主席! 誓死保卫党中央!

赵大成　乡亲们! 任凭蒋胡匪多疯狂,屠刀难断延河浪。作
　　　　战不在一城一地的得失,主要是为了诱敌深入,歼灭
　　　　敌人的有生力量!

众　人　这是——

赵大成　毛主席的英明决策!

　　　　(唱)　毛主席指明了前进航线,
　　　　　　　全边区人民战争起狂澜。
　　　　　　　我们要满怀着必胜信念,
　　　　　　　团结紧誓死保卫咱延安。

延大娘　(唱)　延水源远流不断,
　　　　　　　宝塔光辉照河山。
　　　　　　　何惧妖风恶浪卷,
　　　　　　　众志成城似钢坚。

众　人　(唱)　军民并肩齐奋战,
　　　　　　　迎接胜利在明天!

延大娘　乡亲们,返回枣林湾!

众　人　是!

　　　　〔众亮相。

第一场　喜传佳音

〔同年初夏,明朗的清晨。

〔枣林湾。延大娘家窑院里。

〔一棵苍劲的大枣树,掩映着整洁的接口石窑,绘着
"自力更生"的蓝印花布门帘旁的窑壁上,悬挂着一
串串红艳艳的辣椒,阶前置有石板桌及枣树根制成
的"龙爪式"坐凳,青翠的瓜藤、豆荚花架下,设有一
台碾子。透过枣林,遥见阳坡沟洼间毗连错落的孔
孔窑洞;泛着金波的延水,穿过沟壑纵横的山野,蜿
蜒远去;耸立于河湾的红砂岩上,大书着"保卫党中
央、保卫毛主席"的巨幅标语,在朝霞辉映下,显得格
外赫然壮观。

〔"信天游"歌声起:

> 人都说蓝天高来甘露美,
> 高不过宝塔甜不过延河水。
> 人都说北斗灿灿照四海,
> 怎比咱领袖思想放光辉。

〔合唱:

> 毛主席呀,红太阳,
> 延安儿女日夜把你想。
> 往年跟你艰苦奋斗把业创,
> 看今朝保卫边区上战场!

〔幕启,巧凤打扫碾盘,簸罢米,兴奋地向村中张
望着。

巧　凤　(唱)　阳光灿烂照山庄,
　　　　　　　家家窑院闹嚷嚷。

耳听得——

推米的碾子吱儿吱儿唱，

筹军粮满村谷米飘清香。

再看那——

运输队牲灵蹄声得儿得儿响，

一串串铃铛声洒满山岗。

担架队伍排成行，

游击队待命整行装。

婆姨女子做鞋忙，

猴娃娃扛起红缨枪。

男女老少心一条，

保卫边区献力量。

我这里簸罢米来心花放……

（放下簸箕，端起针线笸箩，坐在窑前，绣起荷包来）

飞针引线抢时光。

绣一个针线荷包表心肠，

托亲人明朝送前方！

〔妇女甲背军鞋、妇女乙挑军鞋上，见状，二人放下军鞋，悄悄从巧凤背后将荷包夺走。三人欢笑争抢。

〔雷文书上。

雷文书　巧凤嫂子！

巧　凤　雷文书！

雷文书　大娘回来了吗？

巧　凤　还没有。

妇女甲　雷文书，（出示荷包）你看！

雷文书　（接过，念上边绣的字）"军民团结心一条，保卫边区立功劳"。嗯，好！这是谁家的婆姨，手艺这么巧啊？

妇女甲　延大娘的好儿媳！

妇女乙　枣林湾的巧巧嫂！

雷文书　嘿，真个是，梧桐招来凤凰鸟，难怪俺国亮哥偷着笑。

巧　凤　看你！（羞怯地夺过荷包）

〔王大爷提拦羊铲背褡裢上。

王大爷　巧凤,你娘在家么?

巧　凤　她走真武洞开会去啦!

王大爷　那我就交给你。(卸下褡裢)一头是红枣,一头是小米。

巧　凤　王大爷,这我可不代收。

王大爷　为啥?

巧　凤　我娘早有叮咛,你是军属——

王大爷　军属咋?

雷文书　军属的东西一律不收。

王大爷　这孩子,咋和你娘一个口气!(冲雷文书)哪有这样的章程,军属就只坐享照顾图清闲,没得份儿搞支前哪?

雷文书　有,有,有。

王大爷　倒灶鬼!(将褡裢搭在雷文书的脖项上,扭头欲下)

雷文书　哎,王大爷……

〔小亮持红缨枪奔上。

小　亮　娘!(一头撞在王大爷怀中)哎哟,你们看!

众　人　游击队回来了!

〔大猛、延国亮、秀莲等挑着战利品,押解俘虏上。

雷文书　大猛队长,又把胡儿子的运输队给拾掇啦?

大　猛　只要他敢从镇龙堡朝外窜,一颗粮食也甭想运走!

王大爷　嗨嗨,(绕俘虏身边察看)你们这伙坏种,长了几个头,竟敢钻到边区来,朝这铜墙铁壁上碰啊? 嗯?!

大　猛　秀莲,把这几个家伙先押到乡政府去!

秀　莲　是!

小　亮　走!

〔小亮与秀莲押俘虏下。

雷文书　蒋该死这个运输大队长不错嘛!

延国亮　你给打个收条吧。面粉八十袋,罐头五大箱,弹药没过数,七支新步枪,活捉敌人十二名,外带美国造汽

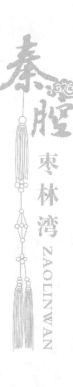

秦腔 枣林湾 ZAOLINWAN

265

车整三辆!

大　猛　有两个家伙顽抗不交枪,被国亮哥给"报销"啦!

〔众欢笑。铁虎带余承先急匆匆上。

铁　虎　雷文书,余助理员找你哩!

众　人　余助理员!

余承先　雷文书,你是怎么搞的?(生气地用铅笔敲打着黑皮日记本)我不是早给你讲了嘛,停止收粮,停止收粮,可你——超收下这么多!

雷文书　这是各村群众自报公议,经过民主讨论,自觉自愿交的呀。

余承先　群众嘛,免不了一时脑子发热。但是,身为干部,可不能好大喜功啊!

雷文书　一片真心为支前,这咋能说是——

余承先　支前,支前!你难道看不见,敌人像洪水一样漫面子上来,占了所有县城,切断了交通要道,兵荒马乱的,敌人说到就到,堆下这么多粮食,到时候谁顾得上管?

巧　凤　不是说给前方部队送吗?

余承先　你们婆姨们知道啥?部队早随毛主席和党中央过了黄河啦!

众　人　(震惊地)什么?!毛主席过黄河了?主力部队也走了?

大　猛　你是怎么晓得的?

余承先　我刚从万花坪回来,路上听人们都在讲。

王大爷　毛主席要是真的过了黄河,我老汉倒放心啦!

延国亮　蟠龙不是才打了胜仗吗?

雷文书　这——不可能!

余承先　我亲眼看见,外区的运粮队都撤回来啦!

〔炮声。众张望。余承先慌张地揣起日记本。

大　猛　看样子,敌人又开始"扫荡"了!

雷文书　听声音,好像在西河川一带。

余承先　西河川？（一惊）雷文书,等延大娘回来,你告诉她,就说我——回区委汇报情况去了。

雷文书　那明日运粮咋办？

余承先　朝哪儿运？听听风声再说吧。告诉各村干部,没交的粮食,暂停上送。

雷文书　是不是等延大娘回来商量一下？

余承先　你也不看看现在是啥时候。我身为区财粮助理员,还做得了这个主!（匆匆下）

雷文书　哎,余助理员!……

王大爷　哼,这是打哪儿刮来的这股邪风？

众　人　（怀念地）毛主席!……

大　猛　乡亲们! 大家不要听信谣传,咱毛主席是不会离开咱边区人民的!

雷文书　等乡长开会回来,一切都会清楚的。咱们还是按延大娘临行前的安排,立即把支前物资送交乡政府。

众　人　走!

〔众人携带物资下。延国亮扛粮袋欲下,大猛拦住他。

大　猛　国亮哥,你别去了。在家准备一下明日的行装吧!（扛粮袋欲走）

巧　凤　大猛,你等等。

〔巧凤进窑,拿出一双新鞋和一件布衫复上。将鞋先递给大猛。

大　猛　巧凤嫂子,这——

巧　凤　这是我娘给你做的。

大　猛　大娘？

巧　凤　是啊!

（唱）　听说是你们就要赴前线,
　　　　她连日细心量裁忙不闲。
　　　　油灯下熬心血直到夜半,
　　　　赶做出这双鞋留待今天。

267

大　猛　（唱）　好大娘挑重担筹粮支前，
　　　　　　　　怎让她反为我常把心担！
巧　凤　（唱）　还为你缝下这布衫一件，
延国亮　（唱）　速回家早穿换莫再迟延！
大　猛　好！我就穿上它！（激动地）这次到了前方，说不定
　　　能遇到咱们的死对头吕子秋，到那个时候呀，（飞脚
　　　亮相）我一脚踏断他的脊梁！
　　　〔大猛拿衣衫、鞋，扛粮袋奔下。巧凤从笸箩内取出
　　　一件衣衫交与延国亮。
巧　凤　你穿上试试，看合身不？
延国亮　（边穿边说）巧凤啊！
　　　（唱）　我走后家中靠你来照料，
　　　　　　　要常为咱娘挑担把心操。
　　　　　　　小亮他还得时刻多开导，
　　　　　　　为革命培育好这棵秧苗。
巧　凤　（唱）　有咱娘在身边浑身是胆，
　　　　　　　众乡亲支前生产肩并肩。
　　　　　　　巧凤我自幼儿饱尝黄连，
　　　　　　　此一去你只管把心放宽。
　　　（端起笸箩）你去拣两个瓜儿，我来淘米做饭，咱娘
　　　也该回来了。
　　　〔巧凤入窑，延国亮下。
延大娘　（内唱）真武洞祝捷会上喜讯传，
　　　〔延大娘身背鬼头刀，斜挎五星挂包，夹着布衫，风尘
　　　仆仆上。
延大娘　（接唱）怀揣着必胜信念赶回枣林湾。
　　　　　　　毛主席英明制订"蘑菇战"，
　　　　　　　率军民转战陕北与敌巧周旋。
　　　　　　　定叫那，蒋胡匪军听凭调遣、
　　　　　　　东奔西窜、精疲力竭又饿饭，
　　　　　　　寻战机出奇兵痛把敌歼！

上级党指示要抓紧生产，

战斗中保证咱亲人吃穿。

筹军粮必须要加番提前，

回村来向群众再作动员！

〔巧凤出窑。

巧　凤　娘！会开完啦？

延大娘　完啦。

〔巧凤亲热地帮延大娘摘下鬼头刀和挂包、布衫，捧
回窑去。小亮持红缨枪、延国亮捧两个大金瓜上。

延国亮　娘！

小　亮　奶奶！（扑向延大娘怀抱）你可回来了，叫我在山峁
上等了老半天！

〔巧凤捧汤出，递给延大娘。

延大娘　奶奶才走了两天，就想啦？

小　亮　我要参加游击队，明日跟我爹一块上火线！奶奶，好
奶奶，你就让我去吧！啊？

巧　凤　别缠你奶奶了。你还小哇！

小　亮　（不高兴地）人家都十二岁了，还小啊！

延国亮　不着急。再长两年，爹送你去！

小　亮　等我长大了，胡儿子早蹬腿了！

延大娘　胡儿子蹬了腿，不等于反动派就绝了种。（亲昵地）
小亮啊，咱们不仅要保卫边区，还要解放全中国，不
愁打不上仗！再说，大伙都走了前方，吃喝穿戴从哪
儿来呀？眼目下，咱要全力以赴，一边保护支前粮
食，一边抓紧生产，这也和打仗一样，小看不得。你
们儿童团站岗放哨，可松不得劲儿啊！

小　亮　这个呀，奶奶，你就放心吧！

（唱）　一杆红缨五尺长，

枪尖尖磨得闪呀闪银光。

胡儿子胆敢把村进，

叫他先把这个尝一尝！

〔母子、婆媳相视一笑。

延大娘 好样儿的！

〔雷文书上。

雷文书 大娘！（呼叫）哎，乡亲们，延大娘回来啦！

〔大猛，秀莲，王大爷，铁虎，妇女甲、乙及众拥上，争相招手。

雷文书 大娘，会开得怎么样啊？

大　猛 快给大伙讲讲吧！

延大娘 乡亲们！

（唱）　咱部队三战三捷威名震，

似春风吹遍了万户千村。

真武洞祝捷会上旗如林，

但见那，人山人海、刀枪林立、

凯歌震天、礼炮响彻延河滨。

秀　莲 大娘，有多少人呀？

延大娘 好几万人哪。咱们的周恩来副主席——

王大爷 你见到周副主席了？

延大娘 见到啦。周副主席握住我的手，亲热地问起了咱们的生产和支前工作，而且当众表扬了咱枣林湾！

众　人 （欢欣地）表扬了咱枣林湾?!

小　亮 （手舞足蹈地）好！

巧　凤 悄悄儿的！（拉小亮）听奶奶讲。

延大娘 周副主席代表毛主席、党中央，在会上讲了话。

〔众趋前，倾听。

延大娘 不满两月工夫，咱部队在毛主席亲自指挥下，接连在青化砭、羊马河、蟠龙打了三个大胜仗。消灭了敌人好几个旅，缴获的弹药、被服、面粉堆成山。狠狠地打击了蒋胡匪进犯边区的反动气焰，大大地鼓舞了全国各个解放区军民胜利的信心哪！

〔群情振奋。

延大娘 （唱）　水有源，树有根，胜利全靠领路人。

周副主席来宣告，

特大喜讯暖人心！

延国亮　娘，什么特大喜讯？

众　人　大娘，快说呀！

延大娘　咱毛主席——

巧　凤　毛主席他老人家？

延大娘　还在咱陕北！

众　人　还在咱陕北?!（欢呼）毛主席万岁！毛主席万万岁！

延大娘　毛主席在陕北领导着全国的解放战争，直接指挥咱们边区军民战斗啊！打从延安撤退以来，在这烽火漫天、艰难困苦的日子里，咱毛主席和战士一个样，翻山趟水，风里雨里，行军打仗，时时关心着咱群众的生产，粗茶淡饭顾不上吃，夜夜灯下操劳到天亮啊！

王大爷　毛主席啊！

众　人　毛主席！

延大娘　（唱）　山高水长隔不断，

众　人　（唱）　毛主席和咱心相连。

　　　　　　　　指路明灯照高原，

　　　　　　　　战斗中为我们把力量添。

　　　　　　　　征途上何惧千难与万险，

　　　　　　　　跟定你——

　　　　　　　　夺取胜利把胡匪歼！

延大娘　毛主席、党中央号召我们：必须用坚决战斗精神保卫和发展陕甘宁边区和西北解放区。我们要遵照毛主席的指示，努力发展生产，全力支援战争，把蒋胡匪拖在咱们边区——

众　人　困死他！饿死他！消灭他！

延大娘　雷文书，第三批粮食准备得怎么样？

雷文书　全部送齐。余助理员嫌多了，叫停止上交。

延大娘	为了保卫毛主席,为了保卫党中央,我们要准备长期支援战争,不仅要筹足这批支前粮,还要准备第四批、第五批!
众 人	前方要多少,我们就送多少!
铁 虎	大娘,运粮队已经组织好了,明日可以按时上路。
延大娘	运粮队暂时不走了。
众 人	什么! 不走了?
延大娘	为了进一步消灭敌人,根据毛主席的指示,咱部队又把敌人牵上了磨道,准备打一个大的歼灭战。赵科长讲,让我们将这批粮食马上就地坚壁起来!
众 人	就地坚壁?!
大 猛	那我们游击队就先走啦!
延大娘	你们呀,另有任务。
大 猛	啊?
延大娘	区委指示,叫你们就地坚持斗争。
大 猛	不上前线了?
延大娘	保护支前粮食。
大 猛	大娘! 这——
延大娘	这是县游击大队的命令。(将信交与大猛)你好好看看,仔细想想。
大 猛	(阅信后,丧气地)嘿,真窝囊!
延大娘	大猛啊,可不能只一个心眼,光想着上火线啊!
大 猛	是钢,就该使在刀刃上!
延大娘	(笑)傻后生! 光有刀刃,没得刀把子,有劲也使不上啊! 要记住,支前也是一场你死我活的硬仗啊!
大 猛	说到底还不是一个字:粮、粮、粮! 可我这手中的家伙,它……它还有什么用场!
延大娘	一个粮字莫小看,革命责任重如山! 要想打赢这场战争,彻底消灭胡儿子,咱就得一步一个脚印,按着毛主席的话做。只有把敌人肥的拖瘦,瘦的拖垮,使他得不到粮食,完全饿饭才成。这是战胜敌人的必

经之路啊！

众　人　战胜敌人的必经之路？

延大娘　乡亲们！咱们要把筹粮、藏粮、保粮、送粮的重任挑
　　　　在肩，就要齐心合力迎接斗争的新考验！

　　　　（唱）　自我军拔掉蟠龙匪兵站，
　　　　　　　　狗强盗四出抢粮发了癫。
　　　　　　　　镇龙堡匪徒们连日窜犯，
　　　　　　　　定会把魔爪伸向枣林湾。
　　　　　　　　要警惕紧握枪日夜奋战，
　　　　　　　　时刻刻察动向谨防内奸。
　　　　　　　　这粮米与我军胜利关联，
　　　　　　　　必须要英勇机智斗敌顽！

大　猛　只要敌人胆敢进犯，

众　人　一定叫他有来无还！

第二场　困兽犹斗

〔距前场月余后，下午。

〔镇龙堡，蒋胡匪军补给兵站指挥部。

〔幕启：天空阴云密布。室内一片混乱。电话兵伏在
耳机上嘶哑地呼叫着，匪兵催打着搬运物资的民夫
拾阶而上，向通往阴暗的山寨走去。匪兵站主任侯
老么踏着椅子，倚桌狂饮，借酒驱烦。传令兵呆若木
鸡，侍立一旁。

侯老么　告诉桥头守卫排，特派员一到，马上报告！

电话兵　是！

侯老么　命令外围防线部队，严加警戒！

传令兵　是！（急下）

电话兵　侯主任，军部留守处电话接通了！

侯老么 （掷掉酒瓶，抓起听筒）喂喂！军部留守处吗？我是镇龙堡补给兵站侯老么！粮食为什么到今天还不运来？啊？什么，什么？公路桥梁被游击队炸毁，粮食全被抢走啦!?（扔下听筒）他妈的！

〔匪军官头扎绷带，狼狈奔上。

匪军官 报告侯主任，今天早上运送的粮食，在川口一带中了地雷！

侯老么 粮食哪？

匪军官 全被游击队截往枣林湾去了！

侯老么 又是枣林湾！（大怒）来人！

〔二匪兵急上。

侯老么 把他给我押到大牢去！

匪军官 侯主任！……

侯老么 滚！（一脚将匪军官踢翻）

〔二匪兵拖匪军官下。匪副官上。

匪副官 侯主任，前边来电。（递电文）

侯老么 （阅后）这些王八蛋！（颓丧地瘫在椅子上）只顾向我催，老子问谁要！

匪副官 那粮食——

侯老么 粮食，粮食在哪儿？回电："后方送不来，本兵站无能为力。"

匪副官 是！

〔老李上。匪副官下。

老 李 侯主任，酒席准备好了。

侯老么 嗯，我告诉你，今日给特派员接风，酒席要丰盛，若是有点差错，当心你的脑袋！

老 李 我是按副官吩咐筹办的。（递上菜单）你看看，这是菜单。

〔侯老么查验菜单。延国亮挎篮子机警地走上。

延国亮 （唱） 一路上闯过了层层哨网，
入匪巢何惧那虎豹豺狼。

按约定来接线侦察情况,

匪哨兵　站住! 干什么的?

延国亮　(唱)　送红枣保长差派到镇上!

匪哨兵　送红枣? 怎么跑到指挥部来啦?

延国亮　保长让交给兵站李师傅。

匪哨兵　检查!

延国亮　随你的便!

　　　　〔匪哨兵搜查,从篮内翻出饼子,揣入衣兜。

延国亮　你——

匪哨兵　怎么? (蛮横地)老子打仗饿肚肠,你就该慰劳慰劳!

延国亮　你还讲理不讲理?

匪哨兵　(拍拍枪)这个就是理!

侯老么　吵嚷什么?

匪哨兵　有人来送红枣。

　　　　〔侯老么急出,老李紧随。

侯老么　你不看看,这是什么地方! 带走!

老　李　侯主任,这可是副官让经办的呀。你不是让做些本地特产小吃,请特派员品尝吗?

侯老么　对呀。

老　李　做大软米糕,少了这味甜肉厚的名贵枣,可不行啊。

电话兵　侯主任,吕特派员到! (下)

侯老么　去去去!

老　李　还不快把红枣给我送到厨房去!

　　　　〔老李带延国亮下。汽车声骤至。

　　　　〔匪兵内喊:"特派员到!"

　　　　〔侯老么整衣出迎。吕子秋带马弁上。

侯老么　特派员一路备受风霜,侯某有失远迎,我代表兵站全体弟兄,热忱恭迎特派员莅临督导训示。

　　　　〔吕子秋傲慢地挥挥手,除去斗篷,骄矜地环视兵站。

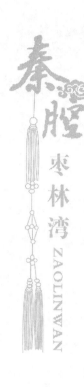

吕子秋　（念）　落荒漂泊十二载，
　　　　　　　腥风送我故乡来。
　　　　　　　任凭征途多坎坷，
　　　　　　　乱马军中展奇才。

〔吕子秋步入内室，众随入。

吕子秋　侯主任，军部下令催要十万军粮，想必早已调集停当？

侯老么　命令接到啦。只是这军粮……

吕子秋　你的库存不是少量。

侯老么　满打满算，不足三万斤，仅够维持眼前兵站弟兄的给养。

吕子秋　那么数万斤军粮，囤集在什么地方？

侯老么　自从国军蟠龙失利，物资损失惨重，本兵站处境危急，一直无法补偿；运输线累遭破坏，游击队就像一把尖刀，插在我们的喉咙眼上。再说军部命令变化无常，今日叫往东送，明日叫朝西运，一时向南，一会儿北上，弄得人晕头转向……

吕子秋　放肆！服从命令是军人的天职，你胆敢把军座诽谤！

侯老么　卑职荒唐。

吕子秋　目前，共军主力败退绥德米脂一线，不东渡黄河向晋绥流窜，势将被国军全歼。总裁曾飞临延安督战，看来三个月解决陕北战局，已是指日可待。身为兵站主任，本应效忠党国，严于职守。可你，竟然将上司哄瞒，与共党游击队私通，将数万军粮拱手奉献！……

侯老么　特派员，这是天大的冤枉啊！

吕子秋　住口！冤枉？你把军粮运到哪儿去了？

侯老么　全在途中被游击队劫走。

吕子秋　劫往何处？

侯老么　据报，大部弄到枣林湾一带去了。

吕子秋　你为何不扫荡搜剿？

侯老么	多次出击,就是寻不见藏粮地点。
吕子秋	我就不信,一支游击队,一个枣林湾,居然把国军一个堂堂补给兵站,混搅得如此狼狈不堪!
侯老么	恕我冒昧,特派员,你离乡久远,真相不明,这枣林湾虽小,对付起来实在难啊。
吕子秋	(狞笑。对马弁)传搜索队长!
马 弁	传搜索队长!

〔吕老二急上。老李捧酒上,穿过内室下。

秦腔 枣林湾 ZAOLINWAN

吕老二	报告!
吕子秋	吕老二,我们途经西河川,抓住的那个可疑人,可曾吐露真情?
吕老二	那小子一见要灌辣椒水,就浑身发抖骨头软啦。
吕子秋	噢?什么身份?
吕老二	(递上余承先的笔记本)你看看。
吕子秋	(翻阅)这些粮食现在何处?
吕老二	大部坚壁在枣林湾!
吕子秋	何人主管?
吕老二	延大娘!
吕子秋	延大娘?
吕老二	(念) 你不记当年穷鬼造了反, 她带头闹红跟上刘志丹。 那天她挥刀带人闯进吕家院, 将老大人活活砍死在村头枣树前!
吕子秋	她——还活着?
吕老二	(念) 如今是堂堂乡长兼书记, 延安的劳模会上有名气。 由于她带头支前送粮米, 共党政府还赏她一面"支前模范"小红旗!
吕子秋	(咬牙切齿地)真是冤家路窄啊!
侯老么	特派员,是不是马上包抄枣林湾?
吕子秋	愚蠢!共产党耳目遍地,大兵一出镇龙堡,消息早到

枣林湾，没有开锁的钥匙，你就是挖地三尺，也找不出一颗米的！

侯老么 那——

吕老二 特派员自有妙算！

吕子秋 （对马弁）把那个人秘密带到这儿来，我要亲自找他谈谈。

马　弁 是！（下）

吕子秋 侯主任，将库存军粮，明日全部运往前线。

侯老么 公路桥梁尚未修复，过不去呀？

吕子秋 改用驮骡，从西河川偷渡北上！

侯老么 万一被游击队发现怎么办？

吕子秋 （在桌上猛击一拳）我要把他们一举歼灭！

侯老么 你是说——

吕老二 这叫双管齐下，两路出兵！

吕子秋 这次我要做出一番奇迹，给军座和胡长官看看。
　　　　——侯主任，传令全镇，马上戒严！

侯老么 是！（抓起电话听筒）全镇戒严！

吕子秋 吕老二，命令搜索队，乔妆改扮，连夜侦察，兵站留一个排防守，其余部队集结待命，明日随我袭击枣——林——湾！

吕老二 是！（急下）

侯老么 特派员，请！

〔侯老么陪同吕子秋入内室，下。

〔老李上，察看四下无人，向内招手，延国亮急上。

老　李 国亮！跟我来！

〔警报声划破长空。灯暗。

第三场　针锋相对

〔翌日,午后。

〔枣林湾村外山坡上。

〔山坡沟洼,糜谷吐翠;崄畔田头,山花盛开。枣林边土坎上,架着枪支、长矛,树枝上挂着延大娘那把鬼头刀,侧旁堆放着生产工具。一杆红旗在疾风中招展。

〔幕启:炮声隆隆,风啸云驰。

〔小亮用红缨枪挑着汤罐,喜滋滋地奔上。

小　亮　（唱）　一道道沟来一架架山,

　　　　　　　　汤罐罐随我飞跑一溜烟。

　　　　　　　　热腾腾的米汤香又甜,

　　　　　　　　好奶奶喝了把劲添。

　　　　　　　　多打粮食多支前,

　　　　　　　　红旗引我到田边。（放下汤罐）

　　　　奶奶!

〔延大娘内应:"哎——!"提锄,擦汗,欢喜地走上。

延大娘　小亮,下哨啦?

小　亮　哎。(急忙倒了一碗汤,递给延大娘)王爷爷家这块地补种完啦?

延大娘　完啦。(放下碗)你娘她们把军粮埋好了么?

小　亮　早埋好了。她们在粮窖上套犁撒种呢。这一下,胡儿子想来抢粮叫他连门儿也寻不着!

延大娘　这可是天大的秘密,千万不能乱讲。

小　亮　(点点头)嗯!

延大娘　见你大猛叔了吗?

小　亮	他一大早就带人下川口,说是拾掇零碎去了。
延大娘	这个大猛啊! 孩子,你赶快下川口,把你大猛叔叫回来。
小　亮	好!(欲下)
延大娘	等等,把这汤给乡亲们捎过去。
小　亮	哎!(提汤罐奔下)

〔王大爷提拦羊铲上。

王大爷	国亮他娘! 我找你算账来啦!
延大娘	(递过汤碗,笑着)你老坐下算吧。
王大爷	你把我当成什么人了? 夜天带人帮我锄谷子,今日个贴上荞麦籽来播种。这——
延大娘	这是乡亲们的心意啊。
王大爷	可我支前送点小米,你却叫巧凤悄悄儿给我送回家去。我这心意朝哪儿表?
延大娘	大叔哇,你老年岁大了,又没劳力……
王大爷	可你也是五十大几的人啦! 整天这么苦熬苦受,没黑没明,我这……心疼呵!
延大娘	再苦再累,也比不得大兄弟俩在前方,出生入死,保卫边区所受的苦啊! 再说,你老人家拦着羊,脱不开身。今年干旱缺苗,说啥也不能叫土地放荒呵!
王大爷	甭瞒我,你家的地,至今还没下籽啊!
延大娘	缺籽是实情,区上正在帮咱想办法。不管再艰难,一块地也不能撂,都得把它种上! 你就放心拦羊吧。
王大爷	好吧。方才在坡上,我瞧见两个生人钻了梢沟,你得经个心。我走啦!(下)

〔雷声,风啸。延大娘不安地张望着远方。

延大娘	国亮儿怎么还不见回来呢?
	(唱)　乌云密布疾风卷,
	革命烈火胸中燃!
	乡亲们碾粮米昼夜奋战,
	为支前忙生产不畏艰难。

赵科长百忙中捎来急件，
把"警惕"两个字强调再三！
余承先离村后行踪不见，
国亮儿去接线不见回还。
大猛他只想着挥刀出战，
不由我愁上眉暗把心担。
要严察风云涌时刻变幻，
保军粮我还得考虑周全。

〔雷文书上。

雷文书 大娘！

延大娘 各村粮食都检查过了吗？

雷文书 查过了。只有万花坪一个村，粮食至今还没入仓。

延大娘 为啥？

雷文书 自从谣传部队走了，搞得人心惶惶。有个别人还吵闹着要把支前粮拿到外乡换籽种！

延大娘 噢？这样吧，你领着大伙播种，我到万花坪走一趟。大猛回来，叫他千万不要远离。你派人到区上再打听一下老余的下落。我走啦！

〔延大娘将锄头交与雷文书，取下鬼头刀。二人分头下。

〔雷声滚滚。大猛沉闷地走上。

大　猛 （唱） 闷雷声声震长空，
心烦意乱转回程！
延水滚滚热血涌，
仇聚枪膛恨压胸。
一心杀敌去出征，
怎奈把我留村中。
浑身是劲没处用，
实在叫人想不通！

延大娘！

〔雷文书闻声上。

秦腔
枣林湾
ZAOLINWAN

雷文书	大猛,你咋又下川口去了?
大　猛	(没好气地)去拾掇几个零碎。
雷文书	赵科长临走是咋个叮咛的?
大　猛	提高警惕,看好粮食嘛!
雷文书	可你三番五次朝外跑——
大　猛	粮食不是好好的吗?
雷文书	万一敌人扑进村来咋办?
大　猛	我这儿正等着他哪!
	〔雷声中,余承先仓皇奔上。
余承先	大猛队长,雷文书!
雷文书	嗨呀!余助理员,我正在派人寻你哩。走了多日,也不捎个信儿,真叫人替你担心!
大　猛	我还以为叫敌人把你捉去了!
余承先	(一惊)啊?(急装擦汗)
雷文书	(将手巾递给余承先)从哪儿动身?
余承先	区政府。(一边擦汗一边探询)延大娘呢?
雷文书	走万花坪检查粮食去了。
余承先	糟糕,怎么偏在这个节骨眼上离乡!
大　猛	有情况?
余承先	(交还手巾)非常紧张!
	(唱)　情报传,敌情变,
	危机已到眼面前。
	胡匪阴谋定毒计,
	抢粮要扑枣林湾!
雷文书	敌人要来抢粮?
余承先	敌人不知从哪儿得到风声,明天早上要来偷袭!
大　猛	明天早上?
雷文书	你是怎么晓得的?
余承先	区委接到情报,让我赶来早做防备。
大　猛	好哇,(兴奋地)我正愁抓不住,他倒自动送到了门上!
雷文书	我去把大娘找回来!

余承先　跟不上趟儿了。咱们先研究一下。

大　猛　你说咋办？

余承先　区委已经作了安排。

雷文书　怎么讲？

余承先　让大猛带领游击队早下川口,进行阻击掩护,火速发动群众,立刻把粮食转移出去！

雷文书　转移粮食？

余承先　对！马上转移粮食！

大　猛　我看,可以这么办。

雷文书　这事要慎重考虑。（思索）

余承先　不敢贻磨时光！大猛队长,这次不比往常,前来抢粮的匪军头子,可是个奸诈阴险的豺狼！

大　猛　谁？

余承先　就是当年杀害你娘、处死国亮他爹的豪绅团总——

大　猛
雷文书　吕子秋？

余承先　就是他！

大　猛　吕子秋哇,老贼！（拔枪在手）我等了你十二年,今番叫你进得川口,休想活着出去！
　　　　〔秀莲内喊："队长！"急上。

秀　莲　报告队长！观察哨飞报传话,敌人的便衣前哨已经出了镇龙堡！

大　猛　来得好快呀！

余承先　大猛队长！赵科长把保护粮食的重任交给你,大娘又不在,你可不能辜负党对你的信任哪！

雷文书　大猛同志！
　　　　（念）　航道不明莫开船,
　　　　　　　　不能硬拼闯下川！

大　猛　（念）　不拼军粮怎么保？

余承先　对呀！

大　猛　（念）　乡亲受害谁承担！

余承先　是嘛！

雷文书　（念）　大娘临行对我谈，
　　　　　　　　不让你离开枣林湾！

余承先　（念）　区委指示有明言，
　　　　　　　　违抗命令后悔难！

大　猛　怎么办？（焦躁地）这——

雷文书　大猛同志，在这严重时刻，你若一意孤行，后果不堪
　　　　设想！

余承先　大猛队长，在这紧急关头，你若畏缩不前，就是怕死
　　　　叛党！

大　猛　我——

雷文书　（拉大猛）你要冷静分析！

余承先　（拉大猛）你要当机立断！

雷文书
余承先　（同拉大猛）你——

大　猛　嘿！（甩开二人）按区委指示执行！

雷文书　大猛！

大　猛　（对雷文书）你立即回村，组织群众转移粮食，我带
　　　　队下川口阻击敌人。秀莲，紧急集合！

秀　莲　是！（奔下）
　　　　〔军号长鸣。

雷文书　大猛同志，敌众我寡，你这么盲目下川，有可能陷入
　　　　重围！

大　猛　就是死，我也要逮住吕子秋！
　　　　〔游击队员纷纷奔上，放下劳动工具，急取枪冲下，进
　　　　入枣林。大猛跳上土坎，扫视队伍。秀莲拔旗。

大　猛　同志们！
　　　　（唱）　刀出鞘，弹上膛，
　　　　　　　　痛歼胡匪保军粮。
　　　　　　　　杀敌怒火高万丈，
　　　　　　　　飞奔下川赴战场！
　　　　〔秀莲挥旗奔下。大猛欲下，雷文书趋前阻拦。

雷文书　大猛！你——咋这么糊涂哇！

余承先　（拦住雷文书）雷文书！

大　猛　天塌下来我大猛顶着！（挥手示意）出发！（奔下）

雷文书　大猛！（甩开余承先，追下）

余承先　（冷笑）好极了！

　　　　〔小亮持红缨枪，吹着哨子奔上。

余承先　（迎头拦住）小亮，到哪儿去？

小　亮　集合儿童团，保卫支前粮！

余承先　嗯，好孩子！（试探地）粮食还在那些老地方埋着吗？

小　亮　早转移了！

余承先　（一惊）转移了？保险不保险呀？

小　亮　可保险了。胡儿子一辈子也寻不见！

余承先　这可麻痹不得。走，你带我检查一下去。

小　亮　我不去。我急着带儿童团放哨去呢！

余承先　那你把地方告诉我，我自个去检查。

小　亮　把藏粮的地方告诉你？

余承先　对对对。

小　亮　这是天大的秘密。

余承先　对外人当然不能讲啦！

小　亮　我们儿童团有纪律，就是亲娘老子也不讲！（吹哨子）儿童团集合啦！

　　　　〔小亮奔下。群众拿着劳动工具闻讯拥上。雷文书焦急地返上，铁虎随上。

众　人　雷文书，咋回事？

余承先　乡亲们！（跳上土坎）乡亲们，镇龙堡匪徒倾巢出动，要来咱们枣林湾抢粮啦！

众　人　敌人又来抢粮？

余承先　区委指示，让我们抢在敌人前边，立即将粮食刨出，转移到安全地方去！大家赶快回家，牵驴、拿口袋，运粮吧！

　　　　〔众议论。

秦腔

枣林湾

ZAOLINWAN

285

雷文书	乡亲们,不能去!（对铁虎）铁虎,你快去万花坪,叫延大娘赶紧回来!
	〔铁虎欲下。
余承先	慢着!张嘴大娘,闭口乡长。雷文书,你眼中还有没有我这个筹粮的区干部?
雷文书	我执行的是党支部的决定!
余承先	什么党支部,分明是你的主张!扣押军粮,阻止转移,欺骗群众,你安的什么心?
雷文书	余承先!你想拿这话堵我的嘴?办不到!没有乡长的话,粮食谁也不能动!
余承先	好吧,你的问题,咱区上见。乡亲们,走,跟我运粮去!
	〔余承先逼众人欲下,延大娘急上。
延大娘	站住!
余承先	（一惊）啊?
众 人	大娘!……
余承先	（以攻为守地）大娘,你回来的正是时候。敌人要来偷袭,区委指示,让我们立即把粮食转移出去。可雷文书,竟然拒不执行,与组织对抗!
延大娘	（满意地）他做得对呀!
余承先	什么?做得对?大娘!
	（唱）　敌人出巢逞凶焰,
	枣林湾就要起烽烟。
	怎能让军粮受损乡亲遭苦难?
	大娘啊,
	你要把分量掂一掂!
延大娘	（唱）　护粮不能凭蛮干,
	必须智勇斗敌顽。
	为什么一反常态抢粮到傍晚?
	老余啊,
	你可知设的啥套圈?

余承先　（张口结舌）这……

雷文书　大娘,大猛已带队下了川口!

延大娘　啊?! 余助理员,你为啥不拦住他呢?

余承先　下川口阻击是区委的指示。

延大娘　把信给我看看。

余承先　信?（急掩饰）唯恐途中出事,区委书记让我口头
　　　　传达。

延大娘　口头传达?

余承先　不下川口阻击,怎么掩护粮食转移?

延大娘　你说,咱把粮食朝哪儿转移?

余承先　只要运出枣林湾,先躲过这股风,我看后山大梢沟就
　　　　可以。

　　　　〔王大爷提拦羊铲上。

延大娘　可是敌人并没走川口。

王大爷　正好从大梢沟下来啦!

众　人　（一惊）敌人从大梢沟里下来啦?

余承先　（惊恐地）啊?

延大娘　老余呀,老余! 你看这有多危险哪! 再说,你想过
　　　　吗,百十石粮食,得用多少人力和牲灵? 得费多少时
　　　　辰才能刨出、装好、运走? 凭咱枣林湾一个村,老老
　　　　少少都搭上,一时三刻能把那么多的粮食转走吗?

余承先　这……（诡辩地）能转出多少算多少,总比全部丢
　　　　失强!

延大娘　那不是把我们藏粮的地方,暴露给敌人了吗?

余承先　啊? 那……那你说怎么办?

　　　　〔延国亮满头大汗急上。

延国亮　娘! 敌情有变!

延大娘　快说!

延国亮　（念）　侯老么运粮偷渡西河川,
　　　　　　　　吕子秋抢粮暗扑枣林湾!
　　　　　　　　两股匪徒齐出动,

秦腔
枣林湾
ZAOLINWAN

时间就在天黑前！

延大娘　一齐出动了？

延国亮　有人被捕叛变了！

　　　　〔余承先暗惊。

延大娘　谁？

延国亮　正在侦察。

延大娘　难怪敌人敢于天黑出巢。（思索）一边抢，一边运，想叫我们左右难顾。好个奸诈的老贼，打的是一箭双雕的算盘呀！

余承先　还是快想法子，看看咱们的粮食咋办吧！

众　人　大娘，怎么办？

延大娘　咱们既要护好军粮，也不能让敌人把粮食偷偷运走！

余承先　嗨呀，现在火燎眉毛，一个巴掌捂不住六个眼，能顾得了那么多吗？别忘了咱的任务是支前送粮！

延大娘　支前是为了消灭胡儿子，保卫咱边区！现在，只有通知大猛，让游击队飞奔西河川，截住它！

余承先　好我的大娘呢，你把游击队拉走，敌人扑进村子靠谁来对付呀？

延大娘　敌人要扑枣林湾，不妨放他进来，咱们的粮食坚壁得很好，无非是打烂些坛坛罐罐。

余承先　我得提醒你，乡长同志，万一敌人进占，到处挖掘，粮食就有丢失的危险！

雷文书　只要西河川打响，不愁老贼不撤！

铁　虎　大娘，我去通知大猛！

雷文书　我去！

延国亮　娘，我是交通员！

　　　　〔小亮持红缨枪奔上。

小　亮　奶奶，通向川口的山路上，发现胡儿子搜索队！

众　人　啊！大娘，游击队危险呀！

余承先　过不去啦！

延大娘　前边就是刀山火海，也要闯过去！

余承先	延大娘！我把话讲在前边,你这样固执己见,若果丢了粮食,你可得承担全部责任!
延大娘	既然上级把这副担子交给我,我就要对党对人民负责到底!

〔炸雷轰鸣,闪电划破长空。

余承先	好,咱们走着瞧!(欲溜下)
延大娘	慢!
余承先	(震惊地)怎么?
延大娘	你——
余承先	我?
延大娘	不能走!
余承先	为什么?(怯退)
延大娘	你是上级派来筹粮的干部,我们有责任照管你的安全!

〔余承先无可奈何,颓然瘫坐在土坎上。

延大娘	国亮!
延国亮	娘!
延大娘	你立即骑马!
延国亮	立即骑马!
延大娘	(深情地)要不惜一切——
延国亮	不惜一切!
延大娘	冲破敌人的阻拦!
延国亮	冲破敌人的阻拦!
延大娘	通知大猛!
延国亮	通知大猛!
延大娘	叫他带队飞奔西河川,坚决吃掉敌人的运粮队!
延国亮	是!
延大娘	(拔下鬼头刀)孩子!
(唱)	这把刀是咱穷人传家宝,
	十二年随我们杀敌到今朝。
	看见它想起阶级苦,

深仇似海恨难消！
眼见到蒋胡匪又来窜扰，
我们要针锋相对紧握刀。
今日里为娘将它传与你，
此一去报急信勇斩魔妖！

延国亮　（接刀）娘！
　　　　（唱）　闪闪钢刀握在手，
　　　　　　　　阶级深仇刻心头。
延大娘　（唱）　奋勇杀敌去战斗，
延国亮　（唱）　不消灭胡匪誓不休！

〔延国亮挥手告别下，众目送。马蹄声远去。

延大娘　雷文书，飞报各村，马上转移！
雷文书　好！（急下）
延大娘　铁虎，你立即回村，组织民兵，埋设地雷！
铁　虎　是！（急下）
延大娘　小亮，吹哨子撤回儿童团！
小　亮　是！（吹哨急下）
延大娘　乡亲们，马上向梢林转移！

〔雷鸣，电闪。众人亮相。

第四场　忠心赤胆

〔接前场，当日黄昏。

〔延河畔上。

〔幕启：风狂雨骤，雷电轰鸣，延水暴涨怒吼，山野间一片混沌。

〔匪兵甲、乙窜上，左右窥视，藏于红柳丛山石后，吕老二率二匪兵上。匪兵甲、乙趋前。

吕老二　枣林湾有什么动向？

匪兵甲	只闻风啸雨狂。
吕老二	川口那边有啥情况?
匪兵乙	但见云遮雾障。
吕老二	好!就卡在这个喉咙眼上。一旦游击队回援枣林湾,就在此下手,打他个马翻人仰!
	〔隐约的马蹄声,由远渐近。
吕老二	(一惊)马蹄声?
	〔众匪观察。
匪兵甲	来自枣林湾方向!
吕老二	啊?(自语地)莫非延老婆子发觉国军行动,派人下川口给游击队通风?
匪兵乙	打吧,队长?
吕老二	不!过早惊动游击队,就会影响特派员夺粮。
匪兵乙	那就放他过去?
吕老二	不行!就是一只麻雀飞过,也要折断它的翅膀!
众匪兵	怎么办?
吕老二	哼哼,我自有妙方!
	〔吕老二示意,众匪聚拢。吕老二作绊马状。众匪急速隐退下。
	〔马蹄声临近。
延国亮	(内唱)顶风雨催战马勇往直前,
	〔电闪雷鸣,暴雨如注。
	〔延国亮背插鬼头刀,挥鞭策马,疾驰奔上。
延国亮	(接唱)负重任,报敌情,一路之上,眼见田园荒芜、
	无辜乡亲遭劫难,
	激起我千仇万恨心头翻!
	十二年幸福景阳光灿烂,
	怎容忍豺狼禽兽来摧残。
	看今朝人民不畏苦和难,
	炮火中坚持斗争把前线来支援。
	似这样钢骨铁筋英雄胆,

秦腔 枣林湾 ZAOLINWAN

给我把杀敌力量来增添。

但见得川口不远眼前现，

我这里猛加鞭似箭离弦！

〔延国亮极目远眺，催马奔驰。突然遭绊马索所羁，战马腾跃、嘶鸣、翻滚，延国亮落马。四匪兵拥上欲捉，延国亮奋起，拔刀格斗，刀劈四匪。

〔吕老二率群匪便衣拥上。将延国亮团团包围。

吕老二　抓活的！

〔延国亮自腰间突然拔出手榴弹，猛拉导火索，众匪见状，惊嚎溃逃。吕老二开枪，延国亮中弹后，奋力抛出手榴弹，一声爆炸，火光冲天，硝烟弥漫，众匪惨嚎。延国亮栽倒，忍痛挺立起来。

延国亮　（唱）　枪声响硝烟滚山呼水啸，

阶级仇似烈火胸中燃烧。

笑胡匪垂死挣扎来拦道，

怎阻挡人民战争卷狂飙。

为斩断敌人后方运输线，

一定要忍痛传信紧握刀。

我愿将满腔热血全洒尽，

要让那蓝天万里红旗飘！

〔延国亮抚伤、拄刀，挣扎向前。吕老二率众匪呼啸追上。延国亮挥刀再战，突然枪响，大猛带秀莲等杀上，击退群匪，发现延国亮。

大　猛　国亮哥？

众队员　国亮哥？

延国亮　（艰难地喘息着）大猛？

大　猛　国亮哥，你怎么到这儿来了？

延国亮　吕子秋抢粮，已经进了枣林湾大梢沟，侯老么运粮，正从西河川偷渡。

大　猛　啊？

延国亮　我娘让我通知你，立即率队飞奔西河川，坚决吃掉敌

292

人的运粮队。要快……快！（昏去）

众队员 （急扶）国亮哥！

延国亮 （吃力地捧起鬼头刀）告诉我娘,将这把刀,交给小亮。（递给大猛）叫他跟定咱毛主席,去……战斗！

〔炸雷轰鸣,延国亮倒于红柳丛下。

众队员 （悲恸地）国亮哥！

大　猛 （唱）　接战刀禁不住热泪滚滚,
　　　　　　　我不该听信谗言离山村。
　　　　　　　延河水难洗心头悔和恨,
　　　　　　　遥望着西河川怒火烧身！
　　　　　　　要报仇,要雪恨,
　　　　　　　飞奔截粮杀敌人！

众队员 （唱）　要报仇,要雪恨,
　　　　　　　飞奔截粮杀敌人！

大　猛 秀莲！通知全队,强渡延河,飞奔西河川！

秀　莲 是！

〔大猛挥刀亮相。秀莲挥旗招众。众队员如龙腾虎跃,飞奔下水……

第五场　前赴后继

〔翌日午。

〔梢林中。

〔浓郁茂密的梢林,覆盖着荒山野洼,透过林隙,遥见远去延水河湾。荒废的崖窑前有一株夹杂于杂木丛中的苍劲老杨树。树下支起一口铁锅,山石旁置有柳篮、米袋等物。

〔幕启:云驰雾腾,林涛啸叫。锅下柴火在熊熊燃烧。延大娘屹立树下,凝思远眺。

延大娘　（唱）　遥望延水浪激激，
　　　　　　　　硝烟弥漫枣林乡。
　　　　　　　　胡匪进村烧杀抢，
　　　　　　　　昼夜搜查挖粮仓。
　　　　　　　　昨夜里河畔战斗枪声响，
　　　　　　　　游击队为何不见回山庄？
　　　　　　　　众乡亲梢林内暂把身藏，
　　　　　　　　忍饥寒淋风雨令我心伤。
　　　　　　　　天亮前曾派人汇报区上，
　　　　　　　　怎奈是区委会转移他乡。
　　　　　　　　我只有靠大伙把办法想，
　　　　　　　　困难中坚持斗争在山岗！

〔王大爷肩挑拦羊铲，上搭一条小口袋，由巧凤搀扶
　上。巧凤挎着一只野菜篮子。

巧　凤　娘，王大爷来了。
王大爷　你找我有事？
延大娘　是啊。

〔巧凤扶王大爷坐下。忙去添柴加火，给锅中下野菜。

王大爷　游击队有讯儿吗？
延大娘　还没有。我叫小亮到山峁上看去了。
王大爷　俗话说，不怕山高坡陡，只要头羊敢领，羊群就过
　　　　得去。
延大娘　一棵青杨不成林，要翻山得靠大伙使劲儿啊。出了
　　　　叛徒，区委转移了，敌人进村，看阵势一时三刻走不
　　　　了。天长日久，乡亲们老蹲在梢林里，光景咋过？我
　　　　想请你老来出个主意。
王大爷　一人一根柴，点起一堆火。有毛主席给咱的法宝在！
延大娘　自力更生想办法！
王大爷　自己动手，梢沟不缺野菜、树叶、甜草根。（将口袋递
　　　　给延大娘）给！
延大娘　（打开一看）你老把羊宰了？

王大爷	胡儿子把咱困不住。一天宰一只,也足够抗它个把月。但是,谁个要在支前粮上打主意,(忿忿地站起身,挥舞拦羊铲)我叫他五脏开花!
延大娘	你是说——
王大爷	余承先!对这个皮货店的少掌柜,你得留点神!(欲下)
延大娘	你走哪去?
王大爷	拦羊时在山上藏了点米,我去寻来。
巧 凤	大爷,去不得!
王大爷	不怕!拦了一辈辈羊,和豺狼打交道是常事,你们放心!(毅然下)
巧 凤	娘,那个叛变的坏种,会不会是——
延大娘	我也在这么想。为什么多日没踪影,敌人抢粮他脚到?说是区委指示又没个信儿,敌人寻粮他刨粮,煽动大猛下川口,转粮却偏朝胡儿子怀里送。这些事咋会碰得这么巧?
巧 凤	是啊。他还向小亮打问过藏粮地方!
延大娘	今日一大早,你李大叔传出消息,说敌人把余承先的婆姨和老子捉进了镇龙堡。奇怪的是,不杀不关,待客一般和敌人在一个锅里搅勺把!
巧 凤	打从进梢林,他一直贼眉溜眼,心慌意乱,肚里不知怀着啥鬼胎!
延大娘	我叫雷文书过东岭一带寻区委汇报去了。是人是鬼,一定要拿住他的真凭实据。你去煮肉,我来淘米,咱娘儿俩给咱游击队做饭。
巧 凤	好!
	〔巧凤取肉,延大娘取米,分头下。铁虎带赵大成及通讯员上。
铁 虎	大娘!(向崖窑探望)不在?赵科长,你坐,我找去!(下)
赵大成	(揭锅一看,激动地)野菜?(对通讯员)找点柴禾,

把火烧旺!

通讯员　是!（下）

赵大成　（摘下干粮袋,倒米入锅）大娘啊,（察看崖窑,触景生情）为了前线的胜利,子弟兵的温饱,十二年来,你老人家熬费了多少心血啊!

　　　　（唱）　回想起当年长征到高原,
　　　　　　　　风雪夜红军打进枣林湾。
　　　　　　　　大娘她出牢狱未把家还,
　　　　　　　　带领着赤卫队送粮支前。
　　　　　　　　那一天战斗负伤遇危险,
　　　　　　　　冒弹雨她背我藏进梢山。
　　　　　　　　崖窑内喂药汤昼夜照看,
　　　　　　　　我苏醒她却饿昏在身边。
　　　　　　　　十二年为革命忠心赤胆,
　　　　　　　　斗争中经风雨白发增添。
　　　　　　　　到今日她仍把苦菜来咽,
　　　　　　　　见此情不由叫人心痛酸。
　　　　　　　　似这样阶级爱无限温暖,
　　　　　　　　激励着革命战士永向前!

〔通讯员捧柴禾上。

通讯员　赵科长,游击队回来了。

赵大成　走!

〔通讯员放下柴禾,随赵大成下。延大娘兴冲冲挎米篮上,揭锅欲下米。

延大娘　（奇怪地）小米?

〔小亮内喊:"奶奶——!"奔上。

小　亮　奶奶、奶奶! 游击队! 游击队赶着一大群牲灵,驮着好多好多粮食,还押着一大帮胡儿子,顺着后山沟回来啦!

延大娘　好哇! 小亮! 快去告诉乡亲们,迎接咱游击队!

小　亮　哎,游击队回来啰!（边喊边下）

〔幕后合唱：
　　　　一声喜讯飞天外，
　　　　男女老少心花开。
　　　　树叶飒飒随风摆，
　　　　迎接咱游击队凯旋归来！
〔延大娘从崖窑中取出枣篮子欲下，大猛、秀莲捧鬼头刀，沉痛走上。

大　猛　大娘！

延大娘　大猛，秀莲！（欢喜地）把胡儿子的运输队拾掇啦？

大　猛　粮食全部收缴了。

延大娘　好哇！来来来，快坐下，说说战斗情形。一会儿你巧凤嫂子就给你们送饭来。

大　猛　巧凤嫂子？

延大娘　她一时就来。乡亲们还要开个欢迎会，给你们庆功！（从篮内取出红枣）来，先吃把枣儿压压饥。给，大猛！

大　猛　大娘？我——（颤抖地捧着枣子）

延大娘　吃吧。莫负大娘一片情啊！
〔大猛痛苦地扭转头去。

延大娘　（误解地）瞧这后生！下回不再蛮干，知错改了就行么。（又将枣儿塞给秀莲）这枣儿，可甜啦。（对大猛）你还记得不？这枣树，还是你国亮哥小时候和你一块栽的哩！

大　猛
秀　莲　（一震）国亮哥？！

延大娘　是啊。

秀　莲　大娘！（欲言又止）……

延大娘　嗯？怎么啦？
〔秀莲抑制不住悲痛，扭转身去痛哭失声，大猛含泪将鬼头刀捧到延大娘面前。

延大娘　（一震）我——明白啦！

秀　莲　临终的时候，他让我们告诉你，将这把刀，交给小亮。

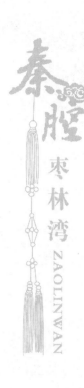

297

让他跟定咱毛主席去战斗！

延大娘　（接过刀，久久地凝望着）国亮儿，你没有辜负党的抚育，毛主席的教导，和做娘的……一片心呵！

大　猛
秀　莲　大娘！

延大娘　（强抑悲痛）要革命，免不了有牺牲。在前进的道儿上，哪一步不洒着无数革命先烈的鲜血啊！

秀　莲　大娘！（扑进延大娘怀抱）

延大娘　（安慰地）夜天的战斗，你们打得好，打得英勇。不仅保护了支前物资，还把敌人的粮食夺在手中，这可是个大胜利，乡亲们不知该有多高兴呢！

大　猛　大娘！（痛苦难忍）
　　　　〔队员甲上。

队员甲　报告队长，粮食全部搬进梢林，关于那帮俘虏——（抖抖枪）就等你一声命令！
　　　　〔大猛怒不可遏，拔枪欲下。

延大娘　（制止地）大猛！莫忘了咱毛主席制订的三大纪律呀！

大　猛　我——记下了。
　　　　〔大猛带秀莲与队员甲下。
　　　　〔延大娘抚刀深思，悲愤交集。

延大娘　（唱）　为革命你英勇献身在战场，
　　　　　　　　我要把悲痛压心上。
　　　　　　　　新仇旧恨化烈火，
　　　　　　　　血债定要血来偿！
　　　　〔延大娘咬牙怀恨，跪于山石上奋力磨刀。巧凤内喊："娘——！"

延大娘　（一震）巧凤！
　　　　（唱）　猛听儿媳一声唤，
　　　　　　　　好似利剑把心剜！
　　　　　　　　她那里满腔热情来送饭，
　　　　　　　　怎经得霹雳轰鸣降九天！

<table>
<tr><td></td><td>倘若问起国亮儿,
我该如何对她言?
(放下刀,不安地思索着)</td></tr>
</table>

巧　凤	(内唱)蒋胡匪又欠下一笔血账, 〔巧凤悲愤奔上。
巧　凤	(接唱)不由我一阵阵怒火满腔! 〔婆媳相遇,欲言又止。
延大娘 巧　凤	(旁唱)见儿媳 　　　忍不住热泪盈眶, 　　　见娘亲 (重唱)倒叫人话到嘴边口难张。 　　　为支前她日夜操劳奔忙, 　　　怎能够忍心让她痛悲伤?
延大娘	(旁唱)多少情多少爱涌上心房,
巧　凤	(旁唱)多少仇多少恨填满胸腔。
延大娘 巧　凤	(重唱)此时刻莫教泪水腮边淌, 　　　为革命要经得雨暴风狂!
延大娘	巧凤!
巧　凤	娘! 〔延大娘毅然捧起鬼头刀,欲讲。小亮奔上。
小　亮	奶奶!娘!
延大娘 巧　凤	(猛省)小亮!
小　亮	鬼头刀?(一把从延大娘手中夺过鬼头刀,高兴地) 嘿,我爹回来啦!(天真地奔寻呼叫)爹!爹!——
延大娘 巧　凤	小亮! 〔大猛上。
小　亮	大猛叔,我爹呢?
大　猛	你爹?
巧　凤	大猛!
延大娘	你爹他——
小　亮	他答应打完仗回来,教我们儿童团练刺杀呢!

延大娘　他——

小　亮　他在哪儿？奶奶，你倒是快说呀！

延大娘　他已经——

巧　凤
大　猛　（制止地）娘！
　　　　　　　　　大娘！

延大娘　为革命牺牲啦！

小　亮　啊?!（猛省）奶奶！——（一头扎进延大娘怀抱，痛
　　　　哭不已）

延大娘　孩子，不要哭！你爹他，给你还有话哪！

大　猛　他叫你，接过刀，跟定咱毛主席去战斗！

小　亮　（拭去泪水，紧攥鬼头刀）奶奶，我要替我爹去报仇！

延大娘　仇？不只是咱一家的仇哇！要记住普天下受苦穷人
　　　　世代的血海深仇啊！
　　　　（唱）　抚钢刀往事历历又重现，
　　　　　　　　激起我满腔仇恨似浪翻！
　　　　　　　　咱一家祖辈生在延河畔，
　　　　　　　　饮苦水遭欺压血汗榨干！
　　　　　　　　吕子秋霸田产残暴奸险，
　　　　　　　　山村内多少穷人投河自尽、
　　　　　　　　妻离子散断炊烟。
　　　　　　　　国亮儿随我讨过千家饭，
　　　　　　　　风雪里苦挣扎受尽辛酸。
　　　　　　　　你爷爷和我手提钢刀造了反，
　　　　　　　　为翻身闹红跟随刘志丹。
　　　　　　　　实可恨左倾分子把坏事干，
　　　　　　　　咱苏区霎时乌云布满天。
　　　　　　　　吕子秋率领还乡团，
　　　　　　　　反扑回村逞凶残。
　　　　　　　　你爷爷惨遭杀害血未干，
　　　　　　　　奶奶我又被抓进黑牢监。
　　　　　　　　那年月白匪"围剿"天昏暗，
　　　　　　　　受苦人盼救星望眼欲穿！

三五年千里雷声万里闪，
毛主席光辉照遍万架山。
杀豪绅得解放砸碎锁链，
满山川红旗一展亮了天！
党中央掌握着胜利航线，
驱日寇救同胞抗战八年。
多少人为支前抛洒血汗，
才迎来边区美景好河山。
老一辈打江山引水开源，
怎能让豺狼窜犯来糟践。
你定要擦干泪经受考验，
时刻把阶级苦牢记心间。
学你爹紧握刀奋勇作战，
跟随咱毛主席革命永向前！

小 亮
巧 凤　（唱）　好奶奶一番话语重心长，
　　　　　　　我的娘
　　　　　　　定把这阶级仇永刻心上。

大 猛　（唱）　悔不该怀私愤行动莽撞，
　　　　　　　国亮哥为革命血洒山乡。
　　　　　　　到今日沉痛教训永难忘，
　　　　　　　我定要将悲痛化为力量！

巧 凤　（唱）　挥泪继承国亮志，

小 亮　（唱）　学爹爹杀敌志如钢。

大 猛
巧 凤　（唱）　为求人类全解放，
小 亮　　　　前赴后继上战场！

小 亮　　奶奶，我要参加游击队！

巧 凤　　娘，就让他去吧！

延大娘　好！
　　　　〔铁虎上。

铁 虎　　大娘，赵科长来了！
　　　　〔赵大成上，游击队员及群众拥上。

301

赵大成　大娘！

延大娘　老赵，这锅中的米？（激动地抚摸着赵大成胸前的空干粮袋）不管有多大的艰难困苦，说啥我们也不能咽下亲人的口粮啊！

赵大成　这点口粮算得了什么？乡亲们，在这艰苦的战争岁月，咱毛主席也在节约口粮啊！

众　人　（一惊）啊?！

延大娘　毛主席也在节约口粮？

赵大成　是啊。那天我开会到区上，一进窑院眼前亮，只见毛主席神采奕奕，正和乡亲坐在一搭拉家常。同住着一排土窑洞，吃的一锅菜饭小米汤。当他老人家听说由于干旱缺籽种，有些土地放了荒，马上指示中央机关节约口粮送给群众，又让警卫部队帮助生产下地去开荒。

延大娘　毛主席啊，你总是把咱群众时刻挂心上啊！

　　　　〔通讯员捧一袋籽种上。

赵大成　（接过籽种）大娘，这是周副主席交给我的一袋籽种。他叫告诉你，这是毛主席送给你老人家的。

　　　　〔延大娘捧籽种，久久地凝望着。

众　人　毛主席呀！

延大娘　亲人哪！

　　　　（唱）　手捧籽种浑身暖，

　　　　　　　　粒粒谷恩情重如山！

　　　　　　　　人民生活你惦念，

　　　　　　　　同甘共苦肩并肩。

众　人　（唱）　好比甘霖洒心田，

　　　　　　　　籽种入土花漫川。

　　　　　　　　艰难困苦何所惧，

　　　　　　　　红旗永飘枣林湾！

赵大成　乡亲们！目前全国各个战场，捷报频传。咱们西北战场军民，在毛主席直接领导和指挥下，几个月来诱敌深入，把蒋胡匪拖在陕北，给各个解放区以有力的支援。现在我华东野战军粉碎了敌人的疯狂窜犯，晋冀鲁豫野战军正在强渡黄河，挺进大别山。按照毛主席的战略计划，一个向蒋家王朝总进攻的形势，已经到来啦！

〔群情振奋。

众　人　太好了！

延大娘　老赵，粮食啥时候朝前送？

赵大成　后天早上。

延大娘　后天早上？

赵大成　为了保证这次战斗的胜利，上级决定，由县游击大队明晚拔掉匪兵站，后天早上我带部队前来接应粮食。敌人如果不撤，就把它坚决彻底歼灭在枣林湾！

众　人　好！

〔众亮相。

第六场　狼狈为奸

〔次日黄昏。

〔枣林湾，乡政府窑院内。

〔幕启：天昏地暗，遭敌洗劫的山村，火光冲天，硝烟滚滚，匪兵在残窑内收抄电报。不时传来机枪声、地雷爆炸声，以及拷打的皮鞭声、侯老么的狂吠声。匪伤兵哀号着被从断垣外拖过。吕子秋手抚伤臂，在院内破桌残椅边兜圈子。

吕子秋　（念）　实指望一箭双雕大功成，
　　　　　　　　怎料到鸡飞蛋打一场空！
　　　　　　　　西河川赔了老本又折兵，
　　　　　　　　枣林湾搜剿碰壁地雷轰。

眼睁睁弟兄接连把命送，

苍天哪，军粮至今无影踪！

（咆哮、伤痛、瘫坐，抚臂呻吟）

〔吕老二满头大汗，狼狈地上。

吕子秋　（急不可待地）粮食找到了吗？

吕老二　唉，（沮丧地）别提了！

（念）　三天来黑明昼夜连轴转，

村内外沟沟洼洼挨个翻。

天晓得延老婆设的啥套圈，

竟连片酸菜叶子都没找见！

吕子秋　延老婆子啊！（咬牙切齿地）悔不该，当年我为什么
不一刀宰了你！到今日留下这无穷的祸患……

吕老二　特派员，看来粮食根本不在枣林湾！

吕子秋　余承先呢？

吕老二　至今没露面。这小子会不会——

吕子秋　料他没得那么大的狗胆！西河川逼得共产党烧了粮
窖，丧了人命，延老婆子晓得，能饶了他？再说，他婆
姨、老子，还有那张反共自白书，都在我的手心攥
着哪！

〔侯老么持皮鞭上。

侯老么　特派员，抓来的那个王老汉，宁死不讲啊！

吕老二　上大刑，用刀子撬开他的嘴巴！

吕子秋　用刀子从他嘴里是剜不出粮食的。

侯老么　刚才又有几个弟兄被地雷炸翻，加之找不到吃的，开
小差的有增无减。你得从速决策。这枣林湾可不是
久留之地啊！

吕子秋　带王老汉！

侯老么　是！（对内）带王老汉！

〔匪兵内吼：“走！”二匪兵提拦羊铲，押王大爷上。

吕子秋　老人家，你还认识我吗？

王大爷　你从胎里落下炕，我就给你家拦着羊。咋会不认识！

吕子秋	今天,我想请你来帮帮忙。
王大爷	捆着一双手,有忙也帮不上啊。
吕子秋	(佯怒)还不松绑!
	〔匪兵忙为王大爷解去绳索。王大爷就势坦然坐在椅子上,紧紧腰带。
吕子秋	你知不知道,粮食在哪儿埋着?
王大爷	我亲手参加埋藏的,咋会不知道!
吕子秋	好,好极了! 老人家——
	(唱) 只要你讲出真情况,
	从此不再受恓惶!
	给你窑洞给你粮,
	银洋现钞任你装。
王大爷	谢谢你吕团总的大方!
吕子秋	讲吧!
王大爷	好,你把耳朵支长!
	〔众匪聚拢,心痒神迷地巴望着。
王大爷	(唱) 十二年边区太阳红,
	幸福光景乐融融。
吕子秋	坚壁了多少粮食?
王大爷	(唱) 群众支前自愿送,
	坚壁粮食数不清。
吕子秋	都藏在什么地方?
王大爷	(唱) 要问粮食藏何处?
侯老么	(急切地)对对对。
吕老二	(垂涎地)快说吧?
王大爷	(唱) 粒粒都在我心中!
吕子秋	(暴怒地)给我交出来!
王大爷	(唱) 粮食得来靠劳动,
	本是血汗浇灌成。
	岂能把它交与你,
	挥霍造孽喂畜牲!

305

侯老么　我马上枪毙了你!

王大爷　时辰稍微早了点。我活了七十岁,等了十二年,有件事还没结账哪!

吕子秋　什么事儿?

王大爷　(愤慨地)等着拖你的尸首,喂我的拦羊狗!

吕子秋　拉下去!

〔众匪拥上。王大爷猛回身夺过拦羊铲,痛击群匪,铲死一匪兵,最后被擒。

吕子秋　把他给我捆在山头大树上,我要叫延老婆子看着,活活烧死他!

王大爷　吕子秋哇,畜牲!从我身上你是榨不出油的!

〔匪兵押王大爷、拖匪兵尸首下。

〔匪副官急出窑。

匪副官　军部急电!(递电文)

吕子秋　(念)"十万火急:国军前线将士业已断粮。电令你部,务于明日启运军粮,如有违误……"(将电文撕毁)见鬼去吧!回电:"我部连日遭受围困,虽经困守死战,歼敌百余名,但因共军所阻,军粮无法上送。"

匪副官　是!(急入窑)

侯老么　特派员,如此显赫战果,倘若上峰派员查究……

吕子秋　怕什么!军座早有先例,我等何不效法。他们在青化砭、羊马河、蟠龙等地累遭惨败,可在胡长官面前,照旧宣扬战绩,晋阶受赏。中央社,还不是向全世界把疮疤说成勋章!

〔余承先溜上。

余承先　特派员。

吕子秋　余承先?(阴沉地)你的功劳不小哇!

余承先　犬马之劳,何足挂齿。

吕子秋　粮食在哪儿?

余承先　还在枣林湾。

〔吕子秋冷笑。

余承先　特派员,前日袭击扑空,是因为有人走露了风声!

吕子秋　(一惊)什么?

余承先　游击队在兵站埋有内线,给延老婆子提供了情报。

侯老么　他妈的!(一脚将余承先踢翻)你小子敢嫁祸兵站!

〔侯老么拔枪,吕老二阻止。

吕子秋　你是怎么晓得的?

余承先　延国亮回报,我当面听见。

吕子秋　兵站什么人?

余承先　这——我可不知道哇!

吕子秋　吕队长!

吕老二　有!

吕子秋　把他给我拖出去,活埋了!

侯老么　我来干!

〔侯老么揪余承先欲下,老李端饭上。

余承先　冤枉啊,特派员!(挣脱,匍匐哀告)特派员!特派
　　　　员……

吕子秋　(突然揪住余承先)老实讲,粮食到底在哪儿?

余承先　千真万确,还在枣林湾。他们明日就要启运啦!

吕子秋　我死守在这儿,看他咋运!

余承先　不行啊,特派员。共军民运科长赵大成亲自带队来
　　　　接应,野战军明晨就到枣林湾!

吕子秋　(大惊)啊?!(疑惑地)若有半句谎言——

余承先　甘愿满门抄斩!

〔老李从容下。

〔摩托声骤至,传令兵急上。

传令兵　报告! 县游击大队围攻镇龙堡!

侯老么　给我坚决顶住!

传令兵　是!(急下)

吕子秋　胃口不小!(沉思)

侯老么　赶快撤兵回援吧。迟了就保不住啦!

吕子秋	撤回去？军粮怎么办？
侯老么	这……
吕子秋	游击队敢于袭击镇龙堡,(狞笑)显然是调虎离山计!这正好说明,粮食就在这儿!(对余承先)你来时延老婆子在干什么?
余承先	在梢林里纠集群众,待命送粮。
侯老么	马上进梢林,抓活的!
吕子秋	我要的是粮食!
吕老二	咱们刨不出来呀!
吕子秋	这一回,(狞笑)延老婆子,我要叫你乖乖给我送到面前!
吕老二 侯老么	你的意思——
吕子秋	传令:回援镇龙堡,火烧枣林湾!

〔灯暗。

第七场　将计就计

〔当日深夜。

〔枣林湾村头,乡政府门前。

〔舞台右侧,是一座窑院高大门楼,旁侧悬挂着"枣林湾乡政府"牌子,透过洞开的门楼可见层层精制考究的窑洞;门前有一株苍劲的大枣树,延水自村边淌过,枣林深处可见点点窑洞。树下插着"支前模范乡"红旗。

〔幕启:朦月隐现。劫后的山村依然硝烟飘荡,余火未烬。

〔山村灯火辉煌。乡政府内外一派繁忙景象。在灯笼火把的照耀下,运粮队紧张地穿过村头。

〔大猛全副武装上。

大　猛　（唱）　蒋胡匪夹尾巴仓皇逃亡，
　　　　　　　　全乡人忙备战斗志高昂。
　　　　　　　　看山村人来人往灯火亮，
　　　　　　　　运粮队一溜一串下山岗。
　　　　　　　　待明朝就要起程把路上，
　　　　　　　　此时刻更需要加倍提防！

〔延大娘挑着灯笼，与群众甲、乙跨出乡政府，边走
边谈。

延大娘　你们两村的人，在村后集中，让大伙原地休息，不要
　　　　远走。

二群众　好。（下）

延大娘　粮食装好了吗？

大　猛　全部刨出装好，各村的人马也到齐了。

延大娘　镇龙堡那边有啥动静没有？

大　猛　枪声早就停了，战斗结果还不知道。我派小亮他们
　　　　打探去了。

〔巧凤与妇女甲、乙背干粮袋上。

巧　凤　娘，干粮炒好了。

延大娘　直接发给运粮队。你王大爷咋样？

巧　凤　人已经苏醒了。

延大娘　叫他老人家好好静心养伤吧。

巧　凤　好，咱们走。

〔巧凤同妇女甲、乙下。

大　猛　大娘，刚才西河川村长讲，前日敌人突然包围了他们
　　　　村一个秘密粮窖，情况紧急，他们只好把粮烧了。敌
　　　　人杀害了群众。

延大娘　秘密粮窖敌人怎么会发现？

大　猛　是啊。他们在粮窖附近还埋有连环雷，这事只有村
　　　　干部和余承先晓得，如果没人告密，敌人是避不开地
　　　　雷的。

延大娘　嗯,联系余承先这几天的行为看,里边肯定有鬼!

大　猛　是不是把这小子先捉起来?

延大娘　我早就叫铁虎跟上了。

〔铁虎急上。

铁　虎　大娘,余承先逃跑了!

大　猛　啊?

延大娘　啥时辰?

铁　虎　今日个后晌。

〔小亮急上。

小　亮　报告队长!

大　猛　情况怎么样?

小　亮　(念)　镇龙堡,捷报传,

　　　　　　　　匪兵站已被一锅端!

延大娘　吕子秋呢?

小　亮　(念)　兵撤山口未回援,

　　　　　　　　按兵潜伏入荒山!

延大娘　在半道上藏起来了?

大　猛　连老巢都不要了?

延大娘　抓不到粮食,吕子秋是不会死心的!

大　猛　你是说,目标还在咱枣林湾?

铁　虎　余承先失踪,会不会和这事有牵连?

延大娘　很可能与明日运粮有关!

大　猛　小亮,通知全队,紧急集合!

小　亮　是!(下)

延大娘　铁虎,告诉梢林里的老弱群众,暂且不要回村。再
　　　　者,你要继续追查余承先的下落。

铁　虎　好!(下)

延大娘　为了防备万一,大猛,你马上通知各村运粮队、刹驮
　　　　子,待命出发!

大　猛　好!(下)

　　　　〔延大娘登上乡政府门楼台阶,挂起红灯,不安地凝

　　　　望远方,思索着。
　　　　〔浪涛声声。
延大娘　（唱）　望长空夜朦胧时隐时现,
　　　　　　　　耳边闻延河浪,怒涛滚滚,奔腾向前,
　　　　　　　　犹似战鼓催征在召唤,
　　　　　　　　激起我热血沸腾心潮翻!
　　　　　　　　为什么匪徒们离村逃窜,
　　　　　　　　不回援镇龙堡所为哪般?
　　　　　　　　蒋胡匪陷绝境困饿待援,
　　　　　　　　岂能够舍军粮偃旗收幡?
　　　　　　　　狗强盗从不敢黑夜冒险,
　　　　　　　　却为何此时辰潜伏荒山?
　　　　　　　　余承先撒谎言突然不见,
　　　　　　　　看起来暗与敌狼狈为奸!
　　　　　　　　吕子秋一贯是奸诈多变,
　　　　　　　　莫非是明撤暗进再次偷袭枣林湾?
　　　　　　　　这粮米是群众滴滴血汗,
　　　　　　　　安和危与前线休戚相关。
　　　　　　　　形势急任务重刻不容缓,
　　　　　　　　决不能影响战斗误时间。
　　　　　　　　早防范改行期当机立断,
　　　　　　　　争分秒速行动紧急动员!
　　　　　　〔大猛,巧凤,秀莲,小亮,妇女甲、乙及群众甲、乙
　　　　　　急上。
众　人　大娘!
延大娘　同志们,看样子,吕子秋老贼知道了我们的运粮计
　　　　划,敌人有可能杀个回马枪,连夜前来抢粮!
二妇女　那就把粮食赶紧再坚壁起来!
二群众　时间来不及啦!
延大娘　是啊。一来这会儿坚壁藏不严实,更紧要的是,明日
　　　　不能按时送走,就会影响咱部队的作战行动啊。

311

大　猛	我看，立即行动，让运粮队马上出发！
巧　凤	运粮队牲灵多，行走慢，如果出发，敌人进村寻不到粮食，跟踪追赶怎么办？
秀　莲	是啊，赵科长他们明日早上才能到。
小　亮	不怕！敌人来了，我们游击队和他干！
大　猛	敌众我寡，硬拼就要影响护粮，反而暴露了目标。
延大娘	说得对。我在想，为了保护粮食安全上路，咱就将计就计，也给他来个双管齐下！
众　人	将计就计，双管齐下？
延大娘	咱再组织个假粮队！
大　猛	把敌人引开？
延大娘	对！
大　猛	嗯！为了防止敌人跟踪，运粮队过后，我带游击队用树枝扫掉牲灵蹄印，叫他找不见形迹。
延大娘	我带妇女们赶上毛驴，高举灯笼火把，穿林过岗，牵着敌人的鼻子，直奔空洼梁！咱们不仅要保护粮食的安全——
大　猛	那儿还是围歼敌人的好地方！
众　人	这倒是个好办法！
秀　莲	大娘，你去太危险了！
众　人	我去！
延大娘	你们护送粮食上前方，肩上的担子比我更重啊！
大　猛	大娘，万一假粮队被敌人包围——
延大娘	到那时，真粮队可就脱险啦！
大　猛	那你们——
延大娘	放心吧！小亮，你立即骑马，飞报赵科长，让部队直接前往空洼梁！
小　亮	是！
	〔小亮下。
延大娘	巧凤，你立即带妇女们，牵驴点灯进梢沟。我随后就来。

巧　凤	好!
延大娘	出发!
众　人	是!

〔秀莲拔旗,众急下。延大娘疾步跨入乡政府,山村灯火熄灭。延大娘复上,反扣院门,欲摘红灯,铁虎急上。

铁　虎	大娘,余承先回来了!
延大娘	(一惊)在什么地方?

〔余承先急上。

余承先	大娘?
延大娘	你到哪儿去了?
余承先	万花坪走了一趟。
延大娘	噢?
余承先	你还不知道吧?县游击大队抄了吕子秋的老窝,镇龙堡上红旗扬啦!
延大娘	你的消息倒挺灵通啊?
余承先	我是听部队上的同志讲的。
延大娘	你在什么地方见到的?
余承先	回来途中,凑巧碰上。哟,你看,我只顾说话,把大事差点倒给忘了,赵科长让我把接应军粮的部队带来啦。
延大娘	人呢?
余承先	全在村外,待命护粮。为了途中方便,他们假扮敌人化了装,唯恐乡亲们受惊,让我进村先打个招呼,说明情况。
延大娘	快请同志们进村,夜深天寒,可不能叫他们受了凉啊!
余承先	哎。(兴冲冲下)
铁　虎	怎么办?
延大娘	来得突然,不明底细,有备无患,先把连环雷挂上!
铁　虎	好!(急下)

〔余承先带侯老么及一匪兵上。

余承先 我来介绍一下,这是赵科长派来接应军粮的白参谋,她就是我们枣林乡乡长——

侯老么 延大娘!(敬礼)

〔铁虎复上。

延大娘 白参谋,路上辛苦了。(热情地)铁虎,快给同志们端碗热汤!

〔铁虎进乡政府。

侯老么 太客气啦!难怪赵科长常常夸奖,大娘果真是子弟兵的母亲,大名远扬啊!

余承先 提起延大娘,"拥军模范"传四方,早年下延安参加劳模会,还和毛主席一搭照过相哪!

侯老么 嘿呀,令人敬仰!令人敬仰!

(铁虎送汤出。延大娘一边倒水,一边探问)

延大娘 白参谋,咋没见赵科长?

侯老么 他——事情多,军务忙啊。

余承先 万花坪一分手,就走了其他乡。

延大娘 你们是顺着万花坪这条道儿来的?

侯老么 对。

延大娘 路上没有遇到什么人?

侯老么 遇到啦!

延大娘 噢,这么说,他把情况都给你讲了?

侯老么 还没来得及审问呢。(对匪兵)带过来!

〔二匪兵押吕老二上。

延大娘 (一惊)吕老二?!

侯老么 你认识这个家伙?

延大娘 豪绅团总的狗腿子,累累血债咋能忘!

余承先 这次跟上吕子秋返回乡,当上了搜索队长,反动气焰很嚣张!

侯老么 原来是这么个坏种!(佯怒)老实讲,吕子秋派你到万花坪一带干什么?

吕老二	侦察你们运军粮。
侯老么	吕子秋现在什么地方?
吕老二	藏在川口山洼里。
余承先	打算干什么?
吕老二	黎明袭击枣林湾,抢粮杀个回马枪。
余承先	好狡猾的恶狼!
侯老么	带走!回头再和他算账!
	〔二匪兵押吕老二下。
延大娘	(旁白)他们没有见到小亮?
	(旁唱)听其言观其行暗生疑团,
	为什么这情况来得突然?

铁 虎	(旁唱)余承先分明是谎言诡辩,
延大娘	(旁唱)吕老二却为何闯到面前?
侯老么	(旁唱)我自有良谋在腹来应变,
余承先	(旁唱)速行动莫与她在此纠缠!
延大娘	(旁唱)我必须细盘查刨根究源,
侯老么	(旁唱)料就她难识破真面庐山!
延大娘	白参谋。
侯老么	大娘?
延大娘	原定部队不是明日早上到吗?
侯老么	战斗提前打响,部队等着运粮哪!
延大娘	噢,粮接不上了?
侯老么	嘿,别提啦,什么洋芋蔓、玉米棒、黑豆、麻籽、南瓜汤,全吃得净净光!
延大娘	噢,看样子饿得慌啊!
侯老么	可不是嘛!肚皮都快贴着后脊梁啦!
延大娘	照这么讲,今晚就得启运军粮?
余承先	赵科长讲,今晚必须开仓!
延大娘	你说,咋样个运法?
余承先	立即组织群众,刨粮上驮子。
延大娘	我是怕吕子秋连夜来抢……

侯老么	我带部队压阵掩护,料然无妨!
	〔匪兵甲急上。
匪兵甲	报告白参谋!
侯老么	小声讲。
匪兵甲	是,长官!
侯老么	你——(急掩饰)延大娘,他是个俘虏兵,才补充到咱们队伍上。你看,还是国民党的一套作风,多不像样!
延大娘	是啊。白脸演惯了,要装正角,总是不大像啊!
侯老么	有啥情况?
匪兵甲	(小声地)村外梢沟,情况异常,听到驴叫,发现灯光!
侯老么	命令部队——
余承先	(急拦)不要惊慌!
侯老么	原地待命,严加提防!
匪兵甲	是!(下)
侯老么	延大娘,敌人近在咫尺,形势紧迫,粮食在什么地方,赶快让运输队装粮上路吧?
余承先	是啊。一旦天亮,敌人发觉,安全可就没有保障啦!
延大娘	嗯,咱们算想到一个点子上啦!
铁 虎	(不解地)大娘?
延大娘	(暗示)你带白参谋去吃点饭。
铁 虎	好!
延大娘	一定要"招呼"好哇! 我和老余把措施再详细商量商量。
铁 虎	嗯。白参谋,请!
侯老么	(馋涎地)好,好好。(带匪兵欲下)
延大娘	白参谋,进村千万不敢乱走,当心踏上地雷。
侯老么	多谢大娘关照,多谢大娘关照。
	〔侯老么蹑手蹑脚带匪兵随铁虎下。
	〔延大娘观察村外情况,余承先窥视乡政府动静。

西安秦腔剧本精编
QINQIANGJUBENJINGBIAN

〔余承先欲溜进村，延大娘阻挡。

延大娘　老余，你在找谁呀？

余承先　我想找雷文书一块儿谈谈情况。

延大娘　为了这批支前粮，你费了不少心机，我派他到区上给你请功去啦！

余承先　（一惊）什么时候回乡？

〔雷文书急上。

雷文书　我已经回来啦！

余承先　啊？！

延大娘　怎么样？

雷文书　这就是真相！（将信札交与延大娘）余助理员，你的戏演得蛮在行啊！

余承先　你……开玩笑也不拣个时光，我们这儿正商量运军粮。

雷文书　我想打听一下，今晚是谁派你带部队来到村上？

余承先　（强装镇定地）赵科长！

雷文书　那么上次逼我转移粮，又是哪个人的主张？

余承先　这……

雷文书　西河川藏粮地点是谁告的密？

延大娘　吕子秋派你干什么来了？

雷文书　老实讲！

余承先　（装腔作势地）你们血口喷人！有什么证据，敢给我头上栽赃！

延大娘　你睁眼看看，（出示信件）这是谁的自白书！

雷文书　铁证如山，罪恶昭彰！

余承先　啊？！你们诬陷好人，我——我到区上告你们去！

〔余承先撒腿逃走，雷文书急追。

余承先　（边逃边喊）来人啊！……

〔老李迎面上，堵住去路。

老　李　站住！

余承先　啊？（自以为得救）是你呀，快，把延老婆子给我抓

317

起来！

老　李　瞎了你狗眼一双！（擒住余承先的手腕）

余承先　哎哟！你……你是什么人？

老　李　老子就是你要查找的那个内线告密人！

余承先　啊?!（绝望地）饶命啊！延大娘……

延大娘　无耻叛徒！

〔余承先拔出匕首，垂死反抗，被老李击昏，雷文书抢上，擒入乡政府。

老　李　大娘，老贼开始向枣林湾出动了！粮食怎么样？

延大娘　运粮队已经出发了。

〔雷文书复上。

雷文书　你快走吧，大娘！

老　李　我来对付侯老么！

延大娘　不行！敌人既然上钩，我得按计划将他们牵到空洼梁去。不然引起老贼疑心，运粮队的安全就不能保障。你们俩和铁虎，在敌人大队过后，立即炸毁后山桥梁，斩断他的回头路！

〔铁虎内喊："白参谋，当心地雷！"

〔延大娘挥手，老李、雷文书退入乡政府，延大娘从容摘下红灯。

侯老么　大娘，（疑惑地）余助理员呢？

延大娘　他前边组织运粮队去啦。

侯老么　怎么，粮食没在村里？

延大娘　我们唯恐胡儿子来抢，运粮队的人马全在梢林里藏着哪！

侯老么　噢，那我们赶快掩护他们上路吧？

延大娘　好，你们——跟我来！

〔侯老么招手，众匪拥上。

侯老么　请！

〔众亮相。

第八场　丹心映天

〔接前场。

〔山路上。

〔幕启:夜雾弥漫,风啸云驰。

赵大成　(内唱)乘长风破迷雾跨越山巅,

〔小亮挥舞鬼头刀前导,赵大成率部队翻飞下山。

赵大成　(接唱)穿梢林涉延水抢夺时间。

数月来毛主席挥军转战,

布下了"蘑菇战"擒贼机关。

为接应军粮上前线,

飞兵勇往把敌歼!

〔大猛内喊:"赵科长!"急上。

大　猛　赵科长,运粮队安全上路!

赵大成　吕子秋呢?

大　猛　被延大娘他们牵往空洼梁去了。

赵大成　通知后续部队,加速前进!

通讯员　是!(急下)

大　猛　赵科长,我们要求参加战斗!

赵大成　好! 你立即率队,直插空洼梁,断其退路,配合部队围歼顽匪!

大　猛　是!(急下)

赵大成　同志们,飞速前进!

〔暗转。

〔黎明前,空洼梁梢林中。

〔莽苍的山岭间,遥见点点灯火汇成长龙,盘山绕径,由远渐近。

秦腔

枣林湾

ZAOLINWAN

〔巧凤率领妇女，高举灯笼火把，牵驴舞蹈上。旋即消失于梢林深处。

延大娘 （内唱）举红灯挺胸迈步把路赶，

〔延大娘挑灯昂首阔步上。

延大娘 （接唱）寒夜里哪顾得汗湿衣衫。

放眼望群山起伏灯火闪，

回头看残匪狼狈跟后边。

此时刻更把亲人来思念，

风捎信遥寄我思绪万千。

大猛啊，我盼你排除艰险，

抗逆流保军粮一路平安。

老赵啊，愿你们身乘雷电，

早一刻率队越过万重山。

毛主席胸中自有雄兵百万，

军民们杀胡匪乘胜扬帆。

延安城一定会红旗再现，

全中国得解放就在眼前！

想来日迎黎明无限温暖，

斗争中倍觉得力量增添。

笑吕贼日暮途穷空谋算，

我这里牵"蠢驴"再加一鞭！

白参谋，快走哇！（洒米于地）

〔侯老么率领匪兵狼狈上。众匪兵精疲力竭地倚在山石边喘息不定。

侯老么 大娘，运粮队哪？

延大娘 你看，（指灯火处）余助理员领着他们赶路哪。

〔传令兵急上。

传令兵 报告白参谋！（附耳低语）特派员命令，迅速查明粮队真假，立即回报！（下）

侯老么 （对一匪兵）你去找余助理员了解一下情况。

一匪兵 是！（胆怯、疲惫地欲下）

延大娘	白参谋,你想让他寻着去送死?
侯老么	(狐疑地)什么意思?
延大娘	他人生地不熟,又披上这身黄皮,黑夜进梢林,乡亲们不知底细,还不当成抢粮的胡儿子,用刀剁成肉泥?
一匪兵	(惊恐地)啊?!
延大娘	你看看,谁把米洒了一地?(捡起)多可惜!
侯老么	还是大娘心细。好,原地休息休息。
延大娘	白参谋,你咋这样麻痹?
侯老么	怎么?
延大娘	吕老二的交待,你难道忘记?吕子秋不是藏在川口,正在暗算等时机吗?
侯老么	嗯,对呀。
延大娘	你看看,(指前方)目标大,灯火密,运粮队牲灵多来少武器,万一敌人追上来,藏不住来躲不及。再说,前方不是等着用粮米吗?
侯老么	是啊。
延大娘	咱们早走一步,军粮就多一份安全,好让战士们早些吃饱消灭蒋胡匪呀!
侯老么	嗯,有……有道理。(对一匪兵)告诉后续部队,加速前进!
一匪兵	是!(下)
侯老么	(对众匪兵)走!
	〔众匪兵随延大娘下。
	〔山林深处,红灯闪闪。
	〔马弁探路上。吕子秋由二匪兵搀扶上。
吕子秋	(唱)　翻一山,又一岗, 　　　　草木迎我吐清香。 　　　　红灯闪,心花放, 　　　　眼看军粮到手上。 　　　这是什么地方?

秦腔 枣林湾 ZAOLINWAN

马　弁　空洼梁。

吕子秋　空洼梁?!

〔吕老二急上。

吕老二　报告特派员,我们中计啦!

吕子秋　什么?!

吕老二　(念)　漫山红灯闪闪亮,

　　　　　　　游龙戏水绕山岗。

　　　　　　　遍地都是驴粪蛋,

　　　　　　　就是不见一颗粮!

吕子秋　这么说,延老婆子带的是一支——

吕老二　假粮队!

吕子秋　(给了吕老二一记耳光)没用的蠢驴!眼见得将部
　　　　队拖进这荒山野洼,全军的性命都要断送在你们的
　　　　手里啦!把延老婆子给我抓——不!请……请到这
　　　　儿来!

吕老二　是!

〔吕老二下。众匪荷枪列阵。

延大娘　(内唱)诱群匪护粮队安全脱险,

〔延大娘昂首坦然上,吕老二随上。

延大娘　(接唱)站山坡心欢畅喜在眉间。

　　　　　　　　任凭你群魔乱舞刀光闪,

　　　　　　　　怎动我为革命丹心映天!

吕子秋　延大娘!想不到呵,时隔十二年,你我会相遇在这野
　　　　岭荒山,真是三生有幸啊。

延大娘　是啊,打从三五年,你夹着尾巴逃出边区,我们正愁
　　　　找不见你哩。

吕子秋　你大概不会忘记那年风雪天,家父被你刀劈在村头
　　　　枣树前?

延大娘　那是他罪有应得,万恶滔天,斩草还须连根剜!

吕子秋　你——(强抑兽性)延大娘,何必呢!"和为贵",是
　　　　古人的至理名言哪!

	（唱）	吕某有幸返故园，
		发誓不记旧仇冤。
延大娘	（唱）	豺狼本性难改变，
		血债还须血来还！
吕子秋	（唱）	识时务观风向来日方长，
		你何苦为他人饮恨而亡？
延大娘	（唱）	为人民甘洒热血求解放，
		笑迎那共产主义升曙光！

吕子秋　（狂暴地）给你一乘轿子,不要不识抬举!

延大娘　用不着张牙舞爪的!

吕子秋　真粮队哪里去了?

延大娘　到他们应该到的地方去了!

吕子秋　（神经质地）不说实话,我枪毙了你!

延大娘　来吧,强盗!

　　　　（唱）　休看你狂吠暴跳逞凶焰，
　　　　　　　　陷绝境垂死挣扎也枉然！

〔枪声大作,地雷轰鸣,喊杀连天,群匪胆战心惊。

延大娘　（接唱）你听这鼓角轰鸣催征战，
　　　　　　　　边区军民铁一般。
　　　　　　　　熊熊烈火卷地来，
　　　　　　　　且看你强盗覆灭在今天！

〔侯老么急上。

侯老么　特派员! 我……我们被共军包围啦!

吕子秋　快撤!

〔匪副官急上。

匪副官　报告! 后山桥梁被游击队炸毁!

吕子秋　啊?!

吕老二　怎么办?

吕子秋　延大娘! （哀求地）只要你将我们带出重围,我马上把你放回枣林湾!

延大娘　（豪迈地）哈哈哈哈……

秦腔 枣林湾 ZAOLINWAN

吕子秋 把她押在前边,冲出去!

〔军号长鸣。

〔群匪押延大娘仓皇逃下。

〔赵大成率解放军冲杀过场。

〔大猛,小亮,雷文书,老李,秀莲,铁虎,巧凤及妇女甲、乙冲杀过场。

〔解放军枪挑侯老么。

〔大猛生擒吕老二。

〔小亮追杀吕子秋,吕子秋负伤逃窜,小亮追杀下。

〔赵大成击毙众匪。

〔吕子秋仓皇逃上。延大娘、巧凤迎面杀上。吕子秋欲跳崖,小亮自山石后闪出,挥舞鬼头刀,将其劈死。

〔霞光万道,山水生辉。

〔众拥上。欢呼声响彻山谷。

众　人 延大娘!

延大娘 粮食怎么样?

赵大成 已经送上去啦!

大　猛 大娘,我们这就随部队上前线啦!

小　亮 奶奶,我走啦!

延大娘 去吧,跟定咱毛主席去战斗。你们打到哪儿,我们就支援到哪儿。收复咱延安,解放全中国!

众　人 收复咱延安,解放全中国!

〔众亮相。

——剧　终

演出单位

西安市五一剧团

春暖桃花寨

郑宗义　编剧

剧情简介

　　《春暖桃花寨》一剧，从侧面揭示了正在巨大变革中成长的一代新型农民的思想飞跃，着重塑造和描述了养鸡户田大妈及其一家，响应党的号召，执着地追求，从而走上勤劳致富道路的坎坷经历，反映了当时农村的喜人风貌和富民政策所产生的无可估量的深远意义。

场　目

秦腔
春暖桃花寨
CHUNNUANTAOHUAZHAI

人 物 表

田大妈　共产党员,养鸡能手

田大伯　田大妈的老伴

玉　秀　田大妈的大儿媳

望　春　田大妈的小儿子

翠　玲　田大妈的小儿媳

春　花　田大妈的孙女

杨书记　公社党委书记,养鸡顾问

莫得光　桃花寨生产队队长

韩仁嫂　绰号"是非嘴"

孟生财　黄金走私犯

老　温　"鸡贩子"

尖　叔　养鸡专业户

赖　婶　养鸡专业户

男女群众若干

第一场 算 账

〔时间:1983年,春到秦川。

〔地点:桃花寨,田大妈家庭院里。

〔舞台左侧是一幢富有浓郁乡土气息的关中农舍,印花布"金鸡啼晓"门帘,民间剪纸"百鸡图"窗花;右侧是用青竹编织的鸡舍篱笆;阶前置有石桌、竹椅;一株繁花似锦的桃树形成华盖,与远处桃林、田园融为一体,呈现出盎然春意。

〔唢呐欢奏。百鸟争鸣。

〔合唱:

漫天桃霞染山水,

燕雀比翼尽情飞。

自古人道农家乐,

怎比今朝秦川美。

富民政策洒春雨,

社员心中满朝晖。

〔幕启:田大妈手提料桶,满面春风上。

田大妈 (隔篱唤鸡)咕——咕咕咕咕咕!(顿时腾起一阵杂乱的鸡鸣,她匆忙投料,鸡声戛然而止)

(唱) 自打从富民政策照门庭,

桃花寨枯木逢春得新生。

五谷丰登花争荣,

农家小院浴香风。

我全家大小六口勤劳动,

亲热和睦乐融融。

329

人称我老婆"鸡司令"，
日每操劳起五更。
老头子虽然胆小又多病，
干起活照样赛过小年轻。
大媳妇玉秀贤惠又庄重，
是我的打心槌槌引路灯。
二娃子望春正年盛，
吆铁牛好似猛虎刮山风。
二媳妇翠玲心眼灵，
难得她针线活儿样样通。
我孙女春花惹人疼，
是我家自费进修毕业的大学生。
两年来养鸡卖蛋销路红，
再加上麦秋两料好收成。
那钱财犹如流水响叮咚，
好像把银行搬进俺家中。
老救济成了富裕户，
夜夜梦里我笑出声。
翠玲，翠玲哎！
〔翠玲内应："来来来了！"艳装上。

翠　玲　（唱）　正在厦屋裁新装，
对着镜子试比量。
忽听婆母连声嚷，
妈！
不知叫儿为哪桩？
田大妈　（唱）　叫声翠玲抬头看，
眨眼就到晌午端。
俺娃你赶紧给咱擀粘面，
油泼辣子炒鸡蛋。
烧上两条黄花鱼，
拣瘦肉再把丸子汆。

莲菜炝上一大盘,

做臊子多放些豆腐、肉丁、黄花、木耳在里边。

地窖子再抱酒一罐,

甭忘了凉菜上边要把香油添。

翠　玲　哟,我妈平时把俩钱在肋子上串着哩,啬皮得要死,
今日个咋舍得来? 莫非日头要从西边出来了? 妈,
今日个招待谁呀?

田大妈　(唱)　自咱家专业办鸡场,

两年来日子越过越舒畅。

乡亲们都想把鸡养,

咱定要设法来相帮。

因此我请了个养鸡顾问来帮忙,

今日里就要来咱庄。

我想开个家庭会,

在一块共同来商量。

〔田大伯背着喷雾器急上。

田大伯　盼春妈! 盼春妈!

田大妈　啥事,看把你失急火燎的?

田大伯　娃们的人呢?

田大妈　望春到兽医站拉鸡饲料去了,玉秀进城交鸡蛋去了,
春花在鸡场打防疫针呢。

田大伯　糟啦!

(唱)　刚才我打从村头庙前过,

老碗会好像捅了马蜂窝。

新书记突然进村非小可,

暗查访逢人了解不停脚。

问咱家男女劳力有几个,

办鸡场如今日子咋红火。

一支笔刷刷刷刷只管写,

谈话时说的少来记的多。

田大妈　公社书记下来调查研究,咻怕啥。

331

田大伯	怕啥？你听！
（唱）	闲人嫂背影之处对我学， 看架势专来把咱老底摸。 闻说是要叫富户去开会， 天晓得葫芦卖的什么药！
田大妈（唱）	你真是胆小糊涂害心病， 难道说是非嘴讲话你也听？
田大伯（唱）	你真是好了伤疤忘了痛， 弄不好到时招祸挨斗争。 连日来村里谣言刮不停， 全讲的政策又要改章程。 骂咱是暴发富户黑典型， 共产党咋许穷人当财东！

〔拖拉机声传来。

〔望春扛一袋饲料上，春花背药包上。

田大伯	你妈呢？
春　花	刚走到半道上，被公社新来的杨书记叫去了。
田大伯	你看咋向！
望　春	咋回事？
翠　玲	杨书记查咱家的老底子来了。
田大妈	我想，不会。今日个早起广播上还讲要全党上下，模范执行党的政策，彻底解放思想，认真贯彻中央一号文件精神，完善责任制，发展商品生产，搞活城乡经济，使广大农民尽快富起来么。
田大伯	再夹瓜咧。孟生财说，李花坪年时办了个纸盒厂，刚开张，结了个花骨朵，一人分了四十块钱奖金，前一向上边一道令下，就把个纸盒厂砍了。罪名只有一句话：说是社会主义尻子上冒出了资本主义的黑尾巴。都是一个社，能砍李花坪，还会不割咱桃花寨的尾巴呀！
田大妈	这——不可能。

望　春	孟生财那个阴鬼,不会讲出啥好话!
春　花	谣言!咱搞养殖业,是政策允许的,靠劳动致富,是党中央提倡的,咋能同资本主义拉扯到一起!
翠　玲	爸,资本主义尾巴咋个割法?
田大伯	好娃呢,你们没经过。咃割资本主义尾巴的阵势可凶啦!

（唱）　提起往事浑身颤,
　　　　不堪回首忆当年。
　　　　那一年春天遇灾难,
　　　　咱一家断粮把野菜剜。
　　　　你妈她为度饥荒卖棺板,
　　　　养下了一群芦花在堂前。
　　　　好容易收下几个蛋,
　　　　就为了给我换来抓药钱。
　　　　谁料想叫你妈开会去进县,
　　　　批斗会开了整三天。
　　　　挂牌游乡腿砸断,
　　　　回家来卧炕半年难动弹。

春　花	那是啥年月,咋能相提并论?
望　春	让他再割个样子,看我不砸断他的腿!
田大伯	再甭耍二杆子咧!你倒是拿个主意呀!
田大妈	等玉秀回来,问问清白。

〔莫得光内声:"田大妈!"〕

田大伯	（惶恐地)看看看,看咋着,来了不是!这可咋了呀?
田大妈	天——塌不了!
田大伯	快,都进去!（推子女们下）

〔莫得光陪杨书记上。

莫得光	老嫂子,这是咱公社新任杨书记,看望你来了。
田大妈	既然不嫌弃,请坐。不过,杨书记!

（唱）　我家的椅子不干净,

杨书记	（唱）　我觉着有股香味窜心胸。

〔春花端一碗水上。

春　花　（唱）　凉水一碗请饮用。
　　　　　　〔杨书记接过，一饮而尽。

杨书记　（唱）　桃花酿造甜又清。
　　　　　　〔望春拿旱烟袋上。

望　春　（唱）　旱烟一锅把客敬，
　　　　　　〔杨书记接过，点燃。

杨书记　（唱）　虽然发呛强神经。

田大妈　进去！
　　　　　　〔春花、望春下。

田大妈　（唱）　天上无云万里晴，
　　　　　　杨书记，
　　　　　　不知你乘的哪股风？

杨书记　（唱）　虽然万里无云影，
　　　　　　春风荡漾遍地兴。
　　　　　　只因这里春色浓，
　　　　　　将我引到你家中。

田大妈　（唱）　你来此难道真的为赏春，
　　　　　　并不是为了斩草要除根？

莫得光　（唱）　老嫂子不必戒意生误会，
　　　　　　听我把此行来意说明白。
　　　　　　县政府要开扶贫致富会，
　　　　　　公社里选派代表着忙迫。
　　　　　　专业户咱队现有整六对，
　　　　　　杨书记为把典型来物色。
　　　　　　杨书记来，是请你上县去开会。

田大妈　让我？为什么？

杨书记　（唱）　你家是咱社一典型，
　　　　　　养鸡带来好光景。
　　　　　　两年翻身脱穷皮，
　　　　　　勤劳致富有名声。

田大妈　（唱）　多谢书记抬举我，

　　　　　　　桃花寨哪个不知我穷老婆。

　　　　　　　谁有粉不朝脸上抹，

　　　　　　　富裕装穷受折磨。

　　　　　　　两年翻身是不假，

　　　　　　　只不过刚刚够吃又够喝。

　　　　　　　俺媳妇踏件衣裳少机器，

　　　　　　　儿出门没得自行车。

　　　　　　　电视机还在公司的架板上搁，

　　　　　　　老头子的寿材无着落。

　　　　　　　靠贷款花钱盖鸡舍，

　　　　　　　你莫听闲人乱戳窝。

杨书记　（唱）　你一家忠厚勤劳又节俭，

　　　　　　　收支的数目我了然。

　　　　　　　若不信我敢当面把账算，

田大妈　（不以为然地）算不出来呢？

杨书记　（唱）　选代表与你大妈不相干！

　　　　〔田大伯、望春、翠玲、春花出现在室内窗户下，观望。

莫得光　要是算出来，你就得去。

田大妈　（唱）　我看他心里好像藏本账，

田大伯　（唱）　要不然花言巧语装大方！

翠　玲　（唱）　家中钱唯有大嫂最知详，

春　花　（唱）　且看他当面搞啥鬼名堂！

田大妈　你算吧。

杨书记　你听着！

　　　　（唱）　前年春办场养鸡把利赚，

　　　　　　　毛收入当年达到整八千。

　　　　　　　去年间扩大养殖把种换，

　　　　　　　卖禽蛋纯利超过一万三。

　　　　　　　两年内出售稻麦三十石，

　　　　　　　外带那鸡娃、树苗、核桃、柿子、蜜桃、拖

拉机运输收入盈余突破三万关!

〔众人惊诧。

田大妈　　俺办鸡场的材料、种蛋、饲料是从天上掉下来的?

杨书记　　（唱）　办鸡场买过角铁、木材、砖瓦、箔子、豆饼、麦
　　　　　　　　麸、青菜、骨粉、饮水管,
　　　　　　　　还买过树种、化肥、农药、抽水马达和竹竿。

田大妈　　难道俺的光吃不屙么?

杨书记　　（唱）　一百八买回一台半导体,
　　　　　　　　上个月抱回一部电视机。
　　　　　　　　给孙女买了一套毛哔叽,
　　　　　　　　俩媳妇每人一套腈纶衣。
　　　　　　　　过春节添了四床缎子被,
　　　　　　　　你望春开回四轮拖拉机。
　　　　　　　　把日常零星开销全除去,
　　　　　　　　折子上净落两万二千六百一。
　　　　　　　　还有那现金八百你收起,
　　　　　　　　藏在了板柜梳妆匣匣里。

田大妈　　（唱）　得是我梦话之中漏了底,
　　　　　　　　如不然他咋算得恁准的?

杨书记　　（唱）　现金账落得还不细。
　　　　　　　　据我知手头还有三百七。

田大妈　　（唱）　借问你这些现钱在哪里?

〔玉秀上。

玉　秀　　妈!莫大叔,杨书记!

田大妈　　玉秀,妈正等你哩。

玉　秀　　（掏出一叠票子递给田大妈）这是今日交蛋钱。
　　　　　　（唱）　三百七不少半分厘。

〔杨书记与莫得光会心大笑。

田大妈　　（恍然大悟）我明白了!
　　　　　　（唱）　难怪他算得准又细,
　　　　　　　　原来是家贼通消息!

转面我把玉秀怨，

〔田大伯、翠玲、望春、春花拥出。

全家人　（唱）　你出卖全家是怎的？

玉　秀　（唱）　勤劳致富合民意，

　　　　　　　　并非剥削搞投机。

　　　　　　　　咱办鸡场三有利，

　　　　　　　　利国利民利自己。

　　　　　　　　自食其力谁非议？

　　　　　　　　有钱何怕漏底细！

　　　　　　　　咱对顾问要诚意，

　　　　　　　　对他不能也保密。

杨书记　田大妈，欢迎不？

田大妈　哎呀，顾问才是你呀！欢迎，欢迎。不过，杨书记，我今年准备加倍投资，用这些钱扩大办个孵化场呢！因之，请你这专家来参谋呢。

莫得光　你不是今年孵小鸡了吗？

田大妈　孵上万把只够谁逮？我准备搞个半机械化的，一年孵它四十万只。明年就可把咱桃花寨变成养鸡村。顾问同志，你看成么？

杨书记　有志者，事竟成。我全力支持。大妈，你比我还想得远啊！

田大妈　这不，我今天才准备开家庭会讨论呢。

莫得光　李嫂子，代表可是你的了。

田大妈　你让我开个家庭会商量商量。

玉　秀　妈，当代表是政府看得起咱专业户，去就去，听听会议精神，咱干起来不就更有劲头了？

田大伯　十二家致富户，为啥非咬住俺的不放？

莫得光　田大哥，这可是有话在先呀。

田大伯　反正俺的不当！

莫得光　这是摊派任务，跑不出你们十二家。要是不行，还是老办法，抓阄。谁抓上谁去，省得以后给我这队长惹麻达。

春　花　莫大爷,这怕不合适吧?

莫得光　春花,这是咱桃花寨的规矩。从土改、派工、分粮、领计划生育卡片,到分责任田,三十多年来,都这样。运气好的上天,倒霉的入地。

杨书记　好,我来写纸蛋。

田大伯　你看成么?(不安地望着田大妈)

翠　玲　万一叫咱的抓上呢?

望　春　碰运气吧!

〔杨书记写好纸蛋,扔进碗中。玉秀接过碗,杨书记趁机把纸蛋换掉。

杨书记　来吧!

玉　秀　妈,你先抓!

田大妈　好吧!

田大伯　菩萨保佑,千万嫑把咿个倒霉蛋蛋抓上……

〔众围观,田大妈紧张地抓起一个。

田大伯　快展开看,有字没有?

〔田大妈打开纸蛋。

田大妈　(念)我去当代表!

众家人　(惊)啊?

〔杨书记、莫得光与玉秀偷偷窃笑。

第二场　设　计

〔时间:数日后。

〔地点:村中。

〔幕启:韩仁嫂提个酒瓶上。

韩仁嫂　(唱)　自从实行大包干,

桃花寨好像变了天。

巷里不见一条狗，

到处听见鸡叫唤。

如今世事颠倒颠，

硬是让勤人呕懒汉。

来寻队长借点钱，

能混一天算一天。

老队长！莫……没人影儿？这个滑滑鱼，又钻到哪儿抹光墙去了！（叹息）唉，想我韩仁嫂，前些年在队上瞎好也是个硬棒全劳，挣咧个高工分，吃的省心饭，下地人窝里混着一钻，或者树阴里坐上半天，高兴了寻人抹两把"花花"，谝一阵闲传。可如今，政策给咧这么一变，害得我好苦，整得我好惨。有心下地把活干，唉，咋一捉锄把腰疼腿酸，有心照葫芦画瓢养群鸡，刚逮回没三天，就死了个连根断。看看人家粮满囤，猪满圈，我屋里粮食不够老鼠来反乱。再瞧瞧田老婆子家，以前穷得叮当响，全家盖着被一床，而今才两年时光，一下子发得换了模样。前些天上县开会去了一趟，就好像中了状元郎。哎哎，不就凭着办了个养鸡场？哼，你嫑猖，但愿哪一天老天开眼，政策一变，把你田老婆子连人带鸡一伙子瘟光！

〔孟生财上。

孟生财 闲人嫂，打酒请客呀？

韩仁嫂 请他娘个脚！（扔掉酒瓶子）

（唱） 你哥他成天打麻将，

把家财输得净净光。

整天鬼混在外逛，

几亩薄地全撂荒。

队里罚款又罚粮，

东挪西凑求人帮。

刚才前来寻队长，

借钱打醋诉恓惶。

孟生财　（唱）　闲人嫂子莫辛酸，
　　　　　　　　天大地广路子宽。
　　　　　　　　东边不明西边亮，
　　　　　　　　各人自有小算盘。
　　　　　　　　只要壮起降龙胆，
　　　　　　　　发家致富不艰难。
　　　　　　　　满地票子把脚绊，
　　　　　　　　就看你是否乐意摊本钱。

韩仁嫂　生财兄弟，你给嫂子出个点子吧？
　　　　（唱）　求你把嫂子来指点，
　　　　　　　　日后自当报恩还。

孟生财　隔壁有活佛，何必远路去烧香。踩着田大妈的脚后
　　　　跟，办鸡场嘛！

韩仁嫂　哎哟，兄弟！
　　　　（唱）　田老婆人强马壮家底厚，
　　　　　　　　我一个光杆司令靠舌头？
　　　　　　　　田老婆自小养鸡是能手，
　　　　　　　　我只知母鸡呱哒把蛋收。
　　　　　　　　田老婆花钱送孙把学求，
　　　　　　　　每日里科学经管懂门路。
　　　　　　　　我这人就怕闻见鸡屎臭，
　　　　　　　　鸡叫唤就想抡起鞭子抽。
　　　　　　　　田老婆人缘好来关系熟，
　　　　　　　　做生意财源茂盛连五洲。
　　　　　　　　你让我东施效颦跟上遛，
　　　　　　　　分明是拿着鸡蛋撞碌碡。

孟生财　你这人，看起灵灵的，咋个吹起迷迷的？
　　　　（唱）　科学养鸡并不难，
　　　　　　　　有钱能使鬼叫唤。
　　　　　　　　公社自有兽医站，

防鸡瘟自有人经管。
只要你乐意把头点，
孟生财舍命来成全。
你再把尖叔赖婶去串连，
合伙入股把钱摊。
鸡场由你当老板，
我管供销跑外边。
不出一年你再看，
斗不垮田老婆子我把孟字圈！

韩仁嫂　（唱）　说是说来想是想，
　　　　　　　画饼难以充饥肠。
　　　　　　　田老婆办场租了三间房，
　　　　　　　咱想办试问到哪寻地方？

孟生财　（唱）　那仓房本是队里共有产，
　　　　　　　她一家凭啥独把便宜占？

韩仁嫂　对呀！你说咋办？

孟生财　（唱）　他能租来咱能占，
　　　　　　　轮流坐庄要抢先。
　　　　　　　说干就得马上干，
　　　　　　　过了时辰哭枉然！

韩仁嫂　（唱）　眼下我手头不活便，

孟生财　（唱）　你何必戴上银镯吃舍饭。

韩仁嫂　我这副银镯子，可是先人留下的唯一传家宝哪。

孟生财　舍不得孩子逮不住狼。今日舍了银镯子，赶明年准能叫你抱回个金娃娃。

韩仁嫂　好，我豁出去了！（将银镯摘下递给孟生财）你说，咋开张！

孟生财　你这就去找尖叔、赖婶，让他俩把银元、银簪子拿出来入股，我给咱变卖了采购东西。

韩仁嫂　这几件银活也值不了几个钱呀？

孟生财　你只管放心，只要让老队长开个证明信，由我出面，

	找我舅贷款。
韩仁嫂	他俩要是乐意呢?
孟生财	马上找队长,闹房子!
韩仁嫂	这……可有点缺德呀!
孟生财	哼!

　　　　（唱）　不提缺德心不烦,
　　　　　　　　提起缺德我眼冒烟。
　　　　　　　　只因为仓房偷麦十八石,
　　　　　　　　田老婆发现不容宽。
　　　　　　　　我下跪乞饶求包涵,
　　　　　　　　她心如铁石眼不眨。
　　　　　　　　她不把缺德事儿干,
　　　　　　　　我焉能劳改窑上去背砖!
　　　　　　　　你嫂子冒领工分她发现,
　　　　　　　　曾把你当众来作践。
　　　　　　　　这口恶气永难咽,
　　　　　　　　不整倒田老婆子我心不干!

韩仁嫂	好,你听讯儿吧!（欲下）
孟生财	等等,你千万不能对人讲,说我参加合伙办鸡场。要是走了风——
韩仁嫂	让呼雷爷把我的舌头击了! （下）

〔老温化装成鸡贩子挑担上。孟生财捡起酒瓶子揣在怀中。

老　温	收鸡唻! 谁家有公鸡、母鸡、病鸡、死鸡,买卖公平! 价钱适宜! 快来卖呀。不然得了鸡瘟,断种绝根,钱财白撂,后悔药难寻,得了气鼓症,还得折财误工伤人! 乡党,卖鸡吗?
孟生财	不卖鸡,卖鹅。
老　温	借个火。
孟生财	啥时从广州回来?
老　温	昨天脚到。

孟生财	海上的生意如何？
老　温	莱航看涨。你舅让你抓紧收购。
孟生财	（递过镯子）货不缺，就是本钱不足。告诉我舅，能不能从信用社贷一笔款子！
老　温	出师无名不成。为了掩人耳目，钱主任叫你设法办个养鸡场，让队上开个证明，应名支持专业户，就能把钱抽出来。
孟生财	这步棋我早想到了。
老　温	走一步，想三步。钱主任有话，行动要隐蔽，杆子要挥开，要时刻提防什么六亲不认的田老婆子！
孟生财	我自有办法。
老　温	收鸡崃！（吆喝下）

〔孟生财从相反方向下。

第三场　拆　台

〔时间：接前场。

〔地点：桃花寨生产队队部。

〔门外有棵柿树，上挂一口大钟，远处接连桃林。台阶上布满杂草、青苔，显得冷落苍凉。室内杂乱无章，只有一张"以粮为纲"的半截陈旧标语，"全面发展……"已不知去向。门上卡有一把铁锁。树下有一破碌碡。

〔幕启：鸡啼。

〔莫得光拿卷报纸，背抄手郁郁寡欢上。

莫得光	（唱）　大包干带来大变样，
	连年没人闹春荒。
	但只见阶前青苔杂草长，

不由我心灰意冷好凄凉。
再不见当年猎猎红旗扬，
再不见千军万马整戎装。
再不见集体上工钟声响，
再不见战斗口号歌声昂。
社员们八仙过海自主张，
把干部如今撇在二梁上。
田大妈养鸡居然把报上，
发了财竟然还把劳模当。
广播里见天都把致富倡，
桃花寨好像开了一锅汤。
争抢要把鸡来养，
各家各户闹嚷嚷。
黑天白日怨队长，
把我当成鸡大王。
摸不透上边咋样想，
到底做的啥文章？
一个劲吼叫思想要解放，
不由人七上八下犯思量。
五七年号召全民来整党，
也曾把大鸣大放来提倡。
五八年跃进歌声震天响，
咱农民砸箱扭锁同炼钢。
到后来社教运动到庄上，
同样讲教育干部为轻装。
运动一浪连一浪，
每次干部都遭殃。
先反右来后反左，
教训把人都经慌。
富民政策今日讲，
谁知明天啥模样。

万一政策再生变，

可就苦了我莫得光。

〔尖叔、赖婶吵嚷上："走，找队长去！"

尖　叔　哎，我说老队长，你咋比我还尖，答应得谄谄的，支持专业户发展生产，咋光拿嘴皮子溅唾沫甜人心？

赖　婶　你咋比我还赖，叫得响响的，给俺们买鸡娃。咋光打雷不下雨呀？

尖　叔　得一捶，挨一脚。

赖　婶　俺的灵醒咧！

莫得光　嫑吵吵！

（唱）　我又不是母鸡婆，

　　　　麦秸堆里暖几窝。

　　　　也不是贩子长街过，

　　　　瞎好收些先凑合。

　　　　全队二百几十户，

　　　　每一户鸡娃少说一百多。

　　　　几万只吃食虫虫到哪捉？

　　　　好我的尖叔、赖婶，得慢慢挪。

赖　婶　我看你就没打算扶贫致富！

尖　叔　你再嫑稀泥抹光墙了！

〔韩仁嫂上。

莫得光　（唱）　不是我稀泥来把光墙抹，

　　　　　　　请你来当当队长先试火！

　　　　　　　有本事办个孵化场，

　　　　　　　我给你把二十四个响头磕！

韩仁嫂　我来办！

莫得光　你？

韩仁嫂　咋？

莫得光　真是热闹处卖母猪！哎哎，也没尿泡尿照一下，就说桃花寨人死光咧，凭你也能办个孵化场？要你的长舌头，还是成心想给嘴皮子上劲？

韩仁嫂　老娘试火哩！没吃过猪肉，还没见过猪哼哼？

莫得光　哎哎哎，请问，你谁晓得，啥叫个良种鸡？

〔尖叔、赖婶大瞪眼，直摇头。

韩仁嫂　你听！欧洲黑、英国红、法兰西、俄国熊……

莫得光　你说，尼克鸡是个啥模样？

韩仁嫂　"泥壳"？不就是用泥包着蛋壳孵出的鸡么。

莫得光　（啼笑皆非地）再甭显丑咧！（欲进门）

韩仁嫂　走不成！我说莫得光，今日不给话，你休想离开大队
　　　　部！我的三个臭皮匠，还顶不了个诸葛亮啦？

莫得光　我实服了你们这些歪婆娘了。

（唱）　党号召五业并举齐发展，
　　　　咱不是料天地里谝闲传。
　　　　我答应你把鸡场办，
　　　　方向错政治责任谁承担？

韩仁嫂　说了半天，你才空口吃炒面——满嘴冒白气。只准
　　　　你的党员发财，为啥不许俺的办场，这是啥态度？

尖　叔　这是啥立场？

赖　婶　这是啥作风？

莫得光　好好好，你办，你办。

韩仁嫂　现在办手续。借房！

莫得光　借啥房？

韩仁嫂　就是那三间仓房。

莫得光　不是早租给田大妈了嘛。

韩仁嫂　那是队里公房。兴她租不兴别人租？只准她家发财，
　　　　就不准旁人家发财？有福大家享，有光大家沾。

尖　叔　党员家比群众吃得开呀？

赖　婶　轮流坐庄，该我的用了！

莫得光　让我跟田大妈商量商量。

韩仁嫂　咱把话挑明，要是不腾，鸡场收入四六破账，把这两
　　　　年的欠款补齐，不然，我们就下手拆除她的鸡舍！

尖　叔
赖　婶　对着哩！

韩仁嫂 走,咱找孟生财帮忙,写个租房字据。

〔三人吵嚷下。

〔莫得光颓丧地坐在台阶上。

莫得光 拿人二十元补贴,当个烂杆队长,自家责任田顾不上经管,挨骂受气,何苦来!（锁门欲下）

〔田大妈上。

田大妈 他大叔!

莫得光 啊?老嫂子,你来得正好。

田大妈 我来找你有件小事,请你开个证明,我让娃去信用社贷笔款子。

莫得光 你家还贷款?

田大妈 得光呀!

（唱） 我家有钱是不假,

要扩大生产成本还得加。

为解决全队社员养鸡难,

我打算扩充鸡场机械孵化良种小鸡娃。

申请贷款买机器,

还差现金七千八。

莫得光 我说老嫂子,你就收了这条心吧!

（唱） 你带头专业养鸡事闹大,

桃花寨户户都想来效法。

现如今干部抱怨群众骂,

说党员财迷转向搞发家。

放着清闲你不享,

偏偏寻着惹麻达。

历史教训伤犹在,

你何必劳心种苦瓜!

田大妈（唱） 队长他为何如此把话讲?

看起来满腹心事愁满腔。

莫非是担心政策倒风向,

桃花寨并非一个莫得光。

多年来社员盼富不敢生奢望，
原只为担心受害落黑帮。
难忘记那年我把鸡来养，
割尾巴险些一命丧黄粱。
那时辰百思难解其中意，
不知错在哪一方。
桃花寨年年桃花春花放，
同是你一人来把队长当。
为什么见天高喊粮为纲，
到头来仍旧年年受恓惶。
责任制撕破旧罗网，
打开了群众心灵窗。
争相致富闹生产，
人尽其能展翅膀。
如今家家不缺粮，
个个笑脸迎春光。
我身为党员理该带头做榜样，
办鸡场一花开要引百花香。
近日来群众情绪正高涨，
切莫可轻信谣言作茧把自己装。
求贷款多孵小鸡多贡献，
帮乡亲共同富裕奔康庄。

莫得光　（唱）非是我有意泼水扫你兴，
你把这肺腑话儿仔细听。
嫂子你为人贤惠我敬重，
提起来有口皆碑铭心中。
咱二人一同入党互照应，
自幼儿两棵苦瓜一根藤。
我世代祖坟埋在桃花岭，
能不知庄户人家啥苦衷？
当队长三十年来浪中行，

负重任从未换肩图安宁。
为什么每次运动我响应，
到头来每次挨整难逃生？
到如今留下心灵暗隐痛，
白发下额头皱纹一层层。
看今朝富民政策合民情，
难预科明朝风云又变更。
奉劝你得好就收莫莽动，
落一个太平晚年浑身轻。

田大妈　得光呀，你是社员推举的带头人，心里揣上这么多疙瘩，能领着大伙朝前奔吗？

莫得光　走一程，看一程吧，你要体谅兄弟的难处。回去跟娃们的说说，把租下的那三间仓房让出来。

田大妈　为什么？

莫得光　还不是眼红心馋嘛。你也甭怄气，全当行善呢！

〔韩仁嫂同尖叔、赖婶上，孟生财随上。

韩仁嫂　老队长，租赁合同写好了，签个字吧！

莫得光　是这，田大妈也在，你们自个当面锣，对面鼓，好好协商协商。

韩仁嫂　田大妈，咋个向？

田大妈　（不解地）韩仁嫂，啥事呀？

莫得光　韩仁嫂她们三家想合股子开鸡场，也想用那三间仓房。

田大妈　让我把房子腾了？

孟生财　田大妈到底是老党员，老模范，德高望重的老前辈，风格高。

韩仁嫂　你家用了两年，办鸡场捞了二三万块钱油水，也该轮着我们撇点油花花了。

尖　叔　你吃肉，该俺喝口汤么。

赖　婶　舍块骨头，也算你积了阴德。

田大妈　腾了，我家的鸡场朝哪儿放？他得光叔，这房子我可跟队上签过使用十年合同的呀！

莫得光　那不假，合同上有我按的手印。

尖　叔　这……

孟生财　既然订了合同，再让田大妈腾，不大合适吧？不过，大妈是党员总不会和群众一般见识。

韩仁嫂　田大妈总不能拿把耙子把钱光给自家怀里撸，不管群众的死活吧？

孟生财　老队长，以我愚见，叫大妈腾了，有实际困难，不腾吧，叫人说闲话，党员跟群众争利益，影响多不好。还不如，干脆，让田大妈将鸡场的收入按四六开账，上交生产队，权当补社员的损失算了。

韩仁嫂　也行。不过，先拿出一万块，把前两年的损失补齐再说！

尖　叔
赖　婶　对，就这么办！

田大妈　合同上没得这一条。

韩仁嫂　加上不就行了？

田大妈　我不能加。

韩仁嫂　那就腾房！

尖　叔　老队长，你说咋办？

莫得光　我——头疼。（扭头下）

赖　婶　你可不能走哇！

田大妈　乡亲们，凡事总得讲个理呀。

韩仁嫂　什么礼（理），十个油塔子！

田大妈　房，我不能腾。

韩仁嫂　仓房是大家的。不腾？由不得你！今日要是不腾，尖叔、赖婶，明日咱就动手，把鸡舍给她扒了！走！

尖　叔
赖　婶　哎——对对对！（随韩仁嫂下）

孟生财　哎哎哎，韩仁嫂。乡里乡亲的，有话好商量嘛！可不敢……（追下）

田大妈　这是……为什么？

（唱）　为什么不栽树却要摘桃李，

不养鸡伸手渔利何道理？

百思难解其中谜，

分明是强盗的歪逻辑！

为何把合同任意来废弃，

限明日交款强威逼。

这官司我要打到底，

不能无故受人欺！

老队长胆小怕事有余悸，

谁还能秉公论高低。

倘若为此来扯皮，

耽误了生产有何益？

韩仁嫂他们惹不起，

得罪了终生难安息。

若不交钱祸燃眉，

若腾房鸡群何处栖？

罢罢罢！

暂且忍下这口气，

三千块钱何足惜！

我交！我给你们……交！（悲泣下）

第四场　戳　窝

〔时间：翌日上午。

〔地点：田大妈家庭院里。

〔景同一场。

〔幕启：翠玲坐在院中，拿着桃心镜子，前后照，左右照，查看身上的新衫子。

翠　玲　瓜二！快来呀！

〔望春手拿一方锅盔，夹着一碟辣椒，就一根生葱，边吃边上。

望　春　吼叫啥？我急着吃饭，等着给鸡场拉饲料去。

翠　玲　过来，到这儿来呀。

望　春　（朝前挪了两步）有话就说。

翠　玲　哎哟哟，我是你婆娘，又不是个母老虎，看把你吓的哟。（趋身近前，撒娇地）细细看看，我这件衫子好看不？

望　春　好看，好看。

翠　玲　这……人呢？美不美？说呀，美，是不是？

望　春　丑美！

翠　玲　真是个瓜货。（在望春额头上戳了一下）人家谁一天不把媳妇疼三遍，你呀，心里根本就没我。

望　春　我还等着给鸡场拉饲料呢。（欲溜）

翠　玲　走不成！成天你就知道个喂鸡、养鸡、卖鸡、疼鸡、爱鸡。当初你为啥不娶个母鸡成亲拜堂？娶我当摆设呀！

望　春　你要是吃饱了，没事干，赶紧到鸡场换大嫂回来吃饭。甭在这儿打麻缠。

翠　玲　我还有件紧要事和你商量呢。（偎在望春肩上）一时咱妈回到家，你给我向她要三百块钱，我要买木头。

望　春　买木头？

翠　玲　给咱厦子屋做个大立柜、写字台、梳妆柜。

望　春　屁大个地方，试问朝哪儿搁？

翠　玲　说你闷，真个成了磁核了。我的望春呀！

（唱）　这几日晚上我常想，
　　　　睡梦中长上一对花翅膀。
　　　　喜庆咱前世缘分好，
　　　　美满恩爱配成双。
　　　　总不能跟上老人常依傍，
　　　　迟早要独立度时光。

过年后申请庄基盖楼房，
前栽桃李后插桑。
卧室摆上沙发床，
厨房安上电冰箱。
彩电正中堂屋放，
再买个弥勒佛爷笑看我梳妆。
我给咱在家把鸡养，
你开四轮走城乡。
到那时夫唱妇随把福享，
白头到老乐无疆。

望　春　（唱）　你过门刚刚整两年，
满脑子打的小算盘。
全家对你没怠慢，
哪一点亏了你心肝？
谁给你出下这瞎主见，
破坏家庭不团圆。
你胆敢再把分家谈，
休怪我望春把脸翻！

翠　玲　咦哟哟，提了个分家么，就把你躁的，好像把先人牌
位子给踢蹬咧！

望　春　橡头子挑牙缝——也不嫌夯口！给你说，弄不成！
（气愤下）

翠　玲　望春！瓜二！……你回来！
〔拖拉机马达轰鸣，声音渐隐。

翠　玲　呃，我咋遇上这么个窝囊男人！
（唱）　原只为嫁给望春图有钱，
谁料到过门之后空喜欢。
我妈她一手来掌权，
把钱好像肋上穿。
为图个人当模范，
办鸡场害得全家受牵连。

政策一变连根烂，

日后难免受可怜。

翠玲我不是省油灯一盏，

不能由她把鼻子牵！

你有你的老主见，

我得把小九九算盘打一番。

〔翠玲生气地坐下想事。

〔韩仁嫂上。

韩二嫂 （唱） 孟生财精灵办法稠，

软刀子要刮硬骨头。

暗地里定下连环计，

不整垮田老婆不罢休。

要叫她合家不安乱个够，

鸡场散伙把摊子收。

房到手我把生意做，

发财的日子在后头。

趁这阵田家人已走，

正是戳窝的好时候。

凭这张巧舌把醋做，

引诱翠玲来上钩。

假装闲游到门首……

翠玲！花不楞登的媳妇娃耶！

（接唱）为何把肚子气得鼓溜溜？

翠　玲 （没好气地）你得是把药吃反了！

韩仁嫂 看这号差成色的！难怪人家说，田二娃娶了个麻糜
婆娘，安了合走扇子门，好吃懒做尻子沉。她呀，除
了舌头短，咋和我一样，像一个模子壳出来的。翠玲，
往常见了嫂子，眉喜眼笑，今日个咋蒙上了一层皱皱
子核桃皮？

翠　玲 你没见人家这阵正难受么？

韩仁嫂 得是怀上咧？

翠　玲　把你怀上咧！

韩仁嫂　真真是个生生半吊子！

翠　玲　你好，你好！嫑把我当瓜子。当我不知道人家说你"闲人嫂子舌头长，戳弄是非臭名扬"？不是你煽惑要仓房能闹得俺家不得安宁？你还有脸来吃杂碎！

韩仁嫂　好哇，我把你个翠辣子！……（佯装抽风）

翠　玲　（忙掐人中）韩仁嫂！韩仁嫂！……跟你说句要话么，看把你气的哟。

韩仁嫂　要话？哪就算了。人家兴兴地来给你透个风儿，可你……

翠　玲　快说，啥事？

韩仁嫂　你不晓得？嘿呀，把个桃花寨震得落下一层毛桃，你还在屋里有心暖蛋哩。

翠　玲　到底出了啥事了？

韩仁嫂　看这娃，碗大个西瓜一扎厚的皮——简直瓜实了，你妈没给你透个风？

翠　玲　哼，人家能把我放在秤星上！

韩仁嫂　听说上边下了文，要清除精神污染，政策眼见就变，马上动刀子割资本主义尾巴呀。你妈这阵居然还忙活申请贷款，要扩大鸡场呢。给你说，刚才让队上罚了三千块，你妈当面把款子都给队长交了，不然就得腾房。

翠　玲　不过，听我小姑子春花说，今年投资三万五。赶明年秋就能赚回五万三。

韩仁嫂　万一烂包了咋办？

翠　玲　这我可没听说。

韩仁嫂　（唱）　办场不是吹糖人，
　　　　　　　　　出了事就会从梢烂到根。
　　　　　　　　　全家受罪背租债，
　　　　　　　　　戴黑帽永世难翻身。

翠　玲　说得恁怕怕的，我咋办呀？

韩仁嫂　瓜娃哟,依我说,你不如把你小两口那份家业弄过来,免得日后跟上带灾。

翠　玲　能成?

韩仁嫂　咋不成! 你兄弟俩,跟老辈三一三剩一,还不抠他六七千块。有了这笔钱,吃香的,喝辣的,热炕头上搂女婿,不都由着你的性性来?

翠　玲　哎呀,咋开口呢? 又没个啥事……

韩仁嫂　没事了搜事呢么! 娃呀,万一明日你妈要把折子一揣,打银行把钱提走,置了办鸡场的家具,填了没底的黑窟窿,来日政策一变,齐磕碴一没收。到那会儿,不但捏不回个柴棒棒,说不定你娃还得跟上赔桩! 你两口可就受罪了。再说,把钱攥到手,自个儿也能干嘛!

翠　玲　我咻瓜男人,没本事,光知道开车、愣做。

韩仁嫂　给嫂子我搭个帮手,咱也办个鸡场,你要乐意,几家合伙干。不出半年工夫,准保给你赚回一台二十四寸大彩电! 何苦起早贪黑把个鸡娃当先人服待。

翠　玲　你就不怕割尾巴?

韩仁嫂　咱这叫联管合股,不是个人发财。

翠　玲　那好,钱到手我就给你送去。

韩仁嫂　千万可不敢告诉你家里人,对望春也不准讲。

翠　玲　没麻达。(取过一篮鸡蛋)嫂子,一点小意思。

韩仁嫂　好,我走了。(下)

第五场　分　家

〔时间:接前场。

〔地点:养鸡场,值班室。

〔劫后惨状。墙上贴的岗位责任书被大部撕毁,水缸打破了,蛋箱成了扁的,养鸡场木牌被人踩裂,几只死鸡被扔在墙角,一盆鸡冠花被倒扣在台阶上。

〔大幕在惊叫的群鸡声和悲泣声中开启:玉秀抱着门框,春花伏案恸哭,田大伯悲伤地流着泪;田大妈默默地上,手中提着一只死鸡,悲愤交集。

田大妈 （唱） 晴空无云雷声动,

平白无故横祸生。

讹去钱财毁鸡场,

强占仓房撕合同。

队长躲避无踪影,

公社告状一场空。

眼前惨象不忍睹,

难压胸中怒火升!

两年心血浇灌成,

如花初开把春争。

一朝如水东流去,

怎不让人放悲声!

想我一家老少,冬去春来,节衣缩食,不避寒暑,起早贪黑,辛勤经营,靠自己一双手,创办小小鸡场,从未连累他人,与世无争。为什么被人看作肉中刺、眼中钉,怀恨嫉妒,暗兴恶风,大闹队部?我忍气吞声,要四六开账提成,我咬牙应承,补足两年收入,三千元我双手奉送。为什么背信弃义,又要撕毁合同,逼我腾房,拆毁鸡场,不能缓容。你们……你们如此狠毒,欺我为哪宗?

（唱） 霎时间越思越想心寒冷,

难道说勤劳致富路不通。

〔望春内唤:"妈——!"冲上,翠玲提饭盒子随上。见状惊诧,继之,怒火中烧。

翠　玲 啊?叫人砸了?

望　春	好贼啊！（抓起铁锨）我和他们拼了！（欲下）
田大妈	（断喝）站住！
翠　玲	（一把拉住）你不想活了？
田大伯	要拼命，你先把我拿铁锨劈了，葬埋入土，你再去……
望　春	我咽不下这口气！我……（哇一声，抱头痛哭起来）叫人作践成这个样子，难道就算了吗？还有人告黑状，说咱无证外销禽蛋，刚才工商所来人，要罚款五百元！
玉　秀	又是一条绊马索！
田大伯	天哪，这是为什么呀？
田大妈	给，把罚款给人家送去！
春　花	敲诈勒索！
田大妈	事有事在。大天白日，有良心的人，都看得清清楚楚，不会把白的说成黑的。娃们的，要伤心，也莫害气，把眼泪擦了，把火气咽了，杨书记在县上开会，我托人给他捎了个口信。有党、有政府，不怕！该吃吃，该喝喝，该做啥做啥，鸡场丢了有鸡在，把钱罚光了，有人在！该走的路，还得……朝前走啊！
望　春	这个烂摊子咋收拾？能朝哪儿走？
田大伯	回去，把拖拉机开来！
望　春	做啥？
田大伯	装鸡！
春　花	咱屋没地方搁呀！
田大伯	卖！全卖了！
众　人	（一惊）不办鸡场了？
田大伯	再办，怕连老命都保不住。把这个祸根割了，替人把眼中钉子拔了！（突然气短，站立不住，栽倒）
玉　秀	（急扶）爸！
	（唱）　你且把悲愤心中忍，
	气坏了身子儿痛心。
	今日事来日有公论，

是与非终究要区分。
倘若还把鸡全卖尽，
岂不是自身毁自身？
失了仓房不要紧，
另打锣鼓有儿孙。
靠咱勤劳一双手，
去了旧的重盖新。
依儿见咱把荒滩进，
重建鸡场再扎根。
咬住牙关忍悲愤，
为自己也为众乡亲。
致富路上再振奋，
莫误春光好时分。

田大妈　（唱）好儿媳把我来提醒，
一番话句句人爱听。
党把那富民政策定，
靠勤劳致富路自通。
整旗鼓荒滩扎大营，
绘蓝图来把土木兴。
扩大鸡场我主意定，
且收拾残局再出征。

翠　玲　再嫑折腾咧！你不要命，我的还没活够呢！
（唱）自我过门整两年，
忙得嗓子冒白烟。
累得骨头散了摊，
汗水能流几蒲篮。
没黑没明气难喘，
才攒下这点破烂摊。
好容易存了几个钱，
又要撇在乱荒滩。
你安的什么心？

　　　　　　　到底是啥打算?

　　　　　　　你只顾图名当模范,

　　　　　　　拉全家跟上受可怜。

　　　　　　　今日把话摆当面,

　　　　　　　翠玲我再不让你当牛牵。

　　　　　　　谁下荒滩谁自去,

　　　　　　　休想叫我腿动弹。

　　　　　　　家中现有财和款,

　　　　　　　有我一份在里边。

　　　　　　　谁愿咋干就咋干。

　　　　　　　我两口那份谁少沾!

望　春　你少在这儿胡搅蛮缠!

翠　玲　我偏要说,看谁把我的牙挑了着!如今是灵人哄闷人,闷人哄瓜娃。叫人家把你卖着吃了都不晓得。

望　春　闭住你的臭嘴!

田大妈　叫她说!

田大伯　谁哄你啥来?

翠　玲　你的图名呢,报国呢,把钱塞了没底的黑窟窿,叫俺的喝风屄屁呀?

玉　秀　咱这不是一块商量呢嘛。

春　花　太不知好歹了!

翠　玲　你识好歹!拿钱把你供成吃食分子了,心里滋润咧?我图了个啥?既然猪嫌狗不爱,何必受洋罪,把我的分出去!

众　人　(震惊)分家?

田大伯　(浑身颤抖)分!分!分了零干!

田大妈　分家!……(心痛病发作昏倒)

　　　　〔众人急救扶,呼叫〕

众　人　妈!你醒醒啊!

田大妈　(唱)　只觉得天地旋心痛难按,

　　　　　　　耳听得闹分家油煎心肝。

　　　　　　　　翠玲你讲此话可曾细辨，

　　　　　　　　此时刻提此事是何根源？

翠　玲（唱）　分家并非无头案，

　　　　　　　　要问根由很简单。

　　　　　　　　大家同样把活干，

　　　　　　　　你的却把便宜占！

田大妈（唱）　自过门何处把你来亏待？

　　　　　　　　哪一样不是由着你性子来？

　　　　　　　　看身上四季不少你穿戴，

　　　　　　　　干重活哪样让你把手挨？

　　　　　　　　留存款为的早日把鸡场盖，

　　　　　　　　为咱队带头致富把路开。

　　　　　　　　怎么能光顾眼前自家富，

　　　　　　　　你要把互敬互爱记心怀。

　　　　　　　　全家人平日和睦诚相待，

　　　　　　　　为此事吵闹分家太不该！

翠　玲（唱）　你们花钱为图名，

　　　　　　　　少拉俺的做牺牲。

　　　　　　　　我一份由我来享用，

　　　　　　　　你的一份你踢蹬。

　　　　　　　　儿孙自有儿孙命，

　　　　　　　　早些散伙早安宁。

玉　秀（唱）　翠玲莫要太任性，

春　花（唱）　胡搅蛮缠理不通。

望　春（唱）　越听越恼气上涌，

　　　　　　　〔望春欲打翠玲，玉秀拦住。

田大伯（唱）　你少给我失人命！

翠　玲　好啊，姓田的！你一家拧成把把子欺侮我。田望春，

　　　　瓜二！你要是个牛牛娃，今日个就把我朝死里打，打

　　　　不死就不是你妈养的！

　　　　〔翠玲扑向望春，被一把推翻，翠玲抓乱发髻，躺在地

上，呼天抢地干嚎。

望　春　你到底想咋？说！

翠　玲　今日不分家，咱就离婚！

望　春　离就离！走，上公社！（拉翠玲）

翠　玲　（挣脱）我不活咧！

田大伯　（悲痛捶胸）想不到，家富了，心散了……盼春妈，你听我一句话，把钱给她！

田大妈　（忍无可忍）好吧。（掏出存折扔在翠玲面前）这是你的一份，拿上走！（老泪纵横）

春　花　奶奶——！

玉　秀
望　春　（扑在田大妈膝下）妈——！

翠　玲　不够，还有见不得人的私房货呢！

田大妈　你说什么？

翠　玲　当我不知道？就在这间屋子的抽屉锁着。用红布缠了八道的一个存折呢！为啥不拿出来分？呃？你说！

玉　秀　那折子上的，不能分。

翠　玲　非分不可！

田大妈　就怕你不敢要。

翠　玲　谁怕钱扎手，我要呢！

田大妈　玉秀，拿出来，给她分！

〔玉秀入室取出红布包，从中取出一个折子，递给田大妈，忍不住背转身啜泣。

田大妈　春花，你念！

春　花　（接过朗读）民国三十八年春，三月九日，你爷卧病，盼春刚满月，一家三口，断粮五日，饥寒无奈，我咬牙抱子拖夫去投河。刚出村，解放军打进桃花寨，送来一斗救命粮。一九五二年春荒，我引盼春逃荒，来了土改工作队，送来包谷一石三。一九六二年春上，政府送给救济粮八斗，被子一床，棉衣两套。一九六六年玉秀生下春花，无奶，前街金彦媳妇抱去养了八个月。一九七零年，盼春儿病死，生产队送来一副棺木。

一九七六年春,你爸重病住院,政府免了医疗费一千七百二十四块五毛钱。同年,因养鸡,我被人黑地里下毒手打断双腿,在家卧炕六个月,老队长送来七十元钱救济费,五保户七叔送来红糖半斤,八婶送来俩鸡蛋……

田大伯　窦念咧,我的心快碎了!

玉　秀　这是咱妈让我记的。

望　春　听见么,麻糜! 昏头!

翠　玲　我……

田大妈　你告诉妈,这些收入应该咋个分?

玉　秀　好好思量,翠玲,这就是咱妈图名报国,响应政府号召,勤劳致富办鸡场的用心所在啊!

翠　玲　嫂子,我可一点不知道哇。

田大妈　(唱)　一双手捧起钱粮收入账,

每一笔数目虽小有分量。

粒粒都是救命粮,

分文连着众乡党。

一分钱一粒米一滴心血养,

才育得老少活命成栋梁。

咱一家哪年不把救济享,

全靠着国家扶持乡亲互助度春荒。

论家富本是富民政策结硕果,

才迎来今朝美景乐而康。

娘致富决心来自这本账,

报国的恩情谢亲的恩衷永世难补偿。

今日里虽然仓房被人抢,

不能让眼泪把咱意志伤。

绊马索休想把咱手脚绑,

万不能遇到艰难先分饷。

要坚持艰苦奋斗把路闯,

到明年利国利民利己收入更比今年强!

翠　玲　妈!（扑入田大妈怀抱将存折交还）娃我一时糊涂，你……打我吧!

田大妈　好娃呢,妈疼还来不及哩。

春　花　 二娘,我把你说重了。

田大妈　都甭抹眼泪了。听妈说,从明日起,望春进山割竹子、砍荆条、编鸡舍。春花给咱画个鸡场建设图。你爸到河滩给咱把鸡先圈起来。我带玉秀、翠玲,伐树解板,钉孵化箱,再把你舅、姨夫、表侄儿几个请来,帮咱在河滩挖塘养鱼,繁殖蚯蚓,给鸡备饲料,随后进城买机器,忙罢开工,重建养鸡场!

众子女　妈,听你的!

田大妈　收拾东西,下河滩!

第六场　栽　赃

〔时间:端阳节傍晚。

〔地点:田大妈家庭院里。

〔桃花谢去,满树蜜桃。隔院石墙上爬满豆藤瓜蔓,红紫相间,夕阳洒下一抹金辉,小院分外恬静宜人。

〔二幕前:韩仁嫂上。

韩仁嫂　（唱）　春上办场至如今,
　　　　　　　　到端阳鸡毛还未见一根。
　　　　　　　　孟生财采购无音讯,
　　　　　　　　村里谣言乱纷纷。
　　　　　　　　言说他黑市倒腾贩金银,
　　　　　　　　不知是假还是真。
　　　　　　　　万一他犯法再把班房进,
　　　　　　　　我的钱财到哪寻?

人说道雄黄酒能把灾祸禁，

但愿莫招蛇咬身。

〔尖叔、赖婶急上，韩仁嫂正给鼻孔上涂雄黄酒，吓了
一跳。

尖　叔
赖　婶　韩仁嫂！

韩仁嫂　哎哟！吓我一跳，我当碰见长虫咧。

尖　叔　我的大掌柜，咱咻鸡场到底有影儿没影儿？

赖　婶　我的老板娘，咱办咻鸡场到底算数儿不算数？

韩仁嫂　我不是已经托人买鸡娃、订机器、购饲料去了嘛。

尖　叔　托谁？

赖　婶　得是孟生财？

韩仁嫂　不是的，不是的，我再浑，还能把钱交给不务正事的
二百五。

尖　叔　咱把事挑明。不是叔尖，要是跟孟生财拉扯在一搭，
明日就把银元还给我！

赖　婶　咱把话说响，不是婶赖，要是跟劳改犯合伙胡日鬼，
现时就把簪子退给我！

韩仁嫂　我对天起誓，要是胡说，让呼雷爷把我的舌头击了！

尖　叔　到时候不还银元，我就揭你家房上的瓦！

赖　婶　到时辰不退簪子，我就提你家灶房的锅！

〔尖叔、赖婶愤愤地下。

韩仁嫂　真是把先人亏了。当初咋搁络下这些尖滑赖皮拧绳
子！早知不合股，而今……咋收场呀？（咬牙切齿地）
孟生财呀，孟生财！今番你娃子要把我坑了，我就把
你的老底全揭出来！

〔孟生财上。

孟生财　韩仁嫂，何必一个人在这儿鬼念桃木橛？

韩仁嫂　你还记着桃花寨有个韩仁嫂呀？

孟生财　不但记得个韩仁嫂，还记着个田大妈，桃花寨存着我
两本账，都要还的！

韩仁嫂　阿弥陀佛，你先把我的镯子、尖叔的银子、赖婶的簪

子还了！

孟生财　可以,不过,信用社一万块钱贷款可得你还了。

韩仁嫂　啊？为啥给我塌账？咻是四家合伙借的,我又没花一分一文……

孟生财　你别忘了,那是在你的名下贷的。大队证明信写的是你韩仁嫂！

韩仁嫂　那你把钱给我。

孟生财　你不是让我给鸡场买成材料了吗？要是你信不过……订货单、发票全在这儿,烂摊子你收吧！（交出一堆票据,塞给韩仁嫂,欲下）

韩仁嫂　哎,生财,兄弟,你可不能撒手呀！

孟生财　不是为了报答你的恩,我孟生财何苦狗揽八堆屎！

韩仁嫂　嫂子的心也是肉长的, 吃五谷长大的, 能不感你的情？不过,尖叔、赖婶在尻子后头逼,又不见你回来,还听人说你……

孟生财　说我啥？

韩二嫂　说你在外头倒贩金银,跑广州走私。

孟生财　（一惊）谁说的？

韩仁嫂　我听麻糜媳妇翠玲说,她妈帮李花坪专业户办鸡场,听到风声,说你在咻一带私下收买银元,回来给老队长作了汇报。莫得光不相信,田老婆子在尖叔、赖婶跟前还打问过,好像在调查你的事,还给我说要是见到你,让我好好开导,叫你走正道,要是生活上有困难,尽管找她,你那二亩荒地都是让望春给你代耕的。兄弟,犯法的事可千万不敢再沾手啦！

孟生财　嫂子,兄弟也是人呀,能不知好歹？还能干咻瞎瞎事？我得好好感谢田大妈的好意呢。公社杨书记来过吗？

韩仁嫂　来过,听说寡妇玉秀累病了,杨书记今日个在她家帮着安装什么报警器呢。

孟生财　（眼珠一转）她家还有谁？

韩仁嫂　都在荒滩鸡场做活着呢。听说，明日就进城拉机器，入秋就可以出鸡娃。生财呀，你得快一点，不然人家孵化场把机器一安，生意抢走了，咱的还发个屁财呀！

孟生财　你放心，要看她的张罗早，出月再看谁家娃头大！嫂子，桃花寨养鸡孵化场只能有一个，那就是你韩仁嫂。

韩仁嫂　你是说……

孟生财　回头就知道了，你先回，晚上我告诉你。

韩仁嫂　谢天谢地。（下）

孟生财　（唱）　幸亏她多嘴对我学，
　　　　　　　　看起来贩卖白银露马脚！
　　　　　　　　田老婆必然查到底，
　　　　　　　　大事烂包要砸锅。
　　　　　　　　瞌睡迟早眼下过，
　　　　　　　　不如及早动干戈。
　　　　　　　　谁栽下毒树吃毒果。

　　　　田婆子呀！我要叫你身败名裂！家破人亡！

　　　　（接唱）钝刀子把你慢慢割！（下）

　　　〔二幕启：蝉鸣鸟叫。

　　　〔窗户洞开，可见杨书记伏案正在安装一台室温自控报警器。

　　　〔院内石桌旁放着一架切割机，旁边放着一篮青菜、一只料桶。

　　　〔玉秀披衣挣扎出屋，动手切割饲料。

玉　秀　（唱）　蝉儿叫鸟雀归巢风送爽，
　　　　　　　　农家院麦粒瓜果散幽香。
　　　　　　　　自从春上盖鸡场，
　　　　　　　　转眼之间到端阳。
　　　　　　　　细品味埋头艰辛把业创，
　　　　　　　　忍不住甜蜜思情鼓胸膛！
　　　　　　　　往日里我爸愁苦挂脸上，

近月来眉开眼笑吼秦腔。

实难为年迈之人舍力量，

三伏天独把重活一肩扛。

挖鱼塘乱石窖中盖场房，

每日里两头不见天日光。

我的娘操持家务厨下忙，

难忘她一日三餐往返十里荒滩送饭顶风冒雨

披星戴月两鬓霜！

兄弟他一身牛力都使上，

三月内进山割竹劈荆斩棘涉水攀岭往返百里为

备材料，生水冷馍忍刀伤。

好女儿为省开支把法想，

造仪器开动脑筋利用废料土法上马置家当。

实难忘亲戚乡邻情意长，

一个个捐款投工来相帮。

药检所送来防鸡瘟疫苗，

农械厂支援钢材送下乡。

为来日禽蛋销售路通畅，

杨书记扶贫致富帮助设计四处调查走遍城乡

签署合同盖图章。

件件往事撞心房，

热血如潮添力量。

为国强民富工农两兴旺，

耗尽精血也应当。

杨书记，歇会儿，来喝口绿豆汤。（下）

〔玉秀端一碗汤复上。

杨书记 玉秀，你怎么起来了？

王　秀 不要紧，起来活动活动，干干活儿，反倒觉得神志清
　　　　爽多了。

杨书记 药已煎好，我给你端去。（下）

〔杨书记端药复上。

玉　秀　温度自控报警器安装得怎样了？

杨书记　已经安装好了。

玉　秀　噢？走，试试看灵不灵。

杨书记　这可不成。田大妈给我的任务是，让你按时喝药，绝对卧床。万一叫她老人家瞅见，我可没法交待呀。

玉　秀　没关系，让药凉一会儿，试试就来，不等她老人家回来，我就会躺下的。

〔杨书记扶玉秀下。

〔少顷。孟生财从桃树后越墙而入。迅速掏出一个半斤装酒瓶，将麻醉剂倾入药碗和汤碗中。突然，警报器声响，室内亮出红色信号灯光。孟生财急速隐退到桃树后，潜藏下来。

〔杨书记、玉秀上。

玉　秀　好极了。有了它咱就可以代替空调设备，随时改变孵室的温度啦。（感慨地）科学、科学，没想到科学风居然吹进了农家院。我妈过去常说养鸡全靠一把米，神心难防瘟死鸡。如今也是喂鸡换衣戴口罩，进门先看室温表，照着配方拌饲料，抱着喷雾器满室扫啦！

〔二人畅心欢笑。

玉　秀　想不到，你这个书记也是农学院的大学生，养鸡专家呀。

杨书记　你们才是有实践经验的人哪。我研究出防鸡瘟的新疫苗，为什么给它起名叫田家苗？那正是在总结研究田大妈在养鸡实践中，使用雄黄酒制的草药防毒剂的基础上提炼出来的！（取出一盒针剂和一本畜牧杂志）你看，这是兽药厂送来的第一批成品，论文也在杂志上发表了，上边还有田大妈的照片呢？

玉　秀　我看看。

杨书记　你得先喝药。

〔杨书记将药递给玉秀。

玉　秀　这药中咋有一股酒味儿？

杨书记　兴许是大伯喝过酒的碗吧？

玉　秀　（一饮而尽，拿起杂志翻阅）这人咋不像我妈的模样？

杨书记　你眼花了？

〔书落地，杨书记一惊，韩仁嫂趴在墙头张望。

杨书记　你怎么了？

玉　秀　我有些头晕……

杨书记　我扶你回房歇着。

〔杨书记扶玉秀下。

〔杨书记出屋，小心地带上门。捧起汤碗，又放下。

杨书记　（唱）　田大妈一家人终日辛勤，

　　　　　　　　办鸡场如明灯照亮全村。

　　　　　　　　为国家提供了丰富商品，

　　　　　　　　体现了对党的一片忠心。

　　　　　　　　为什么莫得光双眼蒙尘，

　　　　　　　　毁合同索利润是何原因。

　　　　　　　　据反映孟生财倒卖金银，

　　　　　　　　查至今石沉海不见回音。

　　　　　　　　看起来对政策疑虑过甚，

　　　　　　　　我必须帮助他查源寻根。

〔杨书记端起汤，一饮而尽，迈步欲下，突然眩晕栽倒。

〔孟生财闪上，将杨书记拖入玉秀房中，蹑手蹑足而出，反扣好门，熄灭灯，扔下酒瓶，潜下。

韩仁嫂　我的妈呀！（隐下）

〔院内静悄悄，月亮探出树梢，给庭前洒下一片皎洁的银辉。拖拉机声传来。

〔田大妈挟捆艾蒿，田大伯背着喷雾器，望春带着电工用具，捎一筐青菜，春花拿着图，翠玲倒拖着一张铁锨疲惫上。

春　花　妈！

田大妈　别叫，你妈像是喝了药睡下了。

春　花　杨书记！咦，人呢？

望　春　怕是又到队部取报纸去了。

田大妈　今日过端阳节，全家和杨书记一块高兴高兴。望春，把那罐米酒端出来，粽子、油糕在笼里热着，母鸡在砂锅炖着，春花摘桃，翠玲给咱熬八宝米汤，再给咱炒盘嫩梅豆角，再来个青辣子炒鸡蛋。我给你八奶送把艾叶去。（下）

翠　玲　我腰痛！

春　花　今日个看我的手艺！

　　　〔莫得光上。

莫得光　老田哥，收工啦？

田大伯　才脚到，进来坐。

莫得光　我来找杨书记汇报。

春　花　他不在。

莫得光　能到哪儿去？

田大伯　春花问问你妈。

　　　（春花推开门，拉开灯）

春　花　妈！（尖叫一声）啊！

众　人　怎么了？

　　　〔春花捂住脸嚎哭奔下。

田大伯　望春，快看看。

望　春　（扒门一看，惊呆）嫂子！你……（狠狠地在门上擂拳）你咋做出这事啊！畜生！你给我起来！（扑入扭住杨书记猛揍）

莫得光　（倚门一望）丢人！缺德！别打了，给他穿上，拉出来！

　　　〔翠玲、尖叔、赖婶、孟生财及三五个群众吵嚷议论上。

众　人　谁和谁呀？

孟生财　想不到，堂堂的公社党委书记，专业户养鸡顾问到一个寡妇炕上了！

赖　婶　天！会有这事？

尖　叔　守不住，早些嫁人算了，何必勾引干部下水呢！

田大伯　（捶胸顿足）我前生作了什么孽呀？

〔望春将衣冠不整的杨书记揪出，杨书记如酒醉一般。

翠　玲　啊？亏你还是书记，顾问，趁我们全家不在，呆在家干这号事呀！

莫得光　杨书记，这是咋个说呢？

杨书记　（恍惚地）我……我不知道。

〔玉秀扶门而出。

玉　秀　爸，（莫名其妙地）发生啥事了？

田大伯　你问谁？

玉　秀　（愕然）我……？

孟生财　当众交待，在一块麻达多久了？

玉　秀
杨书记　（有所悟地）什么？

赖　婶　装啥洋蒜呢！都打一个炕上拉住了，还有脸说话！

望　春　（抓住玉秀摇撼）嫂子，这是真的吗？你倒说话呀！

玉　秀　大叔，你们……不能污我清白啊！

尖　叔　唉，忠厚庄稼户，祖宗八代的人，叫一个女人丢尽了。

莫得光　有啥看的！都回去睡觉去！这事到此为止，谁也不准朝外传！

玉　秀　天哪！（痛不欲生）

〔幕后伴唱：

　　　　雷声滚滚响九天，

　　　　可怜我玉秀受摧残。

　　　　我哭——泪水能洗面，

　　　　剜心剖肝难明冤！

〔尖叔、赖婶下。

田大伯　（对杨书记）你…你走吧！

莫得光　孟生财，送他回公社。

孟生财　顾问同志走吧？（扶杨书记下）

莫得光　玉秀，你这样做对得起死去的盼春吗？对得起春花吗？

玉　秀　啊？莫大叔！

372

莫得光　老田哥，你也甭难过，到了这步田地想开点，怨不得
　　　　老人，保重身子吧。

翠　玲　田门不能要这号烂货。把她撵出去！

田大伯　眼不见，心不烦。

玉　秀　爸！

田大伯　我不是你爸！

玉　秀　兄弟！

望　春　我不是你的兄弟！

玉　秀　弟妹！

翠　玲　我没得你这个嫂子！

玉　秀　春花！听妈说……

春　花　我没得你这号妈！

玉　秀　啊？糊涂的亲人啊！我不是那种人啊！

　　　　（唱）　与盼春自幼同窗日久长，
　　　　　　　　肩并肩中学毕业转回乡。
　　　　　　　　两个村连畔种地常相望，
　　　　　　　　桃园内海誓山盟表衷肠。
　　　　　　　　过门来乳燕双飞相依傍，
　　　　　　　　茅屋内家境虽苦浴春光。
　　　　　　　　自从他那年不幸一命丧，
　　　　　　　　我守寡侍奉老小度饥荒。
　　　　　　　　桃花寨谁人不称儿贤良，
　　　　　　　　谁见过娘有越轨事一桩。
　　　　　　　　今夜晚喝罢药汤头昏胀，
　　　　　　　　实不知书记入室为哪桩？
　　　　　　　　局外人恶言秽语我能谅，
　　　　　　　　亲人们污我清白不应当！
　　　　　　　　大叔你冷静深思莫鲁莽，
　　　　　　　　严提防陷入罗网自毁伤。

莫得光　昔日贫贱不移是不假，今日致富淫乱也是真哪！唉，
　　　　这就是资本主义带来的毒水！个人发财致富招来的

秦腔
春暖桃花寨
CHUNNUANTAOHUAZHAI

祸！

〔孟生财急上。

孟生财　队长！杨书记投河了！

莫得光　啊？快吼叫人，沿河打捞！

〔孟生财随莫得光急下。

春　花　妈呀，妈，你叫女儿今后咋见人啊！

玉　秀　（唱）　猛听得杨书记投了河，

　　　　　　　杨书记，是我连累了你啊！

　　　　　　（接唱）我的心中似刀割。

　　　　　　　　　你为人正派不轻薄，

　　　　　　　　　声名不幸被辱没。

　　　　　　　　　在天之灵莫怨我，

　　　　　　　　　石要出来水要落。

　　　　　　　　　今夜之事非巧合，

　　　　　　　　　豺狼无因怎出窝？

　　　　　　　　　转面我把女儿唤，

　　　　　　　　　平心静气听我说。

　　　　　　　　　此事绝非娘有过，

　　　　　　　　　谨防上当细斟酌！

田大伯　（唱）　恶迹丑行摆当面，

　　　　　　　众目睽睽证如山！

望　春　（唱）　休得强词来诡辩，

　　　　　　　是非曲直很了然！

　　　　　　　不思羞耻自珍爱，

翠　玲　（唱）　失身辱名毁祖先！

春　花　（唱）　春花何时亏待你，

　　　　　　　如此欺我为哪般！

玉　秀　爸！这事我一时也说不清楚，不过……

田大伯　啥也要说了。你走吧，这杯苦酒，留下让我们喝吧！

众　人　你走！

玉　秀　好，我走……（拢拢头发）等你奶回来，告诉她，我走了！

〔玉秀对田大伯磕了一个头，踉踉跄跄奔下。

春 花 妈！……

〔众放声悲恸。

第七场 苦 斗

〔时间：距前场三日后，雨夜。

〔地点：荒滩，养鸡场一角。

〔这是一间建造在树林中的土屋。土炕上芦席一张，被子一条，窗前支起一个充作办公桌的包装箱，悬挂马灯一盏；室外隐约可见一条蜿蜒大河，屋旁竖着几块嶙峋狼牙石，窗台上植有一盆婷婷玉兰花。

〔幕启：风啸林吼，大雨如注。闪电不时划破长空，可现荒凉的河滩。

〔玉秀坐在炕沿上，斜倚凭窗，悲愤地凝视着窗外的风雨。

〔近旁传来猫头鹰的叫声。

玉 秀　（唱）　荒滩上林木挣扎风雨狂，

　　　　　　　　　　鸡场内孤灯伴我两情伤。

　　　　　　　　　　只觉得头昏身软天地晃，

　　　　　　　　　　一阵冷一阵热口焦舌僵。

　　　　　　　　　　往日里此时全家聚一堂，

　　　　　　　　　　今夜晚寂寞苍凉夜茫茫。

　　　　　　　　　　玉秀我一生未把泪轻淌，

　　　　　　　　　　今日里社员会令我惨伤！

　　　　　　　　　　莫大叔不容申辩把话讲，

　　　　　　　　　　强把那秽语加在我身上。

375

言说我沽名钓誉跟娘办鸡场，

搞通奸道德败坏罪昭彰。

我反抗我要控诉我要讲。

谁为我能把正义来伸张？

想我玉秀，一生清白，辛勤劳作，原只想跟我妈开办鸡场，引导乡亲发展生产，促进共同富裕，改变家乡贫穷面貌，尽到微薄之力，谁知，竟然接二连三遭受打击陷害，仓房被占，贞操受辱，撵出家门，热病缠身，困卧荒滩。我想申诉，无人问津，我想上告，难以迈步，我该如何是好啊？

（唱）　我纵有口难辩论，

满腹冤无处诉来无处伸！

遭人唾骂我不恨，

苦的是无法明鉴我的心！

（伏案恸哭。传来鸡群骚动惊叫声）

鸡群声声对我唱，

疑云顿开心亮敞。

他人害我断生念，

不正是因为养鸡起祸殃？

为什么有人见我家开办鸡场，兴旺富裕，嫉妒眼红，无理取闹，撕毁合同，霸去仓房，处我罚金？等我家要在荒滩扩建基业，他们贼心不死，暗中挑拨离间，唆使弟媳闹事分家，抽走资金？进而伤天害理，栽赃污我之名？他是谁？是谁？……难道真的是他么？是啊，那天在队部闹事，有他在场帮腔，我去信用社贷款，他却捷足先登。为什么前天晚上，捉奸之时，他又突然出现？为什么神志不清的杨书记，能够从他手中脱逃，跳河自尽，这难道是偶然的巧合？无缘的聚会？　不！难道他对我怀恨在心，这次出狱以报当年因他盗窃库粮犯案，被我妈抓获扭送劳改的私仇？难道他近来在外进行金银走私，因我妈进行调

查落实,得到风声,因而栽赃,以灭我妈之口? 好糊
涂的玉秀! 你险些中了贼的奸计啊!
（唱） 任凭他妖言蛊惑兴恶浪,
　　　　任凭他罗织罪名来栽赃。
　　　　我坚信乌云不会永遮天,
　　　　我坚信纸中难把火包装。
　　　　暴风雨难把春风来阻挡,
　　　　有党在坏人横行难久长。
　　　　只要我今生尚存一口气,
孟生财呀!
　　　　定与你针锋相对斗一场!
〔玉秀向料桶掏饲料。

田大妈 （内唱)风雨搅泪流满面,
　　　　〔田大妈冒雨扶杖奔上。

田大妈 （唱） 冲破阻拦奔荒滩。
　　　　可恨妖魔射毒箭,
　　　　欺我田门为哪般?
　　　　杨书记下落不明心惦念,
　　　　玉秀我娃蒙屈冤。
　　　　千悔万悔回家晚,
　　　　鸡场探儿走一番。
　　　　〔玉秀喂鸡欲出,拉开门。田大妈一步迈入。

玉　秀 妈!
田大妈 玉秀!
　　　　〔拐杖与桶同时掉落,婆媳抱作一团,痛哭不已。

玉　秀 妈,这么大的风雨,天黑路滑,你不该来呀! 万一有
个伤凉冒风,儿心何忍哪!
　　　　〔玉秀扶田大妈坐下,替她披上衣衫。

田大妈 我娃受苦了,都怨妈不好哇!
玉　秀 你老人家千万别这么讲,我怎么能怨妈呢?
田大妈 （唱） 见此情此景我心疼,

怨你爸糊涂做下错事情。

不该把儿心来刺痛，

到今日悔恨苦搥胸。

玉　秀　（唱）　妈妈你不必自责备，

奇冤债本是坏人造成的。

你深明事理儿欢喜，

咱娘们一往情深永不离。

田大妈　叫妈好好看看我娃。

玉　秀　妈,你咋从后门进来?

田大妈　你还不知道? 前门的正路,今日个后晌被孟生财带人挖断了!

玉　秀　好狠毒的心啊!

田大妈　莫得光在社员大会上讲,说咱这鸡场是杨书记支持坏女人搞的资本主义黑样板,是暴发户的赃证。当场宣布,查封停办。

玉　秀　果不其然,冲着鸡场来了。哼,他断得了路,封得了门,封不住我的嘴,更封不了我的心! 我找他评理去! (一阵眩晕,栽入田大妈怀中)

田大妈　玉秀! 妈的好儿媳。你……可不能走啊!

玉　秀　妈,不会,我不会轻易死的!

田大妈　（紧紧搂住玉秀）

（唱）　见玉秀昏昏迷迷浑身颤,

我老婆万爪抓心泪湿衫。

可怜她为家事把心操烂,

可怜她为社员日每忘餐。

可怜她办鸡场历尽苦难,

数日来开荒滩把血劳干。

为什么听党话反受摧残,

为什么勤劳致富竟被当作眼中钉子剜?

莫得光香臭不分错判案,

孟生财软刀杀人欺了天!

玉秀哇，

今夜晚社员聚会要造反，

专业户联名上告要把贼参！

儿啊你且忍耐把心放展，

为娘我上县去击鼓喊冤！

玉　秀　妈，去不得！你上了岁数，天黑路远，隔河渡水，经不得风雨折腾啊！

田大妈　你放心，土改那年斗恶霸，妈被砍了一刀，照样趟洪水过河给工作队报讯。如今虽然老了，可骨头硬朗着！就是倾家荡产，搭上这条老命，我也要与贼见个高低！

〔田大妈欲下，孟生财穿件风雨衣，拖条梢棒，破门而入。

田大妈　你来干什么？

孟生财　莫队长有话，让你们马上离开鸡场！

田大妈　荒滩是我承包的，鸡场是我建的，谁也无权撵我走！

孟生财　荒滩是集体的。

玉　秀　我有合同保证！

孟生财　合同？（冷笑）队长宣布废除了！

田大妈　你们还有王法没有？

孟生财　有权就是王法！你听着！

（唱）　养鸡场本是黑典型，

桃花寨不容毒草生！

此地主人已改名，

财产全部要交公！

玉　秀　我早料到你们会干出这一手的。

孟生财　料到就好。告诉你们，经生产队批准，这块荒滩地已经转包给本人了！

田大妈　办不到！

孟生财　你要执迷不悟，休怪我手下无情！

田大妈　（唱）　鸡场与我命相连，

打死我也不搬迁！

夜入民宅来捣乱，
天理国法难容宽！

孟生财　有本事只管再写黑信上告嘛！

田大妈　我告定了！

孟生财　我是吃锅盔粘面长大的，不是吓大的，要告就去告，我孟生财奉陪到底！不过，这个淫婆娘别污了我的承包滩，马上滚出去！

〔孟生财强拉玉秀，推倒田大妈。

〔田大伯、望春、翠玲、春花急上。

望　春　住手！

孟生财　你想干什么？

望　春　（唱）现如今不是文化大革命。

田大伯　（唱）岂容你打砸抢掠来逞凶！

孟生财　（唱）这块荒滩归我用，

翠　玲　（唱）业不由主理不通！

田大妈　（唱）中央政策有规定，

玉　秀　（唱）不能随意毁合同！

望　春　（唱）你敢把我嫂子动，
立即让你筋骨松！

孟生财　好吧。我……我找莫队长去！

〔孟生财退出，栽了个跟斗，连滚带爬下。

望　春　嫂子，你受苦了！

春　花　妈！（扑入玉秀怀抱）

田大妈　走！

（唱）咱全家上县去告状，

众　人　（唱）办鸡场致富错误在何方！

〔众冒雨下。

第八场　追　根

〔时间:深夜。

〔地点:河边桥头。

〔孟生财急上。

孟生财　（唱）　工作组进村攻势猛,

　　　　　　　内查外调分外凶。

　　　　　　　不见我舅人踪影,

　　　　　　　老温不来因甚情?

　　　　　　　夜里接连做恶梦,

　　　　　　　热锅上的蚂蚁难支撑。

〔登上桥头,老温闪出。

老　温　孟生财!

孟生财　怎么样?

老　温　出事了。（递过一信）你看!

孟生财　（打开电筒观信）"生财外甥:十万火急。莱航案发,
　　　　县纪委正在迫查,速将存货和单据交老温转移。"啊?
　　　　我怎么办?

老　温　断钱、封口!

孟生财　（掏出一个包袱）一百袁大头,三个镯子,两个银簪,
　　　　三个银项圈。

老　温　我走了。

孟生财　我送你过桥。

〔孟生财带老温下,望春从花丛后闪出尾追而下。

〔韩仁嫂挟包袱仓皇上。

韩仁嫂　（唱）　我好比老鼠出洞怕猫见,

　　　　　　　趁黑夜轻抬脚步左右察看曲里拐弯躲躲闪闪

钻林爬坎来到桥头边。

工作组突然进村来查案，

吓得我六神无主两腿发软心鼓乱点额颅

冒汗不不楞楞、不楞楞楞……打战战。

裁衣衫袖子错当裤腿剪，

烧火时锅里忘记把米添。

求神时抓把筷子当香点，

吃饭时误把尿盆当碗端。

临行煮了个猪舌头，

当干粮揣在怀里边。

自那日队部闹事来把仓房占，

我不该人前卖牌惹事端。

信用社抢先抓贷款，

戳弄那翠玲分家抽股钱。

端阳节捉奸起祸端，

听人讲麻药瓶瓶本是我家的醋瓶证如山。

假若还登门追根把我盘，

口难开来谎难编。

有心把实情讲当面，

提起蒲篮斗动弹。

势必供出孟生财，

那恶货定然把脸翻。

疯狗咬人伤难痊，

到时候谁个替我伸屈冤？

思来想去心瞀乱，

表姐家避风走一番。

〔韩仁嫂边嚼猪舌头充饥，边下。树后闪出孟生财。

孟生财　站住！

韩仁嫂　（惊倒）啊？

孟生财　深更半夜，到哪儿去？

韩仁嫂　我……我牙疼，去求个医生。

孟生财　村里有人正寻着给你治病呢。

韩仁嫂　谁？

孟生财　工作组！

韩仁嫂　啊！

孟生财　我告诉你，田老婆子把你告下了！

韩仁嫂　我又没干啥坏事呀？

孟生财　你心里明白！别的不说，端阳节晚上，是谁给玉秀药碗和杨书记汤碗中投下麻醉剂，制造奸情，陷害田家？

韩仁嫂　我不知道哇。

孟生财　不知道？现场为啥有你家装麻药的醋瓶子？

韩仁嫂　兄弟，可不能给我栽赃啊！

孟生财　谁给你栽赃了？

韩仁嫂　明说哩，那天晚上的事，我看见了！

孟生财　你怕是得了夜游症，睡糊涂了？

韩仁嫂　我灵醒着呢。

孟生财　灵醒人咋满口说胡话？

韩仁嫂　我趴在墙头上看得真真的，要胡说半个字，让呼雷爷把我的舌头击了！

孟生财　贼婆娘，你就招了这个长舌头的祸！

　　　　（唱）工作组昼夜忙查案，
　　　　　　　必定提你问根源。
　　　　　　　诬陷人要把班房坐，
　　　　　　　你把利害掂一掂。

韩仁嫂　生财，你要是个光棍，就站出来，早些认了，免得嫂子伤了和气。

孟生财　谁能证明是我？

韩仁嫂　我！

孟生财　你有啥真凭实据？

韩仁嫂　我亲眼见你干的。哼，想给我搁事呢，当心把卯裂了着！老娘不走了。（扔下包袱）工作组要是来查，我把根根筋筋全抖出来,你娃为了报私仇,让我拆台害田大妈,我他娘的全讲出来!

孟生财 有何为凭?

韩仁嫂 你出主意让我抢仓房办鸡场,你让我到信用社抢贷款,告黑状,戳弄翠玲分家闹事,你让我向尖叔赖婶要银元银簪子……

孟生财 空口无凭,谁能相信你这根胡说的长舌头?可我能证明是你干的!

韩仁嫂 你有啥凭据?

孟生财 你拉拢煽动社员抢占仓房,拆台讹钱,尖叔、赖婶、莫队长是人证!给工商所告黑状,煽动翠玲闹分家抽股金,黑信、收据上有你的名字,白纸黑字是铁证!栽赃陷害假造奸情现场有麻药酒瓶,是物证!

韩仁嫂 啊?孟生财,你可不能忘恩负义坑我啊!

（唱）　你不看僧面看佛面,

　　　　你不念今天念当年,

　　　　那一回你偷盗库粮把事烂。

　　　　田大妈带领社员把你一绳拴。

　　　　你娘为你哭瞎眼,

　　　　托我送饭常探监。

　　　　文革中你报私仇黑帕蒙面手提铁棍翻墙越户潜入田家狠将田老婆子腿砸断,

　　　　这案子至今未了然。

　　　　不是我出面假证把你来成全,

　　　　你娃子早又劳改去背砖!

　　　　不求你把大恩来报还,

　　　　只求你帮我度过这一关。

孟生财 （唱）　这案子干系重大风满楼,

　　　　工作组发动群众正查究。

　　　　祸临身眼下只有一条路。

　　　　要保命舍掉你的长舌头!

韩仁嫂　我的妈耶！（吓倒）

孟生财　只要不开口，神仙难下手。你一不识字，二无口供，谁把你也咋不了！

韩仁嫂　（滚白）哎呀呀！我的天，我的地，我的大伯二舅三姑四哥五姐六表姨，七叔八爷九侄媳，谁有实心搭救我这个短命的啊！

（唱）　谁搭救我能逃出是非地，

我把他叫爷叫奶再磕七十二个响头都可以。

起死回生无人理，

疯哭……傻笑……都无益。

若要把真情讲出去，

无凭据谁能相信是真的。

若还把真情埋心底，

背黑锅日后咋在人前立。

有心扑河龙宫去，

才活了半世多可惜。

难道说只有这一计，

呼雷爷真的要把我的舌头击？

事到如今，兄弟，就按你说的，我只好咬掉舌头，装哑巴了。

〔她转身捂住嘴巴，猛力一咬，惨叫一声。孟生财从她伸过的手中接过半截舌头。

孟生财　好极了！嫂子这下你可以放心回家了。（扶韩仁嫂下）

第九场　深　思

〔时间：同年秋。

〔地点：桃花寨生产队队部门前。

〔丹柿挂满枝头。

〔幕启:莫得光坐在一旁抽闷烟。

〔田大妈上。

田大妈　（唱）　工作组调查后令人震惊,
　　　　　　　　桃花寨两种人泾渭分明。
　　　　　　　　要扶持专业户发展兴盛,
　　　　　　　　还必须把队长思想打通。

　　　　他莫大叔!

莫得光　案子查了几个月,该有个结论了吧?

田大妈　案子已经清了,你的心里还混着呢。我来找你就是为了商量处理这件事。

莫得光　你是代理书记,找我这停职反省的人商量什么!

田大妈　事情还得你来一同处理。

莫得光　我顶个屁!如今八仙过海,生产队早成了十字路口的土地庙,谁还用得上我这个泥孤桩。

田大妈　社员每月掏二十块钱补贴,不是为了给泥像烧香。

莫得光　我早不想当这个干部了!

田大妈　你看,还要不要退党?

莫得光　我……

田大妈　你怎么脑子里就知道个我、我、我?为啥不能到村里走走,了解一下专业户的生产情况,听听群众的呼声?

莫得光　我生在桃花寨,长在桃花寨,活了五十年,谁家的根子我刨不清?

田大妈　能刨清根子,不一定知道老根上发了什么芽。

莫得光　从土改到如今,我当了三十年队长,把啥不知道!

田大妈　那你讲讲,为什么三十年来桃花寨的贫穷面貌改变不大?

莫得光　这……

田大妈　他大叔,该灵醒啦。玉秀昨天给我念了一段文件,上边说不打破亿万农民困在土地上搞饭吃的"穷过渡"局面,能够国强民富吗?能够实现农业现代化吗?

身为干部,怎么能不顾党和国家实行农业责任制,发展商品生产,搞活城乡经济,使农民尽快富起来这个大政策? 为什么就不能想群众所想,急群众所急,帮他们安排生产, 掌握信息, 替他们疏理产销流通渠道? 讲得多好啊!

莫得光　让我替暴发户牵马坠镫,办不到!

田大妈　社员积极响应党的号召。靠勤劳致富。怎么能说成
　　　　是暴发户? 替他们牵马坠蹬,有何不可?

莫得光　我想不通!

　　　(唱)　几年来把现实反复检验,
　　　　　　桃花寨乱了套我心不安。
　　　　　　玉秀她本是个共产党员,
　　　　　　谁不称贤淑女有志青年。
　　　　　　自跟你办鸡场来把钱赚,
　　　　　　忘记了艰苦奋斗老祖先。
　　　　　　分明把资产阶级恶习染,
　　　　　　道德败坏非偶然。
　　　　　　可是你把她看作金不换,
　　　　　　自以为是太主观。
　　　　　　倘若是全队户户照此办,
　　　　　　到明年将会变成啥局面。
　　　　　　这思想还要解放到哪年,
　　　　　　方向错来日后果谁承担?

田大妈　(唱)　我田家办鸡场符合规定,
　　　　　　靠劳动致了富不犯律刑。
　　　　　　为群众描出了蓝图美景,
　　　　　　鼓舞了全村人发奋振兴。
　　　　　　你身为带头人横加指控,
　　　　　　不扶持反下令撤销合同。
　　　　　　红眼人霸仓房有恃无恐,
　　　　　　难道说不是你放任纵容?

韩仁嫂办鸡场原为应景，
半年来你听过鸡叫一声。
孟生财贩黄金结帮活动，
至今日你竟然还在梦中。
热衷于穷过渡不思猛省，
啥都怕就不怕政策落空。
似这样守陈规赏罚不明，
焉能够闯新路劈棘斩荆！

莫得光　韩仁嫂鸡场没办成，那是她自讨苦吃，如今成了哑巴。孟生财倒贩黄金，我无凭无据。可是你家玉秀道德败坏，却是有目共睹！

〔吵嚷声中，尖叔、赖婶二人扭住孟生财上，韩仁嫂默默随上。

孟生财　队长，你来评评这个理。

莫得光　咋回事？

尖　叔　他骗走我三十块银元，如今死不认账！

赖　婶　他哄走我的银簪子，如今睁眼说假话！

孟生财　无中生有，纯粹是血口喷人！

莫得光　谁是中人，谁是见证？

尖　叔
赖　婶　是韩仁嫂交给他的！

孟生财　你把韩仁嫂叫来！

莫得光　乱弹琴，没舌头的哑巴咋证明！

韩仁嫂　我说！

孟生财　啊？你……

韩仁嫂　（唱）　我有舌头我会讲，
未开口来泪汪汪。
往日上尽你的当，
今日才看透你的黑肝肠！
他为了害大妈用尽伎俩，
定下了连环计暗把人伤。
他让我拉人起哄把仓房抢，

戳弄翠玲分家当。
煽我去工商所里告黑状，
拉拢尖叔赖婶结成帮。
应名合伙办鸡场，
他却把银钱饱私囊。
端阳节那天我攀墙望，
亲眼见他给玉秀来栽赃。
闻听说工作组进村来查案，
为封口，他威逼恐吓让我咬掉舌头把哑巴装。
万般无奈把他诓，
咬一块猪舌头李代桃僵！

尖　　叔	（唱）　今日当众要清账。
赖　　婶	
孟生财	（唱）　无凭据休想将我汗毛伤！

〔望春押老温上，将银器包袱扔在桌上。

望　　春　（唱）　要看赃证件件在。

〔杨书记、田大伯、玉秀、翠玲上。

众　　人　啊？杨书记？

孟生财　啊？鬼！

杨书记　（唱）　我是人证转还乡！

莫得光　杨书记！你？

杨书记　那天孟生财将我推下河去，被派出所同志救出，送到
　　　　医院，这才又转一世。

莫得光　嗨！

孟生财　老队长！……

莫得光　滚开！

杨书记　带走！

〔望春押老温、孟生财下。

韩仁嫂　大妈，我对不住你啊！（哭）

田大妈　过去的事，提它做啥，朝前走吧。记住，勤劳才可望
　　　　致富，不想出力，走歪门邪道，可不是咱庄户人应做
　　　　的事啊。

莫得光　　我……我真糊涂啊!

杨书记　　清醒了就是好同志嘛!田大妈,鸡场建得怎么样了?

田大妈　　早成了。

杨书记　　眼下饲料可是当务之急呀!

田大妈　　韩仁嫂,你三家就在仓房办个饲科场吧?每么样?

莫得光　　我负责供销!

杨书记　　我当顾问!

韩仁嫂　　尖叔、赖婶你的看?

尖　叔
赖　婶　　没麻达,还是由你当掌柜的!

　　　　　〔春花端一筛子雏鸡奔上。

春　花　　杨书记,老队长,你们看,头一批小鸡出壳啦!

杨书记　　好哇,到年底,桃花寨就变成咱们公社头一个养鸡村
　　　　　啦!

田大妈　　(接过筛子)他莫大叔,送给你!

莫得光　　(捧起小鸡,悔恨交集)好,我来养!

——剧　终

演出单位

西安市五一剧团

两把尺子

郑宗义　编剧

剧情简介

　　布店营业员小娟,因急着要见远道而来、从未谋面的舅爷,对购买布料的田大爷挑来拣去的行为极不耐烦,小娟因此受到优秀营业员李彩兰的批评教育。田大爷二次进店,原为小娟多为他量了一尺布,却又引起了小娟的误会,当小娟得知田大爷就是她的舅爷时,心里非常惭愧。李彩兰又适时地教育小娟,作为一名营业员,手中不但要有一把量布的尺子,心里更要有一把为人民服务的尺子。

人 物 表

李彩兰　　营业组组长
小　娟　　青年营业员
田大爷　　小娟外祖父
老工人
解放军战士
顾客甲、顾客乙及顾客们

〔时间：现代，夏天。

〔地点：百货商店棉布丝绸柜台前。

〔二楼门市部柜台一角。五彩缤纷的棉布丝绸货架上，镶嵌着新颖的图案，烘托出"为人民服务"五个大字，旁侧挂一面流动小红旗，柜台上放置一块白牌子，上书"钱货当面点清，过后概不负责"，复尺台上有电话机、意见本，门内设有顾客休息的座椅。透过高大明洁的立地玻璃窗，遥见城市在晚霞辉映下明丽的外景。

（合唱）一把尺子无限情，

店门面向工农兵。

完全彻底为人民，

柜台虽小春意浓。

〔幕启：欢快的乐声中，小娟正在热情地接待顾客。

〔老工人拿大字报上，观望。顾客甲接过布。

顾客甲　同志，谢谢你。

小　娟　谢啥，这是我们分内的工作，还请多提宝贵意见哪！

老工人　（自言自语地）她就是这么讲的。

顾客甲　（拿起意见本）同志，你叫什么名字？

小　娟　（风趣地）我叫人民的勤务员。

老工人　嗯，听口气差不离！

小　娟　（对顾客乙）同志，你想扯块什么衣料？

顾客乙　我想扯块黑灯芯绒。

小　娟　要多少？

顾客乙　怕得二尺。

小　娟　做啥用？

顾客乙　给我做双鞋。

小　娟　那一尺就足够啦。

老工人	准是她!
小　娟	（对乙）你去那边付款。（扯布）
老工人	小同志,你昨天推着流动服务车去过工人新村吧?
小　娟	没有。
老工人	不对。
小　娟	没错,昨天我休息。
老工人	那是谁呢?
小　娟	叫什么名?
老工人	不知道。
小　娟	什么样?
老工人	没见过,反正是个女同志,你们这儿卖布的。
小　娟	（笑）老同志,我们这儿全是娘子军!
众顾客	怎么回事?
老工人	（唱） 昨日里售货小车到新村,
	那同志态度和蔼工作热情又认真。
	搞调查东家出来西家进,
	服务周到暖人心。
	连夜晚又把缺货送上门,
	受众托我专程前来感谢至亲人。
众	到底是名不虚传的人民商店呀!
老工人	小同志,你想想,是哪一位?
小　娟	我也不清楚。你去办公室查问一下吧。
老工人	好。（下）
众	同志,再见!
小　娟	再见,欢迎下次再来我们店扯布啊!（送众下）
小　娟	（唱） 小娟我中学毕业进商店,
	算起来眨眼已过十多天。
	每日里迎送顾客有千万,
	淌热汗不怕苦累心里甜。
	学习李大姐,
	心红意志坚。

为革命愿把青春献,

一定要站好柜台接好班。

〔电话铃声响。

小 娟 (接电话)喂,你找谁? ……我就是小娟呀! 妈,啥事? ……啊? (惊喜地)我舅爷下午要来? ……唵? 他只来打个道,明日早起就走? (看表)再有十分钟我们就下班。嗯,我准时回来! (挂上耳机)

〔解放军战士上。

战 士 请问,李彩兰同志在吗?

小 娟 她不在。

战 士 不可能吧? 昨天晚上她在电话里说,让我今日下午来呀!

小 娟 今日她休班。

战 士 (焦灼地)这可怎么办呢?

小 娟 你有急事找她?

战 士 同志啊!

(唱) 国防建设任务急,

盖机器缺块帆布防护衣。

运物资明晨就要离此地,

急煞我铁道兵汽车司机。

李彩兰答应今日来联系,

〔李彩兰满头大汗上。

李彩兰 (唱) 为战备哪顾得热汗湿衣!

小 娟 李大姐! 这位解放军同志正找你哩!

战 士 你就是李彩兰同志? 货找到了吗?

李彩兰 已经运在大楼门口。(递单据)你去那边办理手续吧。

战 士 谢谢你!

李彩兰 这是我们分内的工作,谢啥,去吧。

战 士 哎。(下)

小 娟 大姐,(递手绢)擦擦汗吧。

李彩兰　瞧你的神色,有啥喜事吧!

小　娟　我妈打电话来,说我舅爷后响要来啦!

李彩兰　快,那你先走一步。(取掸子欲打扫)

小　娟　大姐,(夺过掸子)还是你先走,晚上财贸工作座谈
　　　　会还等着听你介绍经验哪。

李彩兰　我正在琢磨,不知该从哪儿讲起。哎,小娟哪,你给
　　　　参谋参谋吧?

小　娟　这还不好办,就讲咱们开门整店嘛!

李彩兰　开门整店?

小　娟　对呀!

　　　　(唱)　自从开门来整店,

　　　　　　　你亲自领导又跟班。

　　　　　　　全店上下齐动员,

　　　　　　　服务质量大改观。

　　　　　　　设立早晚供应站,

　　　　　　　花色品种日日添。

　　　　　　　实行了以卖代修、开片售料、降低零售新起点。

　　　　　　　成绩显著不一般!

李彩兰　这仅仅是个开端。

小　娟　万事开头难嘛!(取过意见本)

　　　　(唱)　叫大姐,你来看,

　　　　　　　群众评论写上边。

　　　　　　　条条是表扬,

　　　　　　　张张是称赞。

　　　　　　　若还不是春风暖,

　　　　　　　哪得美名红旗鲜!

李彩兰　小娟哪!

　　　　(唱)　征途上虽留下点点胜利,

　　　　　　　向前看滔滔江海水一滴。

　　　　　　　亲人们热情关怀作鼓励,

　　　　　　　咱可得一分为二看自己。

　　　　　　万不能当成包袱来背起，
　　　　　　一定要谦虚谨慎再努力。
小　娟　（不以为然地）那当然么！
李彩兰　小娟，你觉得咱们店还有什么问题？
小　娟　问题嘛，总是有的。不过……（擦白牌子，思考）我
　　　　现在还没有发现。
李彩兰　这是块啥牌子？
小　娟　（得意地）"钱货当面点清，过后概不负责"，怎么样？
李彩兰　（一怔）这是从哪儿来的？
小　娟　刚才打扫卫生时，我从杂物房捡的。
李彩兰　你捡这干什么？
小　娟　为了提醒顾客呀！
李彩兰　提醒顾客？（探询地）你是怎么想的？
小　娟　我听说，这是咱们商业工作的老规矩呀！
　　　　（唱）　我虽然参加工作时间短，
　　　　　　　　听人讲过路财神不好沾。
　　　　　　　　整天经营绸和缎，
　　　　　　　　钱财过手万万千。
　　　　　　　　常与顾客闹矛盾，
　　　　　　　　无非是少布短款把脸翻。
　　　　　　　　柜台上忙得团团转，
　　　　　　　　哪有清查的闲时间。
　　　　　　　　免得争吵两埋怨，
　　　　　　　　因此上我来个有言在先。
李彩兰　原来这样。小娟哪，那要是由于我们工作粗心，少找
　　　　了款，或者少扯了布，这么一来，不就把责任推给顾
　　　　客了么？
小　娟　可也不能把责任全搁在咱营业员头上！
李彩兰　照你这么讲，谁是矛盾的主要方面呢？
小　娟　提醒顾客当面点清总不为错吧？
李彩兰　提醒顾客当面点清是对的。关键在"过后概不负

责"这几个字上，这里也包含的不仅仅是个责任问题呀。

小　娟　那你说，还有个啥问题？

李彩兰　你自己想想看？

小　娟　（扭头看表）我想……

李彩兰　想急着回家看舅爷，是不是？

小　娟　我长这么大，还没见过他老人家呢。我得赶紧回去，说不定呀，我妈把饺子都下在锅里了！

李彩兰　你呀！快回去吧。回头咱俩好好谈谈。

小　娟　嗯。（拉出挎包）哎呀，账还没结呢！

李彩兰　（夺过单据）我来结。

小　娟　（感激地）李大姐！

李彩兰　快收拾一下走吧！（下）

小　娟　（收拾挎包，看表）还差二分钟。（看看门口）不会再来人了，关门！

〔小娟取下"开门整店"牌子，奔向门口；田大爷急匆匆上。二人相撞，牌子落地。

田大爷　（抱歉地）对不起，这……

小　娟　（翻转牌子）这叫"时间已过"。

田大爷　啊？那……

小　娟　那就请你明天再来吧。

田大爷　我忙着……

小　娟　大家都很忙。我们已经结过账啦。

田大爷　我有急事……

小　娟　论事急，老大爷，我的事比你还急哪！

田大爷　姑娘，我是从远路坐火车来的。

〔下班铃响。

小　娟　听，你就是坐飞机来也跟不上了！

田大爷　你听我把话说完……

小　娟　有说话的工夫，你还是到别的商店去看看。

田大爷　我说，同志啊！

（唱）　眼下农忙正抗旱，

　　　　为修配水泵我到西安。

　　　　明早起就要搭车往回赶，

　　　　趁机扯件新衣衫。

　　　　因此上前来麻烦你……

小　娟　（唱）　我也没有闲时间！

田大爷　（欲再求情）姑娘……

小　娟　（摆手送客）对不起！

〔李彩兰上。

田大爷　既是这——（无可奈何地）那就算咧！

〔田大爷欲下，李彩兰叫住。

李彩兰　老大爷，你是来扯布的？

田大爷　是啊！

李彩兰　那就请进来吧。

田大爷　这可就给你们添麻烦了。

李彩兰　老大爷，看你把话说到哪儿去了。要扯啥布，你过来
　　　　挑吧。（对小娟）你走吧。

小　娟　你可得快一点！（下）

田大爷　好好。（惊叹地）嘿呀，啧啧，恁好的花布绸缎呀！

李彩兰　老大爷，你想扯块啥材料？

田大爷　给女儿家扯件夏天穿的短袖衬衫。

李彩兰　噢。（指一块布）你看这块行么？

田大爷　呃，好是好，就是颜色有点太艳咧。

李彩兰　（指另一块）你再瞧这一块？

田大爷　质量不错，夏天穿咋觉着太素气。

李彩兰　（取出一块）这块咋样？

田大爷　你能不能挑个带花儿的？

李彩兰　（展示另一块）这一种呢？

田大爷　（不太好意思地）嘿嘿嘿，花骨朵满好看的，就是这
　　　　黄格格有些密了。

〔小娟上。

小　娟　李大姐，财贸办来人找你，询问你的发言准备情况。

李彩兰　好。（对小娟）你帮老大爷选块称心的衣料，啊？
　　　　（下）

田大爷　真是进了大花园，把人的眼都挑花了！（观看入迷）

小　娟　大爷！

田大爷　哎。（只顾观看）

小　娟　老大爷！

田大爷　不忙。叫我再看看。

小　娟　我说老大爷，我们这是卖货的地方，你别看个没完好
　　　　不好？

田大爷　哎呀呀，看看么，咻还能把布看个大窟窿？（指一块
　　　　红花布）咦，这块倒是挺喜人的。

小　娟　要多少？（急抖布，欲扯）

田大爷　你说，这块布口面有多宽，扯上四尺三，够不够做件
　　　　短袖衫？

小　娟　（没好气地）你问谁？

田大爷　求你给出个主意嘛。

小　娟　又不是给我扯衣裳，我晓得够不够？

田大爷　这——（打量小娟）哎，对了，姑娘，你今年多大了？

小　娟　看你这老大爷，（不满地）你是来扯布，还是来扯人？

田大爷　（朗笑）呃，姑娘，我老汉说话直，你可莫多心啊！
　　　　（唱）　我有个外孙女儿才工作，
　　　　　　　论年纪大约和你差不多。
　　　　　　　俗话说女大十八变，
　　　　　　　心思爱好难估摸。
　　　　　　　我是想借你的眼光选选货，
　　　　　　　回去后给娃好把衫子做。

小　娟　（唱）　百人百性差别远，
　　　　　　　脾气胃口不一般。
　　　　　　　你外孙身材模样高矮胖瘦我没见，
　　　　　　　谁晓得她爱把啥穿。

　　　　　　　这几样花布一个价，
　　　　　　　每尺都是五毛三。
　　　　　　　扯多少快点拿主见，

田大爷　先甭急么。
　　　　（唱）　叫我仔细再看看。

小　娟　（唱）　要看你去展销馆，
　　　　　　　那里专供人参观！

田大爷　我看这儿就谄和着呢！

小　娟　你谄和我可不谄和！（生气地）又不是专门给你一
　　　　个人开的商店！

田大爷　呃，年轻人，你咋打发出这号话？

小　娟　你要听啥话？

田大爷　你好好看看报，伢人家优秀营业员李彩兰是咋做的，
　　　　哪像你这样子！

小　娟　（扔下尺子）那就等李彩兰给你扯吧！
　　　　〔李彩兰暗上。

田大爷　嗯——真没见过你这号品麻的营业员！

小　娟　你当我就见过你这号麻缠的顾客？

田大爷　你这是啥态度？

小　娟　就这态度！怎么样？

田大爷　你？

小　娟　咋？

李彩兰　这是怎么啦？

小　娟
田大爷　（同时地）你问他
　　　　　　　　　　　她！

李彩兰　老大爷，甭生气，有话慢慢说。

田大爷　（拉李彩兰）
　　　　（唱）　叫同志们来评评这个理，

小　娟　（拉李彩兰）
　　　　（唱）　谁像他挑来拣去不得毕！

李彩兰　（推开小娟）冷静点。

小　娟　组长同志——

田大爷		哦,你就是这儿的组长?好,我问你,咱这商店兴不兴看看?
李彩兰	(唱)	人民商店人民管,
		热烈欢迎来参观。
田大爷	(唱)	可是她嘴撅脸吊把我怨。
小 娟	(唱)	展销馆参观也得定时间!
田大爷		哦,我听明白了。原来问题出在我不该在你要下班的茬口上来扯布啊?
小 娟		听明白了就好!
田大爷		好,好!(拔腿就走)
李彩兰		老大爷,(拦住)你已经来了,咋能不扯布就走呢?有意见等会儿谈,还是先扯布吧。
田大爷		也好。就把那块红花布给我扯上四尺三。
李彩兰		这块行吗?
田大爷		行啦!
李彩兰		老大爷,(递过单据)你去那边交款,我来扯布。
田大爷		好。(走过小娟身边)哎,你看人家这同志,多热心,多和气。你呀!……(下)
小 娟		我来扯!
李彩兰		小娟。
小 娟		你看他!
李彩兰		不能这样。
	(唱)	老大爷有事把门上,
小 娟	(唱)	分明刁难磨时光!
李彩兰	(唱)	咱要为群众多着想,
		埋怨顶撞不应当。
	〔田大爷上。	
田大爷		票开好啦。
李彩兰		(从小娟手中接过布递给田大爷)老大爷,那边有复尺台,你再量量。
田大爷		不用,咱人民的商店,我老汉信得过。

李彩兰　刚才营业员同志态度不好,你可别在意,这都怨我们工作没有做好,主要是我没有尽到责任。还请你多批评啊。

田大爷　(走近小娟)同志啊!
　　　(唱)　你要把毛主席教导记心怀,
　　　　　　时时刻刻莫忘店门向谁开。

小　娟　(唱)　为人民服务我记得牢,
　　　　　　用不着旁人来指教!

田大爷　(唱)　虽然有五个大字金光闪,
　　　　　　可知道完全彻底是标杆?
　　　　　　一把尺子手中攥,
　　　　　　常把份量掂一掂。
　　　　　　姑娘你要细检验,
　　　　　　脚跟站在哪一边。
　　　　　　感情差距有多远,
　　　　　　我劝你认真量一番!(愤然下)

李彩兰　老大爷!老大爷……(倚门沉思)一把尺子手中攥,常把份量掂一掂,脚跟站在哪一边,感情差距有多远!
　　　(唱)　老大爷热切期望响耳畔,
　　　　　　道出了阶级情寄语万千。
　　　　　　话不多份量重寓意匪浅,
　　　　　　似警钟声声敲在我心间。
　　　　　　虽然说开门整店一月满,
　　　　　　还需要细查思想找根源。

小　娟　没见过这号顾客,挑块布就像是翻腾他家的衣箱似的!

李彩兰　(唱)　买东西总有个比较挑选,
　　　　　　怎能够态度冰冷来抱怨。
　　　　　　就算是老人家专来观看,
　　　　　　也应该热情诚恳来宣传。

秦腔
两把尺子
LIANGBACHIZI

讲一讲工农业飞跃发展，

看一看市场繁荣新局面。

小　娟　咱的任务是卖布的营业员，不是讲解员。

李彩兰　（唱）　咱不能只着眼布匹绸缎，

站柜台要把眼光来放宽。

咱们经手的不仅仅是钱财，要知道，群众生活用品依靠咱们供应，工农业产品靠咱们交换，党对人民的关怀有许多方面也是靠咱们的工作来体现的呀！

（唱）　柜台虽小通四海，

一把尺连着万家欢。

咱终日奋斗在商业战线，

要牢记党教导重任在肩！

小　娟　这么说……我的态度是有些不好。

李彩兰　你平时做得还不错，为什么今天却出了问题呢？

小　娟　这……

李彩兰　这看来是个态度问题，而实质却是个立场问题呀。

小　娟　立场问题。

李彩兰　事情虽然不大，可是反映了我们用什么样的思想感情对待工农兵群众。老大爷讲得好，要查查我们的立足点，是不是移到工农兵这方面来了。像刚才这种情况，按理就应该把老大爷请回来，虚心听取他的意见，认真检查我们的缺点，而决不是推出门了事。

〔田大爷上。〕

小　娟　还没把他请回来？

田大爷　不用请，我自己又来了。

李彩兰　老大爷！

田大爷　你给我扯了多少布？

李彩兰　四尺三呀？

田大爷　没错？

小　娟　布是我扯的，一寸不短。

田大爷　啊，怎么……是你扯的，当真没错？

小　娟	我敢保险！
田大爷	好，你再量量看。
李彩兰	老大爷，你等等，我们马上清查一下，如果确实有错，马上给你调换。
小　娟	李大姐，你是怎么了？那么容易调换！
李彩兰	我们的责任是向人民负责呀！
小　娟	责任？你等等，(指白牌子)你往这儿看！
田大爷	(念)"钱货当面点清，过后概不负责"！
小　娟	看清了？
田大爷	看清了。
小　娟	怪谁？
田大爷	啊？这……扯错了布，倒怪到我头上来了！
李彩兰	老大爷，你别急，我来量量。(量布)
田大爷	同志！
	(唱)　出大楼顺便我到裁缝店，
	想打问得够做件短袖衫。
	谁知道裁缝师傅把布展——
李彩兰	(唱)　为什么竟然变成五尺三？
小　娟	啊！多了一尺？
田大爷	(唱)　急得我满头大汗朝回返，
	特地来又给你把麻烦添。
李彩兰	老大爷，谢谢你！
田大爷	看这娃，说啥，国家的财产嘛！
小　娟	这……
李彩兰	这全怪我责任心不强。老大爷，近日我们正在开门整店，还请你多帮助哪！
田大爷	开门整店？好哇。不过，要首先打开思想上的门，才能把店整好啊。
小　娟	参加工作以来，我这把尺子从没出过错，不知咋搞的，偏偏今天……
李彩兰	手里的尺子是不会变的，关键是思想上的尺子！

小　娟　思想上的尺子？

李彩兰　咱们天天讲急工农兵所急,想工农兵所想,但是为什么一旦与自己的私心发生了矛盾,就迷失了方向？(取过白牌子)再看看这个,它是为革命负责立的标杆,还是一面逃避责任的挡箭牌？

小　娟　我……

李彩兰　我们想的是推出门概不负责,可是老大爷却在百忙中为了国家的财产不顾劳累,一丝不苟地把布送了回来!

小　娟　(接过白牌子)这……

李彩兰　这是资本主义经营方式和经营作风的余毒啊!已经被老职工抛进垃圾堆的东西,你却竟把它又捡了回来! 同志啊!

　　　　(唱) 思想上残存杂念私一点,
　　　　　　　毒菌就把空子钻。
　　　　　　　假若还辨不清方向路线,
　　　　　　　怎能够万里征途来扬帆。
　　　　　　　你莫要将这尺子来小看,
　　　　　　　人民把无限期望寄上边。
　　　　　　　它本是工农群众交咱掌财权,
　　　　　　　你且把担子轻重掂一掂!

小　娟　(唱) 他二人语重心长来指点,
　　　　　　　不由我心难静思量再三。
　　　　　　　为什么只想早见舅爷面,
　　　　　　　顾个人把群众需要撇一边。
　　　　　　　看起来头脑中缺乏尺一把,
　　　　　　　焉能够为无产阶级站好柜台接好班。
　　　　　　　思想上失警惕受害不浅,
　　　　　　　将毒菌错当作妙剂灵丹。
　　　　　　　今日起紧握尺子擦亮眼,
　　　　　　　彻底改造世界观。

　　　　　　一颗红心献给党,
　　　　　　永做人民的勤务员!

田大爷　(高兴地)有出息!有志气!

小　娟　老大爷,刚才的事……你就狠狠批评我吧!

田大爷　嗯,知错就改,黄金难买呀。大爷还要表扬你哩!

李彩兰　这块布——

小　娟　我马上换!

田大爷　不用,我是专门来补钱的呀。

李彩兰　那多一尺不就浪费啦。

田大爷　多就多点,还可以做成个长袖衫衫嘛。

小　娟　那夏天穿多不合身呀。

李彩兰　我们现在实行开片售料,这块布还是大有用处的。
　　　　这布呀,就给你换换。

小　娟　老大爷,刚才你不是要借我的眼光吗?

田大爷　对呀。

小　娟　(取一块布搭在胸前)大爷,你看!
　　　　(唱)　这块布花格秀丽不素又不艳,
　　　　　　　结实大方挺美观,
　　　　　　　你若将它扯回去,
　　　　　　　保你孙女心喜欢。

田大爷　好,好哇。

小　娟　满意吗?不行了我给你再重挑。

田大爷　行,行!满意,太满意了!组长同志呀,你们到底是
　　　　毛泽东时代的好青年啊!

小　娟　老大爷,给,不多不少四尺三!

田大爷　这才是人民的好勤务员啊!不瞒你们说,我今日要
　　　　顺便看我那外孙女,她呀,和你一样,也是个营业员!

小　娟　你外孙女也是营业员?

田大爷　是啊!
　　　　(唱)　她爹妈在外几十年,
　　　　　　　今春上调动到西安。

工作就在纺织厂，

外孙女呀，

还没见过我老汉。

为表舅爷心一片，

给娃扯件新衣衫。

小　娟　她在哪儿住？

田大爷　（唱）　印花布巷口转南，

门牌上写五十三。

小　娟　（惊讶地）你是——

田大爷　（唱）　家住在银花大队渭河畔，

我本是棉农一老汉。

小　娟　（激动地）你姓田？

田大爷　对，呃，（打趣地）姑娘，你这扯布的，咋也扯到我头

上来了啊！

小　娟　哎呀，舅爷！

田大爷　（愕然）你——

小　娟　我就是你那没见过面的外孙女——

田大爷　小娟!?

小　娟　舅爷！（扑在老田怀中）

〔解放军战士、老工人同上。

李彩兰　哎呀，（欢喜地）闹了半天，外孙女还不认舅爷的

门啊！

田大爷　组长同志……

小　娟　舅爷，她就是你让我好好学习的那个优秀营业员——

田大爷　李彩兰！

李彩兰　田大爷。

老工人　你就是李彩兰同志，我可把你找到啦！

李彩兰　找我？

老工人
田大爷　（同时地）李彩兰同志！（握手）自从你的事迹在报
战　士

上登了以后,传遍了渭河平原,大伙儿都在向你学

我们部队

习哩!

李彩兰　工农兵永远是我们的老师啊!

小　娟　李大姐,你不是让我给你参谋参谋晚上的发言吗?

李彩兰　是啊。

小　娟　我看就拿今天的事做例子,(捡起白牌子)从它开
　　　　刀,认真解剖一下我的缺点!

李彩兰　这……

小　娟　这是个活教材。让同志们从我身上吸取教训,舅爷
　　　　你说行吗?

田大爷　咧好么!

小　娟　走!

李彩兰　不忙,这里咱们还得重新立一个标杆!

小　娟　好,你说我来写。

老工人　我已经写好啦!(捧出大字报)你们看!

　　　　〔小娟接过展示。红纸金字,词与合唱同。

众　　　(合唱)一把尺子无限情,

　　　　　　　　店门面向工农兵。

　　　　　　　　完全彻底为人民,

　　　　　　　　柜台内外春意浓。

　　　　〔众亮相。

——完

演出单位

西安市五一剧团

再攀飞云岭

郑宗义　编剧

剧情简介

　　郭志刚和柳春旺是革命战友,战争年代曾在飞云岭上并肩与敌浴血奋战。20 世纪 70 年代,郭从部队退休,不愿留居城市,毅然返回山乡,担任了大队党支部书记。他决心在新的征途上坚持党的基本路线,高举"农业学大寨"的旗帜,率领广大社员与天斗与地斗,夺取新的胜利。时任大队长的柳春旺一直战斗在农业战线,但由于他满足于近年来已取得的成绩,在荣誉面前,滋长了骄傲情绪,固步自封。由柳春旺抚养长大的革命烈士的女儿红芳,大学毕业后,返回大队,担任党支部委员、农田基建突击大队。

　　为了彻底改变山乡缺水低产的面貌,郭志刚带领红芳和柳春旺冒雪再攀飞云岭,勘查线路,劈山引水,团结战斗,使山村面貌发生了很大变化。

人 物 表

郭志刚　　　五十余岁,望水乡党支部书记
红　芳　　　二十余岁,支部委员兼农田基建突击队长
柳春旺　　　五十余岁,支部委员兼大队长
马保良　　　四十七八岁,副业组长

〔20 世纪 70 年代的一个隆冬。

〔陕北山区,飞云岭上。

〔幕启:原驰蜡象,风啸雪狂。

郭志刚　(内唱)征途上北风凛冽雪正狂,

〔红芳身背图囊,高擎"艰苦奋斗"战旗腾跃下山,开
路前导。郭志刚携带绳索、标杆,搏风斗雪上。

郭志刚　(唱)　展红旗越峭壁冲上山岗。

负重任勘地形查线定向,

学大寨绘宏图再辟战场!

红　芳　郭大叔,我参掉队了!

郭志刚　(召唤)老柳!柳——春——旺!

〔柳春旺带三角架蹒跚上。突然狂风骤起,将他卷
走。郭志刚一惊,甩掉老羊皮袄,猛扑过去抓住即将
滚坡的柳春旺,安然脱险。红芳迎上,急扶、拍雪。

郭志刚　老伙计,(将皮袄给柳披上)是气温突然下降,还是
你的情绪有点反常?怎么一路上总是走走停停回头
张望?

柳春旺　我就是想不通!一个劲儿地上、上、上。你也回头看
看,望水乡哪一点不比人强?为啥非得攀那飞云岭,
修渠引水斗龙王?

郭志刚　同志,不要只看到这几年咱生产队打了那几个坝、改
造了几架山梁,要夺取稳产高产,就得抓住水利这个
命脉,大干快上!

红　芳　大叔,你看!(示图,指前方)

(唱)　要牵那玉龙河水进山乡,

就必须腰斩这道青龙岗。

柳春旺　(唱)　斩山岗不是刀切米花糖,

413

那得要挪走多少土石方?

郭志刚　(唱)　咱可以埋设炸药把炮放,

何惧怕垒垒顽石坚如钢!

柳春旺　(唱)　炸药虽能断山梁,

深沟咋样作文章?

红　芳　(唱)　人工能把彩虹降,

架起渡槽接两厢。

郭志刚　(唱)　遍地石料用途广,

咱队不缺巧石匠。

红　芳　(唱)　既省劳力又省钱,

郭志刚　(唱)　就地取材好主张。

(对柳春旺)瞧瞧咱红芳,党的阳光育新苗,培养的
工农兵大学生就是不一样啊!走吧,上了飞云岭,你
才能看清咱望水乡。

〔红芳挥旗,继续前行。

红　芳　(唱)　脚踩积雪把路上,

郭志刚　(唱)　查过一山又一岗。

红　芳　(唱)　待明朝引来玉龙水,

郭志刚　(唱)　赢得遍地糜谷香!

红　芳　大叔,前边就是飞云岭!

郭志刚　上!

柳春旺　甭忙!

(唱)　满天风雪盖大地,

哪有道路上山岗?

郭志刚　(唱)　道路靠咱来开创,

艰难险阻有何妨!

慢说一道飞云岭,

自有热血融冰霜!

跟我来!

〔郭志刚开路,红芳挥旗随下。

柳春旺　老郭!这个人呀,真是脖项上生就的犟筋,瞅准一条

道儿，一辈子都不回头望！好吧，今天上了飞云岭，我得叫你在铁的事实面前，放弃这不切实际的幻想！

〔柳春旺欲下，马保良内喊："等一等，老队长！"气喘吁吁奔上。

马保良　好我的老队长，（抚胸喘息）为追赶你们，差一点挣断我的肝肠！

柳春旺　马保良，几时回来的？

马保良　夜天晚上。

柳春旺　副业组的事，跑得怎么样？

马保良　虽然人吃了不少苦，可是事情还顺当。听说支委们为修渠，风餐露宿查线定向，天没亮我就连滚带爬撵你老队长。看阵势，引水已是箭在弓弦上？

柳春旺　社员大会上才酝酿，支委会还没最后定铆成章。

马保良　你老咋个想？

柳春旺　一根朽木充不了栋梁啊。

马保良　话可不能这样讲。窗口上朝外吹唢呐——不见面也听个响。谁不知你柳春旺是当当响的老党员、老革命，望水乡的台柱子，举红旗的老将！

柳春旺　老不中用啰，尔个一代更比一代强啊。

马保良　嘿，满天的星星不顶一个月亮。就拿修渠来讲，我琢磨，这绝不会是你的主张。自从盘古开天地，只有玉龙下东海，谁见过河水上高岗。生就的鸡命，凤凰蛋吃不上！

柳春旺　这线路正测量，究竟工程能不能上马，现在还没到定秤的时光。

马保良　没得登天的云梯，过不去飞云岭这堵墙！郭书记硬要那么想，你心里可得有本账啊！

（唱）　多年来学大寨汗水流淌，
　　　　好容易才攒下一点家当。
　　　　沟里看大坝连成马奶串，
　　　　回头望梯田层层绕山岗。

夺高产粮食一举上"纲要",
在山区开创纪录破天荒。
假若还盲目修渠把阵上,
这家业可能全被踢打光。

（从毡帽夹层中摸出一本小册子）你看看,这是省上才印发的红榜,里边就有表彰你的文章。要慎重啊,老队长!

柳春旺　是啊。（揣起小册子）保良呀,你身为副业组长,要为集体多操个心,可不能站在局外观风向!

马保良　那当然。可是,郭书记却讲:"不能满足现状,还要大干快上把业创,每个脚印都要踏在继续革命的征途上!"

柳春旺　话谁都会讲。人嘛,又不是一块钢!

马保良　着哇! 好马驰千里,也得寻个落脚的栈房。所以我就想……

（唱）　要使咱红旗队蒸蒸日上,
　　　　只有把壮大集体经济摆在首一桩!

柳春旺　（唱）　抓经济要靠门路广,
　　　　　　　　想入云天无翅膀。

马保良　（唱）　山不转河水照样淌,
　　　　　　　　事在人为有良方。

柳春旺　（唱）　有啥主意痛快讲,
　　　　　　　　可不能乱出鬼名堂!

马保良　（唱）　县城里粮油公司扩建新仓房,
　　　　　　　　正物色妙手巧石匠。
　　　　　　　　办事员本是我娃他舅的老岳丈,
　　　　　　　　答应把这份美差交咱来承当!

柳春旺　承包那么大工程,劳力太紧张。

马保良　你这人,咋拿上擀面杖当萧吹——实心没眼儿,红芳的人马不就是现成的力量!

柳春旺　把农田基建突击队拉出去包工盖仓? 这方向……

马保良　没啥含糊的地方！这也是学大寨，为着壮大社会主义集体经济力量嘛。当年收益见效快，干吃净拿省力量。工分价值上涨，红旗更增光，集体富裕、社员腰包胀；到春节，你再看咱望水乡，站在这飞云岭下，都能闻见家家暖窑羊肉饸饹油糕香！

柳春旺　好是好，就怕行不通。全村开了一锅汤，打铁备料整行装。标语口号贴满墙，心急火燎等着誓师修渠上战场！

马保良　不是我说话风凉，这不分明拿着碾盘子打月亮——看不来高低，还掂不出斤两。就算渠能修通，少说也得五年时光。你思量，远水可解不了眼前嗓子发干喉咙痒！

柳春旺　是啊。

马保良　只怕郭书记的思想……

柳春旺　可以交支委会商量。

马保良　机会难得，到嘴的肥肉，可别让旁人插筷子夹走填了肚肠！

柳春旺　包在我身上！不过，保良呀，咱是红旗队，出门在外要谨慎，千万不敢给我把乱子闯！

马保良　你把宽心放。从前我赶牲灵贩马走草地，巴望个人发财有过瞎思想，可那是旧社会。尔个在你老队长的鞭梢下，敢对天起誓。我这匹马多年来没咆过蹶子、饱过私囊！

柳春旺　就该这样！

〔郭志刚内喊："老柳，快走哇！"

柳春旺　我走啦。你赶快回去挂个电话，再靠实一下甲方。

马保良　行。只要那边喜鹊唱，我一马报上飞云岭，绝不耽搁时光！

〔二人同笑。

〔暗转。

〔飞云岭上。苍松屹立，红梅怒放。雪已住，风儿仍

417

在峡谷中回荡。

〔郭志刚手抚胸腔,挂着标杆,艰难地走上,红芳随上。

红　芳　大叔,你怎么啦?

郭志刚　没什么。

红　芳　你总是这样。(嗔怪地)再大的痛苦也不对人讲!最近我才听说,你把大半个胃切了,身上又有枪伤。部队首长批准你去海边长期疗养,你却坚持回到望水乡。这……

郭志刚　傻姑娘!胃切了,心脏很健康;虽然身上有点伤,可它却增强了抗寒的力量啊!去吧,将红旗插上,给你爹指指方向,到岭下扶他一把。

〔郭志刚见红芳插旗后奔下,迅即解下绳索结在松树上,攀岩下。

柳春旺　(内唱)冰封雪盖飞云岭,

〔红芳搀扶柳春旺上。

柳春旺　(唱)　旧地重游大不同。

　　　　　　　当年登攀逞豪勇,

　　　　　　　今朝气喘累难撑。

红　芳　爹,快坐下。

柳春旺　(落座环视)你郭大叔呢?

红　芳　(发现绳索)啊?(奔至崖边)郭大叔!

柳春旺　(急至崖边)你不要老命了?快上来!(怒视红芳)谁叫你放他下去查看山势走向的?

红　芳　我……

柳春旺　(不容分辩)你难道不晓得,一路上他腔子疼,冷汗淌?

红　芳　可他总说不妨。

柳春旺　不妨?给你身上埋块弹片,你看妨不妨?(甩落皮袄,抓住绳索)

红　芳　你……

柳春旺　我去把他拉上来！

红　芳　我去！

柳春旺　你老实给我呆在这儿！（翻身下）

红　芳　（激动地）身上还埋藏着一块弹片,他却从来没对人
　　　　讲过呵！

　　　　（唱）　大叔他自回乡来把帅挂,
　　　　　　　战山河工地茅棚把营扎。
　　　　　　　每日里一把老镢握在手,
　　　　　　　忍伤痛带头开石把土挖。
　　　　　　　军衣染绿千重岭,
　　　　　　　血汗浇开胜利花。
　　　　　　　数十载青春常在人不老,
　　　　　　　似苍松巍巍屹立斗风沙。
　　　　　　　红芳我自幼生在红旗下,
　　　　　　　党培养大学毕业返回家。
　　　　　　　学习他艰苦奋斗创新业,
　　　　　　　似红梅立志山乡把根扎。
　　　　　　　接过老镢手中拿,
　　　　　　　要把渠道来开挖。
　　　　　　　跟着他革命征途朝前跨,
　　　　　　　誓做那万里洪涛一浪花。

　　　　〔郭志刚与柳春旺攀崖上。

郭志刚　红芳,我和你参查看了一遍,要盘山修渠,就得加大
　　　　工程量,沿途得增加许多涵洞、桥梁。

红　芳　那时间就得拖长呀！

郭志刚　是啊,得另外想法设方。

红　芳　你的意思……

郭志刚　要抓时间,大干快上,只有打隧洞,才能尽快把玉龙
　　　　河水牵回望水乡。

柳春旺　打隧洞？

郭志刚　对,我在朝鲜战场上,干过这一行。

红　芳	这倒是个好办法。
柳春旺	好啥？那不是穿针纫线,少说也有半里长呐！没那么大的金钢钻,揽下这些瓷活咋收场！
郭志刚	既然这样,我看咱就把飞云岭作为一杆标尺,开个支委会,检验检验我们的思想。
柳春旺 红　芳	我同意！
郭志刚	好,这头一炮……
柳春旺	我放！

（唱）　飞云岭岩坚似铁把路拦,

　　　　几十里盘山渠非同一般。

　　　　凭咱们一个队劳力有限,

　　　　这工程得要修到哪一天?

红　芳	（唱）　飞云岭固然是工程艰险,

　　　　怎阻挡玉龙河水滴石穿。

　　　　凭咱们一颗红心一双肩,

　　　　学大寨艰苦奋斗破难关！

郭志刚	对呀,大寨人能够治理七沟八梁一面坡,平山造平原,咱为什么就不能花它五年工夫,下决心改变干旱面貌,打通一条引水渠?
柳春旺	与其想五年后的事,不如经营好眼前的营生,比啥都强。
红　芳	照你这样想法,今年混过去,明年后年还这样?
郭志刚	不能年年忙丧事、赶道场。
柳春旺	我就解不开,为啥非得一条道儿走到黑,就不兴重打鼓另升堂?
郭志刚	重打什么鼓?
柳春旺	我看可以在副业上找出路、做文章！
红　芳	搞副业?
柳春旺	对,搞副业。
郭志刚	摊开你心里这本账！
柳春旺	据群众反映,县粮油公司要扩建新仓,咱们何尝不可

以把基建突击队拉出去,抓抓现金收入,壮大一下集体力量?既省力,见效又快。为啥非得叫玉龙河牵着咱的鼻子转山梁!

红　芳　是不是马保良给你出的主张?

柳春旺　那又怎么样?

郭志刚　你同意了?

柳春旺　群众有这个要求,我也有这种倾向。

郭志刚　搞副业抓现成,弃农盖房!我倒要问问,这是以什么为纲?是钱还是粮?

红　芳　你……我说爹呀,这可是回头路,典型的资本主义倾向。

柳春旺　你才上了几天大学,入了几天党,在我儿给我乱上纲。啥是资本主义用不着你来上政治课,我过的桥比你走的路长!

红　芳　(气愤地)想不到,你……

柳春旺　我怎么啦?

红　芳　自从修坝造田打了一场硬仗,把这面红旗往回一扛,你就有些沾沾自喜、满足现状,思想上开始转了向!

柳春旺　(暴跳起来)你把碾盘子给老子戴上!依你说,我就不革命了?唉?

红　芳　我看差不多!

柳春旺　啊?还……还差不多?(扑向红芳,将烟锅子一扬,倚老卖老地)给你说,老子当年提上脑袋闹革命,还没得你哪!

红　芳　你就背这老包袱!

柳春旺　你听听!(怒不可遏地冲着郭志刚)我满足现状,背老包袱转了向……

郭志刚　怎么,这点意见就受不了啦?

柳春旺　心口上扎刀子啊!(喃喃地)你还记得么,四七年你随部队南下,分手那天早上,我送你到这飞云岭的景象?

421

郭志刚　咋能忘？我把烈士的遗孤交你来抚养。

柳春旺　二十多个年头，春去秋凉，老郭耶，兄弟我问心无愧，没亏待过这棵嫩秧秧。一根线拴着两颗心，日盼夜盼，日夜盼她长呀长，谁料想她……今天长了翅膀……

郭志刚　居然敢在老子的头上动刀枪！

柳春旺　你……

郭志刚　同志！

（唱）　小红芳话虽直语重心长，
　　　　道出了一片情赤诚心肠。
　　　　带头人肩负着人民期望，
　　　　掌舵柄万不能犹豫彷徨。
　　　　别以为前进在社会主义大道上，
　　　　失警惕毛毛细雨也会打湿衣裳。
　　　　行船中昂首引颈看方向，
　　　　辨航道才能够奋力挥桨。

柳春旺　啊？她说我不革命了，你也说我丧失警惕迷失方向。你翻开历史查查，档案袋里没处分，身上有的是枪伤，广播上有名，报纸上有像。过去的事且不讲，就拿农业学大寨来说，在这块山高土少石头广、出门上地爬山梁的穷山庄，为集体我真真是汗珠落地摔八瓣、一天两头不见亮啊！

（唱）　为革命居山村劳神熬眼，
　　　　洒血汗苦奔波鞋底磨穿。
　　　　为集体终日里把心操烂，
　　　　多年来披星戴月未歇班。
　　　　到今日粮上"纲要"猪满圈，
　　　　红旗是我扛回山。
　　　　柳春旺若还不革命，
　　　　要让事实来发言！

郭志刚　虚荣的人，总是回头数落自己的五马长枪；刻苦的人，却总是昂首注视着革命事业的伟大理想。成绩再大也只能证明过去你跟着毛主席战斗过,没有辜负党的培养,但它不能说明你的现在,更不能保证你的将来!

柳春旺　现在咋? 我为集体来着想,试问错在哪一章?

郭志刚　就错在忘记了党的基本路线,骄傲自满,在困难面前不想艰苦奋斗往前闯;心里只装着你柳春旺三个字,根本看不到群众的智慧和力量!

柳春旺　这顶帽子不适当! 郭志刚同志,咱把话说响,望水乡是红旗队,这么干,万一弄个竹篮子打水,严重后果你得承当!

郭志刚　柳春旺同志,我也把态度摆明朗。照你这样,固步自封,不敢继续革命,红旗队就有塌台的下场!

柳春旺　好哇,郭志刚,你也这么讲! 固步自封,不敢继续革命,忘记了党的基本路线。还有啥? 六〇炮、机关枪? 随便放! 要修渠,你们上,我柳春旺没能耐,不把路挡!(甩脱皮袄急走,慌不择路)

郭志刚　站住!

　〔柳春旺止步。

郭志刚　那是悬崖,当心走错了方向!

柳春旺　多谢了。(扭头欲下)

郭志刚　回来!

红　芳　你当真要下飞云岭?

柳春旺　这儿不是我留恋的地方!

郭志刚　什么?(猛力扯开衣襟,拿出一个小红包)说是你来看!

红　芳　(展示)"游击分队花名册"?(翻阅一惊)啊? 血书两行!

郭志刚　(默诵)肝胆照九洲……

柳春旺　(急夺过,双手捧起、颤抖着)……宁死不回头!

郭志刚　柳春旺同志,你呀,好好想想吧!

柳春旺　我……(木然坐回原处)

423

红　芳　大叔,(取过花名册,伏在郭志刚膝边)这花名册?

郭志刚　是一位战友,送给我的遗物——纸一张。

红　芳　这血书……

郭志刚　是我们俩当年在此地把字写上。

红　芳　啊,是这样……

郭志刚　多年来我揣着它,跟着进军的战旗走四方,心脏每跳动一次,就撞在这带血的名册上。一想起就难受,心血沸腾啊!

（唱）　捧血书心潮涌起千层浪,

忆往事霎时间如返战场!

四七年保边区来把敌抗,

那一日也正是天寒地冻凝冰霜。

为掩护乡亲们支前运粮,

我三人浴血奋战在飞云岭上。

直杀得蒋胡匪魂飞胆丧,

你亲爹老队长身负重伤。

临终时掏出这带血名册含笑把话讲,

郭指导员、柳排长,将革命进行到底,迎接胜利的曙光!

（唱）　好战友壮志未酬血染山岗!

红　芳　爹!

（伴唱）风雪紧松涛吼群山震荡,

郭志刚　（唱）　含热泪埋葬战友在松树旁。

抬头望——

柳春旺　（唱）　运粮队脱险过山梁,

郭志刚　（唱）　惊回首——

柳春旺　（唱）　群匪嚎层层包围正嚣张。

郭志刚　（唱）　怀悲愤——

柳春旺　（唱）　誓向敌人讨还血泪账,

郭志刚　（唱）　要报仇——

柳春旺　（唱）　无有子弹上枪膛!

郭志刚　（唱）　我二人紧握手默默相望，

　　　　　　　　展名册写下这血书一张。

　　　　　　　　革命者岂能被俘落敌手，

　　　　　　　　挺胸膛从容跳崖下山岗！

　　　　（伴唱）啊……

　　　　　　　　苍松屹立冲天长，

　　　　　　　　英雄宁死志如钢！

郭志刚　（唱）　转眼间二十余年流光淌，

　　　　　　　　有多少烈士鲜血洒在征途上！

　　　　　　　　名册上六十位战友同愿望，

　　　　　　　　到今日只留下你我一双！

　　　　　　　　同志啊，你思一思想一想，

　　　　　　　　征途上重任在肩路更长！

　　　　　　　　怎能够摆功劳安于现状，

　　　　　　　　壮志消磨下战场？

　　　　　　　　今朝再攀飞云岭，

　　　　　　　　为什么彷徨四顾迷了航？

柳春旺　我……

红　芳　大寨人站在虎头山，放眼全世界。我们的心里，可不能只装着一个望水乡啊！

郭志刚　早在全国解放前夕，毛主席就高瞻远瞩，告诫全党，中国革命是伟大的，但革命以后的路程更长……号召我们谦虚谨慎、戒骄戒躁，要把艰苦奋斗的革命精神永远发扬。

柳春旺　我……

〔马保良内喊"老队长……"疾上。

马保良　老队长，（掏出一信）我刚回去就碰见甲方把这封急信送到村头上。

郭志刚　我看看。（拆阅，暗喜）好，太好了！

马保良　噢？郭书记，这么说你也同意这个主张？

郭志刚　我举双手赞扬！（将信转给柳春旺）

马保良　那合同……

郭志刚　马上签!

马保良　好!(急掏笔记本)我记,你讲。

郭志刚　感谢公司支持来帮忙,为农业学大寨添力量,并肩携手同战斗,崇高风格要发扬。

马保良　嘿,出口成章!不是我当面夸奖,到底是部队回乡的老团长,觉悟就是不一样,热爱集体思想好,处处为社员的光景来着想啊。

〔马保良将记录捧给柳春旺。

马保良　老队长,(得意地)我这趟飞云岭总算没白上。你看看,怎么样?

柳春旺　算我瞎了眼,差点上了当!

马保良　(莫名其妙地)这……

红　芳　哼,这就是你出的好主张!(递信)看看吧!

马保良　(念信)"我司基建起风浪,拉劳力弃农盖仓房,企图破坏农业学大寨,特告你队勿上当……"啊!郭书记,我可一心想的搞副业,为壮大集体经济来着想啊。唉,天晓得,咋会走到岔道上!

郭志刚　以副促农,五业并举,正当的副业,我们还要大力提倡。问题不在搞不搞副业,而是执行啥路线,走的啥方向。

马保良　我……

郭志刚　你先回去,好好想想。

马保良　是,我一定想,一定想。(下)

柳春旺　我……真糊涂啊!

郭志刚　你可得想想,像马保良这种人,为什么要扯你的后腿、捧你的场?不正是揪住了你的自满思想,从而导致你迷失了方向吗?丢掉了过去革命战争时期的那么一股劲、那么一股革命热情、那么一种拼命精神,咋能朝气蓬勃地前进在社会主义革命的征途上?同志,前边的山更高、坡更陡、路更长啊!

柳春旺　（唱）　好战友句句话字字入理，
　　　　　　　　阶级情同志爱多么珍惜。
　　　　　　　　飞云岭忆往事前后对比，
　　　　　　　　热血涌珠泪落百感交集。
　　　　　　　　我二人一根藤上党哺育，
　　　　　　　　为什么思想境界有高低？
　　　　　　　　小红芳接过红旗高举起，
　　　　　　　　老郭他掌舵柄威武屹立。
　　　　　　　　我不该把艰苦奋斗来忘记，
　　　　　　　　斗志衰方向迷贪图安逸。
　　　　　　　　支委会为我把警钟敲起，
　　　　　　　　征途上从头跃奋斗不息！

红　芳　（亲切地）爹！

柳春旺　孩子，这趟飞云岭上得好哇！定准了渠线的方向，挖
　　　　除了我脑子里的自满思想啊！

红　芳　大叔，我请求，把再战飞云岭的重担，交给我们农田
　　　　基建突击队来扛！

郭志刚　老柳，你看怎么样？

柳春旺　好！（柳春旺拔旗在手）
　　　　（唱）　举战旗顿觉得心潮澎湃，
　　　　　　　孩子，给！（授旗）咱们继续登攀勘查！

郭志刚　（唱）　征途上前赴后继把路开。

红　芳　（唱）　老一辈不惜热血染石岩，

众　　　（唱）　看今朝誓牵玉龙上山来！
　　　　〔旭日东升，朝霞满天。众亮相。

　　　　　　　　　　　　——完

427

编 后 语

　　《西安秦腔剧本精编》是一项大型剧本编辑工程。它收录了新中国建立后西安市辖的易俗社、三意社、尚友社、五一剧团四大著名秦腔社团上自清末、下至二十一世纪初近百年来曾经上演于舞台的保存剧本，承载与呈现着古都西安百年的秦腔史。这样一个浩大的戏剧工程，在西安市近百年文化史上是前所未有的，受到各方面广泛关注。

　　编辑组建立之初，面对的是四个社团档案室中百年以来的千余本（包括本戏、小戏、折子戏）约三千万字的剧本手抄稿、油印稿、铅印稿。由于时间久远，其中不少已经含混不清，或章节凌乱、缺张少页、错误多出，有的甚至连作者、改编者姓名、演出单位、演出时间等都已寻找不见，工作量之大、难点之多可以想象。更由于此次编辑的范围，是以必须经过舞台演出的剧本为前提，因而正式进入工作后，许多需要认真解决的具体问题都凸现出来了：

　　一是不少剧目，虽然演出过，但真正的排练演出本却找不到了。在查访中，有些尚可落实，有些则因当事人已故，无觅踪迹，只好录用现存的文学本，以解决该剧目缺失的遗憾。

　　二是有些排练演出本虽然收集到了，却不完整。有的有头无尾，有的有尾无头；有的场次短缺，有的唱段缺失;有的页码残缺,前后无法衔接。这样,只能依靠编辑组人员及有关演职人员反复回忆,或造访老艺人和当事人回忆,不厌其烦,完成残本的拾遗补缺、充实完善工作。

三是一些秦腔名戏和看家戏,艺术魅力强,观众很喜爱,但在长期的演出中,为了适应当时的形势,往往同一个戏,在新中国建立前后、改革开放前后都有不同版本。这些剧目,由于受客观时势和执笔者思想认识的影响,不少改编本把原作中一些脍炙人口的名场段、名唱段给遗漏了,拿掉了。今天看来,这是历史、文化的失误。因为这些场段、唱段的不少地方既含有简明而丰富的历史知识,又有淳朴淳厚的人文教化,附丽以历代秦腔名家的倾情演唱,熏陶和感染过无数戏迷观众,不失为秦腔传统艺术的闪光点所在。因此,在对这类剧本的认定和选用中,编辑组抱着尊重、抢救、保护国家非物质文化遗产的态度和立场,通过鉴别,更多地向传统倾斜,把该恢复、该补救的名场、名段都做了尽可能完善的恢复与补救。

四是曾经有一些在西安舞台上演过的老秦腔传统本,被兄弟剧种看好,拿去改编、移植成他们的优秀剧目。之后,这些剧本又被秦腔的剧作家再度移植、改编过来,在西安舞台上演。对这类本子,在找不到秦腔演出本的情况下,经过审定,也都作了收录,成为"出口转内销"的好本子。

五是有些保存本,当年演出、出版风靡一时,并有作者、改编者的署名。由于岁月的磨洗,演出本还在,而作者的名字则记忆模糊甚至不见了。为了尊重他们的劳动,还其以神圣的著作权,编辑组翻查了大量档案资料,终于使一些剧本的作者署名得以落实。

六是由于秦腔是大西北最有代表性的地方剧种,剧本中普遍存在大量的方言俚语、民俗风情,鲜明地体现着秦腔的地方戏色彩。但同时也因为作者和所写的题材来自不同方域,用字、用词、用语存在很多错、别和不规范、不统一的现象。此次编校,通过讨论、争议、比对、考证,尽可能地做到了规范和统一。

除此之外,还涉及到很多剧本在主题思想、故事情节以及版本、人物、时间、场景、舞台指示、板腔设置、动作、细节、念白、唱段、字词句、标点等许多大大小小的问题,需要进行有效地疏、改、勘、正工作。编辑组通过连续数月的辛勤工作,终于以艰苦的劳动征服了这座巨山。

参加本次编辑的专家平均年龄已 68 岁,每天要审校、修订三四万文字。为了提高工作效率,针对剧本的体裁特点,编辑组分为几个小组,采用读听结合、交叉审校的方法,尽可能精准地还原出作品的原貌,包括每场戏、每段唱词、每句念白、原作者、改编者、移植整理者、剧情简介、上演剧团、上演时间等等。为了争取进度,经常夜间加班,并放弃每周末和节假日的休息。为了保证质量,不时地对一些重要问题进行学术研究、学术的争执和判定,往往到深夜。其中有关秦腔的历史问题,有关一些现代戏的剧本入围标准问题,有关早期的秦昆相杂剧本的入选问题,甚至有的传统剧目中某个主要人物姓名中

秦腔
编后语
BIANHOUYU

的用字问题等，时常反复探讨。对较重大的，必须查明出处；对较具体的，则进行细心考证，直到水落石出。由于整个编校工作沉浸在不间断的学术气氛中，使编辑的过程，争议的过程，同时也是很好的互相学习的过程。特别是在阅编早中期一批秦腔剧作家的作品时，大家不禁为老先生们深厚的学识、精美的辞章和高超的艺术而叹服，更加体会到手中工作的重要性，更加珍惜此次机遇，从而加深了编辑组同志之间的学术友谊，提升了整体工作的水准。他们高昂执着的工作热情、认真负责的工作态度、严谨科学的工作作风、主动忘我的工作干劲，令人十分感动。

为了支持这项工程，不少老艺术家捐赠、捐用了自己多年的秦腔珍藏本、稀缺本、手抄本。有的老艺术家、老剧作家的家属、后代闻讯后主动从家里搜寻出原创作、演出剧本，送到编辑组工作驻地。全体编务人员，为了及时、保质、保量地做好业务供应工作和全组人员的生活安排，积极配合跑资料、查档案、复印剧本，忙前忙后，不遗余力。当他们听到几年前三意社在改革并团时尚遗存有部分资料档案后，便及时赶到原五一剧团档案室，从蛛网尘埃中翻寻到了七八十部老三意社的手抄本和油印本。上世纪五六十年代西安四大社团演出过很多好戏，有些戏直到现在还在乡间和外地热演，但由于政治气候、人事变更、内外搬迁等原因，造成原剧本遗失。后经有关方面帮助支持，从西安市艺术研究所找到了一批久已告别西安城内秦腔舞台、面目似已陌生的优秀剧目铅印、油印本，使剧本的编辑工作更加充实和完善。

这里,有几个问题需要予以说明。一是这套大型剧本集以西安易俗社、三意社、尚友社、五一剧团四个社团演出剧目为基础收集本子;四个社团均演出的同一剧本,只收集演出较早的本子,其他演出单位仅在书中予以署名;有原创作本、传统本的,一般不收录改编本,但个别两者都有历史、文化与研究价值的,可同时收录;除个别名折戏和进京、出国演出剧目外,凡有本戏的,原则上不再收折戏。二是为了突出"西安秦腔"的主题特色,经反复研究,决定按易俗社、三意社、尚友社、五一剧团四大块进行编排;在四大块中,又按传统戏、新编历史戏、现代戏三大类的历史顺序编目。三是从历史上看,秦腔不少优秀剧目被兄弟剧种搬演,很受欢迎,并成为兄弟剧种的保留剧目;同时,西安的秦腔也改编移植了兄弟剧种的不少成功剧本,丰富了西安秦腔舞台的演出剧目,满足了观众的欣赏需求,有些也成为各社团的保留剧目,因此,经过选择也都收录进来了。四是诞生于"文革"中的剧本,是一个历史现实,根据相关规定,经专家仔细甄别,有选择地收录;对有严重政治问题的不予收录;对确有一定保留价值而有涉版权纠纷的作为内部资料收录。五是有些优秀剧目由于年代久远、社团分合等历史原因,已无法搜集到剧本,只能成为遗憾了,待以后有下落时再版增补。

对眼前这套凝聚着众多领导、专家、艺术家、工作人员、技术人员、服务人员心血和辛勤汗水的《西安秦腔剧本精编》,编委会满怀感激之情向大家表示深切致谢!向关心、支持此项工程的西北五省(区)、市文艺界相关单位、专家学者及戏迷朋友表示诚挚的谢意！这套秦腔剧本集的出版是值得引以自豪的，它可以无愧地面对三秦大地，面对古都西安的故人、今人和后人！让我们不断总结经验，继续探索，与时俱进，努力为西安秦腔的发展繁荣做出新的贡献！

《西安秦腔剧本精编》编辑委员会
2011 年 9 月 14 日